N. V. GOGOL

Th. Moller 畫 (1841)

譯文叢書　黃源編

果戈理選集之五　魯迅譯

死魂靈

第一部

文化生活出版社刊行

序言

一

果戈理的長篇小說『死魂靈』在十九世紀的俄國文學史上，是佔着特殊的地位的。這是有藝術價值的第一部長篇小說，其中呈現着出於偉大的藝術家和寫實主義者的畫筆的，俄國社會的生活的鉅大而眞實的圖像。在這小說裏，俄國的詩人這才竭力將對於舊習慣的他個人的同情和反感，他的教化的道德的觀察，編入他的小說和故事裏面去，而又只抱定一個希望：說出他所生活着的時代的黑暗方面的眞實來。

由這意義說，『死魂靈』之在俄國文學史上，是成了開闢一個新時代的記念碑的。

在十九世紀的第一個十年——即所謂『浪漫諦克』和『感情洋溢』的時期——

中，不住的牽制着俄國詩人的，只有一個事物，就是他個人。什麼都遠不及他自己，和一切他的思想，心情，幻想的自由活動的重要。他只知道敍述一切環境，怎樣反映於他自己，卽詩人；所以他和這環境的關係，總不過純是主觀的。但到十九世紀的第四個十年中，藝術家對于自己的環境的這主觀的態度，却很迅速的起了變化，而且立卽向這方向前進了。從此以來，藝術家的努力，首先是在竭力誠實地，完全地，來抓住人生，並且加以再現；人生本身的紛繁和牴牾，對於他詩人，現在是他的興趣的最重的對象了。他開始深入，詳加析分，於是純粹地，誠實地，複寫其全體或者一部份。藝術家以爲最大的功勞，是在使自己的同情和反感退後，力求其隱藏。他惟竭力客觀地，並且不懷成見地來抓住他所處置的材料，悉數收爲己有。

藝術家的轉向客觀的描寫，有果戈理這才非常顯明的見於俄國文學中。在『巡按使』和『死魂靈』上，我們擁有兩幅尼古拉一世時代的極寫實的圖畫。果戈理是在西歐也負俄國文學的盛譽的所謂『自然主義』派的開基人。一切俄國的藝術家，是全都追踪果戈理的前軌的，他們以環境爲辛苦的，根本的研究的對象，將牠們作爲全體或者一部份，客觀的地，但也藝術的地再現出來。這是一切偉大的俄國藝術家的工作方法；從都介涅夫，陀思妥夫斯基和阿思德羅夫斯基以至岡察羅夫，託爾斯泰和薩爾蒂珂夫—錫且特林。如果他們之中，有誰在他的著作裏發表着自己的世界觀，並且總愛留連於和他最相近的形態；如果他在眞實的圖像中織進他個人的觀察，肯在讀者前面說出一種信仰告白來，那麽，他的著作先就是活眞實的偉大而詳細的肖像，是一個時代的歷史的記念碑；並非發表着他個人的見解和感情，却在抓住那滾過他眼前的人生的觀念和輪廓。

果戈理的創作在俄國文學的發達上，該有怎樣的強大的影響，也就可想而知了。偏於教訓的哀情小說，無關人生的傳奇小說，以及散文所寫的許多抒情詩似的述懷，都逐步的退走，將地方讓給環境故事——給寫實的，逼眞的世情小說和牠那遠大的前程：給提醒讀者，使對於人生和周圍的眞實，取一種批評態度的散文故事了。

二

然而一開始，就毅然的使藝術和人生相接近的作家——尼古拉·華希理維支·果戈理（一八〇九——一八五二）——，在天性上却絕非沈靜的，冰冷的觀察者，或者具有批評的智力，和那幻想，知道着控制他猛烈的欲求的人。

果戈理是帶着一個眞的浪漫的魂靈，到了這世界上來的，但他的使命，却在將詩學供獻於寫實的，沈著而冷靜的自然描寫，來作純粹的規模。在這矛盾中，就決定的伏着他一生的全部的悲劇。

果戈理是純然屬於這一類人的，他以爲現世不過是未來的理想上的一個前兆，而且有堅強的信仰，沈酣於他的神靈所授的使命。

這一類人的精神的特質，是不斷的舉他到別一世界去——到一個圓滿的世界，他在這里放着他所珍重的一切：對於正義的定規的他的概念，對於永久之愛的他的信仰，以及替換流轉的眞實。這理想的世界，引導着他的一生，當黑暗的日子和時間，這就在他前面照耀。隨時隨地，他都在這里發見他的獎賞，或者責罰和裁判，這些賞罰，不斷的指揮着他的智力和幻想，而且往往勾攝了他的注意，使他把大地遺忘；但當人正在爲了形成塵世的存在，艱難的工作時，牠却更往往是支持住他的柱石。

一個人懷着這樣的確信，他就總是或者落在人生之後，或者奔跑在這之前。在確定和現實的面前，他能夠不投降，不屈服。實際的生活，由他看來幾乎常是無價值的，而且大抵加以蔑視。他要把自己的概念和見解，由實在逼進夢幻裏，還往往神馳於他所臆造的過去；然而平時却生活于美麗的將來的豫先賞味中：對于現實的一種冷靜的批評的態度，和他是不相合的，因為他總以成見來看現實，又把這硬歸入他信為和現實相反的人生要義裏去了。他不善於使自己的努力和貯力相調和，也不能辛苦地內面的地將他的所有才能，用於自己的生活的勞作極困難的問題，在他是覺得很容易解決的，但立刻又來了一個小失敗，于是他就如別人一樣，失掉了平衡，使他不快活。他眷戀着自己所安排的關於人生的理想和概念，所以要和這形成我們的生活的難逃而必然的繼承部份的塵世的散文相適應，是十分困難的。

對於這樣的人，我們稱之為「浪漫者，」這用的是一個曖昧的老名詞，所指的特徵，是感情的過量，勝于智力，狂熱勝于瞬間的興味。

人和作家的果戈理的全部悲劇，即成立在這裏面，他那精神上的浪漫的心情，因為矛盾，只得將他自己的創作拆穿了。他是一個浪漫者，具有這典型的一切性格上的特徵，他愛在幻想的世界，即仰慕和豫期的世界中活動，這就是說，他或者美化人生，加以裝飾，使這變成童話，或者照着他的宗教和道德的概念，來想像這人生。他在開口於他的夢境和實狀之間的破裂之下，有過可怕的經驗，他覺察到，但做不到對于存立和確定，用一種健全的批判，來柔和那苦惱和渴慕的心情。他也如一切浪漫者一樣，偏愛他自己所創造的人生理想，而且——說起要點來——他所自任爲天職的，是催促這理想的到來，和準備在世界上得到最後的勝利。他不但是一個夢幻的浪漫者，却也是一個戰鬬的浪漫者。

然而在一切他的浪漫的資質中，果戈理却具有一種驚人的天稟，這就造成了他一生中的所有幸福和美點，但同時也造出所有的不幸來：他有特別的才能，來發見實際生活的一切可憐，猥瑣，膚淺，汚穢和平庸，而且到處看出牠的存在。在生活的散文的方面，是浪漫者大抵故意漠不關心，加以輕視，或者想要加以輕視的，但這些一切，却都擁到果戈理的調色版上，儼然達到藝術的具體化了。天性是這樣的浪漫者，而描寫起來，又全爲非浪漫的或反浪漫的一個這樣的藝術家如果戈理的人，產生的非常之少。所以藝術家一到心情和創作的才能都這樣的分裂時，即自然要受重大的苦惱，也不能從堅牢的分裂離開，這分裂，是只由這兩種精神中的一種得到勝利，這才能夠結束的：或者那用毫無粉飾的散文來描寫人生的才幹，在藝術家裏撲滅了他的精神的浪漫的堅持，或者反之，浪漫的情調由藝術來悶死和破壞了誠實地再現人生的力量。

實際上是出現了後一事：果戈理的對於寫實的人生描寫的偉大的才能消失了，他總是日見其化爲一個宗教和道德思想的純粹而率直的宣講者。但當已將消滅之前，這寫實的能手却還燦然一亮，在『死魂靈』裏，最末一次放出了他那全部的光輝。

三

這部長篇小說是果戈理的天才的晚成的果實。是他的幻想的浪漫的傾向和他的鋒利而誠實的人生觀察的強有力的天稟之間，起了長久的爭鬬之後，這才能夠完成的著作。

在他的第一部小說『狄亢加鄉村的夜晚』（一八三一至三二年）裏，這分裂的最初的痕迹就已經顯然可見了。在這小說裏，果戈理是作爲一個小俄羅斯生活和下層民衆的描寫者而出現的，但同時也是幻想的詩人，將古代的傳說從新創造，使牠復活。這最早的作品很分明的可見兩種風格的混合，但其間自然還以夢幻的一面爲多。就是自然敍述和所寫人物中的許多性格描寫，也保持着這風格——縱使果戈理固然也並不排斥用純粹的簡樸和一致的精神以及眞正的寫實法，來表現別的人物和情形。從這兩種風格的混合，如喜和悲哭和笑的交替的代謝，就淸楚的顯示着詩人的創作還沒有取得確定的方向，然而其中也存留着印象，知道藝術家的魂靈，那時已經演過內面的戰鬬了：夢幻者的理想主義，不能踏倒那看穿了實際上的一切可憎和庸俗，而他自己却竭力在把握幷顯示別一種更崇高，更理想的意義的寫實者的強有力的天資。

關于藝術的創作的這崇高而理想的意義，果戈理是在開始他作家事業的第一年，就已大加思索的。那時特別煩擾着他的，是浪漫者非常愛好的主題，就是凡有夢幻者，理想者和藝術家一遇到運命極不寬容地使討厭的嚴酷的現實和他衝突的時候，就一定提了出來的那苦惱。果戈理在他的短篇小說『肖像』裏，就很深刻的運用了夢幻和生活之間的分裂的問題。

這篇小說的梗概極像霍夫曼❶的一篇故事。那故事敍述着一個青年藝術家的精神的傳奇，他爲了貪慾，便趁時風，背叛了眞正的，純粹的，崇高的藝術，但待到他知道自己的才能已經宣告滅亡的時候，就發狂而死了。這不幸的藝術家的惡天才是反基督教者的幻想的肖像，用一種極寫實的，或者簡直是自然主義的藝術寫就，在這圖畫裏顯現着反基督教者的一部分的魂靈。

藝術應該爲理想效力，却非連一切裸露和可憎也都在內的眞實的再現——這是這

❶ E. Th. A. Hoffmann（1776—1822），德國的浪漫派作家。——譯者。

一篇故事的根本思想——，向我們講說這道德，是託之藝術家怎樣受了肖像的危險影響，貪利趨時，終於招了悲劇的死的，而這肖像，乃是一幅太寫實主義者的藝術的作品。

果戈理也如德國的浪漫者一樣，在藝術中抓着一種崇高的，近乎宗教的信仰。然而他的藝術觀却不能把總是起於夢幻的世界和我們的生活之間的面前的矛盾遮蔽起來。他就在眼前看見這開口於兩個世界之間的深淵，而這目覩，對于他却有些駭怕和震悚。這里只有一個方法了，忘却牠震撼和損害，在精神上無足輕重。這是兩篇故事『涅夫斯基大街』和『狂人日記』的主題。

然而在果戈理的創作裏，漸漸的起了決定的轉變了。他對自己的才能讓了步，他服從牠，走向現實和眞實的描寫去；他不再將牠們美化，理想化了；牠們怎樣，他就照式照樣的映下來，首先是一向很惹了他眼睛的消極的方面。現在是他和這庸俗的，陳腐的，齷齪的眞實，在藝術的原野上相衝撞了，于是當面就起了嚴重的問題，這是他在『肖像』裏也已經提出過了的：『如果藝術來描寫齷齪和邪惡，而且寫得很自然，很生動，幾乎有就是這齷齪和還邪惡的一片，粘在藝術品上的樣子，那麽，藝術也還在盡牠高尚的使命嗎？』

不過果戈理並不能長久抗拒他的才能。他的藝術，就一步一步的和生活接近起來了。

這接近，從他那一八三四年集成出版的浪漫的故事，名爲『密爾格拉特』的短篇小說集子中，尤其可以分明的覺得。

這些小說中之一的『舊式的地主』，是一首簡樸的牧歌，是一個兩樣入于凋零的人生的故事：是一篇心理學的隨筆，那幽深和詩趣，是沒有一首浪漫的牧歌所能企及的。善感的和浪漫的作家，都喜歡這一類令人感激的主觀的東西，就如兩個愛人，遠離文明的誘惑，同居于天然的平和之中的故事。『舊式的地主』是一個極好的嘗試，用這材料，把浪漫的要素來寫實的地，人工的地修補了。寂寞荒涼之處，有一座小俄羅斯的村莊——這里有倦于世事而無所希望的男主角，和幽鬱的，或是易受刺戟的女主角——一對老夫婦；但雖然簡樸和明白，却到處貫注着深的眞實和詩情。這在果戈理的創作上，表示着寫實主義對于浪漫派的一個決定的勝利。

在歷史的故事『塔拉斯·布爾巴』中，給我們的面前展開了完全兩樣的詩的境界。這里也看出從早先的理想化的風格，向着寫實主義的分明的轉變來，但自然以在一部歷史小說上所能做到的爲限。果戈理的大著作『塔拉斯·布爾巴』裏所描寫的景物，那價値是不可動搖的。這故事的內容，所包含和那複雜，恐怕不下于『死魂靈』；從中也可以發見各種典型和插話的一樣的豐富做法的一樣的有力和一樣的急速的步驟。心理的活動，『塔拉斯・布爾巴』裏也恐怕比果戈理的任何別的作品還要深，因爲主角的感情在這里比『死魂靈』裏所用的人物更認眞更複雜。『塔拉斯・布爾巴』——是一篇歷史的敍事詩，也有一點理想化。這裏面生活着古代傳說的精神，但所用的人物的心境，却總是眞實的，並且脫離了浪漫的過度喫緊。薩波羅格的哥薩克民族的古代，和他們的服裝，他們的家庭生活，他們和猶太人以及波蘭人之間所發生的戰爭——這些一切，都用了一種神奇的眞實，描寫在『塔拉斯・布爾巴』中；還在裏面極老練的插入了敍述和描寫的要素；這些又並不累及著作，倒使牠更加活潑，更加絢爛起來。『塔拉斯・布爾巴』由那描寫的史詩式的勻稱，製作的尙武的精神，以及首先在性格的完成和插話的精湛這方面來看，牠的模樣是小俄羅斯的伊里亞斯……❶——而且寫實主義還容許考古學也跟着傳說在歷史故事裏作爲藝術的要素，牠衝進這敍事詩裏了。

但寫實的描寫藝術，果戈理却從他那有名的笑劇『巡按使』（一八三六年，）這才

❶ Ilias，希臘詩人荷馬（Homeros）所作有名的兩大史詩之一。——譯者。

達到很眞正的本色的完成。

果戈理是屬於創造『俄國的』戲劇，把俄國的生活實情，不粉飾，不遮掩地搬到戲臺上來的數目有限的詩人羣裏的。俄國的國民戲劇的歷史，由望維句的笑劇開頭。在這劇本裏，用了十足的誠實描寫着加迭林娜一世時代的貴族地主，然而這里還覺得有一種並不可愛的要素：浮躁的講道理。也是貴族，不過這囘是都市的官僚，那情景在格里波也陀夫的『苦惱由於聰明』裏上演了，這是天才的諷刺，卻決不是天才的笑劇。而且那眞實也表現得失卻了本相：只是一種法國式文學傳統的收容。

在『巡按使』裏，是俄國的官場到底搬到戲臺上來了。關于這笑劇的對象，其實是看客早從十八世紀和十九世紀上半的作家所做的，其中攻擊着腐敗邪惡和向收賄講着道德的冗談的眞正中庸的一批劇本上，看得很爲熟悉的了。『巡按使』卻只要這一點就比這批劇本更出一頭地，就是所描寫的典型都是眞實的活人，看客隨時——倘若並非全體，那就是部分的代表者——都能夠在他四近的鄰人們中遇見。果戈理之後有阿思德羅夫斯基，他的劇本把商界搬上了戲臺，而且使俄國生活的圖畫，達到幾種很有意義的樣式。這就是三個『黑暗世界』——貴族，官場和商業的世界，從此以後，就在戲臺上用這眞實的黑暗方面警醒了太傾于理想的俄人。最末，這類劇本中又增加了新圖像，臻於完全了——是下等人民的黑暗世界的圖像：在託爾斯泰的『黑暗之力』的劇本中。

果戈理在他的笑劇裏，在緊釘着社會生活的社會的弊病和邪惡的全體上，揮舞着嘲笑的鞭子：他把政務的胡塗，庸俗和空虛搬上了戲臺，並且懲治官僚界，就是把他們委給一個大言壯語者，空洞的饒舌者的嘲笑和愚弄，還由他來需索他們。但幸而他終于使他們站在合法的審判者之前，還派來一個憲兵，這才使他們恍然大悟。這笑劇在第一幕不過是嚴謹的客觀的和事實的，臨末就自然很分明的闖出了道德。警察局長來得非常胡塗，本身就儘夠嗤笑和輕蔑，對於他自己的性格描寫，更無需強有力的言語。憲兵的出現，是恰如在『假好人』❶的末一幕裏一樣，當作法律的代表，來鎮靜看客的，他通知他們，政府的眼睛是永遠開着的，縱使大家以爲牠閉着。然而詩人的拔羣的藝術的才氣，是懂得整頓道德和環境的眞實以及典型的活潑的不一致的。在這以前，看客總在劇本的種種緊凑的時候，從戲臺上得到教訓的言論，但『巡按使』裏卻完全缺少這言論。這笑劇是一種全新的異樣

❶ "Le Tartuff"，法國笑劇作家莫利哀 (J. B. P. Molièr, 1622—1673) 的作品。——譯者。

的創作;牠絕不採取戲劇藝術的熟悉的形式,因爲牠並非一本容易感動的笑劇,也不是一本趣劇,又不是道德的戲文。

這作品給牠的創造者運來大苦痛和許多的失望,因爲這引起了對于他的極猛烈,極矯激的不平。他用旅行,來療救他精神的憂愁和對于同類市民的憤懣。這是果戈理常用于自己的幽鬱和精神的疲倦的方法,那效驗確也比一切藥餌更切實,更不差。這傾慕漫游和變換居住,是發於他那浪漫的才情的。關於這一點,他和一個爲企慕憂愁,鬱積所驅策,竭力要離開故鄉,向新的,遠的祖國的海涯去的熱狂者,很有許多類似。果戈理也有這樣的一個遼遠的祖國,雖然他原以神聖的愛,愛着俄國,而在外國的人們裏,也並不覺得安閒。他還有一個鉅大的眷愛:意太利。

果戈理也常常推究他那漫游和旅行的熱情,搜索原因,以解釋自己的游牧生活;他歸原於自己的必須多換氣候的疾病,以及倘要研究人們和生活,寫進他的作品裏面去,就還有間隔之處的藝術家的純粹的精神的需求。如果他很久之後,重回俄國來,就覺得好像有些後悔,而且很增漲了對於故鄉之愛;然而這感覺,一遇着招他遠行的難以言傳的熱望,也就頹然中止了。他的魂靈上帶着一種病,這病在世紀之初曾經君臨西歐,將人們拉開故鄉,渴仰着遙遠的天涯海角——這病，裴倫和夏杜勃良[12]都曾經歷過，並且給修貝德[13]由此在他那謠曲『游子』裏，在這三十年代一切俄國青年男女所心愛的謠曲裏，發見了非常神異的音樂的表現的。

然而，果戈理從五年間（自一八三六至一八四一）的國外旅行所攜來的，卻並非一本悲觀的日記，也不是一篇感情的史詩。他帶來了『死魂靈』的第一部：一部小說或者一篇詩，其中慶祝着年青的俄國寫實主義的大勝利。這是果戈理在詩界上所獲得的決定的勝利。

---

[12] Gordon Byron (1788—1824)，英國詩人；Auguste Chateaubriand (1768—1848)，法國作家，世稱近代浪漫主義的開創者。——譯者。

[13] Franz Schubert (1797—1828)，奧國有名的音樂家，最大功績是在完成謠曲 (Lied)，世有『謠曲王』之稱。——譯者。

四

當他流寓外國，尤其是在意太利的時候，果戈理很勤勉，工作也流暢的進行。這是他的創造力最爲旺盛的時期。浪漫的傾向還在那美麗的短篇小說『羅馬』裏闖出了最末的一囘，就逐漸的退開，在冷漠的平靜的，詼諧的人生觀上佔了坐。這文人的盛行發展的才能，不斷的竭力使人生的眞實和藝術的眞實成爲親密的融和——總是不斷的獲得優勝，不但在能夠表現了還在舊浪漫形式上設定的一切早先計畫的存儲上，也還在改造和革新像果戈理舊作那樣的一類作品上。

用着這樣的一種寫實的精神，果戈理就在這時候改作了他的故事『肖像』和『塔拉斯·布爾巴』。然而最有力，最自由地顯出詼諧家和人生描寫家的力量，慶祝他在這時代對于激動感情的浪漫的傾向和心情，大獲全勝的，則是那短篇小說『外套』。這作品在俄國文學史上，是佔着極其特殊的地位的。這是當時這一種類中的最先，而且恐怕是最完全的一例，後來非常流行，並且獲得巨大的社會的意義。這是『被侮辱與損害的』一的故事的一頁，陀思妥夫斯基因爲自己的特別的愛重，曾由果戈理直接採取的。當這時候，伴着社會理想的滋長和迅速的發展，西方已經由文學和行動開始了對于孱弱者和損傷者的關心。但在俄國，卻漠然的放過了將社會看作人們的集團，從果戈理才有最初的企圖，全不受西歐的傾向的影響，而做出『外套』這一篇作品，人指為俄國之所謂『彈劾小說』㊁的起點和根源，是正確的。大家應該看好，在果戈理的故事裏，反抗和彈劾顯得很微弱，倒代以一種柔和的同情之感。詩人使我們和他那老實的主角，遍歷了他的生活路徑的一切重要的兵站；我們到他的屋頂房裏去訪問他，他就在那里一文一文的放在小匣子裏，終年數着一小堆銅元，為了好去換銀幣，他在那里挨餓受凍，節省蠟燭，脫下他的衣服，免得牠破得快，他在那里穿了睡衣寂寞的坐着，精神上抱着外套的永遠的理想；我們又跟他到局裏去，在那里人們不很留心他，好像飛過的蒼蠅，在那里人們侮弄他，把紙片撒在他的頭頂上，在那里他年年伏着他的寫字桌，很小心的在紙上寫着字，或者把文件放在旁邊，要謄寫一遍來自尋樂趣。果戈理給這故事的幻想的收場，是有一點任性的，但幸而到處發見一種和他

㊀ 陀思妥夫斯基的長篇小說，中國有李霽野譯本，在『世界文學名著』中。——譯者。

㊁ Anklagelitiratur，也曾譯作『譴責小說』。——譯者。

先前的幻想故事完全不同的性格。這幻想的東西含有一種嘲弄，詼諧和玩笑的極強的混合，至于幾乎完全退向末一種要素，把他的浪漫的性格損壞了。作者不過要用這怪事于結束他的小說的兩幅小小的世情圖畫上而已。

果戈理的藝術，如果他從他的舊樣式轉了向，並且使他的鋒利的觀察才能和詼諧，自由馳騁起來，就有這麼的強有力。

然而誰要認識這天才的力量，那就應該取起悲壯滑稽的詩篇『死魂靈』。在這里，每一頁上都放着煊赫的證據。

五

做『死魂靈』的工作，在作者是一個大歡喜也是一個大苦痛。當他的詩整頁的好像自己從筆端湧出的時候，他感到一種高尙的享樂和內心的滿足，但一年之久，累月的等候着熱望的靈感的時候，卻也爲他向來未曾經歷過的。這工作果戈理整做了十六年：從一八三五年，他寫這作品的第一頁的草稿起，到一八五二年，死從他手裏把筆掣去了的時候止。在這十六年中：他用六年：一八三五至一八四一年——這之間，他自然還寫另外的詩——，來完成那第一部。其餘的十年，就完全化在續寫他的作品的嘗試上了。

據作者的理想，『死魂靈』該是一篇『詩』，用所有光明的和黑暗的兩方面，顯出在俄國的政治生活和社會生活的一切五花八門來。果戈理要在這里使舊的史詩復活在新的形式上；所以他故意把自己的小說來比荷馬的歌唱——一篇韻語，也就是一篇詩。這作品的全盤計畫，在作者的心裏自然是並未完全設定的，後來就取了很奇特的方向。這冷靜的，非趣味的敍事詩的故事，逐漸的變爲宣講道德的眞理和但願俄國完全照改的希望，逐漸的回到向全人類宣傳一種新教訓，以振作精神和提高他們的生活的理想裏去了。

這詩的全局，果戈理只藏在自己的心裏，不過間或用很平常的樣子，告訴他最親近的朋友，說他的計畫是怎樣的大和深。果戈理的關于自己作品的這太刺戟人的傲語，在他的朋友和相識者中惹起了極猛烈的反對，他們嫌惡，不高興這種話。他們的見解，以爲藝術家的計畫倘使眞的遠大，也許會增長他更甚的驕慢，倒不是因爲使他傲慢的，並非他的偉大的藝術界，却在他自信擁有道德的眞理，因此立刻置重于這崇高的使命，以義務自任，向他的鄰人宣講起這眞理來。

果戈理的關于他的作品的計畫，雖然守着祕密，但也可以根據了偶然的發言和暗示，根據了他和親近的人們的談話，加以信札和第二部的斷片，用十分的充足，來彌補作家的祕密；的這也就是藝術家和道德家的祕密。

『上帝創造了我，』果戈理曾經說，『他對我並沒有隱瞞我的使命。我的出世，全不是爲了要在文學史上劃出一個時期來。我的職務還要簡單而切近：就是要各人都思索，而不是我獨自首先來思索。我的範圍是魂靈，是人生的強大的，堅實的東西。所以我的事務和創作，也應該強大和堅實。』『死魂靈』的全體構造，該是一個這樣的『強大的，堅實的』工作，當風暴撲向他們的魂靈上來時，人就可以靠牠來支持，牠是他們的救濟之道的問答示教。❶這詩的對于人，應該是引他們到道德的甦生的領導者，恰如對于作者，當他起了精神的照明，作一個虔誠的禱告，懺悔過他本身的罪業之後一樣。

但在詩人的精神上，怎麼會形成一個這樣的見解的呢？

果戈理的天性，原是易於感動的，他喜歡指教和宣講。這勸善的調子，早就見于他先前的書簡中，而且作證的不但有動搖孩子的懷疑，也還有他的精神的抒情詩樣的飛翱在他

❶ Kathechismus，耶穌教中對於新入者用問答施以教化的方法。——譯者。

的感情和思想裏的這抒情詩，也曾求表現于他的小說上，所以我們在這第一篇故事裏，就和天眞爛漫的玩笑和詼諧一起，也看見很是幽鬱的短章；看見對於人生的許多悲哀方面的苦痛。然而到得果戈理的詼諧嚴肅起來的時候，詩人也跟着逐步爲這思想所拘束，以爲他的責任，是在創造一種偉大的東西，于是道德的傾向，也逐步的加強，拉了他去了。自從『巡按使』第一次上演以後，他才確信他在羣衆上眞有一種道德的效驗的力量，就決計要把這力量來給大事業效勞，並且不爲小舉動去浪費他已成的勢力。當年青時，還沒有覺到這勢力的時候，他就已經夢想着成功一種大事，做鄰人的恩人和教師，祖國的英雄和戰士的。因爲要貫徹這崇高的使命，他把全部希望都託之自己的才能，又開始去找貴重的任務，就是和他的信仰相合，一實現便要給人眞正的益處的，偉大而顯著的材料了。

于是買『死魂靈』的奇談就飛快的失掉牠滑稽的性質，轉向果戈理還沒有找到分明的界限和適宜的框子的一個對象上去了。從此以後，果戈理便向這主題集中了他的抒情詩的全力，要在這里表現出他自己的道德的確信來；他開手來把這材料開拓，掘深，提牠到那『偉大的對象』的高度，使他可以說從早先的青年時代以來所夢想的高貴的作品，可要完成了。一個簡單的奇談，改造成一種宏大的理想，只能緩緩地，漸漸地進行，而作者在他的工作之初，說不出牠當完成時，將顯怎樣的模樣，那是明明白白的。

這倫理的傾向之外，還有詩人的愛國的志向，也給詩篇以很有力的影響。果戈理的愛國主義，原是與年俱進了的，當詩人準備實施他的計畫時，這對于祖國之愛，已經和上述的宗教的色采，結合成一種堅強的保守的世界觀了。而且這愛國主義也如他的將眞理之路指示同類市民的努力一樣，並不停止進行，倒是詩人愈是開拓和掘深他的作品的時候，這也跟着愈加強大。果戈理在他的小說上，一定要談起俄國，尤其在第一部裏，曾經說過許多微辭。他在還未想到續作他的詩篇時，給我們看了他的故鄉的「一方面」，而且還是牠的最不像樣子的。小說的主角和他所遇見的一切脚色，都是簡直空虛得可憐的人。那儘寫得——十分冷酷和無情的來對付自己的祖國，這就是說，關於牠那好的方面，也就是關於可以要求我們的愛敬的所有俄國人，却並不提起。果戈理的滋長不止的祖國之愛，使他覺得負有義務，該在他的詩篇裏，對于自己的同類市民也說一句鼓勵，同情和親愛的話了。他的故事的範圍越展開，也越加切迫的感到這義務。于是果戈理就從詼諧和諷刺，走到文飾俄國和讚美俄國的道德去。他要在他的詩篇裏給他們留一個適當的位置，而且也已經在小說的第一部裏實行。他知道，讀者是有着權利，來要求他也描寫些俄國生活的最好的方面的;因此他迎着這希望,又依照了自己的愛國的感情,開始來給他的作品找尋積極的典型,而他的精神,又上升到他先前的作品那時似的飛揚的感奮了。

這是詩篇的全盤計畫中的愛國的理想的部分。倘使果戈理在流寓中逐年增大的宗教的心情,在詩人的創作上沒有更其有力的影響,這是很不容易辦到的。他在外國,得了應做的特別使命的確信。對於上帝,和上帝對於他以及他的工作都有特別的同情的一個堅固的信仰,鼓勵着他。他的文字的創作,從他看來就高到成爲聖道的一種,那就自然,他也只得把自己的一生從此看作一個嚴肅的,沈重的義務了,這義務,是倘要盡上帝放在他手中的職務,人就只好努力和自強的。果戈理先從禁食和禱告來準備他的作家的任務;他『決然的改造自己,』他絕不寬容的勦滅他所認爲不淨和有罪的一切,並且依照了他的道德的甦生,來裁判他所有的思想;他相信惟有用純潔的心和明淨的感情,這才能盡他的崇高的天職,而這些心緒的印象,自然也出現於他的詩篇中。于是這就成了向着同類和同胞,給自己贖罪之一法的道德的說教了。

在果戈理,作家的職務是這樣的和他本心的特質融和爲一的。在果戈理,他的詩是給他淨罪的犧牲。他所敍述的罪,要求贖取和懲罰——他的主角的罪,也如他本身的一樣。他的作品就變爲一個犯罪和迷誤的魂靈的淨化和明悟的歷史，帶上一種深的神祕的氣味來——和果戈理總以尊敬的驚異來讀的但丁的偉大的敍事詩，㊀有着相像的意義了。

果戈理是自己想做一個從黑暗進向光明，由地獄升到天上的但丁第二的，有一種思想，很深的掌握而且振撼着詩人的魂靈，是仗着感悟和懺悔，將他的主角拔出孽障，縱使不入聖賢之域，也使他成爲高貴的和道德的人。這思想，是要在詩的第二和第三部上表現出來的，然而果戈理沒有做好佈置和草案，失敗了，到底是把先前所寫下來的一切，都拋在火裏面。所以以完成的詩的圓滿的形式，留給我們的，就只有詩篇的第一部：俄國人的墮落的歷史，他的邪惡，他的空虛，他的無聊和庸俗的故事。

六

如果我們從『死魂靈』上，除去了作者用以指示他的詩篇的祕密意義和其次的部份的處所，就是詩人自己來開口的一切抒情詩的講解，那麼，這小說就幾乎成爲『巡按使』

㊀ Dante Alighieri (1265—1321)，意太利的大詩人；『敍事詩』即指他所作的『神曲』。——譯者。

的直截的，至少是更加豐富，方面更多的續編。兩部作品描出着一幅俄國生活的並不錯雜的，眞得驚人的圖像。所用的人物，『巡按使』上是官僚，在『死魂靈』裏還夾進地主和農奴去。但那圖畫，在這里是顯得無窮之廣和深。『巡按使』的主角的心理的活動，還少差別，也不大複雜——比起『死魂靈』的滿是強有力的對照，跳動着很豐富，有微差的人生來，完全不一樣。在我們面前展開了一幅性格的典型的畫卷，每個典型都顯着敍述分明的相貌，從詩篇的第一頁到末一頁，寫得毫無錯誤。這些活着似的，有血有肉似的站在我們之前的人物中間，生活，動作着主角：保甫爾・伊凡諾維支・乞乞科夫；並沒有細帶將他和圍繞他的社會相連繫，倒是他從外而飄了進來，恰如赫來斯泰科夫的在『巡按使』裏一樣。這主角，是作者用了特別的眷愛和小心描寫出來的。他是樞紐，周圍聚集着詩篇的一切的人物，我們的頭領在這農奴地主和官僚的珍品展覽會裏，從中取出一個，就發生這樣無窮的可笑和滑稽，合了起來便惹起一種這樣悲哀之至的印象。

然而果戈理的處置他的主角，是還很寬大的。乞乞科夫是一個道德的性質實有可疑，往事無非黑暗，現實確也無聊的人麼，這並不是問題。以人和市民而論，他是一個不折不扣的惡棍和騙子，以典型的代表者的人格而論，則是一個展得很大的切開道德，在牠的最深處就是不道德，然而是自己活着，也使別個活着的。對於這很可愛而彬彬有禮的強盜，詩人並不以這冷淡和偏頗的性格描寫爲滿足；他給我們講他少年時代的全部歷史，他給我們解釋，怎麼會在乞乞科夫裏發生這強盜的本能，而且使我們再想下去，他的主角的惡棍和騙子行爲的全部責任，眞應該判給乞乞科夫一個人，還是他的罪惡的大部份，倒該落在他所生長的環境的總賬上的呢。是的，作者終于還更進而向讀者直接提出了問題：『那麼，乞乞科夫確是一個這樣的無賴嗎？』他立刻接下去道『爲什麼就是無賴？對於別人我們又何必這麼嚴厲呢？——他不過人們之所謂好掌櫃和得利的天才。』㊀

罪惡第一是在獲得的熱情牠就是使世界顯得不大乾淨的事情的原因。乞乞科夫是他的熱情的犧牲，『然而有些熱情，也非人力所能挑選。』

只要辦得到，給乞乞科夫就已經很寬大了，對于那些實在沒有這麼壞的朋友和相識者，當然更其輕減。在實際上，詩人是用大慈大悲來對付一切的；首先，是對于貴族，他比處置官僚還要寬容得遠。他們自然也是空虛，無聊，猥瑣的人，但並不激起我們特別的憤怒和很

㊀這里引的是第十一章，但原譯和本文即微有不同，所以現在也不改和本文一律。——譯者。

大的反感。我們確是嗤笑他們，我們憐憫他們，但我們到底也還可以在他們之間生活，用不着妥協和怎麼大的犧牲。對于總是從最好的方面來看人的誠實而懇切的瑪尼羅夫，還提什麼抗議呢？是的，就是一個梭巴開維支，也幾乎當得：這笨重和粗暴的劊子手，不過他那動物的本能有時使我們驚駭，此外倒也毫不損害他的鄰人。連潑留錫金和科羅皤契加，也賺得我們的同情，過於我們的判罪。作者自己是陳列了他們的靈魂的渺小和空虛，他們的生活的無聊的，但也連忙來使讀者在太早的判罪之前，先從這兩樣中選取牠一樣。他向我們說明了潑留錫金在他那生活的幸福的，已經很在先前的時期，我們就知道當面站着一個不幸者，是他自己不能抵抗的熱情的犧牲。作者懷着深的苦痛，講述着一個人能夠墮落進去的無聊，渺小和討厭；他指示出人像的變相來，並且給我們智慧的忠告，如果我們從嬌柔的童年跨進了嚴正固定的成人年紀，就得給自己備好一大批靈感和理想作爲存儲，不在中途隨便浪費。果戈理用活屍來恐嚇我們，然而他總說這並不使人膽怯，倒博得我們同情之淚。雖是羅士特來夫這浮躁，無恥，欺騙和冷嘲的集成，果戈理也寫得他還有一點好意，連壞心思也都沒有遮掩，他對我們幾乎完全解除了武裝，使我們對他也無需真的發怒了。

果戈理是這樣的懇切和寬容地來描寫和他的主角同伴的人物的，這些人物，都屬于自由人一類，本身並不是官僚。但反之，對于這一流人物，他就嚴厲得遠了，如果他們任着國家的什麼一種職務，換一句話，就是如果他們是一個官。

恰如在『巡按使』裏一樣，『死魂靈』也毫不含有政治的諷喻的痕迹，譏刺也沒有一句觸着很高的上位，不過一個一個的向着官場中的小脚色。

全部的詩，是一個美意的模範，所以也不會使讀者覺得牠所批判是對于統治和行政，但除了『戈貝金大尉的故事，』這是檢查官簡直不肯放過的，由作者這一面大加改換和承認，這才通過了檢查。這故事是果戈理敢對君權置議的惟一的表演。別的一切處所，他總不過選取由這權力而來的機關為目標，還要細看了主角的品級和地位，再來區別他的攻擊的輕重。官愈大，作者的批判也愈溫和，他的主意，自然並不在專來奉承統治者，倒只為了一種意料，以為高的智識，就也會令人恪守高的道德的。

這樣的是『死魂靈』裏的所有的大官，就是除了總督和知事，也都是可敬可愛的人們，至多也不過有一兩點古怪和特別之處。這優美的官場的樣子，給道德家僅有很少的一點暗淡，真的，從果戈理的表現，他可以置身他們之中，簡直好像在家裏一樣。

然而圖畫突然強有力的變換了，如果我們從這位分較大的外省官員的圈子，走下低級的區域，和乞乞科夫一同跨進那容着小官的辦公室裏去。這時我們就到了公文的王國有齷齪的，有乾淨的，而這不法和邪惡的內面還有一片很寬廣的活動的餘地。我們參加假證人的置辦，眞到場的很少，大抵是挑選些沒教育的法官；我們看見乞乞科夫的騙局怎樣得到法律的許可，單是爲了情面就毫不收他法定的款子，倒用了莫名其妙的方法寫在別個請願人的賬目上……總而言之，我們已在一個不管畫給他們上司的殉情主義的路線，却投降了冷靜而純粹的功利主義的眞的惡棍和騙子的社會中間了。

如果我們再走下去，出了都市，投到鄉間，那麽，我們就要在這地方遇到足色的廢料和無賴，例如憲兵大佐特羅巴希金，是一個心腸柔軟的漢子，歷訪各村，像逞威的時疫似的無處不到，因此他到底也被農人們送往別一世界去了。這報告我們鄉村警察的英雄行爲的一段，在全部詩篇裏，確要算是很大膽的。

『死魂靈』的第一部，因此實在是一篇人們的可憐和無聊的敍事詩。這裏着猛獸的本能的鑽謀騎士的可憐——都市社會全體，男男女女的可憐和猥瑣——這細小和無聊的利益關係，這沒有目的的醉生夢死，這精神的愚鈍，這嘮叨和這讒謗的王國的可憐。然而最顯出特性來的，也還有農人界，作者不過極短的適宜的一提，在『死魂靈』中，出色的描寫了他們的不好看和可憐方面。農人是無所謂不德和有德，無所謂好和壞的，就只是可憐，愚鈍，痲木。果戈理不願意像和他同時的許多善感而浪漫的作家的舉動一樣，把他們的智力和心思來理想化和提高；然而他也不願意把他們寫得壞，像諷刺作家的辦法，要將讀者的注意拉到我們的可憐的，孱弱的同胞的罪孽和邪惡方面去，藉此博得他們的玩味和賞識。

詩人對于他的這些同胞，有着衷心的同情，是毫無疑問的。只要一瞥乞乞科夫對于他買了進來的農奴的運命所下的推測，就夠明白在詩人的幻想中的這些可憐人的未知之數，這些人們，都被很生動的描寫着死掉之後，他們的主人就給了非常讚美的證明。然而乞乞科夫在路上遇見一個農夫時，却除了聽些米路衣叔和米念衣叔的獃話而外，一無所有。在全部詩篇中，也沒有一處可以發見俄國農夫的天生的機鋒和狡猾，但這靈魂的才氣，是使我們喜歡，而且凡是祖國之友，也應該常常，並且故意的講給我們的。

七

這是這偉大的祖國之詩的幸••而尙存的部分的內容的眞相。據我們看起來，這作品，在牠的作者是收得深的道德的意義的；那主意是在先使我們遇見一羣空虛，邪惡和可憐的人，于是再給我們一幅他們的振作起來的美麗的圖畫；在作者的眼中，這詩篇是獻給他的祖國的誓約，首先蕩滌過一切可憎和汚穢，然後指出神聖之愛來。這作品的倫理的意義，是果戈理據了他的宗教的觀照，他的愛國主義，和他的柔軟的同情的心，抄錄下來的。在這里，果戈理屹然是對于邪惡，孱弱，庸俗，怠慢和游惰，一句話，就是凡有一切個人的和社會的弊病的彈劾者，是最進步的俄國男子中的一個，而這爲着祖國的崇高的服務，也沒有人要來奪取，或者玷扣他。

然而熟讀了他的作品，人就很容易知道他的力量和才能，並不單在於彈劾和譴責。這諷刺家其實是一個柔軟的，溫和的，傾向同情的人，並且知道對于在他的作品裏縛到咨柱上去的人給以公平的寬恕。他還替最邪惡者找尋饒恕和分辯的話，他絕不喜歡稱人爲邪惡者，就選出一個名稱，叫作孱弱者，想藉此使讀者對於被彈劾和被擯斥的人，心情常常寬大。他令人認識自己的罪孽。那方法，並不是揭發他們的壞處和罪惡，倒往往是在他們那里，惹起他們對于因本身或別人的罪過，陷于不幸的鄰人的同情。

但『死魂靈』在俄國的文學和生活上造出偉大的意義來的，却並非這道德的理想和觀照作品還沒有完成，俄國的讀者從詩人的冷靜的誓約中，毫無所得。讀者留在手裏的，還不過是一卷對于他所生活着的社會的彈劾狀，自然是一卷成于眞實詩歌的巨匠偉大的寫實作家之手的彈劾狀。

『死魂靈』在俄國文學中，是偉大的寫實小說的開首的模範，而常常戲弄人們的運命，是要這浪漫者和詩人所寫的寫實小說的偉大的標本，那作者的行徑以浪漫的夢幻始，而以宗教的宣講終。

然而造化將神奇的才幹，給這宣講者放在搖籃裏了，他稟着別人所無的純淨的，本色的，因理想化而不糲的描寫眞實的能力——在這才幹達到極頂，又即迅速而不停的消滅下去的短時期中，詩人却用極深的眞實，創造了這鉅大的圖，在這上面，俄國人這才第一次看見他自己，他本身的生活的狠狽的信實的映像。

內斯妥爾・珂德略來夫斯基

第一部

俄國 K・勃羅日 插畫

第一章

省會NN市的一家旅館的大門口，跑進了一輛講究的，軟墊子的小小的篷車，這是獨身的人們，例如退伍陸軍中佐，步兵二等大尉，有着百來個農奴的貴族之類，——一句話，就是大家叫作中流的紳士這一類人所愛坐的車子。車裏面坐着一位先生，不很漂亮，却也不難看；不太肥，可也不太瘦，說他老是不行的，然而他又並不怎麼年青了。他的到來，旅館裏並沒有什麼驚奇，也毫不惹起一點怎樣的事故；只有站在旅館對面的酒店門口的兩個鄉下人，彼此講了幾句話，但也不是說坐客，倒是大抵關于馬車的。『你瞧這輪子，』這一個對那一個說。『你看怎樣，譬如到莫斯科，這還拉得到麼？』——『成的，』那一個說。『到凱山可是保不定了，我想。』——『到凱山怕難，』那一個囘答道。談話這就完結了。當馬車停在旅館前面的時候，還遇見一個青年。他穿着又短又小的白布褲，時式的燕尾服，下面露出些坎肩，是用土拉出產的別針連起來的，針頭上裝飾着青銅的手鎗樣。這青年在伸手按住他快要被風吹去的小帽時，也向馬車看了一眼，于是走掉了。

馬車一進了中園，就有侍者或者是俄國客店裏慣叫作伙計的，來迎接這紳士。那是一個活潑的，勤快的傢伙，勤快到看不清他究竟是怎樣一副嘴臉。他一隻手拿着抹布，跳了出來，是高大的少年，身穿一件很長的常禮服，衣領聳得高高的，幾乎埋沒了頦頸，將頭髮一搖，就帶領着這紳士走過那全是木造的廊下，到樓上看上帝所賜的房子去了。——房子是極其普通的一類；因為旅館先就是極其普通的一類，像外省的市鎮上所有的旅館一樣，旅客每天付給兩盧布，就能開一間幽靜的房間：各處的角落上，都有蟑螂像梅乾似的在窺探，通到鄰室的門，是用一口衣櫥擋起來的，那邊住着鄰居，是一個靜悄悄，少說話，然而出格的愛管閒事的人，關于旅客及其個人的所有每一件事，他都有興味。這旅館的正面的外觀，就說明着內部：那是細長的樓房，樓下並不刷白，還露着暗紅的磚頭，這原是先就不很乾淨的了，經了利害的風雨，可更加黑沈沈了。樓上也像別處一樣，刷着黃色。下面是出售馬套，繩子和環餅的小店。那最末尾的店，要確切，還不如說是窗上的店能，是坐着一個賣斯比丁㊀的人，帶着一個紅銅的茶炊，㊁和一張臉，也紅得像他的茶炊一樣，如果他沒有一部烏黑的大鬍子，遠遠望去，是要當作窗口擺着兩個茶炊的。

這旅客還在觀察自己的房子的時候，他的行李搬進來了。首先是有些磨損了的白皮的箱子，一見就知道他並不是第一次走路。這箱子，是馬夫綏里方和跟丁彼得爾希加擡進來的。綏里方生得矮小，身穿短短的皮外套；彼得爾希加是三十來歲的少年人，穿一件分明是主人穿舊了的寬大的常禮服，有着正經而且容易生氣的相貌，以及又大又厚的嘴唇和一樣的鼻子。箱子之後，搬來的是樺木塊子嵌花的桃花心木的小提箱，一對靴楦和藍紙包着的烤雞子。事情一完，馬夫綏里方到馬房裏理値馬匹去了，跟丁彼得爾希加就去整頓狹小的下房，那是一個昏暗的狗窠，但他却已經拿進他的外套去，也就一同帶去了他獨有的特別的氣味。這氣味，還分給着他立刻拖了進去的袋子，那裏面是裝着侍者修飾用的一切傢伙的。他在這房子裏靠牆支起一張狹小的三條腿的牀來，放上一件好像棉被的東西去，蛋餅似的薄，恐怕也蛋餅似的油；這東西，是他問旅館主人要了過來的。

用人剛剛整頓好，那主人却跑到旅館的大廳裏去了。大廳的大概情形，只要出過門的

㊀ Sbiten 是一種用水，蜜，莓葉或紫蘇做成的飲料，下層階級當作茶喝的。——譯者。

㊁ Samovar 是一種茶具，用火暖着茶不使冷却，像中國的火鍋一樣。——譯者。

人是誰都知道的：總是油上顏色的牆壁，上面被煙薰得烏黑，下面是給旅客們的背脊磨成的傷疤，尤其是給本地的商人們因爲每逢市集的日子，他們總是六七個人一夥，到這里來喝一定的幾杯茶的；照例的煙薰的天花板，照例的掛着許多玻璃珠的烏黑的燭臺，侍者活潑的輪着盤子，上面像海邊的鳥兒一樣，放着許多茶杯，跑過那走破了的地板的蠟布上的時候，牠也就發跳，發響；照例是掛滿了一壁的油畫；一句話，就是無論什麽，到處都一樣，不同的至多也不過圖畫裏有一幅乳房很大的水妖，讀者一定是還沒有見過的。和這相像的自然的玩笑，在不知道從什麽時候，從什麽人，從什麽地方弄到我們俄國來的許多歷史畫上，也可以看見；其中自然也有是我們的闊人和美術愛好者聽了引導者的勸誘，從意太利買了回來的東西。這位紳士脫了帽，除下他毛絨的虹色的圍巾，這大抵是我們的太太們親手編給她丈夫，還懇切的教給他怎樣用法的；現在誰給一個鰥夫來做這事呢，我實在斷不定，只有上帝知道罷了，我就從來沒有用過這樣的圍巾。總而言之，那紳士一除下他的圍巾，他就叫午膳。當搬出一切旅館的照例的食品：放着替旅客留了七八天的花捲兒的白菜湯，還有腦子燴豌豆，青菜香腸，烤雞子，醃王瓜，以及常備的甜的花捲兒；無論熱的或冷的，來一樣，就喫一樣的時候，他還要使侍者或是伙計來講種種的廢話：這旅館先前是誰的，現在的東

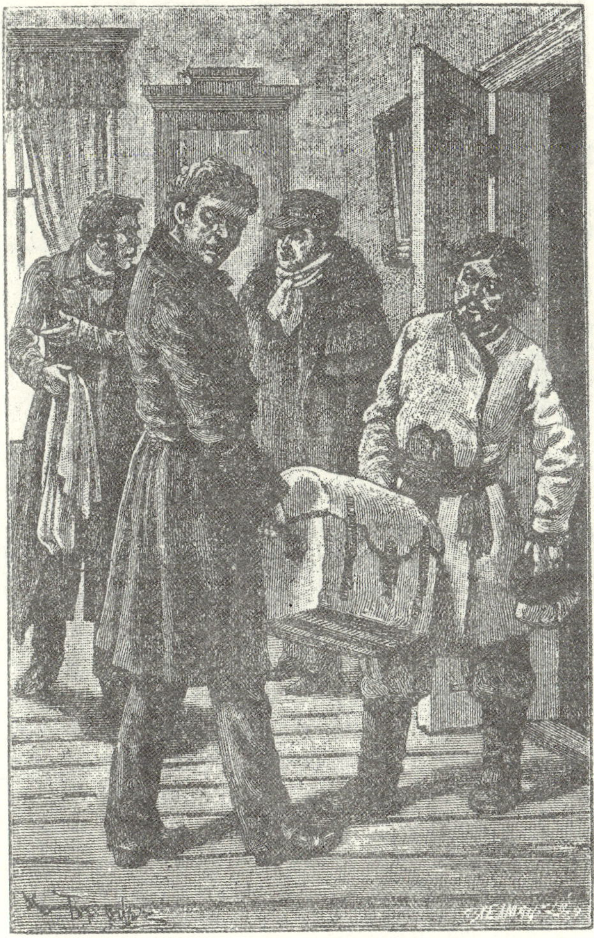

這箱子,是馬夫綏里方和跟丁彼得爾希加擡進來的。

家是誰了，能賺多少錢，東家可是一個大流氓之類，侍者就照例的回答道：『阿呀！那是大流氓呀，老爺！』恰如文明了的歐洲一樣，文明的俄國也很有一大批可敬的人們，在旅館裏倘不和侍者說廢話，或者拿他開玩笑，是要食不下嚥的了。但這客人也並非全是無聊的質問：他又詳細的打聽了這市上的知事，審判廳長和檢事——一句話：凡是大官，他一個也沒有漏；打聽得更詳細的是這一帶的所有出名的地主：他們每人有多少農奴，他住處離這市有多麼遠，性情怎麼，是不是常到市裏來；他也細問了這地方的情形，省界內可有什麼毛病或者時疫，如紅斑痧，天泡瘡之類，他都問得很擔心而且注意，也不像單是因爲愛管閒事。這位紳士的態度，是有一點定規和法則的；連醒鼻涕也很響。眞不知道他是怎麼弄的，每一醒，他的鼻子就像吹喇叭一樣。然而這看來並不要緊的威嚴，却得了侍者們的大尊敬，每逢響聲起處，他們就把頭髮往後一搖，立正，略略低下頭去，問道：『您還要用些什麼呀？』喫完午膳，這紳士就喝一杯咖啡，坐在躺椅上。他把墊子塞在背後，俄國的客店裏，墊子是不裝綿輭的羊毛，却用那很像碎磚或是沙礫的莫名其妙的東西的。他打呵欠了，叫侍者領到自己的房裏，躺在牀上，迷糊了兩點鐘。休息之後，他應了侍者的請求，在紙片上寫出身分，名姓來，給他可以去呈報當局，就是警察。那侍者一面走下扶梯去，一面就一個一個的讀着紙上的文字：

「六等官保甫爾・伊凡諾維支・乞乞科夫，地主，私事旅行」當侍者還沒有讀完單子的時候，保甫爾・伊凡諾維支・乞乞科夫却已經走出旅館，到市上去逛去了，這分明給了他一個滿足的印象因爲他發見了這省會也可以用別的一切省會來作比例的：最耀人眼的是塗在石造房子上的黃和木造房子上的灰色。房子有一層樓的，有兩層樓的，也有一層半樓的，據本地的木匠們說，是這里的建築都美觀得出奇。房子的佈置，是或者設在曠野似的大路裏，無邊無際的樹籬中；或者彼此擠得一團糟，却也更可以分明的覺得人生和活動。到處看見些幾乎完全給雨洗淸了的招牌，招牌畫着花捲，或是一雙長統靴，或者幾條藍褲子，下面寫道：阿小裁縫店。也有一塊畫着無邊帽和無遮帽，寫道：「洋商華希理・菲陀羅夫」㊀的招牌。有的招牌上，是畫着一個彈子臺和兩個打彈子的人，都穿着燕尾服，那衣樣，就像我們的戲院裏一收場，就要蹺上臺去的看客們所穿的似的。這打彈子人畫得捏定彈子棒，正要衝，臂膊微微向後，斜開了一條腿，也好像他要跳起來。畫下面却寫道：『彈子房在此！』也有在街路中央擺起桌子來，賣着胡桃，肥皁和看去恰如肥皁一樣的蜜糕的；再遠一點有飯店，

㊀ 這是純粹的俄國姓名，却自稱外國人，所以從他們看來，是可笑的。——譯者。

掛出來的招牌上是一條很大的魚身上插一把叉。遇見得最多的是雙頭鷹的烏黑的國徽，但現在却已經只看見簡單明瞭的『酒店』這兩個字了。石路到處都有些不大好。這紳士還去看一趟市立的公園，這是由幾株瘦樹兒形成的，因爲看來好像要長不大，根上還支着三脚架，架子油得碧綠。這些樹兒雖然不過蘆葦那麼高，然而日報的『火樹銀花』上却寫道：『幸蒙當局之德澤，本市遂有公園，遍栽嘉樹，鬱蒼茂密，雖當炎夏，亦復淸涼。』再下去是：『觀民心之因洋溢之感謝而戰慄，淚泉之因市長之熱心而奔迸，卽足見其感人之深矣』云。紳士找了警察，問過到教會，到衙門，到知事家裏的最近便的路，便順着貫穿市心的河道，走了下去——途中還揭了一張貼在柱上的戲院的廣告，這是豫備回了家慢慢的看的。接着是細看那走在木鋪的人行道上的很漂亮的女人，她後面還跟着一個身穿軍裝，挾個小包的孩子。接着是睜大了眼睛，向四下裏看了一遍，以深通這里的地勢，于是就跑回家，後面跟着侍者，輕輕的扶定他走上梯子，進了自己的房裏了。接着是喝茶，于是向桌子坐下，叫點蠟燭來，從衣袋裏摸出廣告來看，這時就總是映着他的右眼睛。廣告却沒有什麼可看的。做的是珂者蒲㊀的詩劇，波普略文先生扮羅拉，沙勃羅瓦小姐扮珂羅。別的都是些並不出名的脚色。然而他還是看完了所有的姓名，一直到池座的價目，並且知道了這廣告是市立印刷局裏印出來的；接着他又把廣告翻過來，看背後可還有些什麽字。然而什麽也沒有，他擦擦眼睛，很小心的把廣告疊起，收在提箱裏，無論什麽，只要一到手，他是一向總要收在這裏面的。據我看來，白天是要以一盤冷牛肉，一杯檸檬汽水和一場沈睡收梢了，恰如我們這俄羅斯祖國的有些地方所常說的那樣，鼾聲如雷。——

第二天都化在訪問裏。這旅客遍訪了市裏的大官。他先到知事那里致敬，這知事不肥也不瘦，恰如乞乞科夫一樣，制服上掛着聖安娜勳章，據人說，不遠就要得到明星勳章了；然而是一位溫和的老紳士，有時還會自己在絹上繡花。其次，他訪檢事，訪審判廳長，訪警察局長，訪專賣局長，訪市立工廠監督……可惜的是這世界上的闊佬，總歸數不完，只好斷定這旅客對于拜訪之舉，做得很起勁：就算他連衞生監督和市的建築技師那里，也都去表了敬意。後來他還很久的坐在篷車裏，計算着該去訪問的人，但是他沒有訪過的官員，在這市裏竟一個也想不出來了。和闊人談話的時候，他對誰都是恭維。看見知事，就微微的露一點口風，說是到貴省來，簡直如登天堂，道路很出色，正像鋪着天鵝絨一樣；又接着說，放出去做官

❶ Kotzbue (1761—1819) 德國的戲曲作家。——譯者。

的都是賢明之士，所以當軸是值得最高的讚頌和最大的鑒識的。對警察局長，他很稱讚了一通這市裏的警察，對副知事和審判廳長呢，兩個人雖然還不過五等官，他却在談話中故意錯叫了兩回『大人，』又很中了他們的意了。那結果是，知事就在當天邀他赴自己家裏的小夜會；別的官員們也各各招待他，一個請喫中飯，別個是玩一場波士頓●或者喝杯茶。

關于自己這旅客迴避着多談。即使談起來，也大抵不著邊際。他顯着驚人的謙虛，這之際，他的口氣就滑得像背書一樣，例如：他在這世界上，不過是無足重輕的一條蟲，並沒有令人注意的價值。在他一生中，已經經歷過許多事，也曾爲眞理受苦，還有着不少要他性命的敵人。現在他終于想要休息了，在尋一塊小地方，給他能夠安靜的過活。因此他以爲一到這市裏，首先去拜謁當局諸公，並且向他們表明他最高的敬意，乃是自己的第一義務云。市民對于這忙着要赴知事的夜會的生客所能知道的，就只有這一點。那赴會的準備，却足足費了兩點鐘，這位客人白天裏的專心致志的化裝，眞是很不容易遇見的。午後睡了一下，他就叫拿臉盆來，將肥皂抹在兩頰上，用舌頭從裏面頂着，刮了很久很久的時光。于是拿過侍者

● Partie Boston 是葉子牌的一種。——譯者。

肩上的手巾，來擦他的圓臉，無處不到，先從耳朶後面開頭，還靠近着侍者的臉孔，咕咕的哼了兩囘鼻子。于是走到鏡面前，套好前胸衣，剪掉兩根露出的鼻毛，就穿上了越橘色的紅紅的閃閃的燕尾服。他這樣的化過裝，卽走上自己的篷車，在只從幾家窗戶裏漏出來的微光照着的很闊的街道上馳過去。知事府裏，却正如要開夜會一樣，裏面很輝煌，門口停有點着明燈的車子，還站着兩個憲兵。遠處有馬夫們的喊聲；總而言之，應有盡有。當乞乞科夫跨進大廳的時候，他不得不把眼睛細了一下子，因爲那燭，燈，以及太太們的服飾的光亮，實在強得很。無論什麼都好像澆上了光明。烏黑的燕尾服，或者一個，或者一羣，在大廳裏蠢動，恰如大熱的七月裏，聚在白糖塊上的蒼蠅，管家婆在開着的窗口敲冰糖，飛散着又白又亮的碎片：所有的孩子們都圍住她，驚奇的儘看那拿着槌子的善于做事的手的運動，蒼蠅的大隊駕了輕風，雄赳赳地飛過來，彷彿牠們就是一家之主，並且利用了女人的近視和眩她眼睛的陽光，就這邊弄碎了可口的小片，那邊撒散了整個的大塊。豐年的夏天，喫的東西多到插不下脚，牠們飛來了，却並不是爲了喫，只不過要在糖堆上露臉，用前脚或後脚彼此摩一摩，在翅子下面去擦一擦，或者張開兩條前脚，在小腦袋下面搔一搔，于是雄赳赳的轉一個身，飛掉了，却立刻從新編成一大隊，又復飛了囘來。乞乞科夫還不及細看情形，就被知事拉着臂膊，去紹介給知事夫人了。當此之際，這旅客也不至于胡塗：他對這太太說了幾句不亢不卑，就是恰合于中等官階的中年男子的應酬話。幾對跳舞者要佔地方，所有旁觀的人們只好靠壁了，他就反背着兩隻手，向跳舞者很注意的看了幾分鐘。那些太太們大都穿得很好，也時式，但也有就在這市裏臨時弄來應急的。紳士們也像別處一樣，可以分成兩大類：一類很瘦，始終釘着女人；有幾個還和彼得堡紳士很難加以區別，他們一樣是很小心的梳過鬍子，鬚樣一樣是很好看，有意思，或者却不過漂亮而已，一張刮得精光的雞蛋臉，也一樣是拚命的跟着女人，法國話也說得很好，使太太們笑斷肚腸筋，也正如在彼得堡一樣。別一類是胖子，或者像乞乞科夫那樣的，不太肥，然而也並不怎麼瘦。他們是完全兩樣的，對於女人，不看，避開，只在留心着知事的家丁，可在什麼地方擺出一頂打牌的綠罩桌子來沒有。他們的臉都滚圓，胖大，其中也有有着疣子或是麻點的；他們的髮樣既不掛落，也不捲縮，又不是法國人的 à la Diable m'emporte ● 式，頭髮是剪短的，或者梳得很平，他們的臉相因此就越加顯得滚圓，威武。這都是本市的可敬的大官。唉唉！在這世界上，胖子實在比瘦子會辦事。

● 法國話，直譯是『惡魔捉我，』意譯是『任其自然。』——譯者。

瘦子們的做官大抵只靠着特別的囑咐，或者不過充充數，跑跑腿；他們的存在輕得很，空氣似的，簡直靠不住。但胖子們是不來佔要路的旁邊之處的，他們總是抓住緊要的地位，如果坐下去，就坐得穩穩當當，使椅子在他們下面發響，要炸，但他們還是處之泰然。他們不喜歡好看的外觀，燕尾服自然不及瘦子們的做得好，但他們的錢櫃子是滿滿的，還有上帝保佑。只要三年，瘦子就沒有一個還未抵債的農奴了，胖子却過得很安樂，看罷——忽然在市邊的什麼地方造起一所房子來了，是太太出面的，接着又在別的市邊造第二所，後來就在近市之處賣一塊小田地，于是是連帶一切附屬東西的大村莊。凡胖子，總是在給上帝和皇上出力，博得一切尊敬之後，就退職下野，化爲體面的俄羅斯地主，弄一所好房子，平安地，幸福地，而且愉快地過活的。但他的瘦子孫却又會遵照那很好的俄羅斯的老例，飛毛腿似的把祖遺產業化得一乾二淨。我們的乞乞科夫看了這一羣，就生出大概這樣的意思來，是瞞也瞞不過去的，結果是他決計加入胖子類裏去，這里有他並不陌生的臉孔，有濃黑眉毛的檢事，常常映着左眼，彷彿是在說：『請您到隔壁的房裏來，我要和您講句話』——但倒是一個認眞，沈靜的人。有郵政局長，生得矮小，但會說笑話，又是哲學家；還有審判廳長，是一個通世故，愜人心的紳士——他們都像見了老朋友似的歡迎他，乞乞科夫却只招呼了一下，然而也沒有失禮貌。在這里他又結識了一個高雅可愛的紳士，是地主，姓叫瑪尼羅夫的，以及一個紳士梭巴開維支，外觀有些魯莽，立刻踏了他一腳，于是說道『對不起。』人們邀他去打牌，他照例很規矩的鞠一鞠躬，答應了。大家圍着綠罩桌子坐下，直到夜膳時候還沒有散。認眞的做起事來，就話也不說了，這是什麼時候全都這樣的，連很愛說話的郵政局長，牌一到手，他的臉上也就顯出一種深思的表情，用下唇裹着上唇，到散場都保持着這態度，如果打出花牌來，他的手總是在桌子上使勁的一拍，倘是皇后，就說：『滾，老虔婆！』要是一張皇帝呢，那就叫道，『滾你的丹波夫莊家漢！』但審判廳長却回答道：『我來拔這漢子的鬍子罷！我來拔這婆娘的鬍子罷！』當他們打出牌來的時候，間或也漏些這樣的口風：『什麼隨便罷，有鑽石呢！』或者不過說：『心！心兒！畢克寶寶，』或者是『心仔，畢婆，畢佬！』或者簡直叫作『畢鬼』，這是他們一夥裏稱呼大家壓着的牌的名目。打完之後，照例是大聲發議論。我們的新來的客人也一同去辯論，但是他有分寸，使大家都覺得他議論是發的，却總是靈活得有趣。他從來不說：『您來呀……』說的是『請您出手……』或者『對不起，我收了您的二罷』之類。倘要對手高興，他就遞過磁釉的鼻煙壺去，那底裏可以看見兩朵紫羅蘭，爲的是要增加些好香味。我們的旅客以爲最有意思的，是先前已經說過的兩位地主，瑪尼羅夫和梭巴開維支。他立刻悄悄的去向審判廳長和郵政局長打聽他們的事情。看起他所關的幾點來，就知道這旅客並非單爲了好奇，其實是別有緣故的，因爲他首先打聽他們有多少農奴，他們的田地是什麼狀態；然後也問了他們的本名和父稱。㊀不多工夫，他就把他們倆籠絡成功了。地主瑪尼羅夫年紀並不大，那眼睛却糖似的甜，笑起來細成一條線，佩服他到了不得。他握着他的手，有許多工夫，一面很熱心的請他光臨自己的敝村，並且說，那村離市柵也不過十五維爾斯他，㊁乞乞科夫很恭敬的點頭，緊握着手，說自己不但以赴這邀請爲莫大的榮幸，實在倒是本身的神聖的義務。梭巴開維支却說得很簡潔：「我也請您去，」于是略一彎腰，把脚也略略的一並，他穿着大到出人意外的長靴，在俄國的巨人和騎士已經死絕了的現在，要尋適合于這樣長靴的一雙脚，恐怕是很不容易的了。

㊀ 俄國舊例，每人都有兩個名字，例如這里的保甫爾・伊凡諾維支・乞乞科夫，末一個是姓，第一個是他自己的本名，中間的就是父稱，譯出意義來是『伊凡之子，』或是『少伊。』平常相呼，必用本名連父稱，否則便是失禮。——譯者。

㊁ Versta，俄里名。每一俄里，約合中國市里二里餘。——譯者。

第二天，乞乞科夫被警察局長邀去喫中飯並且參加夜會了。飯後三點鐘，大家入坐打牌，一直打到夜兩點。這回他又結識了一個地主羅士特來夫，是三十歲光景的爽直的紳士，只講過幾句話就和他『你』『我』了起來。羅士特來夫對警察局長和檢事也這樣，弄得很親熱；但到開始賭着大注輸贏的時候，警察局長和檢事就都留心他喫去的牌，連他打出來的，也每張看着不放鬆了。次日晚上，乞乞科夫在審判廳長的家裏，客人中間有兩位是太太，主人却穿着有點髒了的便衣來招呼。後來他還赴副知事的晚餐，赴白蘭地專賣局長的大午餐會和檢事的小小的午餐會，但場面却和大讌一樣；終于還被市長邀去赴他家裏的茶會去了，這會的化費，也不下于正式的午餐。一句話，他是幾乎沒有一刻工夫在家裏的，囘到旅館來，不過是睡覺。這旅客到處都相宜，顯得他是很有經驗很通世故的人物，每逢談天，他也總是談得很合拍的；說到養馬，他也講一點養馬；說到好狗，他也供獻幾句非常有益的意見；講起地方審判廳的判決來能——他就給你知道他關于審判方面也並非毫無知識，講到打彈子——他又打得並不脫空；一談到道德——他也很有見識，眼淚汪汪的談道德；講到製造白蘭地酒呢，他也知道製造白蘭地酒的妙法——或者講到稅關稽查和稅關官吏能——他也會談，彷彿他自己就做過稅關官吏和稅關稽查似的。但在談吐上，他總給帶着一種認眞的調子，到底一直對付了過去，卻實在値得驚歎的。他說得不太響，也不太低，正是適得其當。總而言之：無論從那一方面看，他從頭到脚，是一位好紳士。所有官員，都十分高興這新客的光臨。知事說他是好心人——檢事說他是精明人——憲兵隊長說他有學問——審判廳長說他博學而可敬——警察局長說他可敬而可愛，而警察局長太太則說他很可愛，而且是知趣的人。連不很說人好話的梭巴開維支，當他在夜間從市裏囘家，脫掉衣服，上牀躺到他那精瘦的太太旁邊去的時候，也就說：『寶貝，今天我在知事那里喫夜飯，警察局長那里喫中飯，認識了五等官保甫爾·伊凡諾維支·乞乞科夫：一個很好的紳士！』他的太太說了一聲『唅』並且輕輕的蹬了他一脚。

對于我們的客人的，這樣的誇奬的意見，在市裏傳佈，而且留存了，一直到這旅客的奇特的性質，以及一種計畫，或是鄉下人之所謂『掉鎗花，』幾乎使全市的人們非常驚疑的時候。關于這，讀者是不久就會明白的。

第二章

這客人在市裏住了一禮拜以上了，每天是喫午餐，赴夜會，眞是所謂度着快樂的日子。終于他決心要到市外去，就是照着約定，去訪問那兩位地主，瑪尼羅夫和梭巴開維支了。但他的下了這決心，似乎骨子裏也還有別的更切實的原因，更要緊的事故……但這些事，讀者只要耐心看下去，也就自然會慢慢的明白起來的，因爲這故事長得很，事情也越拉越廣，而且越近收場，也越加要緊的緣故。馬夫綏里方得到吩咐，一早就在那篷車上駕起馬匹來；彼得爾希加所受的却是留在家裏，守着房子和箱子的命令。就在這里把我們的大脚色的兩個家丁，給讀者來紹介一下，大約也不算多事的罷。當然，他們倆並不是什麼重要人物，僅是所謂第二流或者第三流的人們，而且這史詩的骨幹和顯著的展開，也和他們無關，至多也不過碰一下，或者帶一筆；——但作者是什麼事都極喜歡精細的，他自己雖然是一個很好的俄國人，而審愼周詳却像德國人一樣。但也用不着怎麽多的時光和地方，讀者已經知道，例如彼得爾希加，是穿着他主人穿舊的不合身的灰色常禮服，而且有着奴僕類中人無不如此的大鼻子和厚嘴脣的，這以外，也沒有加添什麽的必要了。至于性質，是愛沈默，不愛多言，還有好學的高尙的志向，因爲他在拚命的讀書，雖然並不懂得內容是怎樣：『情愛英雄冒險記』也好，小學的初等讀本或是禱告書也好，他完全一視同仁——都一樣的讀得很起勁；如果給他一本化學教科書，——大約也不會不要的。他所高興的並非他在讀什麽，高興的是在讀書，也許不如說是在讀下去，字母會拚出字來，有趣得很，可是這字的意義，却不懂也不要緊。這讀書，是大抵在下房裏，躺在牀上的棉被上面來做的，棉被也因此弄得又薄又硬，像蛋餅一樣。讀書的熱心之外，他還有兩樣習慣，也就是他這人的兩個特徵：他喜歡和衣睡覺，就是睡的時候，也還是穿着行立時候所穿的那件常禮服，還有一樣是他有一種特別的臭味，有些像臥房的氣味，即使是空屋，只要他搭起牀來，搬進他的外套和隨身什物去，那屋子就像十年前就已經住了人似的了。乞乞科夫是一位很敏感的，有時簡直可以說是很難服侍的主子，早上，這臭味一撲上他靈敏的鼻子來，他就搖着頭，訶斥道：『該死的，昏蛋！在出汗罷？去洗回澡！』彼得爾希加却一聲也不響，只管做他的事；他拿了刷子，刷刷掛在壁上的主人的燕尾服，或者單是整理整理房間。他默默的在想什麼呢？也許是在心裏說：『你的話倒也不錯的！一樣的話說了四十遍，你還沒有說厭嗎……』家丁受了主人的訓斥，他在怎麼想呢，連上帝也很難明白的。關于彼得爾希加，現在也只能說述他這一點點。

馬夫綏里方却是一個完全兩樣的人……。但是，總將下流社會來紹介給讀者，作者却實在覺得過意不去，因爲他從經驗知道讀者們是很不喜歡認識下等人的。凡俄國人，倘使見着比自己較高一等的人，就拚命的去結識，和伯爵或侯爵應酬幾句，也比和彼此同等的人結了親密的友誼更喜歡。就是本書的主角不過是一個五等官，作者也擔心得很。假使是七等官之流，那也許肯去親近的罷，但如果是已經陞到將軍地位的人物——上帝知道，可恐怕竟要投以傲然的對于爬在他脚跟下的人們那樣的鄙夷不屑的一瞥了，或者簡直還要壞，卽是置之不理，也就制了作者的死命。但縱使這兩層怎麼惱人，我們也還得回到我們的主角那里去。他是先一晚就清清楚楚的發過必要的命令的了，一早醒來，洗臉，用濕的海綿從頭頂一直擦到脚尖，這是禮拜天才做的——但剛剛湊巧，這一天正是禮拜天——于是刮臉，一直刮到他的兩頰又光又滑像緞子，穿起那件閃閃的越橘色的燕尾服，罩上熊皮做的大外套，侍者扶着他的臂膊，時而這邊，時而那邊，走下樓梯去。他坐上馬車，那車就格格的響着由旅館大門跑出街上去了。過路的牧師脫下帽子來和他招呼；穿着齷齪小衫的幾個野孩子伸着手『好心老爺呀，布施點我們可憐的孤兒罷！』的求乞。馬夫看見有一個總想爬上車後面的踏臺來，就響了一聲鞭子，馬車便在石路上磕撞着跑遠了。遠遠的望見畫着條紋的市柵，這高興是不小的，這就是表示着石路不久也要和別的各種苦楚一同完結。乞乞科夫的頭再在車篷上重重的碰了幾回之後，車子這才走到柔軟的泥路上。一出市外，路兩邊也就來了無味而且無聊的照例的風景：長着苔蘚的小土岡，小的樅林，小而又低又疏的松林，焦掉的老石楠的幹子，野生的杜松，以及諸如此類。間或遇見拖得線一般長的村落。那房屋的造法，彷彿堆積着舊木柴。凡有小屋子，都是灰色的屋頂，簷下掛着雕花的木頭的裝飾，那樣子，好像手巾上面的繡花。幾個穿羊皮袍子的農夫，照例的坐在門口的板凳上打呵欠。圓臉的束胸的農婦，在從上面的窗口窺探；下面的窗口呢，露出小牛的臉或者亂拱着猪子的鼻頭。一言以蔽之：千篇一律的風景。走了十五維爾斯他之後，乞乞科夫記得起來了，照瑪尼羅夫的話，那莊子離這里就該不遠了；但又走過了第十六塊里程牌，還是看不見像個村莊的處所。假使在路上沒有遇見兩個農夫，恐怕他們是不會幸而達到目的地的。聽得有人問薩瑪尼羅夫村還有多麼遠，他們都脫了帽，其中的一個，顯得較爲聰明，留着尖劈式鬍子的，便囘答道：「您問的恐怕是瑪尼羅夫村，不是薩瑪尼羅夫村罷？」

「哦哦，是的，瑪尼羅夫村。」

「瑪尼羅夫村！你再走一維爾斯他，那就到了，這就是你只要一直的往右走。」

「往右？」馬夫問道。

「往右，」農夫說，「這就是上瑪尼羅夫村去的路呀。一定沒有薩瑪尼羅夫村的。牠的名字叫作瑪尼羅夫村。薩瑪尼羅夫村可是什麼地方也沒有的。一到那里，你就看見山上有一座石頭的二層樓，就是老爺的府上老爺就住在那裏面。這就是瑪尼羅夫村。那地方，薩瑪尼羅夫村可是沒有的，向來沒有的。」

駛開車尋瑪尼羅夫村去了。又走了兩維爾斯他，到得一條野路上。于是又走了兩，三，以至四維爾斯他之遠，却還是看不見石造的樓房。這時乞乞科夫記起了誰的話來，如果有一個朋友在自己的村莊裏招待我們，說是相距十五維爾斯他，則其實是有三十維爾斯他的。瑪尼羅夫村爲了位置的關係，訪問者很不多。邸宅孤另另的站在高岡上，只要有風，什麼地方都吹得着。岡子的斜坡上，滿生着剪得整整齊齊的短草；其間還有幾個種着紫丁香和黃刺槐的英國式的花壇。五六株赤楊處處簇作小叢，揚着牠帶些小葉的疏疏的枝杪。從其中的兩株下面，看見一座藍柱子的綠色平頂的園亭，扁上的字是『靜觀堂；』再遠一點，碧草叢中有一個池子，在俄國地主的英國式花園裏這是並不少見的。這園子的脚邊，沿着坡路，到處閃爍着灰色的小木屋，不知道爲什麼本書的主角便立刻去數起來了，却有二百所以上。這些屋子，都精光的站着，看不見一株小樹或是一點新鮮的綠色；所見的全是粗大的木頭。只有兩個農婦在給這村落風景添些活氣，她們像圖畫似的撩起了衣裙，池水浸到膝彎，在拉一張縛在兩條木棍上頭的破網，捉住了兩隻蝦和一條銀光閃閃的鱸魚。她們彷彿在爭鬧，彼此相罵着似的。旁邊一點，松林遠遠地顯着冷靜的青蒼。連氣候也和這風景相宜，天色不太明，也不太暗，是一種亮灰的顏色，好像我們那平時很和氣，一到禮拜天就爛醉了的衞戍兵的舊操衣。來補足這幅圖畫的豫言天候的雄雞，也並沒有缺少。牠雖然爲了照例的戀愛事件，頭上給別的雄鷄們的嘴啄了一個幾乎到腦的窟窿，卻依然毫不措意，大聲的報着時光，拍着那撕得像兩條破席一般的翅子。當乞乞科夫漸近大門的時候，就看見那主人穿着毛織的綠色常禮服，站在階沿上，搭涼棚似的用手遮在額上研究着逐漸近來的篷車。篷車愈近門口，他的眼就愈加顯得快活，臉上的微笑也愈加擴大了。

『保甫爾・伊凡諾維支！』乞乞科夫一下車，他就叫起來了。『您到底還是記得我們的！』

兩個朋友彼此親密的接過吻，瑪尼羅夫便引他的朋友到屋裏去。從大門走過前廳，走過食堂，雖然快得很，但我們却想利用了這極短的時間，成不成自然說不定，來講講關於這主人的幾句話。不過作者應該聲明，這樣的計劃，是很困難的。還是用大排場，來描寫一個性格的容易。這里只好就是這樣的把顏料抹上畫布去——發閃的黑眼睛，濃密的眉毛，深的額上的皺紋，儼然的搭在肩頭的烏黑或是血紅的外套，——小照畫好了；然而，這樣的到處皆是的，外觀非常相像的紳士，是因爲看慣了罷，却大概都有些什麼微妙的，很難捉摸的特徵的——這些人的小照就很難畫。倘要這微妙的，若有若無的特徵擺在眼面前，就必須格外的留心，還得將那用鑒識人物所練就的眼光，很深的射進人的精神的底裏去。

瑪尼羅夫是怎樣的性格呢，恐怕只有上帝能夠說出來罷。有這樣的一種人：恰如俄國俗諺的所謂不是魚，不是肉，既不是這，也不是那，並非城裏的波格丹，又不是鄉下的綏里方。❶瑪尼羅夫大概就可以排在他們這一類裏的。他的風采很體面，相貌也並非不招人歡喜，但這招人歡喜裏，總很夾着一些甜膩味；在應酬和態度上，也總顯出些竭力收攬着對手的

❶ Bogdan和Selifan 都是人名。這兩句話，猶言既非城裏的紳士，又非鄉下的農夫。——譯者。

歡心模樣來。他笑起來很媚人，淺色的頭髮，明藍的眼睛。和他一交談，在最初的一會，誰都要喊出來道：『一個多麼可愛而出色的人呵！』但停一會，就什麼話也不能說了，再過一會，便心裏想：『呸，這是什麼東西呀！』于是離了開去；如果不離開，那就立刻覺得無聊得要命。從他這里，是從來聽不到一句像別人那樣，講話觸着心裏事，便會說了出來的潑剌或是不遜的言語的。每個人都有他的玩意兒：有的喜歡獵狗，有的以了不得音樂愛好者自居，以爲深通這藝術的奧妙；第三個不高興喫午餐；第四個不安於自己的本分，總要往上鑽，就是一兩寸也好；第五個原不過懷一點小希望，睡覺就說夢話，要和侍從武官在園遊會裏傲然散步，給朋友，熟人，連不相識的人們都瞧瞧；第六個手段很高強，至於起了要諷刺一下闊人或是傻子的出奇的大志，而第七個的手段却實在有限得很，不過到處弄得很齊整，藉此討些站長先生或是搭客馬車夫之流的喜歡。總而言之，誰都有一點什麼東西的，就是他的個性，只有瑪尼羅夫却沒有這樣的東西。在家裏他不大說話，只是沈思，冥想，他在想些什麼呢，也只有上帝知道罷了。說他在經營田地罷，也不成，他就從來沒有走到野地裏去過，什麼都好像是自生自長的，和他沒干係。如果經理來對他說：『東家，我們還是這麼這麼辦的好罷，』他那照例的回答是『是的，是的，很不壞！』他仍舊靜靜的吸他的煙，這是他在軍隊裏服務時候養成的習慣，他那時算是一個最和善，最有教養的軍官。『是的，是的，實在很不壞！』他又說一遍。如果一個農夫到他這里來，搔着耳朵背後，說『老爺，可以放我去繳捐款麼？』那麼，他就回答道：『去就是了！』于是又立刻吸他的煙，那農夫不過去喝酒，却連想也沒有想到的。有時也從石階梯上眺望着他的村子和他的池，說道，如果從這屋子裏打一條隧道，或者在池上造一座石橋，兩邊開店，商人們賣着農夫要用的什物，那可多麼出色呢。於是他的眼睛就愈加甜膩膩，臉上顯出滿足之至的表情。但這些計劃，總不過是一句話。他的書房裏總放着一本書，在第十四頁間總夾着一條書籤；這一本書他是還在兩年以前看起的。在家裏總是缺少着什麼；客廳裏却陳設着體面的家具，綳着華麗的絹布，化的錢一定是很不在少的；然而到得最後的兩把靠手椅，材料不夠了，就永遠只綳着麻袋布；四年以來，每有客來，主人總要預先發警告：『您不要坐這把椅子，這還沒有完工哩。』在別一間屋子裏，却簡直沒有什麼家具，雖然新婚後第二天，瑪尼羅夫就對他的太太說過：『心肝，我們明天該想法子了，至少，我們首先得弄些家具來。』到夜裏，就有一座高高的華美的古銅燭臺擺在桌上了，鑄着三位希臘的格拉支，還有一個羅鈿的罩，然而旁邊却是一個平常的粗銅的，跛腳的，彎腰的，而且積滿了油膩的燭臺，主人和主婦，還有做事的人們，倒也好像全都不在意。他的太太……他們是彼此十分滿足的。結婚雖然已經八年多，但還是分喫着蘋果片，糖果或胡桃，用一種表示眞摯之愛的動人的嬌柔的聲音，說道：『張開你的口兒來呀，小心肝，我要給你這一片呢。』這時候，那不消說，她的口兒當然是很優美的張了開來的。一到生日，就準備各種驚人的贈品——例如琉璃的牙粉盒之類。也常有這樣的事，他們倆都坐在躺椅上，也不知爲了什麼緣故，他放下煙斗來，她也放下了拿在手裏的活計，來一個很久很久的身心交融的接吻，久到可以吸完一枝小雪茄。總而言之，他們是，就是所謂幸福，自然，也還有別的事，除了彼此長久的接吻和準備驚人的贈品之外，家裏也還有許多事要做，各種問題也是層出不窮的。例如食物爲什麼做得這樣又壞又傻呀？倉庫爲什麼這麼空呀？管家婦爲什麼要偸呀？當差的爲什麼總是這麼又髒又醉呀？僕人爲什麼睡得這麼沒規矩，醒來又只管胡鬧呀？但這些都是俗務，瑪尼羅夫夫人却是一位受過好教育的的閨秀。這好教育，誰都知道，是要到慈惠女塾裏去受的，而在這女塾裏，誰都知道，則以三種主要科目，爲造就一切人倫道德之基礎：法國話，這是使家族得享家庭的幸福的；彈鋼琴，這是使丈夫能有多少愉快的

❶ Grazie，是神女們，分掌美，文雅和歡喜，出希臘神話。——譯者。

時光的最後是經濟部份，就是編錢袋和諸如此類的驚人的贈品。那教育法，也還有許多改善和完成，尤其是在我們現在的這時候這是全在于慈惠女塾塾長的才能和力量的。有些女塾是鋼琴第一，其次法國話，末後才是經濟科。但也有反過來：首先倒是經濟科，就是編織小贈品之類，其次法國話，末後彈鋼琴。總之教育法是有各式各樣的，但這里正是聲明的地方了，那瑪尼羅夫夫人……不，老實說，我是很有些怕敢講起大家閨秀的，況且我也早該回到我們這本書的主角那里去，他們都站在客廳的門口，彼此互相謙遜，要別人先進門去，已經有好幾分鐘了。

「請呀，您不要這麼客氣，請呀，您先請，」乞乞科夫說。

「不能的，請罷，保甫爾·伊凡諾維支，您是我的客人呀，」瑪尼羅夫回答道，用手指着門。

「可是我請您不要這麼費神，不行的，請請，您不要這麼費神；請請，請您先一步，」乞乞科夫說。

「那可不能，請您原諒，我是不能使我的客人，一位這樣體面的，有教育的紳士，走在我的後面的。」

「那里有什麼教育呢！請罷請罷，還是請您先一步。」

『不成不成，請您賞光，請您先一步。』

『那又爲什麼呢？』

『哦哦，就是這樣子！』瑪尼羅夫帶着和氣的微笑說。這兩位朋友終于並排走進門去了，大家略略擠了一下。

『請您許可我來紹介賤內，』瑪尼羅夫說。『心兒！這位是保甫爾・伊凡諾維支。』

乞乞科夫這才看見一位太太，當他和瑪尼羅夫在門口互相遜讓的時候，是毫沒有留心到的。她很漂亮，衣服也相稱。穿的是淡色綢的家常便服，非常合式；她那纖手慌忙把什麼東西拋在桌子上，整好了四角繡花的薄麻布的頭巾。於是從坐着的沙發上站起來了。乞乞科夫倒也愉快似的在她手上吻了一吻。瑪尼羅夫夫人就用她那帶些粘舌頭的調子對他說，他的光臨，眞給他們很大的高興，她的男人，是沒有一天不記掛他的。

『對啦，』瑪尼羅夫道。『賤內常常問起我：「你的朋友怎麼還不來呢？」我可是回答道：「等着就是，他就要來了！」現在您竟眞的光降了。這眞給我們大大的放了心——這就像一個春天，就像一個心的佳節。』

一說到心的佳節的話，乞乞科夫倒頗有些着慌，就很客氣的分辯他並不是一個什麼

"心兒,這位是保甫爾·伊凡諾維支!"

有着大的名聲，或是高的職位和街頭的人物。

『您都有的，』瑪尼羅夫含着照例的高興的微笑，堵住他的嘴。『您都有的，而且怕還在其上哩！』

『您覺得我們的市怎麼樣？』瑪尼羅夫夫人問道。『過得還適意麼？』

『出色的都市，體面的都市！』乞乞科夫說。『眞過得適意極了；交際場中的人物都非常之懇切，非常之優秀！』

『那麼，我們的市長，您以爲怎樣呢？』瑪尼羅夫夫人還要問下去。

『可不是嗎？是一位非常可敬，非常可愛的紳士呵！』瑪尼羅夫夾着說。

『對極了，』乞乞科夫道。『眞是一位非常可敬的紳士！對於職務是很忠實的，而且看得職務又很明白的！但願我們多有幾個這樣的人才。』

『大約您也知道，要他辦什麼，他沒有什麼不能辦，而且那態度，也眞的是漂亮，』瑪尼羅夫微笑着接下去說，滿足得細瞇了眼，好像有人在搔牠耳朵背後的貓兒。

『眞是一位非常懇切，非常文雅的紳士！』乞乞科夫道。『而且又是一個怎樣的美術家呀！我眞想不到他會做這麼出色的刺繡和手藝。他給我看過一個自己繡出來的錢袋子；

要纔得這麼好，就在閨秀們中恐怕也很難找到的。」

「那麼，副知事呢？是一位出色的人！可對？」瑪尼羅夫說，又細瞇了眼。

「是一位非常高超，極可尊敬的人物呀！」乞乞科夫回答道。

「請您再許可我問一件事：您以爲警察局長怎麼樣？也是一位很可愛的紳士罷？可是呢？」

「哦哦，那眞是一位非常可愛的紳士！而且又聰明，又博學！我和檢事，還有審判廳長，在他家裏打過一夜牌的。實在是一位非常可愛的紳士！」

「還有警察局長的太太，您覺得怎麼樣呀？」瑪尼羅夫夫人問。「您不覺得她也是一位非常和藹的閨秀麼？」

「哦哦，在我所認識的閨秀們裏面，她也正是最可敬服的一位了！」乞乞科夫回答說。

審判廳長和郵政局長也沒有被忘記；全市的官吏，幾乎個個得到品評，而且都成了極有聲價的人物，

「您總在村莊裏過活麼？」乞乞科夫終于問。

「一年裏總有一大部份！」瑪尼羅夫答道。「我們有時也上市裏去，會會那些有教育

的人們。您知道，如果和世界隔開，人簡直是要野掉的』

『眞的，一點不錯！』乞乞科夫回答說。

『要是那樣，那自然另一回事了，』瑪尼羅夫接着說。『如果有着很好的鄰居，如果有着這樣的人，可以談談當如優美的禮節，精雅的儀式，或是什麼學問的，——您知道，那麼，心就會感動得好像上了天……』他還想說下去，但又覺得很有點脫線了，便只在空中揮着手，說道：『那麼，就是住在荒僻的鄉下，自然也好得很。可是我全沒有這樣的人。至多，不過有時看看「祖國之子」❶罷了。』

乞乞科夫是完全同意的，但他又加添說，最好不過的是獨自過活，享用着天然美景，有時也看看書……

『但您知道，』瑪尼羅夫說，『如果沒有朋友，又怎麼能夠彼此……』

『那倒是的，不錯，一點也不錯！』乞乞科夫打斷他。『就是有了世界上一切寶貝，又有什麼好處呢？賢人說過，「好朋友勝于世上一切的財富。」』

『但您知道，保甫爾·伊凡諾維支，』瑪尼羅夫說，同時顯出一種親密的臉相，或者不

❶ 完全中立的關於歷史，政治，文學的雜誌，一八一二年至一八五二年，在彼得堡發行。——譯者。

如說是太甜了的，恰如老于世故的精幹的醫生，知道只要弄得甜，病人就喜歡喫，于是儘量的加了糖汁的藥水一樣的臉相說，『那就完全不同了，可以說——精神的享樂……例如現在似的，能夠和您扳談，享受您有益的指教，那就是幸福，我敢說，那就是難得的出色的孚福呵……』

『不不，怎麼說是有益的指教呢？……我只是一個不足道的人，什麼也沒有，』乞乞科夫回答道。

『唉唉，保甫爾·伊凡諾維支！我來說一句老實話罷！只要給我一部份像您那樣的偉大的品格，我就高高興興的情願拋掉一半家財！』

『却相反，我倒情願……』

如果僕人不進來說食物已經準備好，這兩位朋友的彼此披肝瀝膽，就很難說什麼時候才會完結了。

『那麼，請罷，』瑪尼羅夫說。

『請您原諒，我們這里是拿不出大都市裏，大第宅裏那樣的午飯來的：我們這里很簡陋，照俄國風俗，只有菜湯，但是誠心誠意。請您賞光罷。』

為了誰先進去的事，他們又爭辯了一通，但乞乞科夫終于側着身子，橫走進去了。

食堂裏有兩個孩子在等候，是瑪尼羅夫的兒子，他們已經到了上桌同喫的年紀了，但還得坐高脚椅。他們旁邊站着一個家庭教師，恭恭敬敬的微笑着鞠躬。主婦對了湯盤坐下，客人得坐在主人和主婦的中間，僕人給孩子們繫好了飯巾。

『多麼出色的孩子呵！』乞乞科夫向孩子們看了一眼，說。『多大年紀了？』

『大的七歲，小的昨天剛滿六歲了，』瑪尼羅夫夫人說明道。

『綏密斯多克利由斯！』瑪尼羅夫向着大的一個說，他正在把下巴從僕人給他縛上了的飯巾裏掙出來。乞乞科夫一聽到瑪尼羅夫所起的，不知道為什麼要用『由斯』收梢的希臘氣味名字，就把眉毛微微一揚；但他又趕緊使自己的臉立刻變成平常模樣了。

『綏密斯多克利由斯，告訴我，法國最好的都會是那里呀？』

這時候，那教師就把全副精神都貫注在綏密斯多克利由斯身上了，幾乎要跳進他的眼睛裏面去，但到得綏密斯多克利由斯說是『巴黎』的時候，也就放了心，只是點着頭。

『那麼，我們這里的最好的都會呢？』瑪尼羅夫又問。

教師的眼光又緊釘着孩子了。

「彼得堡」綏密斯多克利由斯答。

「還有呢?」

「莫斯科，」綏密斯多克利由斯道。

「多麼聰明的孩子呵!了不得，這孩子!」乞乞科夫說。「您看就是……」他向着瑪尼羅夫顯出喫驚的樣子來。「這麼小，就有這樣的智識。我敢說，這孩子是有非凡的才能的!」

「阿，您還不知道他呢!」瑪尼羅夫回答道。「他實在機靈得很。那小的一個，亞勒吉特，就沒有這麼靈了，他却不然……只要看見一點什麼甲蟲兒或是小蟲子罷，就兩隻眼睛閃閃的，釘着看，研究牠。我想把他養成外交官呢。綏密斯多克利由斯，」他又轉臉向着那孩子，接着說，「你要做全權大使麼?」

「要，」綏密斯多克利由斯回答着，一面正在搖頭擺腦的嚼他的麵包。

但站在椅子背後的僕人，這時却給全權大使擦了一下鼻子，這實在是必要的，否則，毫無用處的一大滴，就要掉在湯裏了。談天是大抵關于幽靜的退隱的田園生活的風味的，但被主婦的幾句品評市裏的戲劇和演員的話所打斷。教師非常注意的凝視着主客，一覺得他們的臉上有些笑影，便把嘴巴張得老大，笑得發抖。大約他很有感德之心，想用了這方法，來報答主人的知遇的。只有一次，他却顯出可怕的模樣來了，在桌上嚴厲的一敲，眼光射着坐在對面的孩子。這是好辦法，因爲綏密斯多克利由斯把亞勒吉特的耳朶咬了一口，那一個便擠細眼睛，大張着嘴，要痛哭起來了；然而他覺得也許因此失去好喫的東西，便使嘴巴恢復了原狀，開始去啃他的羊骨頭，兩頰都弄得油光閃閃的，眼淚還在這上面順流而下。

主婦常常向乞乞科夫說着這樣的話：『您簡直什麼也沒有喫，您可是喫得眞少呀，』這時乞乞科夫就照例的囘答道：『多謝得很，我很飽了。愉快的談心，比好菜蔬還要有味呢。』于是大家離開了食桌。瑪尼羅夫很滿足，正想就把客人邀進客廳去，伸手放在他背上，輕輕的一按，乞乞科夫却已經顯着一副大有深意的臉相，說是他因爲有一件很重要的事情，必須和他談一談。

『那麼，請您同到我的書房裏去罷，』瑪尼羅夫說着，引客人進了一間小小的精舍，窗門正對着青葱的閃爍的樹林，『這是我的小窠，』瑪尼羅夫說。

『好一間舒適的屋子，』乞乞科夫的眼光在房裏打量了一遍，說。這確是有許多很愜人意的：四壁抹着半藍半灰的無以名之的顏色；家具是四把椅子，一把靠椅和一張桌子，桌上有先前說過的夾着書籤的一本書，寫過字的幾張紙，但最引目的是許多煙。煙也各式各樣的放着有用紙包起來的，有裝在煙盒裏面的，也有簡直就堆在桌上的。兩個窗臺上，也各有幾小堆從煙斗裏挖出來的煙灰，因爲要排得整齊，好看，很費過一番心計的。這些工作，總令人覺得主人就在藉此消遣着時光。

「請您坐在靠椅上，」瑪尼羅夫說，「坐在這里舒適點。」

「請您許可，讓我坐在椅子上罷！」

「請您許可，不讓您坐椅子！」瑪尼羅夫含笑說。「這靠椅是專定給客人坐的。無論您願意不願意——一定要您坐在這里的！」

乞乞科夫坐下了。

「請您許可，我敬您一口煙！」

「不，多謝，我是不吸的！」乞乞科夫慇懃的，而且惋惜似的說。

「爲什麼不呢？」瑪尼羅夫也用了一樣慇懃的，而且惋惜的口氣問。

「因爲沒有吸慣，我也怕敢吸慣；人說，吸煙是損害健康的！」

「請您許可我說一點意見，這話是一種偏見。據我看起來，吸煙斗比嗅鼻煙好得多。我們的聯隊裏，有一個中尉，是體面的，很有教育的人物，他可是煙斗不離口的，不但帶到食桌上來，說句不雅的話，他還帶到別的地方去。他現在已經四十歲了；謝上帝，健康得很」。

乞乞科夫分辯說，這是也可以有的；在自然界中，有許多東西，就是有大智慧的人也不能明白。

「但請您許可我，要請教您一件事……」他用了一種帶着奇怪的，或者是近于奇怪模樣的調子，說，並且不知道爲什麼緣故，還向背後看一看。瑪尼羅夫也向背後看一看，也說不出爲的什麼來。「最近一次的戶口調查册，您已經送去很久了罷！」

「是的，那已經很久了，我其實也不大記得了。」

「這以後，在您這里，死過許多農奴了罷？」

「這我可不知道；這事得問一問經理。喂！人來！去叫經理來，今天他該是在這里的。」

經理立刻出現了。他是一個四十歲上下的人；刮得精光的下巴，身穿常禮服，看起來總像是過着很舒服的生活，因爲那臉孔又圓又胖，黃黃的皮色和一對小眼睛，就表示着他是萬分熟悉柔軟的毛絨被和毛絨枕頭的。只要一看，也就知道他也如一切管理主人財產的奴子一樣，走過照例的軌道；最初，他是一個平常的小子，在主人家裏長大，學些讀書，寫字；後來和一個叫作什麼亞嗐式加之類的結了婚，她是受主婦寵愛的管家，于是自己也變爲管家，終于還陞了經理。一上經理的新任，那自然也就和一切經理一樣結識些村裏的小財主，給他們的兒子做乾爹，越發向農奴作威作福，早上九點鐘才起牀，一直等到煮沸了茶炊，喝茶。

『聽哪，我的好人！送出了最末一次的戶口調查册以後，我們這里死了多少農奴了？』

『您說什麼？多少？這以後，死了許多，』經理說，打着飽噎，用手遮着嘴，好像一面盾牌。

『對啦，我也這麼想，』瑪尼羅夫就接下去，『死了許多了！』于是向着乞乞科夫，添上一句道：『眞是多得很！』

『譬如，有多少呢？』乞乞科夫問道。

『對啦，有多少呢？』瑪尼羅夫接着說。

『是的，怎麼說呢——有多少。那可不知道，死了多少，沒有人算過。』

『自然，』瑪尼羅夫說，便又對乞乞科夫道：『我也這麼想，死亡率是很大的；死了多少呢，我們可是一點也不知道。』

『那麼，請您算一下，』乞乞科夫說，『並且開給我一張詳細的全部的名單。』

『是啦，全部的名單！』瑪尼羅夫說。

經理說着：『是是！』出去了。

『爲了什麼緣故，您喜歡知道這些呢？』經理一走，瑪尼羅夫就問。

這問題似乎使客人有些爲難了，他臉上分明露出緊張的表情來，因此有一點臉紅——這表情是顯示着有話要說，却又說不出口的。但是，瑪尼羅夫也終于聽到非常奇怪，而且人類的耳朵從來沒有聽到過的東西了。

『您在問我：爲什麼緣故麽？就爲了這緣故呀：我要買農奴，』乞乞科夫說，但又吃吃的中止了。

『還請您許可我問一聲，』瑪尼羅夫說，『您要農奴，是連田地，還是單要他們去，就是不連田地的呢？』

『都不，我並不是要農奴，』乞乞科夫說，『我要那已經……死掉的。』

『什麼？請您原諒……我的耳朵不大好，我覺得，我聽到了一句非常奇特的話……』

『我要買死掉的農奴，但在最末的戶口册上，却還是活着的，』乞乞科夫說明道。

瑪尼羅夫把煙斗掉在地板上面了，嘴張得很大，就這樣的張着嘴坐了幾分鐘。剛剛談着友誼之愉快的這兩個朋友，這時是一動不動的彼此凝視着，好像淳厚的古時候，常愛掛在鏡子兩邊的兩張像。到底是瑪尼羅夫自去拾起煙斗來，趁勢從下面望一望他的客人的臉，看他嘴角上可有微笑：還是不過講笑話：然而全不能發見這些事，倒相反，他的臉竟顯得比平常還認眞。于是他想，這客人莫非忽然發了瘋麼，惴惴的留心的看，但他的眼睛却完全澄淨，毫沒有見于瘋子眼裏那樣獰野的暴躁的閃光：一切都很合法度。瑪尼羅夫也想着現在自己應該怎麼辦，但除了細細的噴出煙頭以外，也全想不出什麼來。

「其實，我就想請教一下，這些事實上已經死掉，但在法律上却還算活着的魂靈，您可肯讓給我或者賣給我呢，或者您還有更好的高見罷。」

但瑪尼羅夫却簡直發了昏，只是凝視着他，說不出一句話。

「看起來，您好像還有些決不定罷！」乞乞科夫說。

「我……阿，不的，那倒不然，」瑪尼羅夫道，「不過我不懂……對不起……我自然沒有受過像您那樣就在一舉一動上也都看得出來的好教育；也沒有善于說話的本領……恐怕……在您剛才見教的說明後面……還藏着……什麼別的……恐怕這不過是一種修辭上的詞藻，您就愛這麼使用使用的罷？」

「阿，並不是的！」乞乞科夫活潑的即刻說。「並不是的，我說的什麼話，就是什麼意思，我就確是說着事實上已經死掉了的魂靈。」

瑪尼羅夫一點也摸不着頭腦。他也覺得這時該有一點表示，問乞乞科夫幾句，但是問什麼呢，却只有鬼知道。他最末找到的惟一的出路，仍舊是噴出煙頭來，不過這囘是不從嘴巴裏，却從鼻孔裏了。

「如果這事情沒有什麼爲難，那麼，我們就靠上帝保佑，立刻來立買賣合同罷，」乞乞科夫說。

「什麼？死魂靈的買賣合同？」

「不的！不這樣的！」乞乞科夫囘答道。「我們自然說是活的魂靈，全照那登在戶口册上的一樣。我是無論如何，不肯違反民法的；卽使因此在服務上要喫許多苦，也沒有別的法；義務，在我是神聖的，至于法律呢……在法律面前，我一聲不響。」

最後的一句話，很愜了瑪尼羅夫的意了，雖然這件事本身的意思，他還是不能懂；他拚命的吸了幾口煙，當作囘答，使烟斗開始發出笛子一般的聲音。看起來，好像他是以爲從煙斗裏，可以吸出那未曾前聞的事件的意見來似的，但煙斗却不過嘶嘶的叫，再沒有別的了。

「恐怕您還有點懷疑罷？」

「那可沒有！一點也沒有！請您不要以爲對于您的人格，我有……什麼批評似的偏見。但是我要提出一個問題來：這計劃……或者說得更明白些……是這交易……這交易，結局不至于和民法以及將來的俄國的面子不對麼？」

說到這話，瑪尼羅夫就活潑的搖一搖頭，顯着極有深意的樣子，看定了乞乞科夫的臉；臉上還全部露出非常懇切的表情來，尤其是在那緊閉了的嘴唇上，這在平常人的臉上，是從來看不到的，除非是一個出類拔萃的精明的國務大臣，但卽使他，也得在談到實在特別困難的問題的時候。

然而乞乞科夫就簡單地解釋，這樣的計劃或交易，和民法以及將來的俄國的體面完全不會有什麼相反之處，停了一下，他又補足說，國家還因此收入合法的稅，對于國庫倒是有些好處的。

「那麼，您的意見是這樣……？」

「我以爲這是很好的！」

「哪，如果好，那自然又作別論了。我沒有什麼反對，」瑪尼羅夫說，完全放了心。

「現在我們只要說一說價錢……」

『什麼？說價錢？』瑪尼羅夫又有些發昏了，說。『您以爲我會要魂靈的錢的麼……那些已經並不存在了的？如果您在這麼想，那我可就要說，是一種任意的幻想，我這一面，是簡直奉送，不要報酬，買賣合同費也歸我出。』

倘使這件故事的記述者在這里不敍我們的客人當聽到瑪尼羅夫的這一番話的時候，高興的了不得，那一定是要大遭物議的。他雖然鎭定，深沈，這時却也顯出想要山羊似的跳了起來的樣子，誰都知道，這是只在最大高興的發作的時候，才會顯出來的。他在靠椅上動得很厲害，連罩在那上面的羽紗都要撕破了；瑪尼羅夫也覺得，驚疑的看着他。爲了泉湧的感激之誠，這客人便規規矩矩的向他淋下道謝的話去，一直弄到他完全失措，臉紅，大搖其頭，終于聲明了這全不算一件什麼事，不過想藉此表示一點自己的眞心的愛重和精神的相投——而死掉的魂靈呢——那是不足道的——是純粹的廢物。

『決不是廢物，』乞乞科夫說，握着他的手。

他于是吐了很深的一口氣。好像他把心裏的鬱結都出空了；後來還並非沒有做作的說出這樣的話來：『阿！如果您知道了看去好像瑣細的贈品，給了一個無名無位的人，是怎樣的有用呵！眞的！我什麼沒有經歷過呢！就像孤舟的在驚濤駭浪中……什麼迫害我沒有熬過呢！什麼苦頭我沒有喫過呢！爲什麼呢？就因爲我忠實于眞理，要良心乾淨，就因爲我去幫助無告的寡婦和可憐的孤兒！』這時他竟至于須用手巾去擦那流了下來的眼淚了。

瑪尼羅夫完全被感動了。這兩個朋友，繼續的握着手，並且許多工夫不說話，彼此看着淚光閃閃的眼睛。瑪尼羅夫簡直不想把我們的主角的手放開，總是熱心的緊握着，至于使他幾乎不知道要怎樣才可以自由自在。後來他終于溫順的抽回了，他說，如果買賣合同能夠趕緊寫起來，那就好，如果瑪尼羅夫肯親自送到市裏來，就更好；于是拿起自己的帽子，就要告辭了。

『怎麼？您就要去了？』瑪尼羅夫好像從夢裏醒來似的，愕然的問。

這時瑪尼羅夫夫人適值走進屋裏來。

『麗珊加！』瑪尼羅夫顯些訴苦一般的臉相，說，『保甫爾·伊凡諾維支要去了哩！』

『保甫爾·伊凡諾維支一定是厭棄了我們了，』瑪尼羅夫夫人回答道。

『仁善的夫人！』乞乞科夫說，『這里，您看這里，』——他把手放在心窩上——『是的，這里是記着和您們在一起的愉快的時光的！還要請您相信我，和您們卽使不在一所屋子裏，至少是住在鄰近來過活，在我也就是無上的福氣了！』

『眞是的保甫爾·伊凡諾維支』瑪尼羅夫說，他分明佩服了這意見了。『如果我們能夠一起在一個屋頂下過活，在榆樹陰下彼此談論哲學，研究事情，那可眞是好透……』

『阿，那就像上了天！』乞乞科夫歎息着說。『再見，仁善的夫人！』他去吻瑪尼羅夫夫人的手，接着道。『再見，可敬的朋友！您不要忘記我拜託過您的事呀！』

『呵，您放心就是！』瑪尼羅夫回答說。『不必兩天，我們一定又會見面的！』

他們跨進了食堂。

『哪，再會再會，我的可愛的孩子！』乞乞科夫一看見綏密斯多克利由斯和亞勒吉特，就說，他們正在玩着一個臂膊和鼻子全都沒有了的木製驃騎兵。『再會呀，可愛的孩子們！對不起，我竟沒有給你們帶一點東西來，但我得聲明，我先前簡直沒有知道你們已經出世了呢。但再來的時候，一定要帶點來的。給你是一把指揮刀。你要指揮刀麼？怎麼樣？』

『要的！』綏密斯多克利由斯回答道。

『給你是帶一個鼓來，對不對，你是喜歡一個鼓的罷？』乞乞科夫向亞勒吉特彎下身子去，接着說。

『唅，一個堵，』亞爾吉特小聲說，低了頭。

『很好，那麼，我就給你買一個鼓來。——你知道，那是一個很好的鼓呵，——敲起來牠就總是蓬的……蓬……咚的，咚的，咚的，咚，咚。再見小寶貝！再會了呀！』他在他們頭上接一個吻，轉過來對瑪尼羅夫和他的夫人微微一笑，如果要表示自己覺得他們的孩子們的希望，是多麼天眞爛漫，那麼，對着那些父母是一定用這種笑法的。

『唉唉，您還是停一會罷，保甫爾·伊凡諾維支！』當大家已經走到階沿的時候，瑪尼羅夫說。『您看呀，那邊上了多少雲！』

『那不過是些小雲片，』乞乞科夫道。

『但是您知道到梭巴開維支那里去的路麼？』

『這正要請教您呢。』

『請您許可，我說給您的馬夫去！』瑪尼羅夫于是很客氣的把走法告訴了馬夫，其間他還稱了一回『您。』

馬夫聽了教他通過兩條十字路，到第三條，這才轉彎的時候，就說：『一找得到的了，老爺，』于是乞乞科夫也在踮着脚尖，搖着手巾的夫婦倆的送別裏，走掉了。

瑪尼羅夫還在階沿上站得很久，目送着漸漸遠去的馬車，直到這早已望不見了，他却依然啣着煙斗，站在那里。後來總算囘進屋子裏去了，在椅子上坐下，想着自己已經給了他的客人一點小小的滿足，心裏很高興。他的思想又不知不覺的移到別的事情上面去，只有上帝才知道要拉到那里爲止。他想着友誼的幸福，倘在河濱上和朋友一起過活，可多麼有趣呢，于是他在思想上就在這河邊造一座橋，又造一所房子，有一個高的眺望臺的，從此可以看見莫斯科的全景，他又想到夜裏在戶外的空曠處喝茶，談論些有味的事情，這才該是愉快得很；並且設想着和乞乞科夫一同坐了漂亮的篷車去赴一個夜會，他們的應對態度之好，使赴會者都神迷意蕩，終于連皇帝也知道了他們倆的友誼，賞給他們每人一個將軍銜，他就這樣的夢下去；後來呢，只有天曉得，連他自己也不十分淸楚了。但乞乞科夫的奇怪的請求，忽然衝進了他的夢境，却還是猜不出那意思來：他翻來覆去的想要知道得多一些，然而到底不明白。他啣着煙斗，這樣的還坐了很多的時光，一直到晚膳擺在桌子上。

第三章

這時候，乞乞科夫是很愉快的坐在他那皮篷馬車裏，已經在村路上走了許多工夫了。他的趣味和嗜好的主要對象是什麼，我們是從第二章早就明白了的，所以他把肉體和心靈都化在這上面，也看得毫不覺到奇怪。從他那顯在臉上的表情看起來，那推測，那估量，那計劃，都好像很得意，因爲他總在露出些滿足的微笑來。他儘在想着那些事，而對于他那受了瑪尼羅夫家的僕役的款待，弄得飄飄然了的馬夫，可曾注意着右邊的花馬，却一點也沒有留心。這花馬很狡猾，當中間的靑馬和左邊的那匹因爲從一個議員買來，名字就叫『議員』的棗騮，都在使勁的前進的時候，牠却只裝作好像也在拉車模樣。那兩匹馬，却因爲自己這樣的賣力，人可以從眼睛裏看出牠們的滿足來。『你儘量的刁罷！沒有好處的！我還要使你刁些呢！』綏里方說着，略略欠起身子來，給了懶馬一鞭子。『要守本分，你這廢料……！

阿靑……是好馬，牠肯盡職；我也要多給牠些草料的，因爲他是好馬。議員呢——也是一匹好馬……喂，你搖耳朵幹什麼？昏蛋，人對你講話，你要留心！我不會教你壞道的，你這驢子！好罷，隨便你跑！』于是他又給了一鞭子，嘮叨道：『哼！野蠻！拿破崙，該死的東西！』接着是向牠們一起大聲的叫道：『喂！心肝寶貝！』並且給三匹都喫了一鞭子；不過這並非責罰，乃是他中意牠們了的表示。他把這小高興分給牠們之後，又向着花馬道：『你當作對我玩些花樣，我會看不出你壞處來的罷。這不成的，我的寶貝，如果想人尊敬你，你得規規矩矩的做。你瞧！剛才的老爺府上的人們——那是好人！我只喜歡和好人談天，好人——是我的朋友，也是好伙計；我喜歡和他同桌喫飯，或者喝一杯茶。好人是誰都尊敬的！比如我們的老爺——誰都尊敬他，你好好的聽着罷，就因爲他肯給我們的皇上盡力，又是個五等官呀……』

綏里方這樣的想開去，一直跑到最飄渺，最玄妙的事情上去了。假如乞乞科夫留心的聽一下，是可以明白關于他本身的許多仔細的；但他的思想都用在自己的計算上，待到一聲霹靂，這才使他從夢中驚醒，向周圍看了一看；空中已經密布了雲，大雨點打在煙塵陡亂的驛路上。接着一個又是一個更近的更響的霹靂，雨就傾盆似的倒了下來。對于車篷，開初是橫打的，忽然從這邊，忽然從那邊，接着又改換了攻擊法，打鼓似的向篷頂上直淋，弄到水點都濺到乞乞科夫的臉上。他只好放下皮簾，遮住了原是開着以便賞鑒風景的小圓窗，一面叫綏里方趕快走。綏里方被打斷了講演，也知道這不再是遷延的時候了，便從馬夫臺下，拉出一件青布的外套似的東西來，兩手向袖子裏一套，抓住韁繩，向着那聽了他的講演，覺得愉快的疲勞，正在踉踉蹌蹌的三匹牲口，發一聲喊。不過已經走過了兩條岔路，還是三條呢，却連綏里方自己也弄不明白了。他想了一通之後，就隨隨便便的定爲確已走過了許多十字路。凡俄國人，一到緊要關頭，是總歸不肯深思遠慮，只想尋一條出路的，他也這樣，到了其次的岔路，便向右一彎，對馬匹叫道：『喂，好朋友，走好哪！』一面趕着牠們開快步，至于順着這條路走到那里去呢，他可是並沒有怎麼想過的。

雨好像並不想就住。蓋在村路上的灰塵，一下子就化了泥漿，馬匹的拉車，越來越艱難了。梭巴開維支的村莊，還是望不見，乞乞科夫覺得很焦急。照他的計算，是早該走到了的。他從窗洞裏向兩面探望，然而漆黑一團，什麼也看不見。

『綏里方！』他終于從窗口伸出頭去，叫了起來。

『什麼事呀，老爺？』綏里方回答說。

『你瞧罷；村子還看不見呢！』

『對了，老爺，還看不見呢！』于是綏里方揮着鞭子，唱起歌似的東西來了。說這是歌，是不可以的，因爲很散漫，而且長到無窮無盡。綏里方把一切都放進那裏面去，全俄國的馬夫對馬所用的稱讚語和吆喝聲，還有隨手牽來，隨口說出的一切種類的形容詞。到後來，他竟拉得更遠，至于稱他的牲口爲『書記』了。

但乞乞科夫現在却發見了他的車在左右搖動，每一搖動，就給他很有力的一震；使他想到這好像已經離開道路，拉到耕過的田裏來了。綏里方大約也覺得的，然而他一聲不響。

『你究竟在怎樣的路上走呀，你這流氓？』乞乞科夫喊道。

『有什麼法子呢，我的老爺，已經晚上了。我是連我的鞭子也看不見呢，就這麽漆黑！』正說着這話，馬車就向一旁直歪過去了，至于使乞乞科夫得用兩隻手使勁的攀住。他這才看出，綏里方是喝得爛醉的。

『停下來！停下來！你要摔出我去了！』他向他叫喊。

『不會的，我的老爺，您怎麽會想到我要摔出您去呢，』綏里方說。『如果這樣，可就壞了，那我自己也知道；唔，不會的，無論怎樣，我不會摔出您去的！』他這時就把馬車拉轉來，車轉得很緩，可是終于全部翻倒了。乞乞科夫爬在泥漿裏。綏里方是在拉住馬；但馬也好像自己站住了似的，因爲正疲乏得要命。這意外的大事件使綏里方沒了辦法。他爬下馬夫臺，兩手插腰，對馬車站着，當他的主人在泥漿裏打滾掙扎着想要站起來的時候，就說道：『這東西可到底翻倒了！』

『你醉得像猪一樣！』乞乞科夫說。

『沒有的事，我的老爺！我怎麼會喝醉呢！我知道的，喝醉，是壞事情。我不過和一個好朋友談了些閒天；和一個好人，是可以談談的——這不算壞事情——後來我們就一起喫了飯。這也沒有什麼不對——和一個好人喫一點東西。』

『你前回喝醉了的時候，我怎麼對你說的，唔？你又忘記了麼？』乞乞科夫說。

『一點也沒有，您好老爺，我怎樣能忘記呢？我知道我的本分！我知道喝醉是很不對的。我不過和體面人談了些天，這可不算……』

『我要用鞭子很抽你一頓，那你就明白了，什麼叫作和體面人談天……』

『隨您好老爺的高興，』綏里方完全滿足了，回答道。『如果要給鞭子，那很好，我是沒有貳話的。如果做了該喫鞭子的事，怎麼可以不給鞭子呢；這全都隨您的便，您是主子呀！農奴是應該給點鞭子的，要不然，就不聽話。規矩總得有。如果我鬧出事來，那麼，抽我一頓就是了，怎麼可以不給鞭子呢？」

對于這樣的一種深思熟慮，乞乞科夫竟想不出回答來。但在這時候，好像運命也發了慈悲了。忽然間，遠遠的聽到了狗叫。乞乞科夫高興極了，就命令綏里方出發，並且叫他用了全速力的走。俄國的馬夫是有一種微妙的本能的，可以用不着眼睛；所以他即使合了眼，飛快的跑，也會跑到一處什麼目的地。綏里方雖然看不見東西，却放馬一直向着村子衝過去，待到車棒碰着了籬垣，簡直再沒有可走的路，這才停下來。乞乞科夫只能在極密的煙雨中，看見了像是屋頂的一片。他便叫綏里方去尋大門，假使俄國不用惡狗來代管門人，發出令人不禁用手掩住耳朵的大聲報告着大門的所在，那一定是尋得很費工夫的。窗戶裏漏着一點光，這微明也落到籬垣上，向我們的旅客通知了走向大門的路徑。綏里方去一敲，不多久，角門開處，就現出一個披着睡衣的人影來。主僕兩個也聽到對他們嚷叫的發沙的女人聲音了：「誰敲門呀？誰在這里逛蕩呀？」

「我們是旅客，媽媽，我們在尋一個過夜的地方，」乞乞科夫說。

「是麼？眞莽撞！」那老婆子嘮叨着。「來得這麼遲。這兒不是客店。這兒是住着一位地主太太的。」

「叫我怎麼辦呢，媽媽？我們迷了路了。這樣的天氣，我們又不能在露天下過夜。」

「眞的，天是又暗又壞，」綏里方提醒道。

「不要你說，驢子！」乞乞科夫說。

「您是什麼人呀？」那老婆子問。

「是一個貴族，媽媽。」

貴族這個字，好像把老婆子有些打動了。「等一等，我稟太太去，」她低聲說着，進去了，兩分鐘之後，又走出來，手裏提着一個風燈。大門開開了。這回是別的窗子裏也有了亮光。馬車拉進了大門，停在一所小小的屋子的前面。這屋子在黑暗裏，很不容易看得明白，只有一邊照着些從窗子裏射出來的光；屋前還有一個水窪，燈光也映在這上面。大雨滂滂的注在木屋頂上，又像溪流似的落在下面的水桶中。狗兒們發着各色各樣的叫聲；一匹昂着頭，發出拉長的幽婉的聲音，牠懷着一種熱心，彷彿想得什麼獎賞；別一匹却像教會裏的唱歌隊一樣，立刻接下去了；夾在中間，恰如郵車的鈴鐺一般響亮的，是大約還是小狗的最高音，最後壓倒全部合奏的是具有堅定的，狗式的，大約乃是老狗的最低音，因爲合奏一到頂點，牠就像最低弦樂器似的拚命的叫起來了；中音歌手們都踮起脚趾，想更好的唱出高聲來，大

家也都伸長了頸子，放開了喉嚨；獨有牠，牠最低弦樂演奏者，却把沒有修剃的下巴藏在領
子裏，蹲着，膝髁幾乎要着地，忽然從這里起了嚇人的聲音，使所有的窗玻璃都因此發了響，
發了抖。只要聽到這樣音樂似的各種的狗叫，原是就可以知道這村子是很體面的；但我們
的半凍而全濕的主角，却除了溫暖的眠牀之外，什麼也不理會。馬車剛要停下，他跳出來，一
絆，幾乎倒在階沿上了。這時門口又出現了別一個女人，比先前的年青些，然而模樣很相像。
她領乞乞科夫走進屋裏去。經過這里，他就瞥了一眼屋子的內部；屋子是糊着舊的花條的
壁紙的；壁上掛着幾幅畫，一律是花鳥，窗戶之間掛有小小的古風的鏡子，昏暗的鏡框上都
刻着捲葉。鏡子後面塞着些信札，舊的紙牌，襪子，或者諸如此類；還有一口指針盤上描花的
掛鐘……這些之外，乞乞科夫就什麼也沒有看到了。他覺得他的眼瞼要粘起來，彷彿有誰
給塗上了蜂蜜一樣。再過了幾分鐘，主婦出現了，是一位老太太，戴着睡帽，可見她是忽忽忙
忙的走出來的，頸子上還圍着一條弗蘭絨的領巾這位婆婆，是小地主太太們中的一個，如
果沒收成，受損失，是要悲歎頹唐的，然而一面也悄悄的，即使是慢慢的，總把現錢一個一個
的弄到藏在她櫃子的抽屜裏的花麻布錢包裏面去。一個錢包裝盧布，別一個裝五十戈貝
克，第三個裝二十五戈貝克的現貨，但看起來，却好像櫃子裏面除了襯衣，睡衣，線團，拆開的

罩衫之外，什麼也沒有似的。假使因爲過節，烤着酪餅和薑餅的時候，舊的給燒破了，或者自然穿破了，這拆開的就要改作新的用。如果衣服沒有燒破，也還很可以穿呢，我們的省儉的老太太大約還要使這罩衫拆開着躺在抽屜裏，終于和許多別樣的舊貨，由她的遺囑傳授給那里的一位平輩親戚或者外甥姪子的。

乞乞科夫首先告罪，說是爲了他突然的登門，驚動了她了。『不要緊，不要緊！』那主婦說。『上帝竟教您來得這麼晚！又是這樣的大風雨！走了這麼遠的路，本應該請您用點什麼的，可是在這樣的深夜裏，我實在不能預備了！』

一種奇特的騷擾打斷了主婦的話，乞乞科夫很喫了一嚇。這騷擾，也像忽然之間，屋子裏充滿了蛇一樣；但抬眼一看，也就完全安靜了；他知道，這是掛鐘快要敲打時候的聲音。接着這騷擾，又發出一種沙聲來，到底是敲起來了，聚了所有的力量兩點鐘，那聲音彷彿是誰拿了棍子，敲着一個開裂的壺，于是鐘擺又平穩下去了，從新來來往往的擺着。

乞乞科夫向主婦致謝，並且聲明自己一無所需，請她不要抱歉，除了一張眠牀之外，他是什麼也不希望了的。這時他想問明，他究竟錯走到什麼地方來了，到梭巴開維支先生的村莊去，還有多少遠，但那老太太的回答，却道是她從來沒有聽到過這姓名，姓這的地主，是，那里也沒有的。

「那麼，瑪尼羅夫，您許是知道的罷？」乞乞科夫問。

「那是怎樣的人呀，瑪尼羅夫？」

「是一個地主，太太。」

「沒有，我從來沒有聽到過他的姓名，沒有這麼一個地主的。」

「那麼，這里的地主全是些什麼人呢？」

「皤勃羅夫，斯惠寧，卡拉派且夫，哈爾巴庚，忒累巴庚，潑來卡科夫。」

「都有錢沒有呢？」

「沒有，先生，這里是沒有什麼有錢人的。不過這有二十個，那有三十個魂靈罷了；有着百來個魂靈的人，這里是沒有的。」

乞乞科夫這才明白，他竟錯走到這樣的窮鄉僻壤來了。

「那麼，您可以告訴我，從這兒到市上去有多麼遠嗎？」

「總該有六十維爾斯他罷。我眞簡慢了客人，竟什麼也不能請您喫！您高興喝一杯茶麼，先生？」

「多謝得很，太太。我只要有一張牀，就儘夠了。」

「是呀，眞的呢，走了這麼多的路，是要歇一歇的。請您躺在這張沙發上面罷，先生。喂！非替湼，拿一牀墊被，一個枕頭和一條手巾來！天哪，這樣的天氣！就像怪風雨呀！我這里是整夜的在聖像面前點着蠟燭哩。阿呀，我的上帝，您的背後和一邊都齷齪得像野猪一樣了。這是在那里弄得這麼髒的呢？」

「謝謝上帝，我不過弄得這麼髒；沒有折斷了脊梁，可還要算是運氣的！」

「神聖的耶穌，您在說什麼呀？您可願意給您的背後刷一下呢？」

「不不，不多謝您！請您不要費心！還是請您吩咐您的使女拿我的衣服去烘一烘，刷一下罷！」

「聽着呀，菲替湼！」那使女已經拿了燈走上階沿，搬進墊被來，並且用兩手一抖，絨毛的雲便飛得滿屋，主婦于是轉過臉去對她說道，「拿上衣和外套去在火上烘一烘，就像老爺在着那時候的那樣子做，以後就拍一拍，刷牠一個乾淨。」

「朋白了，太太！」菲替湼在墊被上鋪上布單，放好兩個枕頭，一面說。

「哦，牀算是鋪好了！」主婦說。「請安置罷，先生，好好的睡！您可還要什麼不？也許慣常是要有人揑揑脚後跟的罷。先夫在着的時候，不揑，可簡直是睡不着的。」

然而客人又辭謝了這享樂。主婦一出去，他連忙脫下衣服來。把全副披掛，從上到下，都交給了菲替涅，她說過晚安，帶着濕淋淋的收獲，走掉了。當他只剩了獨自一個的時候，就頗爲滿足的來看他那快要碰着天花板的眠牀。他擺好一把椅子，踏着爬上眠牀去，墊被也跟着他低下去，快要碰到地板，從綻縫裏擠了出來的絨毛，又各到各處，飛滿了一屋子。他熄了燈，拉上羽紗被來蒙着頭，蜷得像圓麪包一樣，一下子就睡着了。到第二天，他醒得不很早。太陽透過窗子，直射在他臉上，昨夜靜靜的睡在牆壁和天花板上的蒼蠅，現在却向他集中了牠們全部的注意：一匹坐在下唇上，別一匹站在耳朶上，第三匹又想跑到眼睛這里來；還有胡裏胡塗的一匹，竟在鼻孔邊佔了地盤，他在半睡半醒中，一吸，就吸進鼻子裏去了，自然是惹他打一個大噴嚏——但也因此使他醒轉了。他向屋子裏一瞥，這才知道掛在壁上的原來也並非全是花鳥圖，他又看見一張庫士棱夫㊀的肖像和一幅油畫，上面是一個老人，穿着像是保惠爾·彼得洛維支㊁時代的紅色袖口的制服，掛鐘又騷擾起來了，打了九點鐘；

㊀ Kutusov，一八一二年拿破崙進攻俄國時，給他打退了的有名的將軍。——譯者。

一個女人的頭在門口一探，立刻又消失了，因爲乞乞科夫想要睡得熟，是全脫了他的衣服的。這一探的臉，他覺得有點認識，他要記出這究竟是誰來，終於明白了可就是這家的主婦。他連忙穿起小衫來，衣服就放在他旁邊，燥了，還刷得很乾淨。於是他穿好外衣，走到鏡子前面，大聲的又打一個嚏，打得恰恰走近窗口來的火雞，——那窗門原也比地面高不了多少，——也大聲的嘓嘓的叫了起來，還用牠那奇特的話，極快的向他說了些什麼，那意思，總歸好像說是『恭喜』似的，乞乞科夫就回答牠一句『昏蛋』之後，他走向窗前，去觀察一下四近；從窗口所見，彷彿都是養鷄場；因爲在他眼前的，至少，是凡有又小又窄的院子中，滿是家禽和別樣的家畜。無數的公鷄和火鷄在那里奔走；其間有一匹公鷄跨開高傲的方步，搖着鷄冠，側着腦袋，好像牠正在傾聽什麼似的。猪的一家也混在這裏面；老母猪在掘垃圾堆，也似乎兼顧着小猪仔，但到底完全忘記，自去大嚼那散在地上的西瓜皮去了。這小院子或是養鷄場，是用板壁圍起來的，外面是一大片菜園，種着捲心菜，葱，馬鈴薯，甜菜和別樣的蔬菜。菜園裏面，又處處看見蘋果樹和別的果子樹，上面蒙起網來，防着喜鵲和麻雀，尤其是麻雀。

① Pavel Petrovich (1754—1801)，指俄皇彼得第一世，是對于軍隊的服飾和教練，非常認眞的人。——譯者。

雀，成着大羣，飛來飛去，簡直像斜掛的雲一樣。因此還有許多嚇鳥的草人，都擎在長竿上，伸開了臂膊；有一個還戴着這家的主婦的舊頭巾。菜園後面是農奴的小屋子，位置很凌亂，也不成爲有空場和通路的排列，但由乞乞科夫看來，那居民們的生活是要算好的：屋頂板一舊，就都換上新的了，也看不見一扇倒壞的門，向這邊開口的倉庫裏，有的是一輛預備的貨車，有時還有二輛。『哼！這小村子可也並不怎麼小哩！』他自言自語的說，並且立刻打定主意，要和主婦去扳談，好打交道了。他從她先前探進頭來的門縫裏向外一望，看見她在喝茶，就裝着高興而且和氣的模樣走過去。

『日安，先生！您睡得怎麼樣？』那主婦說着，站了起來。她比昨夜穿得闊綽了，頭上已不戴睡帽，換了黑色的頭巾。頸子上却還是圍着什麼一些物事。

『很好的，好極了，』乞乞科夫一面說，一面坐在靠椅上。『您呢，太太？』

『不行呀，先生！』

『這是怎麼的呢？』

『睡不着呀。腰痛，腿痛，連脚跟都痛。』

『就會好的，太太，您不要愁。』

「但願就會好呵。猪油呀，松節油呀，我都擦過了。您用什麼對茶呢？這個瓶子裏的是果子汁。」

「很好，太太。就是果子汁罷。」

大約讀者也已經覺到，乞乞科夫雖然表示着慇懃的態度，但比起在瑪尼羅夫家來，却隨便說話，沒有拘束得遠了。這里應該說明的，是有許多節目，俄國固然趕不上外國，但善於交際，外國人却也遠不及我們。我們的交際樣式上的許多精微和層次，是簡直數也數不清的。一個法國人或德國人，一生一世也不會懂得我們的舉動的奇特和差別；他們對一個富翁和一個香煙小販說話，所用的幾乎是一樣的調子，一樣的聲音，縱使他們的心裏，對於富翁也佩服之至。我們這里可是完全不同了：我們有這樣的藝術家，對着蓄有二百個魂靈的地主說話，和對那蓄有三百個的全兩樣；但對他說話，又和蓄有五百個的全兩樣；而和他說起來，又和對於蓄有八百個魂靈的地主全兩樣；就是增到一百萬也不要緊，各有各的說法。我們來舉一個例罷，這並非我們這里，乃是一個很遠的王國的什麼地方，這地方有一個衙門，又假如這衙門裏有一位長官或是所長。當他坐在中間，圍繞着他的屬員們的時候，我要請讀者仔細的看一看——我相信，你們就要嚇得說不出話來了。威嚴，清高——有什麼還不顯在他顧盼之間呢？倘要拿了畫筆，畫出他來，給他留下這相貌：那簡直是普洛美修斯！㊀一點不差：一個普洛美修斯！他老鵰似的看，他的步子是柔軟，鎮定，而且穩當。但你們看着這老鵰罷，他一出大廳，走近他的上司的屋子去，可就不大能夠認識了；他緊緊的挾着公文夾，逃跑的鷄鵠似的急急的走過去，幾乎要失了魂。倘到一個俱樂部，或者赴一個夜會，如果都是職位較低的人們，那麼，我們的普洛美修斯是仍不失爲眞正普洛美修斯的，但只要有一個人，比他大一點，我們的普洛美修斯可就要起一種連渥關提烏斯㊁也夢想不到的變化：比蒼蠅還要小，他簡直化爲幾乎沒有，一粒微乎其微的塵沙了！『然而這豈不是伊凡・彼得洛維支嗎？』有人看見了他，就會說，『伊凡・彼得洛維支還要高大些，這人却很小，又很

㊀ Prometheus，希臘神話上的天神和地祇所生的巨人之一，因把大神宙斯（Zeus）從人間取回之火，又送給人類，被罰鎖在高加索斯（Caucasus）山的巖石上，白晝有大鷲啄食其肝，夜又復生如故。後爲赫爾庫來斯（Hercules）所釋放。這里所用的意義，和原典有些不符。——譯者。

㊁ Publius Ovidius Naso（B. C. 43—18 A. D.），羅馬的著名的詩人。著有變形記（Metamorphoses），今尚存。——譯者。

瘦；他總用大聲說話，也總不笑的，但這人，哼，却小鳥兒似的啾啾唧唧，而且總在陪笑哩。』然而走近去子細一看——也還是伊凡·彼得洛維支！『阿呀，這樣，』人就對自己說……然而我們還是再講這里的登場物人罷。我們知道，乞乞科夫是已經決定，不再客氣了；他於是拿了一杯茶，加一點果子汁，談起來道：

『您的村莊可眞的出色呵，太太。魂靈有多少呢？』

『到不了八十，』那主婦說，『可惜我們光碰着這樣的壞年頭；去年又來了一個歉收，連上帝都要發慈悲的！』

『可是農奴却都顯得活潑，屋子也像樣。但我想請教您：您貴姓呀？昨天到得太晚，忙昏了……』

『科羅皤契加，❶十等官夫人。』

『多謝。還有您的本名和父稱呢？』

『那斯泰涉·彼得洛夫娜。』

---

❶ Korobochika，『小箱』或『小窩』之意。——譯者。

『那斯泰莎・彼得洛夫娜麼?高雅得很!——那斯泰莎・彼得洛夫娜。我有一個嫡親的姨母,是家母的姊妹,也叫那斯泰莎・彼得洛夫娜。』

『可是您的貴姓是什麼呢?』地主太太問。『您是稅務官罷?不是的?』

『不是的,太太,』乞乞科夫微笑着回答道。『我不是稅務官;我在外面走,只爲着自己的事情。』

『那麼,您是經手人?多麼可惜!我把我的蜂蜜都賤賣了;您一定是要的,先生,可對?』

『不,我不大收買過蜂蜜。』

『那就是什麼別樣的東西。要麻罷?我現在可實在還不多——至多半普特。㊀』

『唉,不的,太太,我要的是別樣的貨色,請您告訴我,您這里可死了許多農奴沒有呢?』

『唉唉!先生,十八個!』那老人歎息着說。『還都是很出色,會做事的。自然也有些在大起來,可是有什麼用呢,毫沒力氣的傢伙,稅務官一到,却每個魂靈的稅都要收。他們已經死掉了,還得替他們付錢。上禮拜裏,我這里燒死了一個鐵匠,一個很有本領的鐵匠!也知道做

㊀ Pud,四十俄磅爲一普特。——譯者。

銅匠手藝的。』

『莫非這村子裏失了火嗎，太太？』

『謝上帝不給有這樣的災殃！如果是火災，那可就更壞了。並不是的，他全由自己燒死的。火是從他裏面的什麼地方燒出來的；他眞也喝的太多了，人只看見好像一道青煙，他就這麼的焦掉了，一直到烏黑的像一塊炭。唉唉，是一個很有本領的鐵匠呢。我現在簡直全不能坐車出去了。這里就再沒有人會釘馬掌。』

『這是上帝的意志呵，太太，』乞乞科夫歎息着說，『違背上帝的意思的事，人是嘮叨不得的。您知道不？您肯把他們讓給我嗎，那斯泰莎·彼得洛夫娜？』

『讓什麼呀，先生？』

『唔，就是所有的那些人，那已經死掉了的。』

『我怎麼能把他們讓給您呢！』

『唔，那很容易。或者我問您買也可以。我付給您錢。』

『但是，怎麼辦呢？我實在還不懂您。您想把他們從土裏刨出來嗎？』

乞乞科夫知道這老婆子弄錯了目標，必須將事情解釋給她聽。於是用簡單的幾句話，說明了這所謂讓與或交易，不過是紙面上的事，而且魂靈還要算是活着的。

『但是，您拿他們做什麼用呢？』老婆子說，詫異地凝視着他。

『這是我的事情了！』

『但他們是死了的呀！』

『當然，誰說他們是活的呢？正因爲他們是死了的，所以使您吃虧。您仍舊要付人頭稅，我就想替您去掉這擔子和麻煩呵；現在懂了沒有？不但去掉，我並且還要付您五個盧布呢。您現在明白了罷？』

『我還是不明白，』那老婆子躊躕着，說，『我向來沒有賣過死人。』

『這有什麼稀奇！如果您賣過了，這才稀奇哩。您莫非以爲這眞的値錢的嗎？』

『不不，我自然並不這麼想。這怎麼會値錢呢？已經什麼用處也沒有了的！但使我擔心的，却是他們已經死掉了的這一點。』

『這女人可眞的是胡塗，』乞乞科夫想。『您聽我說，太太，您再想一想罷！像他們還是活着一樣，付出人頭稅去，這是您的很大的損失呀。』

『阿呀，先生，再也不要提了，』地主太太打斷他的話。『三禮拜前，我就又繳了一百五十盧布，還要應酬稅務官。」

「您瞧，龍太太，您再想想看，從此您就用不着應酬稅務官了，因爲納稅的是我，不是您了。全副擔子我挑了去，連稅契的經費也歸我出。您明白了罷！」

主婦沈思了；她覺得這交易也並不壞；不過太新鮮，太古怪，也恐怕買主會給她上一個大當。他從那里來的呢，只有上帝知道，況且又到的這麼半夜三更。

「那麼，您可以了罷，太太，」乞乞科夫說。

「老實說，先生，我可向來沒有賣過死人活人呢，那是有過的，還在三年前，我把兩個娃兒讓給了潑羅多波波夫，一百盧布一個；他高興得很。那都是很能做事的；她們連飯單也會織的。」

「現在說的可不是活人呀！上帝在上！我要的是死人！」

「老實說，我首先就怕會喫虧呢。你到底還是瞞着我；先生，也許他們是……，他們的價錢還要貴得遠的。」

「您聽我說，太太……您在想什麼呀！他們怎麼會値錢；您想想看！這是廢料呀！您要知道，是毫沒用處的廢料呀！譬如您得了舊貨，我們來說破布片罷：那自然是還値些錢的，紙廠還會來買牠。然而他們，却什麼用也沒有了！好，請您自己說，他們還有什麼用？」

『那是一點不錯的！自然什麼用也沒有。但使我擔心的，也就是他們已經死掉了的這一點呵。』

『我的上帝，這眞是一匹胡塗蟲，』乞乞科夫忍耐不住了，對着自己說。『總得說伏她。眞的，我弄得出汗了！這該死的老傢伙！』于是他從衣袋裏掏出手帕來，在額上拭着汗。但乞乞科夫的懊惱是沒有道理的。卽使是闊人，尤其是官員，如果和他們一接近，就知道關於這些事，就和科羅皤契加一式一樣。一在腦袋裏打定了什麼主意之後，你就是用十匹馬也拉牠不轉。無論怎樣抗辯，都沒有用。縱使說得大白天一樣明明白白，也總像橡皮球碰着石牆壁似的彈回來了。乞乞科夫拭過汗，就又想用了別樣的方法，來打動她試試看。

『太太，』他說，『您是不管我說什麼，還是只顧自己說什麼呢……我付您錢，十五盧布的鈔票；您懂了沒有？這是錢呀，路上是不會撒着的。比方您賣出蜂蜜去，什麼價錢呢？請您說一句罷！』

『一普特十二個盧布。』

『您不要造孽，太太！您沒有賣到十二個盧布的。』

『眞的，先生！』

『現在您看，這是蜂蜜呀。到您能夠採取牠，恐怕要費一個年頭，一整年的心計，辛苦和手脚的。馬車載着到各處走，保護那可憐的蜂兒。一冬天還得藏在窖子裏。您瞧就是！但死魂靈，却是不在這世界上的了。您並沒有喫辛苦費手脚。他們的離開這世界，給您的府上有損失，都是上帝的意志。那一面十二個盧布是您一切心計和辛苦的報酬，而這一面，您什麼力氣也不化，進益却不止十二個，倒是十五個盧布，而且並非銀的，却是很好看的滿藍的鈔票哩。』乞乞科夫用這麼強有力而且發人深省的道理，上了戰場之後，他以爲這老婆子的終于降伏，大約是可以無疑的了。

『一點不錯，』那地主太太說，『我是一個可憐的不懂世故的寡婦，還是再等一下，等有別的買主到這里來罷，我也可以比一比價錢。』

『不要鬧笑話，太太！您自己想想看，您在說什麼了。誰會來買這東西呢。他要這做什麼用呢？』

『也許湊巧可以用在家務上的呵……』老婆子反對道。——但她沒有說完話，張開嘴巴，喫驚的看定他，緊張着在等候回答。

『死人用在家務上！——我的上帝，您眞的不知道想到那里去了！莫非在您的菜園裏，到夜裏好嚇雀子嗎?!對不對?』

『神聖的耶穌，救救我們罷！你說着多麼可怕的話呀，』那老婆子說，劃了一個十字。『另外還有什麼用呢?墳和骨頭，還是您的。這買賣不過是紙面上的事。究竟怎麼樣?您至少總得囘答我一句。』

那老婆子又沈思起來了。

『您只在想些什麼呀，那斯泰莎·彼得洛夫娜?』

『我可眞不知道我該怎麼辦才是哩。您還不如買點麻去罷！』

『什麼，麻！謝謝您！我要的是別的東西，您却拿您的麻來嚕蘇。給麻靜靜的麻牠的去罷！如果我下一次來拜訪，恐怕要買麻也難說的。那麼，怎麼樣呢，那斯泰莎·彼得洛夫娜?』

『上帝知道，這眞是古怪透頂的貨色，我向來沒有經手過的。』

這時候，乞乞科夫再也忍耐不住了。他憤憤的抓起一把椅子，在地板上一頓，並且詛咒她遭着惡鬼。

說到惡鬼，地主太太就怕得要命。

乞乞科夫再也忍不住了。

『阿呀呀，不要提牠了！上帝也在的！』她臉色發青叫喊說。『就在兩三天前的夜裏，我夢裏總是看見牠看見這地獄胚子。禱告之後，我卜了一回牌，可確是上帝差來罰我的呀。牠的模樣眞可怕。牠的角，比公牛的還長。』

『我希望您不至于看見一打！我還不及眞正的基督教徒的博愛；我一看見一個可憐的寡婦沒處安身，沒法生活……那還是和你的田地都完結罷。』

『阿呀呀，你在這里說着多麼怕人的話呀，』老婆子惴惴的看定他，說。

『眞的，沒有別的話好說了，簡直沒有——您不要怪我說的直白——就像一匹鎖住的狗，躺在乾草上；自己不喫草，却又不肯交給誰。您田地裏的所有的出產，我都要買，因爲我是也在辦差的……』這里他順便撒了一點謊，並不希望好處的，然而很有效。

這『辦差』的話，給了那斯泰沙·彼得洛夫娜一個深的印象了；她說話，幾乎用了懇求的聲音：『爲什麼你就立刻生氣呢？要是我早知道你這麼暴躁，我倒不如不要回嘴的好了。』

『那里那里，我全沒有生氣呀！所有的事情比不上一個擠過汁的檸檬。我會氣惱嗎？』

『好咧，好咧。我拿十五盧布鈔票把他們讓給你就是。不過有一件事，先生，辦差的時候不要忘記我，如果你要稞麥呀，蕎麥粉呀，壓碎麥子呀，或是肉類的話。」

「不會不會，太太，我再也不會忘記你了的，」他一面用手擦着三條小河似的，流下他臉孔來的汗，一面說。他還訊問她在市裏可有一個在法院裏的密友，全權代理或相識者，可以辦妥那訂立合同和一切其餘的必要的例規的人。「有的，那住持，希理耳神甫他的兒子是在法院裏的，」科羅皤契加說。乞乞科夫就託她寄一封委託書去；還至于自己來起草稿。省得老婆子寫些無用的費話。

「如果他給上司買我一點麪粉或是家畜，」科羅皤契加其時想，「那就好了。我應該應酬他一下。昨晚上還剩着一點蛋麪。我還是去吩咐菲替涅烤蛋餅罷。用奶油麪來做雞蛋饅頭，倒也不壞。這我做得好，也用不着多少時光。」於是主婦走了出去，實行饅頭計畫去了，並且好像還要添上家庭烹調法上的另外幾樣。但乞乞科夫却因爲去取提箱裏的紙，走進了他睡過一夜的客廳。屋子早已打掃好，胖胖的毛絨被和墊被已經搬走了。沙發前面放着一張蓋了罩布的桌子。他把提箱擱在桌子上，自己坐在沙發上，想休息一下；因爲他覺得，自己滿身是汗了：凡有他穿在身上的，從小衫到襪子，完全稀溼。「苦夠我了，這該死的老貨，」他說，休息了一會之後，就開開提箱來。

作者知道，許多讀者們是愛新奇，很願意明白提箱的構造和裝着的東西的。那可以，我爲什麼不給滿足一下這好奇心呢。總之，裏面是這樣子：中間一個肥皂盒；肥皂盒旁邊有狹狹的六七格，可以放剃刀。其次是兩個放沙粉盒和墨水瓶的方格。兩格之間有一條深溝，是裝羽毛筆，封信蠟和長的物事的。還有一些有蓋和沒有蓋的格子，爲裝短的物事，如拜客名片，送葬名片，戲園門票以及留作紀念的別的各種票子之用。抽出上面的抽屜來，也有許多格子。其中的一個很寬大，藏着裁開了的許多紙。還有一個做在旁邊的祕密的小抽屜，可以暗暗的抽出來，乞乞科夫的錢就總藏在這裏面。這小抽屜，他總是飛快的抽開，同時又飛快的關上的，所以他究竟有多少錢呢，無從明白。乞乞科夫馬上動手，削好筆尖，寫起來了。這時候，主婦也走進屋裏來。

『你的箱子可眞好哪，先生！』她說着，在旁邊坐下了，『你一定是在墨斯科買的罷？』

『對了，在墨斯科，』乞乞科夫回答着，仍然寫。

『我知道，在那邊買來的都是好的。兩年以前，我的姊妹從那邊帶了一雙孩子穿的暖和的長靴來。眞好貨色！不會破！她現在還穿着呢。阿呀，你有這許多印花，』她向提箱裏看了一眼，就說。而實際上，也確有很多的印花在裏面。『你送我一兩張罷。我沒有這東西有時是得向法院去上呈文的。可總是沒有印花。」

乞乞科夫向她解釋，這並不是她所意料那樣的印花。這是只用于買賣契約的，聲請書上就不能用。但爲了省得麻煩，他仍然送了她一張值一盧布的物事。寫好信件之後，他就請她簽名，並且要看農奴們的名單。但這位地主太太却好像全無她自己的農奴們的册子，倒是暗記在心裏的。他催她說，自己來鈔。有些姓，尤其是諢名，使他非常詫異，至於正在鈔錄的時候，一聽到就得暫時停下來。給他一個特別的印象的是彼得·薩惠略夫·內烏伐柴衣—科盧以多，㊀使他不禁叫了起來道：『好長的名字！』有一個名叫科羅符衣·啓爾鬬支，㊁別一個却只簡截的叫科褁維·伊凡。㊂他鈔完之後，用鼻子深深的吸了一口氣，就嗅出奶油煎炒的食物的香味來。

㊀ Petr Saveliev Neuvazha-Keruito，意云『蔑視洗濯水槽的彼得·薩惠略夫。』——譯者。

㊁ Korovuii Kirpitch，Otto Buek 的德譯本作『母牛屎，』S. Graham 序的英譯本和上田進的日譯本均作『母牛磚，』雖然直譯原語，却不像諢名，也許倒是不對的。——譯者。

㊂ Kolovi Ivan，譯出來是『輪子伊凡』的意思——譯者。

『請您用一點罷，』主婦說。乞乞科夫回顧時，看見了擺滿着美味的食品的桌子；有香菇，有烙餅，有蛋糕，有蒸餅，有酪條，有脆餅和烘糕，以及各式各樣的包子：大葱包子，芥末包子，凝乳包子，白魚包子，還有莫名其妙的許許多。

『請呀，這是奶油煎過的蛋糕，也許還可以罷？』那主婦說。

乞乞科夫抓過那奶油煎過的蛋糕來，沒有喫到一半，就極口稱讚起來了。在實際上，蛋糕本身固然並不壞；但當和老婆子使盡力氣和轉戰沙場之後，也覺得格外可口了。

『您不用蒸餅麼？』那主婦說。作爲這一個問題的答案的，是乞乞科夫即刻抓起三個蒸餅來，捲作一筒，醮了溶化的奶油，拋進嘴巴裏，于是用飯單揩揩嘴唇和兩隻手。他大約這樣的喫了三回之後，就請主婦吩咐去駕車。那斯泰莎・彼得洛夫娜立刻派菲替湼到院子裏去了，還教她回來的時候再帶幾個熱的蒸餅來。

『府上的蒸餅眞是好極了，太太，』乞乞科夫一面去拿剛剛送來的蒸餅，一面說。

『對啦，家裏的廚娘倒是做得很好的，』主婦回答道，『可惜的是今年的收成壞得很，麪粉也就並不怎麼好了。但是您爲什麼這樣的急急呢？』她一看見乞乞科夫已經拿起了帽子，就說。『車子還完全沒有套好哩。』

「阿，馬上套好的，太太。我的馬夫是套得很快的。」

「您到辦差的時候，不會忘記我的罷，是不是？」

「不會的，不會的，」乞乞科夫說着，跨出了大門。

「您不要買葷油嗎？」主婦說，跟在他後面。

「爲什麼不要？我當然要買的。不過得緩一緩。」

「到耶穌復活節，我就有很好的葷油了。」

「您放心，我到您這里來買；您有什麼，我就買什麼，也要猪油。」

「恐怕您也要絨毛罷？一到腓立波夫加●我就也有鳥兒的絨毛了。」

「好的，好的」乞乞科夫說。

「你瞧罷，先生，你的車子還沒有套好哩，」他們倆走到階沿的時候，那主婦說。

「他馬上套好的。只請您告訴我，我怎麼走到大路上去呢？」

「這叫我怎麼辦呢？」主婦說。「拐彎很多，要說給你明白，是不容易的；或者不如叫一

● Philipovka 耶穌復活節前的精進期。——譯者。

個娃兒同去，給你引路的好罷。可是你得在馬夫臺上有地方給她坐。」

「那自然。」

「那麼，我叫一個娃兒同去就是，她認識路的，不過你不要把她帶走，你聽哪，新近就有一個給幾個買賣人拐去了。」

乞乞科夫對她約定，決不拐帶女孩兒，科羅皤契加就又放了心，檢閱她的院子了。她首先看到女管家，正從倉庫裏搬出一隻裝着蜂蜜的木桶。其次向一個農奴一瞥，他正在門道上出現，於是順次的向她的家私什物看過去。為什麼我們要把科羅皤契加講得這麼長呢？科羅皤契加，瑪尼羅夫，家務或非家務，和我們又有什麼相干呢？我們不管這些罷！在這世界上，是沒有整齊到異乎尋常的！剛剛看見歡喜，牠就變成悲哀，如果留得牠很長久，接着會迸出怎樣的一個思想來呢，誰也不知道！人當然可以這麼想：怎樣麼？！在無窮之長的人格完成的梯級上，科羅皤契加豈不是的確站在最下面麼？將她和她的姊妹們隔開的深淵，豈不是的確深得很麼？和住在貴族府邸的不可近的圍牆裏，邸裏是有趣的香噴噴的鑄鐵的扶梯，那扶梯，是眩耀着銅光，紅木，華貴的地毯的她們？和看了半本書，就打呵欠，焦躁的等着淵博精明的來客，在這里給他們的精神開拓一片地，以便發揮他們的見解，賣弄他們的拾來的思想的她們？——這思想，是遵照着『趨時』的神聖的規則，一禮拜裏就風靡了全市的，這思想，是並非關於因爲懶散，弄得不可收拾的他們的家庭和田地，却只是關於法蘭西的政治有怎樣的變革，或者目前的加特力教帶了怎樣傾向的。算了罷，算了罷，爲什麼要講這些事？然而又爲什麼在愉快無愁的無思無慮的瞬息中，却自然會透進一種奇特的光線到我們這里來的呢？臉上的微笑還未消盡，人却已經不是那一個，他變了別一個了，此刻顯在他臉上的，已是別一種新的影子了。

『來了，我的車，』乞乞科夫一看見他的馬車駛了過來，喊道，『你怎麼儘是這麼慢騰騰的，你這驢子！你那昨天的酒氣一定還沒有走盡罷。』

對於這，綏里方沒有回答一句話。

『那麼，再見，太太哦，您的那小姑娘呢？』

『喂！貝拉該耶！』老婆子向一個站在階沿近旁的大約十一二歲的娃兒叫道。這孩子身穿一件手織的有顏色的麻布衫，赤着脚，因爲剛弄得滿腿泥濘，一直到上面，所以看起來好像穿着長統靴。『給這位先生引路去！』

綏里方拉她登上馬夫臺。上去的時候，先在踏脚上踏了一下，因此有點齷齪了，但即刻矯捷的爬上，坐在綏里方的旁邊。她之後，乞乞科夫也把脚踏在踏脚上，重得車子向右邊歪了過去，但也就坐好了。『呵，現在是全都舒齊了。再會罷，太太！』他用這話向地主太太告別，馬也開了步。

綏里方一路上都很認眞，正經，對於自己的職務也很注意，這是他在有了錯處或者喝醉過酒之後，向來如此的。馬匹也都乾淨得出奇。有一匹的頸套，平常是破破爛爛，連麻屑都從破綻裏露了出來的，現在也子細的縫過，修好了。他在路上，簡直不大開口，不過有時響一聲鞭子，也沒有對他的馬匹講演，雖然連阿花也極願意聽一點訓詞，因爲在這些時候，雄辯滔滔的御者是總歸放寬韁繩，鞭子也不過 Pro forma ①地在馬背上拂拂的，然而陰凄凄的嘴，這回却只有單調的不高興的吆喝了，例如『噓！噓！昏蛋！慢罷！』之類，另外再沒有什麼。阿青和議員也不滿足，因爲沒有聽到一句友愛的稱讚牠們的話。阿花在牠那柔軟肥胖的身上，喫了不少出格的受不住的鞭子。『瞧罷，這是怎麼一回事？』牠把耳朶略略一豎，自己想。『他竟知道應該打在那里；他不打背脊，却直接的打在怕痛的處所，不是耳朶上一鞭，

① 形式的。——譯者。

就是肚子上一鞭。』

『右邊？是不是？』綏里方用了這枯燥的話，轉臉去問那並排坐着的小姑娘，一面拿鞭子指着亮澄澄的新綠之間的，給雨溼得烏黑的道路。

『不，還不！我就要告訴你了！』小姑娘囘答道。

『那麼，往那兒走呢！』當他們臨近十字路的時候，綏里方問。

『這邊！』小姑娘用手一指，說。

『阿唷你！』綏里方說。『這就是右邊呀！連左右也分不清。』

天氣雖然好得很，道路却還是稀爛，爛泥粘着車輪，立刻好像包上了毛氈，車子不大好走了而且泥土又很厚，很粘。因爲這緣故，在午前他們就走不到大路。如果沒有這小姑娘，那是一定也很難走到的，因爲許多岔路，就像把捉住的螃蟹，從網裏放了出來一樣，向四面八方的跑着。綏里方的容易迷路，眞也怪不得他。那小姑娘又卽指着遠處的已經看得分明的房屋，說道：『那就是大路了。』

『那屋子是什麼呢？』綏里方問。

『客店呀，』小姑娘說。

「哦那是我們自己找得到的了你現在可以囘家去了。」

他勒住車，幫她跳下去，一面自言自語道：「你這泥腿。」

乞乞科夫給她一枚兩戈貝克的銅錢。她活潑的跑囘去了，高興得很，因爲她能夠坐在馬夫臺上跑了一趟。

第四章

當臨近客店的時候，乞乞科夫就叫停車，這爲了兩種原因，一是要給馬匹休息了，二是自己也要喫些東西添一點力氣。作者應該聲明，這一類人物的好胃口和食慾，可實在是令人羨慕的。對於那些住在彼得堡或是墨斯科，整天的想着早上喫什麼，中上喫什麼，後天早上又喫什麼，待到要用午膳了，就先吞一兩顆丸藥，然後慢慢的喫下幾個蠣黃和海蟹以及別的奇妙的海味，去終於就向凱爾巴特㊀或是高加索一跑的上流先生們，倒並不覺得有什麼大意思。不，這些先生們，是引不起作者的羨慕來的。然而中流的人們呢，第一個驛站上

㊀ Karlsbad，德國的溫泉場。先前的俄國貴族是很喜歡到那里去的，但大抵只爲了玩耍，並不是來養病的。——譯者。

要火腿，第二個驛站上要乳猪，到第三站是一片鱘魚或者有蒜的香腸炙一下，於是向食桌面前坐下，無論什麽時候，總彷彿不算一回事似的。大口魚的湯，鱘鰉魚和魚膏在他的嘴裏發響，發沸，還伴着魚肉包子或一個鯰魚包子，使不想喫的也看得嘴饞。——這些人物，是有一種很値得羨慕的天稟的。上流的先生們裏面，情願立刻犧牲他的農奴和他那用了本國式或外國式加以現代的改良，但已經抵押或並未抵押的田地的一半，來換取這好市民式的胃口的，目下也不只一兩個了。然而對不起，卽使用了錢以及改良了的或沒有改良的田地，也還是弄不到一個中流先生那樣的胃口來。

木造的破爛的客店，把乞乞科夫招進牠那燻得烏黑的屋簷下去了，屋簷被車光的柱子所支持，很像舊式的教堂燭臺模樣。這客店是俄國式農民小屋之一種，不過規模大一點。窗邊和屋頂下，都有新木頭的雕鏤的垂花，給暗昏的牆壁一比，更顯得出色。外層的窗戶上，畫着插些花卉的酒壺。

乞乞科夫走上狹窄的木梯，跨進大門去。他在這里推開那嘎嘎發響的門，就遇見一個身穿花布衣，口說『請進來』的胖胖的老婆子。一到飯堂，他又遇到那些在村市的木造小客店裏，一定看見的老相好了；生鏽的茶炊，鑠光的松板壁，屋角上的裝着茶壺茶碗的三角架，聖像面前的描金的磁器，繫着紅綠帶子，剛剛生過孩子的一匹貓，還有一面鏡，能把兩隻眼睛變作四隻臉孔照成好像一種蛋餅的東西，最後，是插在聖像後面的香草和石竹的花束，但早經乾透，有誰高興去嗅一下，就只好打起噴嚏來。

『您有乳猪麼？』乞乞科夫轉過臉去，問那胖老婆子道。

『有有！』

『用山葵醃的，還是用酸酪醃的？』

『自然有山葵也有乳酪的。』

『拿來！』

老婆子就到櫃子裏去尋東西，先拿來一張碟子，其次是一塊硬得像乾樹皮樣的飯單，後來一把刀，發了黃的骨柄，刀身薄得好像削筆刀，結末是一把只有兩個刺的叉子和一個簡直站不住的鹽瓶。

我們的主角就照着他自己的習慣，立刻和她扳談起來了。他訊問她，她自己就是這客店的主人呢，還是另外還有東家；可以賺多少錢；她的兒子們是否和她同住；大兒子是什麼職業，已經結了婚呢，還是還是單身；他娶了一個怎樣的女人，有嫁資呢，還是沒有；他的岳父是否滿足；嫁裝太少了，那兒子可曾不高興。總而言之，他什麽瑣屑都不忘記。至于他要訊問近地住着怎樣的地主，那是不消說得的，他明白了這里有的是勃羅辛，坡契太耶夫，米勃諾衣，大佐且潑拉可夫梭巴開維支。『哦！你知道梭巴開維支嗎？』他問那老婆子，但接着又知道她不但認識梭巴開維支，也認識瑪尼羅夫，而且瑪尼羅夫要比梭巴開維支『規矩』點。『他立刻要一盤燒母鷄或是燒牛肉；如果有羊肝，那麽，他就也要羊肝，什麽都只喫一點點。梭巴開維支却總是只要一樣，還喫得一個精光。是的，錢照舊東西還要添好許多哩。』

當乞乞科夫在這樣的談天，一面享用着他的乳猪，盤裏只剩了一片了的時候，忽然聽到了跑來的馬車的輪聲。他從窗口一望，就看見一輛駕着三頭駿馬的輕快的篷車，停在客店前面了。從車子裏出來了兩位紳士。一個身材高大，黃頭髮的，別一個比較的矮小些，黑頭髮。黃頭髮穿一件暗藍的獵掛，黑頭髮是蒲哈拉㊀布的普通的花條的短衫。還看見遠遠的來了一輛空的小篷車；拉的是頸圈和麻繩絡頭都已破爛，毛鬣蓬鬆的四匹馬。黃頭髮即刻走上扶梯來，黑頭髮却還在車子裏尋東西，一面指着駛來的車和僕役說話。乞乞科夫覺得

㊀ Buchara 中央亞細亞的地名。——譯者。

這聲音彷彿有些熟識似的。他正在凝視着他的時候，那黃頭髮已經摸着門口，把門開開了。是一個高大的漢子，長臉盤，或者如人們所慣說的失神的臉相，一撮發紅的鬍鬚。從他那蒼白的臉色判斷起來，他是常常捲在烟裏的，如果不是硝磺煙，那就是煙草煙。他向乞乞科夫優雅的鞠躬，這邊也給了一個照樣的鞠躬作爲回答。不到幾分鐘，他們就的確都想扳談起來，結識一下模樣，因爲倘沒有那黑頭髮旅客突然闖進屋裏來，他們就已經做到第一步，幾乎要同時說出大雨洗了塵埃，涼爽宜於旅行之類的彼此的愉快來了。那人除下帽子，摔在桌子上，使勁的搔着頭髮。他是一個中等身材的漢子，通紅的面頰，雪白鑠亮的牙齒，漆黑的鬍子的好傢伙。他有血乳交融一般的新鮮的顏色；他的臉上就躍動着健康。

『唷，唷，唷，』他一看見乞乞科夫，就突然張開臂膊，喊起來了。『什麼引你到這里來的？』

乞乞科夫知道，這是羅士特來夫，和這先生，曾在檢事家裏一同喫過飯，不到幾分鐘，他就已經顯得非常親密，叫起你我來了，雖然從乞乞科夫這一面，對他也並沒有給與什麼些微的沾惹。

『你那里去的？』羅士特來夫問，並不等候囘答，又立刻接下去道：『我是從市集那里來的，好朋友；你給我道喜罷。我精光了，我連最後的一文也沒有了。實實在在，一生一世，就沒有弄得這麽精光過。我只好僱一輛街車了。在窗口望一望，牠還在這里！』于是他把乞乞科夫的頭扭轉去，幾乎碰在窗框上。『看看這小馬，這該死的畜生好容易把我拖到這里來了——我終于只好坐上他的車。』和這話同時，羅士特來夫就用指頭指一指他的同伴。

『哦——你們還沒有相識哩。我的姻兄彌秀耶夫！我們講了你一早晨。「留心着，」我說，「我們也許遇見乞乞科夫的。」但是我精光到怎樣，你怕不見得明白。不管你信不信，我不但失掉了我的四匹乏馬，我眞的什麽都化光了。我也沒有了錶和鍊子。』乞乞科夫向他一看，他可眞的沒有帶着錶和鍊子。而且看起來，好像他一邊的鬍子，也比別一邊少一點，薄一點似的。

『但是，如果我的袋子裏還有二十盧布呢，』羅士特來夫說下去道，『只要二十個，不必多，我一定什麽都贏囘來，不但什麽都贏囘來，那麽，我就是一位闊紳士，我現在還有三千在袋子裏面哩。』

『那是你在那邊也說了的，』這時黃頭髮囘答他說。『但到我給你五十盧布的時候，你立刻又都輸掉了。』

『上帝在上，我沒有輸掉。眞的沒有。如果我那一囘不發傻，那是至今還在的。如果我在那該死的七的加倍之後，不去打那角頭，我可以把全場鬧翻。」

「但是你沒有把牠鬧翻呀，」黃頭髮說。

「自然沒有，因爲我在不合適的時候，打了角頭了。你以爲你的大佐頑得很好嗎?」

「不管好不好，總之他使你輸掉了。」

「那算得什麼，」羅士特來夫說。「我也會使他輸得這麼光。他該玩一回陀勃列式●來試試，那我們就知道了，這傢伙能什麼。但這幾天却逛得眞有意思哩，朋友乞乞科夫。哦，眞的，這市集可眞像樣。商人們自己就說，向來沒有過這樣的熱鬧。從我那領地裏拿來的東西，無論什麼，都得了大價錢賣掉了。唉唉，朋友，我們怎樣的喫喝呵！就是現在想起來，畜生……可惜你沒有在一起。你想想看，離市三維爾斯他的地方紮着一隊龍騎兵，你想，全體的兵官，總該有四十個，我相信全到市裏來了，于是大喝了起來……騎兵二等大尉坡朵路耶夫，是一個體面人；——有鬍子，——————這麼多。他把波爾陀的葡萄酒單叫作燒酒兒。「快給我拿一瓶葡萄燒來，」他向堂倌大嚷着。中尉庫夫新涅科夫……你知道，朋友，是一個很

● Double，紙牌比賽的一種。——譯者。

可愛的人！簡直可以說，是一個眞正的酒客。我們是常在一起的。還有坡諾馬略夫可給我們喝了怎樣的酒呵！那是一個騙子，你要知道。他這里買不得東西。鬼知道他用什麼混到酒裏去。這傢伙是用白檀燒焦的軟木，接骨木心在著色的；但如果要他從最裏面的，叫作「至聖無上」的屋子裏，悄悄的取出一瓶來，那可實在，朋友，立刻要相信是在七重天上了。還有香檳，我對你說！……比起這來，那知事家的簡直就是水酒。告訴你罷，還不是單單的香檳哩，是一種極品香檳，雙蒸的香檳呀。我還喝了一瓶法國酒「蓬蓬」牌，哪，那香氣——哼，就像薔薇苞，另外呢，都有，你想什麼就像什麼……阿唷，我們大喝了呵！……我們之後還來了一個公爵。他要香檳。對不起，全市裏一瓶也不剩了；兵官們把所有的酒都喝光了。你可以相信我，中飯的時候，我一個就灌了十七瓶！」

「喂，喂！十七瓶，你可是還沒有到的，」黃頭髮點破道。

「我是一個很正直的人，我確是喝了的。」

「你怎麼想，就怎麼說罷。我對你說，你一下子是擋不住十瓶的。」

「打一個賭罷！」

「賭什麼呢？」

「好，我們來賭你那市上買來的獵鎗！」

「我不來。」

「唉，什麼，來罷，試試看！」

「但是我一點也不想試。」

「你以爲沒有鎗，就和沒有帽子一樣壞。聽呀，朋友乞乞科夫，我可是眞可惜你沒有在那里。我知道，你一定會和庫夫新涅科夫中尉分拆不開的。你們立刻會成爲知己的。他不像檢事和那些我們市裏的鄉下闊佬一樣，爲了每一文錢發抖。他都來蓋勒畢克㊀呀，彭吉式加㊁呀，你愛什麼就玩什麼。唉唉，乞乞科夫，但和你玩什麼，做什麼呢。眞的，你是一個大滑頭，你這老狐狸！和我親一個嘴！我愛得你要死了。彌秀耶夫你瞧，運命拉攏了我們的；他來找我呢還是我在找他？一個很好的日子裏，他來了，上帝才知道他從那里來的！但是我恰恰也正住在這地方……那邊車子有多少呀，好朋友多得很哩，你要知道。en gros㊂呀！我也去抽

㊀ Galbik，打牌之一種——譯者。

㊁ Bankishka，同上——譯者。

㊂ 『大批』之意。——譯者。

了一回籤，贏了兩小盒香油，一隻磁杯，一張六絃琴。我再來看看我的運氣的時候，又都輸出去了，舞弊呵，還添上六個盧布。如果你知道庫夫新涅科夫是怎樣的一個花花公子，那就好。所有跳舞場，我總和他一同去；有一個，那眞是好打扮，瓔珞，花邊，哼，什麼都全有。我總在自己想：她媽的！但那庫夫新涅科夫呢——就是一匹野獸，可對？——却坐近她去，用法國話去打招呼了。你可以相信我，他是連一個鄉下女人也不肯放過的。他叫作「摘野莓。」魚也眞好，尤其是鱘魚。我帶了一條來——還好，還在有錢的時候，我就想到要買牠一條了。那麼，你現在要到那里去呀？」

「哦，我要去找一個人，」乞乞科夫說。

「找怎樣的人？唉唉，算了罷！我們還是一同到我的家裏去罷！」

「不，不，這不行。我有事情呢。」

「怎麼，有事情！胡說白道！喂，你，阿波兌勒杜古・伊凡諾維支！●」

● 乞乞科夫的本名和父稱是保甫爾・伊凡諾維支，羅士特來夫却亂叫作阿波兌勒杜克（Opodeldok），伊凡諾維支，在那時的俄國是算很失禮的——譯者。

『不行，眞的，我有事情，而且很有點要緊的！』

『我來打一個賭，你撒謊！你說罷，到底找誰去？』

『唔，可以的。找梭巴開維支去。』

羅士特來夫立刻迸出一種洪大而且響亮的笑來，這種笑，是只有活潑而健康的人才有的，這時他大張了嘴巴，臉上的筋肉都在抖動，就露出一口完整的，糖一般又白又亮的牙齒來，連隔着兩道門，在第三間屋子裏的鄰人，也會從夢中驚起，睁大了眼睛，喊起來道：『怎的這麼高興呀！』

『這有什麼好笑呢？』乞乞科夫說，對于這在笑的人，他有一點懊惱了。

然而羅士特來夫放大了喉嚨，仍然笑，一面嚷道：『不，請不要見氣；我要笑炸了！』

『這毫沒有什麼可笑：我和他約過的，』乞乞科夫說。

『但到他那里去，你的生活不會有意思；他完全是一個吝澀鬼，劊子手！我明白你的脾氣；如果你想在那里玩彭吉式加，喝好蓬蓬酒或者別的什麼，那是一個天大的錯。聽哪，好朋友！抛掉這媽的梭巴開維支罷！到我那里去！我請你喫鱘魚，坡諾馬略夫這畜生，是什麼時候都應酬得亂七八遭的，却擔保道：「這是我特別辦給你的！你就是跑遍全市集，也找不到這樣的貨色。」不過他是一個奸刁的流氓！我就當面對他說：「您和我們的包做燒酒人，都是天下第一等大騙子，」我這麼說了。這畜生就笑起來，摸摸自己的鬍子。庫夫新湼科夫和我，是每天到他店裏去喫早飯的。哦，好朋友，我幾乎忘記告訴你了：我知道你不會放開我，不過得聲明在先，你就是出一萬盧布也弄牠不到手！』——『喂，坡爾菲里！』他走向窗口，去叫他的僕人。那人却一隻手拿一把刀，一隻手拿着麪包皮和一片鯿魚，那是趁了到車子裏去取東西的機會撈來的。『喂，坡爾菲里！』羅士特來夫喊道，『拿那小狗來！一條很好的狗哼！』他轉臉向了乞乞科夫，接下去道。『自然是偷來的！那主人不肯賣。我要用那匹棗騮馬和他換，你知道，就是我從式服替斯略夫換來的那一匹呀。』但乞乞科夫却從他有生以來一向就沒有見過式服斯替略夫和棗騮馬。

『老爺們不要用點什麼嗎？』這時那老婆子走近他們來，說。

『不！不要！我告訴你，朋友！我們逛了呀！不過你可以給我們一杯燒酒！你有什麼酒？』

『有亞尼斯。』老婆子回答道。

『就是也行，一杯亞尼斯，』羅士特來夫大聲說。

『那就也給我一杯！』那黃頭髮道。

『戲園裏一個歌女上臺了，唱起來簡直像夜鶯一樣，這樣的一隻金絲雀！庫夫新涅科夫是坐在我旁邊的，對我說：「朋友，你知道這野莓我想摘一下了！」由我看來，就是玩樂的棚子的數目，也在五十以上。綏那爾提●風磨似的打着旋子，有四個鐘頭。』于是他從向他低低的彎着腰的老婆子的手裏接過杯子來。『拿這兒來！』一看見坡爾非里捧着小狗，走進屋子裏他忽然大叫起來。坡爾非里的衣服，也像他的主人一樣，穿一件蒲哈拉布的短衫，不過更加髒一點。

『拿這兒來，放在這兒地板上面！』

坡爾非里把狗兒放在地板上，牠就張開了四條腿，嗅起地板來了。

『就是這條狗！』羅士特來夫說着，一面揑住牠的頷子，用一隻手高高的舉起。那狗就迸出一種眞的叫苦的聲音。

『我吩咐過你的，你又沒有做，』羅士特來夫對坡爾非里說，一面留心的看着那狗的肚子。『篦篦牠，你簡直全不記得了。』

● Thenardi，那時的著名的馬戲班子。——譯者。

「沒有，我籠了的。」

「那麼，這些跳蚤從那兒來的呀？」

「那我不知道。也許，是牠從馬車上弄來的罷！」

「胡說！昏蛋！給牠籠籠，你夢裏也想不到；我看是就是你這驢子把自己的過給了牠的。瞧呀，乞乞科夫，瞧呀，怎樣的耳朵！你來呀，碰一碰看！」

「何必呢！我看見的！這種子很好，」乞乞科夫說。

「不不，碰一碰看；摸一下耳朵！」

乞乞科夫要向羅士特來夫表示好意，便摸了一下那狗的耳朵。「是的，會成功一匹好狗的，」他加添着說。

「再摸摸牠那冰冷的鼻頭！拿手來呀！」因爲要不使他掃興，乞乞科夫就又碰一碰那鼻子，於是說道：「不是平常的鼻子！」

「這是眞正的猛狗呵！」羅士特來夫還要繼續的說。「我得招認，我想找一匹猛狗，是已經很久的了。喂，坡爾菲里，拿牠去。」

坡爾菲里捧着狗的肚子，搬回馬車去了。

"是的，牠會成功一匹好狗的。"

『聽哪，乞乞科夫，你現在應該無條件的同我一道去。離這里不過五維爾斯他。我們一下子就到。這之後，你可以再找梭巴開維支去的。』

『唔！』乞乞科夫想。『其實我竟不妨也去找羅士特來夫一趟。歸根結蒂他也不會比別人壞，同大家一樣，是一個人！況且他又輸了錢。這人什麼都大意。我也許能夠無須破費，從他那里搶點什麼來的。』——『也好罷，可以的，不過有一層，你不能留住我；我的時間是貴的。』

『你瞧，心肝，你這麼聽話；乖乖。走過來，給你親一個嘴罷！』於是羅士特來夫和乞乞科夫擁抱着，親愛的接了吻。『很好，現在我們三個兒走罷！』

『不成，我是得請你原諒的，』黃頭髮說。『我該回家去了。』

『嚇，糊塗，朋友！我不放你走。』

『不成，眞的，我的太太也要不高興的；況且你現在可以坐他的馬車去了。』

『不行，不行，不行！你萬不要想。』

那黃頭髮是這樣的人們中的一個，起初看他的性格是剛強的，別人剛剛張開嘴，他的話裏已經帶着爭辯，如果和他的意見相反，他也決不贊成。他不肯稱愚蠢爲聰明，尤其是別人吹起笛子來，他決不跳舞。但到結末，却顯出他的性質裏有着一點柔弱，馴良，到底是對於他首先所反對的，變了贊成，稱愚蠢爲聰明，而且跟着別人的笛子，做起非常出色的跳舞來了。他們以激昂始，以丟臉終。

『嚇，胡塗，』對于那黃頭髮的抗議，羅士特來夫囘答着，把帽子捺在他的頭上，於是——黃頭髮就跟着他們出去了。

『慈善的老爺，酒錢還沒有付呢，』老婆子從他們後面叫喊道。

『不錯，不錯，媽媽！對不起，好兄弟，你替我付一付！我的袋子裏一文也沒有。』

『要多少？』那親戚問。

『有限得很，先生。不過八十戈貝克。』

『胡說！給她半盧布，已經太多了。』

『太少一點，慈善的老爺，』老婆子說。但也謝着收了錢，沒命的跑去開門了。她並不折本，因爲她把燒酒漲價了四倍。

旅客們走上馬車，就了坐。乞乞科夫的車，和坐着羅士特來夫和他親戚的篷車並排着走，三個人在一路上都可以彼此自由的談天。羅士特來夫的鄉下牲口拉着的小篷車，緩緩的跟着，總是慢一點。那裏面坐着坡爾菲里和小狗。

我們的旅客們的熱心的談天，在讀者一定是沒有什麼大趣味的，我們還不如趁這時候，講幾句羅士特來夫本人罷，他在我們的詩篇裏，所演的恐怕也並不是很小的脚色。

羅士特來夫的相貌，讀者一定已經很有些認識了。我們裏面的無論誰，遇到這種典型的人物，是決不只一次的。大家稱他們爲快男兒，當還是兒童和在學校的時候，就被看作好脚色，但也因此得到往往很痛的鞭笞。他們的臉上，總表現着坦白，直爽，和確實的英勇。他們一看見人，別人還不及四顧，就馬上成了朋友。他們還立誓要做永久的朋友，而且好像也要守住他們的誓約似的；然而這新朋友大抵就在結交的歡宴的這一晚上，發生爭論，又彼此打起來了。他們愛說話，會化錢，有膽量，不改口。羅士特來夫已經三十五歲了，却還像十八二十歲一樣：愛逛蕩，找玩樂。結婚也沒有改變他一點，況且他的太太不久就赴了安樂的地府，只留給他兩個孩子，那在他是毫無用處的。他把照管孩子們的事，都託付了一個眞的非常之好的保姆。在自己的家裏，他停不了一整天。如果什麼地方有市集，什麼地方有集會，有跳舞或是祝典，卽使距離有十五維爾斯他之遠，他的精靈的鼻子也嗅得出；一剎時他就在那里了，在賭桌上吵起來，大搗其亂，因爲他也如這一流人一樣，是一個狂熱的賭客。我們在第一章上已經知道，他是玩得並不十分乾淨的，他會耍一套做記號和弄花樣，所以到後來這玩耍就常常變成別種的玩耍：他不是挨一頓痛打，遭幾脚很踢，就是被人拔掉他那出色的茂密的絡腮鬍子，至於只剩了也很有限的半部鬍子回家。然而他那健康豐滿的面頰，是用極好的質料造成的，又貫注着很強的繁殖力，鬍子立刻又生出來了，而且比先前的更出色。而且最奇特的是，這大概是只有在俄國才會出現的，——不久之後他就又和痛打了他的朋友混在一起，大家扳談，彷彿全沒有過什麼事，他這一面，也好像毫未受過侮辱似的了。

在若干關係上，羅士特來夫是一位『故事的』人物。沒有那一個集會，只要他有份，會不鬧出一點『故事』來的。那『故事』常常是被幾個憲兵揑着臂膊，拉出客廳，或者給他自己的朋友硬推到門外去。如果不是這些，那麼，就總要鬧一點：別人決不會鬧出來的什麼事，或者在食堂裏喝得爛醉，只是笑個不住，或者受了親口所說的謊話的拖累，終於自己喫虧。他無緣無故的說謊。他會突然想到，講了起來，說自己有過一匹馬，是藍條紋毛的，或淡紅條紋毛的，或者是諸如此類的胡說，一直弄到在場的人們全都走開，並且說道：『哪，兄弟，我看你是誕妄起來了！』有一些人，是有一種毫無緣故，對於身邊的人，說些壞話的熱情的。例如有人，身居高位，一表非凡，胸前掛着星章，親愛的握了別一個的手，談着令人沈思默想的極深刻的問題，但突然又當大家的眼前，說起對手的壞話來了，他就像一個平庸的十四等官，不再是胸前掛着星章，談着令人沈思默想的極深刻的問題的人物，人們就只好癡立，出驚，至多是聳一聳肩。羅士特來夫就也有這一種奇特的嗜好的。一有誰接近他，他就弄得他非常之窘：他散布一切出乎情理之外的，幾乎不能更加昏亂的謠言，拆散婚姻，破壞交易，然而並不以爲對人做了壞事；倒相反，待到再和他見面，却很親熱的走過來，說道：『你眞是一個平凡得很的傢伙！你爲什麼一向不來看看我呢？』在許多事情上，羅士特來夫確是一個多方面的人物，這就是說，他無所不能。他肯馬上領你們到天涯海角去，他肯一同去冒險，他肯和你們換東西，鎗，狗，馬，都是他的交換目的物，然而想沾便宜的隱情，却是絲毫沒有的；這不過是含在他那性格裏面的一種活潑性和豪爽性的關係。他在市集上，幸而碰着一個傻瓜，賭贏了，那就把先前在店鋪裏看中了的東西，統統買攏來：馬的頸圈，發香蠟燭，保姆的頭巾，一匹母馬，葡萄乾，一隻銀盃，荷蘭麻布，上等麪粉，淡巴菰，手鎗，靑魚，畫，磨石，壺，長統靴，磁器，到用完了錢爲止。然而他把這些好東西帶回家去的事情，是非常少有的：大抵就在這一日裏，和別一個運道更好的賭客玩牌，弄得一乾二淨，有時還要添上自己的煙斗，煙袋，煙嘴，或者簡直又是四駕馬全班和一切附屬品：篷車和馬夫，弄得主人只好自己穿了一件短衣或着蒲哈拉布衫，跑去找尋可以許他搭車的朋友。這樣的是羅士特來夫！人也許以爲這是過去的典型，並且說，現在可全沒有羅士特來夫們了。阿，不然！說這話的人，是不對的。羅士特來夫在這世界上，是不至於消滅得這麼快的。我們之間，到處都是，而且大約不過是偶然穿了一件別樣的衣服；然而人們是粗心，皮相的；一個人只要換上別樣的衣服，他們也就當作完全另一個人了。

這之間，三輛馬車已經到了羅士特來夫家的階沿的前面。招待他們的設備，家裏却一點也沒有。食堂中央，有兩個做工的站在踏臺上，刷着牆壁，一面唱着永不會完的單調的歌兒；石灰灑滿了一地板。羅士特來夫立刻跑向他們去，他們就得和他們的踏臺一同連忙滾出，於是跑向間壁的屋子，到那里續發其次的命令去了。客人們聽到，他在叫廚子備午餐；已經又覺得有點肚餓的乞乞科夫，就知道總得快到五點鐘，這才可以入座。羅士特來夫又卽回來了，要帶客人們到他那領地上去散步，還給他們看看可看的東西。他們爲了目覩這一切，大約化了兩個多鐘頭。直到無所不看，無可再看的時候，羅士特來夫這才安靜。他們最先看馬房，有兩匹母馬，一匹是帶斑的灰色的，一匹是棗紅色的，還有一匹栗殼色的雄馬。雄馬也並不見得出色，但羅士特來夫却宣誓而且力說，這是他化了一萬盧布買來的。

『一萬是一定不到的，』那親戚注意道，『這還値不到一千。』

『上帝在上！這値一萬！』羅士特來夫說。

『你要起誓，隨便起多少就是，』那親戚回答着。

『那麽，好罷，你肯打一個賭？』羅士特來夫說。

然而親戚不要賭。

于是羅士特來夫把空的馬房示給客人們，先前是有幾匹好馬在這裏面的。也還有一隻雄山羊，向來的迷信，以爲這是馬房裏萬不可少的東西，牠和牠的伙伴會立刻很要好，在肚子下往來散步，像在家裏一樣。之後，羅士特來夫又帶了兩位紳士走，要給他們看一匹鎖着的小狼。『這是狠兒！』他說，『我是在用生肉喂牠的！』之後又去看一個池，這池裏，據羅士特來夫說，有着這麽大的魚，倘要拉牠上來，至少也得用兩條大漢。然而這時候，他的親戚又懷疑了。『聽哪，乞乞科夫，』羅士特來夫說，『我給你看幾條出色的狗，那筋肉之強壯，是萬想不到的！還有那鼻子！尖得像針！』他說着，領他們去到一間乾淨的小屋子，在四面圍着的大院子的中央。他們一走進去，就看見一大羣收羅着的狗，長毛的和淺毛的，所有毛色，所有種類，深灰色的，黑色的，黑斑的和灰斑的，淺色點的，虎斑的，灰色點的，黑耳朶的，白耳朶的，此外還不少……還有聽起來簡直像是無上命令似的各種狗名字，例如咬去，醒來，罵呀，發火，不要臉，上帝在此，暴徒，刺兒，箭兒，燕子，寶貝，女監督等。羅士特來夫在牠們裏完全好像在他自己的家族之間的父親：所有的狗，都高高興興的翹起了獵人切口之所謂『鞭』的尾巴，活潑的向客人們衝來，招呼了。至少有十條向羅士特來夫跳起來，把爪子搭在他的肩膀上。『罵呀』向乞乞科夫也表示了同樣的親愛，用後脚站起，給了一個誠懇的接吻，至於使他連忙吐一口唾沫。於是羅士特來夫用以自傲的狗的好筋肉，大家都已目覩了——誠然，狗也眞的好。還去看克理米亞的母狗，已經瞎了眼，據羅士特來夫說，是就要倒斃的。兩年以前，却還是一條很好的母狗。大家也來察看這母狗，看起來，牠也確乎瞎了眼。從這里又走開去，因爲要去看水磨，但使上面的磨石不動搖，並且轉得很快的軸子，或者用俄國鄉下人的怪話，爲了牠上上下下的跳着，就叫作『蚤子』的那軸子，却沒有了。『現在是就要到鐵廠了，』羅士特來夫說。走了幾步，大家也的確看見了鐵廠，於是又察看了一下。

『在這田坂上，』羅士特來夫指着，說『兎子就有這麼多，連地面都看不見了。新近我就親自用手拉住了一匹的後脚。』

『哪，你要知道，用手是捉不住兎子的。』那親戚插嘴說。

『我可是捉住了一四眞的！』羅士特來夫囘答道。『哦，現在我要帶你們看我的領地的邊界去了，』他向乞乞科夫轉過臉來，接着說。

羅士特來夫領客人們經過田坂，到處是生苔的小土岡。客人們都得從休耕的和耕過的田裏取路。乞乞科夫覺得有些疲乏了。許多地方，他的脚竟陷在爛地裏：泥土應脚陷得很深。開初，他們是在留心迴避着走的，但到知道了這也不中用，就不管什麼地方爛泥積得最厚，單是信步的跑上去了。走過許多路之後，終於也看見了邊界，是用一個木椿和一條小溝分劃開來的。

『這是邊界，』羅士特來夫說。『統統，所有在這邊的——都是我的產業，連那個樹林，那你們望去在那邊藍森森的，還有樹林後面的地方，都是我的。』

『什麼時候變了你的樹林的？』那親戚問。『你新近買的嗎？先前可還不是你的呢。』

『唔，就是新近買進來的，』羅士特來夫說。

『怎麼能買的這樣快呢？』

『就是前天買好的，化了好多的錢，媽的！』

『那時你不在市集上嗎？』

『唉唉，你這聰明的梭夫倫，人就不能一面逛市集，一面買田地嗎？不錯，我是在市集上，管家却當我不在的時候，把林子買下來了。』

『那總該是管家買的了，』那親戚說，還是不相信，搖搖頭。

客人們仍舊走着先前的不像樣的路，回了家。羅士特來夫又引他們到自己的書齋裏，但一間辦事房裏總歸可以看到的東西，在這里却什麼也不能發見的，這就是說沒有書也沒有紙，壁上只掛着一把長刀和兩枝鎗，一枝三百盧布，別一枝是八百盧布。那親戚向屋子裏看了一遍，儘是搖着頭。羅士特來夫又給他的朋友們看了幾柄土耳其的劍，其中的一柄上見有銘文道『匠人薩惠黎．西比略科夫，』㊀大概只是誤刻上去的。這之後，客人們又有搖琴賞鑒了，羅士特來夫立刻奏起一個曲子來。搖琴的聲音並不壞，不過裏面好像發生了一點什麼，因爲羅士特來夫奏着的瑪茲爾加，忽然變成『英雄馬爾巴羅㊁上陣了』的歌，而這又用那很舊的華勒支曲來結了末。羅士特來夫早已不搖了，但這機器有一個極勇

㊀ Saveli Sibiriakov，這是俄國人的名姓。——譯者。

㊁ John Churchill Marlborough(1650—1722)，英國的大將，以常勝著名。——譯者。

敢的管子，簡直不肯沈默，獨自還響了很久的時光。之後是大家要看煙斗了，羅士特來夫收集得很不少木煙斗，磁煙斗，海泡石煙斗，煙燻了的和沒有煙燻的，麂皮包着的和沒有包着的，等等；又看見一枝琥珀嘴的長煙管，是羅士特來夫新近贏來的，還有一個刺繡的煙袋，是在什麼驛站上，忘魂失魄的愛上了他的一位伯爵夫人的贈品，而且她的手兒，是『盡纖細之極致』的這句話，大約算是把完美之至的意思，竭力表示了出來的了。大家喫過幾片鱘魚之後，將近五點鐘，這才就了食桌。在羅士特來夫的生活上，中餐是沒有排在大節目裏面的，因爲對于食品的烹調，好像並不十分看重；有的太熟，有的還生。廚子也似乎大抵只照着一種什麼靈感，就用手頭的一切好物事，做出肴饌來：近旁剛有胡椒瓶，他就把胡椒末撒在菜盤裏——桌上有一株捲心菜，他就也加上捲心菜，還隨手放進牛奶，火腿，豌豆去——一言以蔽之：他混起來，只要這菜熱，也就已經有一種味道了！但羅士特來夫對於酒類，却看得很要緊：湯還沒有上桌，他就先敬了客人一大杯葡萄酒，第二杯是上等白葡萄。因爲府署和縣署所在的市裏，是沒有平常的白葡萄酒的。此後羅士特來夫又叫取一瓶瑪兌拉酒來，『就是大元帥也沒有喝過這麼好的。』的確，這瑪兌拉會燒人的喉嚨，因爲商人們是知道他們的買主——地主——的嗜好，喜歡強有力的瑪兌拉的，他就儘量的羼進蔗酒去，有時也看準了俄國人的胃臟，什麼都受得下，於是放一點王水㈠在裏面。臨了，羅士特來夫又叫取一瓶很特別的酒來，據他說，是一種香檳和蒲爾戈濃的綜合。他極熱心的斟滿了左右兩邊的杯子，給他的親戚和乞乞科夫；但乞乞科夫覺到，他給自己却斟得很少。這使乞乞科夫有了一點戒心；當羅士特來夫正對着親戚談天或是斟酒之際，便乘機把自己的一杯倒在菜盤裏了。接着又立刻拿出一瓶鳥莓燒酒來，據羅士特來夫說，是全像奶油味道的，但奇怪的是不過發着很強的濁酒氣。後來又喝了一種香醪，有一個名目，然而很不容易記，連主人自己第二回說起來也完全是另一個了。中餐早已完畢，酒也都試過了，但客人們却還不離開桌面，乞乞科夫總不願意當着那個親戚的面，向羅士特來夫說出他藏在心裏的事情來：那親戚究竟是外人，這事情却只能密談的。但那親戚也未必是一個於他有害的人，因爲他已經大醉，埋在椅子裏，早就抬不起頭的了。後來他自己也覺得情形有些不妙，就請羅士特來夫放他回家去，而且說的很低，很倦的聲音，好像——用民族的俄國的表現說起來——用鉗在馬頭上拔馬嚼子。

㈠ 硝强水和鹽强水的混合物。——譯者。

「不行，不行，不行，我不放你走！」羅士特來夫說。

「不要難我了，好朋友！眞的，我要走！」那親戚懇求道。「你不該這麽虐待我的！」

「胡說！發昏！，來我們玩一下彭吉式加。」

「不行，好人，還是你自己玩罷！我實在不能玩了，我的太太要很不高興我的；我也還得對她講講市集的情形去。眞的，朋友！不給她一點小高興，這是我的大罪過呀。求求你，不要留我了罷！」

「管她老婆什麽媽……！好像頂要緊的是你們兩口子在一起！」

「不，不，眞的，朋友！她是很好的，我的太太——能幹，誠實，一個模範的賢妻！她待我好。你可以相信我，我是常常感激得至於下淚的。不不不，不要想留住我了罷；我是一個正人君子——我得走了。我告訴你！老老實實！」

「放他走罷，我們要他做什麽呢！」乞乞科夫悄悄的對羅士特來夫說。

「你說的對！」羅士特來夫道，「我最討厭這樣的孱頭！」於是他大聲的說下去道：「好罷，那就滾你的去！儘找你的老婆去，你這吹牛皮的！」

「不是的，朋友！你不能罵我是吹牛皮的！」那親戚回答說。「我仗她才有生活呢。眞的！

她是很可愛，很好，很溫柔，嬌小……我常常要流出眼淚來。她會問我，我在市集上看見了些什麼——我得統統告訴她——她很可愛……』

『那麼，去和她胡說白道去就是！』

『不，聽哪，好朋友！你不能這樣說她的，這也就是侮辱我呀，她是很好，很可愛的。』

『是了，快滾罷！找她去！』

『是的，的確，我要走了；原諒我不能奉陪。我是極高興在這里的，但是我實在做不到。』

那親戚總在絮叨着一切陪罪的話，却沒有留心到他已經坐上馬車，拉出大門，在露天底下，田野上面了。由此知道，他的太太怕也未必會聽到多少市集的情形罷。

『這麼一個廢物！』羅士特來夫走向窗口，目送着跑遠去的馬車，說。『這麼跑！那旁邊的馬倒不壞，我早就看上了的。不過這傢伙總不肯。只是一個孱頭！』

大家走到隔壁的屋裏去。坡爾菲里拿進燭火來，乞乞科夫忽然見有一副紙牌在主人的手裏了，却不知道他是從那里取來的。

『來一下小玩意罷，朋友！』羅士特來夫說，一面把紙牌一擠，又一鬆，那十字封條就斷掉，落在地上了。『消遣消遣呀，你知道。我想玩一下三百盧布的彭吉式加！』

然而乞乞科夫只裝作全沒有聽到那些話的樣子，却自己突然想到了什麼似的，說道：

『哦，幾乎忘記了，我要和你商量一點事！』

『什麼事呀？』

『但你得豫先約定可以允許我！』

『那是什麼事呢？』

『不，你得先和我約定的！你聽眞！』

『那麼，好罷。可以的！』

『一言爲定！』

『一言爲定！』

『那麼：你一定有一大批死掉的農奴，戶口冊上却還沒有註消的罷！』

『自然！這又怎麼樣呢？』

『都讓給我。把他們歸到我的名下去！』

『你拿這有什麼用呢？』

『我有用。』

『不，你說，什麼用？』

『就是有用……這是我這邊的事情了——一句話，我有用處。』

『裏面一定還有緣故的。你一定在計畫什麼事。說出來罷！什麼事？』

『唉唉，什麼計畫呵！這樣的無聊東西我能拿牠計畫什麼呢？』

『那麼，你要他們做什麼呢？』

『我的上帝，你眞是愛管閒事！無論什麼垃圾，你也要用手去摸一下，而且簡直還會嗅一下！』

『是的，但是你爲什麼不肯說呢？』

『就是我說了，你有什麼用呢？這是很簡單的，不過我想這麼的幹一下！』

『就是了，如果你不說，我就也不給！』

『聽罷，這是你丟面子的。你說過一言爲定的了，現在却想不算了！』

『很好，隨你說罷。在你沒有告訴我之前，我不答應！』

『我怎麼告訴他才是呢？』乞乞科夫想；他略一盤算，才來說明他的要找死魂靈，爲的是想在交際社會裏，增加自己的名望，他沒有大財產，所以原有的魂靈也不多。

『你胡說，』羅士特來夫說，打斷了他的話『你胡說，兄弟！』

乞乞科夫自己也覺到，他的謊實在撒的不聰明，這虛構的口實也的確沒有力量。『那麼，好，我老實告訴你罷，』他正經的說道，『我請你只放在自己的心裏，不要傳開去。我準備結婚了，但可恨的是我那新婦的父母是極難說話的人，總想出人頭地。一對該死的東西！和這樣的有了關係，我倒在懊悔了。他們一定要新郎至少也有三百個魂靈，但我可一共幾乎還缺一百五十個，那麼……』

『不的，兄弟你胡說！』羅士特來夫又喊起來。

『不，眞的，這回是連這樣的一點謊也沒有的，』乞乞科夫說着，用拇指頭在小指尖上劃出一塊極小的地方來。

『如果不是胡說，拿我的腦袋去！』

『聽哪，你侮辱我！我是何等樣人呀？我爲什麼總要說謊呢？』

『可是我明白你了：你是一個大騙子——要知道我是看朋友交情上，這才說說的。如果我是你的上司，第一着就是在樹上縊死你！』

聽了這話，乞乞科夫覺得受侮了。凡有粗鹵的，有傷中庸的界限的表現，是使他不舒服的。他不喜歡和不相干的別人親暱，但如果那是上等人物，就又作別論。因此他現在覺得心裏不高興。

『上帝在上，我要縊死你！』羅士特來夫重複說，『我很坦白說出來，而且說這也並不是為了侮辱你，倒是因為我自己相信，我是你的朋友。』

『一切事情都有一個界限，』乞乞科夫儼然的說。『倘若你愛用這樣的語調，不如進兵營去。』——於是他又接下去道：『你不肯送，那麼，賣給我也可以的。』

『賣！我明白你了。你是一個流氓。你不肯多出錢的。』

『哪，你也該知足了！想一想罷，你以為那是寶石似的東西嗎？』

『你說的對，我明白你了。』

『不，聽罷，朋友，多麼小氣呀。你其實是應該送給我的。』

『那就是了，我一個錢也不要，給你看看我並不是這麼一個吝嗇鬼。你買一匹種馬去，農奴就算作添頭。』

『請你想想，我要種馬做什麼用呢？』乞乞科夫說，對於這提議，非常詫異了。

『你做什麼用？買這搗亂傢伙，我化了一萬盧布，你只要出四千。』

「但是我拿牠去做什麽呀！我並沒有牧場。」

「是的，再聽我說，你還沒有懂呢。現在我只要三千，其餘的一千你可以後來再付的。」

「是的，但是，我簡直完全用不着實實在在！」

「那就是了，那麽，買我的那匹棗紅的母馬去罷！」

「我也用不着母馬。」

「我給你母馬，還添上你已經見過的那匹灰色小馬，只要二千盧布。」

「我用不着馬！」乞乞科夫說。

「你可以再去賣掉的。無論在那一個市集上，你都能賺三倍。」

「如果你相信可以賺這麽多的錢，還是自己賣去罷。」

「這能賺錢，我是知道的，不過我願意你也賺一點。」

乞乞科夫陳謝了他的友情，並且堅決的回絕了棗紅的母馬和灰色的小馬。

「那麽，在我這里買幾匹狗去罷！有一對可以給你的小夫妻在這里會使你樂到脊梁都抽搐起來的。刺毫毛，硬鬍子；那成堆的毫毛，就像刺蝟的刺一樣，而且那肋骨呵——簡直是鐵箍。還有那又小又胖的爪子——幾乎不沾地！……」

「唉唉！我用不着狗。我不是獵戶。」

「但我很希望你也養幾條狗。不過，你知道，如果你不要狗，那就買我的搖琴去。我告訴你，那是好東西。我自己呢，我是一個正人君子，不打謊，那時化了一千。給你却只要九百。」

「我要搖琴做什麼用呀？我又不是德國人，要拿了這東西挨家的討錢去！」

「但這並不是德國人所有的那樣筒琴哩。這是一個風琴，你仔細的看去眞正瑪霍戈尼樹做的！來，我再給你看一下罷！」羅士特來夫就揑住乞乞科夫的手，拉到鄰室去，他抵抗，兩脚釘住了地板，想不動，他力辯自己很知道那搖琴，然而都沒有用，他總得再聽一回馬爾巴羅怎樣的去上陣。

「如果你不願意給我錢，那麼，我們就這麼辦罷，你知道。我給你搖琴，再加上所有的死魂靈，你就留下你的篷車，還只要再付三百盧布。」

「又來了？我怎麼回去呢？」

「我另外給你一輛車。在庫房裏，我就給你看！你只要去漆一下。那就是一輛很體面的馬車了！」

「這人給冒失鬼附了體嗎，」乞乞科夫想，並且下了英勇的决心，凡有羅士特來夫的馬車，搖琴，以及一切平常和異常的狗，卽使那是未嘗前聞的，鐵箍似的肋骨和又小又肥的爪子，都給他一個不要。

『但是你全都到手了呀：馬車，搖琴，死魂靈。』

『但是我不要，』乞乞科夫又說了一遍。

『爲什麽你簡直不要？』

『很簡單，因爲我不要，這就儘夠了！』

『唉唉，你這傢伙！和你打交道，是不能像和一個好朋友或是伴當的。眞是一個……！人立刻明白，你是有兩個舌頭的人。』

『是的，我是驢子，對不對？毫無用處的東西，我爲什麽非買不可呢？』

『不不，不要提了！現在我明白你了。這樣的一個無賴漢，的的確確。好罷，你聽着，我們來玩一下彭吉式加。我押上所有的死魂靈，再加搖琴。』

『不，不，我的好人，用賭博來決輸贏，是靠不住的，』乞乞科夫向對手拿着的紙牌看了一眼，說。他覺得對手很難相信。連紙牌也可疑。

『爲什麽靠不住？』羅士特來夫說。『這是沒有什麽靠不住的；如果你運氣好，媽的，就什麽都到手。瞧罷，你的運氣多麽好，』他說着，攤開幾張紙牌來，要引起乞乞科夫打牌的興趣。『哪，這樣的好運氣，這樣的好運氣！總是這樣上風。你瞧，這是該死的十，我會因此輸得精光的。我知道會使我輸得精光。但是我閉起眼睛，心裏想媽的！請便罷，這奸細！』

羅士特來夫正在講說的時候，坡爾菲里又拿進一瓶酒來了。但乞乞科夫都堅决的拒絕，不喝酒也不玩牌。

『你爲什麽不要玩？』羅士特來夫道。

『因爲我不高興。老實說，我根本就不是一個賭友。』

『爲什麽你不是一個賭友的呢？』

『就因爲我不是一個賭友呀，』乞乞科夫說，並且聳一聳肩。

『無聊傢伙，你這！』

『上帝這樣的造了我了，我也沒法。』

『簡直是一條懶蟲。先前我至少還當你是一個有些體面的人。可是你全不明白打交道。對你不能說知心話，你是連一點點的面子也不要的。全像梭巴開維支廢料一枚！』

『你說出來，爲什麽罵我的？不玩牌，就是我的錯處嗎？如果你是這麽一個斤斤計較的傢伙，那麽，把魂靈賣給我就是了！』

『你拿惡鬼去！而且還是沒有頭毛的。我本要白送給你的，現在你可是拿不到手了，就是你獻出一個王國來，我也不給。這樣的一個扒手！這樣的一個齷齪的壞貨！我從此不和你來往了。坡爾菲里，告訴管馬房的去，不要給他的馬匹喫燕麥了，給喫乾草就儘夠。』

這樣的結局，乞乞科夫是沒有豫先想到的。

『我還是不看見你的好！』羅士特來夫說。

這吵架並沒有阻礙了主人和他的客人一同喫晚飯，雖然這回在桌上不再擺出各種佳名的酒來。不過孤另另的站着一小瓶，是契沛爾酒之一種，但其實是人們大抵叫作酸的濁酒的。晚飯之後，羅士特來夫領乞乞科夫到一間旁邊的屋子裏，那裏面鋪着一張給他睡覺的牀，並且說道：『你的牀在這里。我不高興對你說什麽晚安。』

說完這話，他出去了，只剩下乞乞科夫一個人，心情惡劣之至。他在懊恨自己，自責他的同來這里，費了他許多要緊的時光；最難寬恕的是竟對他說出了自己的事情；眞是粗心浮氣，活像一個儍子；因爲這一類事情，是完全不能對羅士特來夫說的。羅士特來夫是一個壞貨；他會添造些謠言，不知道要散佈怎樣的謊話，到底還弄出一個無聊的話柄來呢……晦氣，眞眞大晦氣！『我眞是一頭驢子！』他對自己說。這一夜他睡得很壞。有一種很小，却很勇敢的蟲，不住的來咬他，痛的擋不住，使他用五個指頭搔着痛處，一面嘮叨道：『惡鬼抓了你去罷，連羅士特來夫！』當他醒來的時候，還早得很。他的開首第一着，是披上睡衣，穿好長靴之後，就到院子邊沿的馬房去，吩咐綏里方立刻套車子。歸途中遇見了羅士特來夫，他也一樣的穿着睡衣，嘴裏咬着煙斗，在院子裏從對面走過來。

羅士特來夫很親暱的招呼他，還問他夜裏睡得怎麼樣。

『總是這樣！』乞乞科夫冷淡的答道。

『我也是的，朋友……』羅士特來夫說。『你可知道，我給該死的鬼東西鬧了一整夜，我簡直說不淸；昨夜嘴裏還有一種味兒，好像是一整隊的騎兵在那裏面過夜。你知道，我夢見挨了鞭子。眞的！你猜是誰打的呢？我來打一個賭，你一定猜不着：是騎兵二等大尉坡崔路耶夫和庫夫新湼科夫打的。』

『好，好，』乞乞科夫想『如果你眞的挨一頓打，那倒實在不壞的。』

『上帝在上！這眞的痛得要命！我就醒了；不錯，週身都癢；該死的東西，這跳蚤哦，囘去穿起衣服來罷；我就到你那里去。我只要再去申斥一下管家這無賴子就行。』

乞乞科夫回到屋子裏，洗過臉，換好了衣服。當他走進食堂去的時候，桌子上已經擺着茶具和一瓶蔗酒了。屋裏却還分明的留着昨天的中餐和晚餐的遺迹；使女並沒有用過掃箒。地板上散着麪包末屑，連桌布上也看見躺着成堆的煙灰。那主人，也就進來了，穿的還是睡衣，下面露着不穿小衫的，生着濃毛的胸脯。一隻手拿了長煙管，一隻手拿一個杯，喝着，這模樣，對于極討厭理髮店招牌上面那樣捲起，掠光，或者剪短的頭的畫家，實在是一個很好的圖樣。

『那麼，你以爲怎樣？』略停了一會之後，羅士特來夫說。『你不想賭一下魂靈嗎？』

『我已經告訴過你了，我不賭；却買——我願意這樣。』

『我不想賣，這不像朋友。莫明其妙的事，我是不幹的。賭——那可是另外一回事了。玩牌罷！』

『我已經告訴過你了，我是不賭的。』

『你也不願意交換嗎？』

『我不願意！』

『唔，那麼，聽罷，我們來下象棋，好嗎？你贏——就都是你的。該從戶口册上註消的，我這里有一大批。喂，坡爾菲里！拿象棋盤來！』

『請你不要費神了，我可是不賭的！』

『但這並不是賭博呀；這不講運氣，也不能玩花樣，什麼都靠眞本領的。而且我還得聲明，我下得很不行；你應該饒我幾著。』

『也許這倒很好的，試試看，』乞乞科夫想。『我先前象棋下得並不壞，況且他要在這里玩花樣，也很難的。』

『也好！可以的。我還是和你下一盤象棋能。』

『魂靈——對一百盧布？好嗎？』

『爲什麼？我想，五十盧布也足夠了。』

『不行，你聽哪，五十，這不像一注的！還不如我加上一匹普通的獵狗，或者一個金的圖章能，你知道，那就像人們掛在錶鍊上那樣的東西。』

『那就是了！我可以來，』乞乞科夫說。

『可是你讓我先幾子呢？』羅士特來夫問。

『這怎麼可以？自然不讓先。』

『至少開手要讓我先兩子的。』

『不行，我自己也下得很壞。』

『知道了，這下得很壞！』羅士特來夫說着，動了一子。

『我長久沒有碰過棋子了，』乞乞科夫說着，也動了一子。

『知道了——這下得很壞，』羅士特來夫說着，又動了一子。

『我長久沒有碰過棋子了，』乞乞科夫說着，又走下去。

『知道了——這下得很壞，』羅士特來夫說着，又動了一子，同時又用睡衣的袖口，把別的一子推向前去了。

『我長久沒有碰過棋子了……喂，這是怎麽的，好朋友？把這一子收回去！』乞乞科夫喊道。

『什麽？』

『這一子是你得退回去的，』乞乞科夫說；但他忽然看見在他的鼻子跟前另外還有一子，像是想去喫帥似的。牠是怎麽來的呢，却只有一個上帝知道。『不行，』乞乞科夫說，『和你，是不能下的。人不能一下子就走三著！』

『怎麼三著？這是弄錯的。這一子是錯帶上來的；我退回去，如果你要這樣。』

『還有這里的是怎麼來的呢？』

『你說的是那一子呀？』

『這里，這一子，這想來喫帥的。』

『你怎麼了呀！你好像不明白似的。』

『不，我的好人，棋子我都數過，什麼都記的淸淸楚楚的，你剛剛把牠推上來的。這里是牠的原位！』

『什麼——那里？』羅士特來夫紅着臉，說。『你胡說白道，朋友！』

『不的，好人，恐怕正是你胡說白道，但可惜就是運氣小。』

『你當我什麼人？』羅士特來夫說。『莫非你以爲我在玩花樣嗎？』

『我並沒有當你什麼人，不過我自己警戒，不再和你下棋了。』

『不成，現在你早不能退走了，』羅士特來夫憤激了起來，『棋已經下開了頭的！』

『可是我可以不下，因爲你下得不像一個規矩人！』

『你說謊！你沒有說出這樣話來的權利！』

『不然，我的好人，那倒是你，你說謊的！』

『我沒有玩花樣，你也不能退開。你得下完這一盤！』

『你強迫我不來的，』乞乞科夫冷冷的說，走近棋局去，把棋子攪亂了。

羅士特來夫怒得滿臉通紅，奔向乞乞科夫，至於使他倒退了兩步。

『我却要強迫你，和我來下棋。你攪亂了棋局，也沒有用的。我著著都記得！我們可以把這一局從新擺出來的！』

『不成，我的好人，我不和你下，這就夠了！』

『你不下嗎？是不？』

『你自已看就是，人是不能和你來下的！』

『不，不要說明白：你下，還是不下？』羅士特來夫說着，更加走近乞乞科夫來，碰着了他的身體。

『不下，』乞乞科夫說，一面只得擎起雙手，放在臉前，他看情形，已經料到要有一場劇戰了。這準備很得當，因爲羅士特來夫模樣是就要動手的，而且很容易打過來，會使我們的主角的漂亮豐滿的臉上，蒙上洗不去的恥辱；然而他把那一擊往斜下裏架掉了，還緊緊的揑住了羅士特來夫的兩隻喜歡打架的手。

『坡爾菲里，保甫路式加！』羅士特來夫發瘋似的叫喊起來，一面掙脫着。

這一叫喊，乞乞科夫就放掉了他的手，因爲他不願意給僕役目覩這有趣的場面，而且同時覺得，永遠扭住着羅士特來夫，也是毫無意思的。這刹那間，坡爾菲里走進屋子裏來了，後面跟着保甫路式加，是一個強壯的小子，和他是嘗不到好味道的。

『你總不肯下完這一局嗎？』羅士特來夫說。『說出來：是，還是不。』

『要下完牠，我可做不到，』乞乞科夫說着，向窗外瞥了一眼。他看見自己的馬車已經套好，旁邊是綏里方，好像只在等候叫他拉到門口來的命令。然而總逃不出這屋子去，因爲門口站着兩匹強有力的驢子，羅士特來夫的家奴。

『你總不肯下完這一局嗎？』羅士特來夫再說一遍，臉上氣得通紅。

『如果你下得規規矩矩……但是……不下了！』

『不下？你這惡棍！你覺得自己要輸了，你就會馬上不下了！打他！』他突然暴怒的喊起來，一面轉向坡爾菲里和保甫路式加，自己也抓起了他那櫻木的長煙管。乞乞科夫白得像一塊麻布。他想說些什麼，但他只覺得自己的嘴唇在動，却沒有發出一點聲音。

『打他！』羅士特來夫大叫着拿了他那櫻木的長煙管向他奔來，發紅而且流汗，恰如喊着向一個難攻的要塞衝鋒一樣。『打他！』羅士特來夫用了好像一個狂暴的中尉，正當猛烈的總攻擊之際，對他的中隊喊道『前進，兒郎們！』似的聲音大叫着，這中尉，是以蠻勇獲得名望的，當劇戰使他無法可想的時候，就只好發這命令。然而戰雲已經把他弄昏，他覺得周圍一切，都在打旋子了。大將斯服羅夫的影子，彷彿就在前面飄浮。重大的目標在那里，他就瞎七瞎八的衝過去。他喊着『前進呀，兒郎們！』但這事怎樣的破壞了已經籌定的總攻擊的計畫，却並不細想而藏在雲間一般的難攻的要塞的牆壁的鎗洞裏，有幾百萬鎗口，和自己帶着的無力的小隊，會像輕微的羽毛似的在空中紛飛，以及敵人的鎗彈會呼嘯着飛來，使這邊的叫喊沈默下去之類的事，也並不重視了。然而，就是把羅士特來夫當作一個沒頭沒腦的向要塞衝鋒，瘋裏瘋氣的中尉似的人物罷，而這被他猛攻的要塞本身，却和那種要塞毫不相像，倒相反，這要塞是感到一種恐怖，連心臟也掉到褲子裏去了。他想拿着護身的椅子，已經被家奴們從手裏搶去了，他已經閉上眼睛，死比活多，準備用脊梁來挨這家的主人的乞爾開斯的長煙管，另外還要出什麼事呢，那可只有上帝知道了。然而福從天降，我們的主角的脊肋，肩膀，以及所有養得很好的各處的皮肉，幸而都沒有事。完全出乎意外，突然響起來了，好像天使的聲音，是一個鈴鐺聲，駛來的馬車的車輪聲，連屋裏也聽得到的三匹跑熱了的馬的沈重的呼吸聲。大家都不禁連忙跑到窗口去。一個留了鬍子，穿着軍人似的衣服的人，跨下車子來。他在門口問過主人之後，就走進屋子裏，其時乞乞科夫還在嚇得發昏，也還在凡有垂死的人，總要嘗到的可憐之至的狀態裏。

『我可以問，兩位裏面誰是羅士特來夫先生麼？』那客人問，於是用了詫異的眼光，向手裏拿着長煙管，站在那里的羅士特來夫看了一眼，也向剛從他那可悲的狀態裏開始恢復轉來的乞乞科夫看了一眼。

『我可以先問，光臨的是誰麼？』羅士特來夫走近他去，說。

『我是地方法院長！』

『您貴幹呢？』

『我這來，爲的是通知你一件我所收到的公文。在對於你的未決案件，有了法律的判決之前，你是被告。』

『嚇，胡鬧！怎樣的案件？』羅士特來夫說。

『您牽涉在地主瑪克西摩夫的案件裏了，您在酩酊狀態之際，用杖子打他，給了他人格的侮辱。」

「胡說，我根本就不認識這地主瑪克西摩夫。」

「可敬的先生！您要承認我所給您的注意：我是官吏。您可以對您的僕役這麼說，却不能對我。」

到這里，乞乞科夫便不再等候羅士特來夫對於這的囘答，抓起自己的帽子，從地方法院長的背後溜出門外，坐上他的馬車，並且命令綏里方，趕馬匹用全速力跑掉了。

第五章

我們的主角却還是擔心得很。車子雖然用了撒野的速率在往前跑，羅士特來夫的莊子，已經隱在丘岡田野，小山後面了，他總還在惴惴的四顧，好像以爲就要跳出追兵來似的。他呼吸的很沈重，把手按在心上，就覺得跳得像是一隻籠子裏的鵪鶉。『我的上帝，眞教我出了一身大汗。這東西！』於是他從羅士特來夫本身咒起，一直到他的祖宗。其中確也有幾句很不好聽的話；但有什麼用呢：一個俄國人，又是在生氣呀！況且這事情完全不是開玩笑：『無論怎麼說，』他對自己道，『如果這局面上沒有地方審判廳長出現，恐怕我現在也不能夠還在欣賞這美麗的上帝的世界了！恐怕我就要像水泡似的消滅，不留一點我在這世間的痕迹，沒有後代，也沒有錢財和田地以及好名望傳給我的兒子和孫兒了！』我們的主角，實在替他的子孫愁煩得很。

『這麼一個壞老爺，』綏里方想。『這樣的一個老爺，我一生一世裏就還沒有看見過。眞的，應該對臉上唾他一口。不給人喫，那還可以，可是馬却總得喂的呀。因爲馬是喜歡燕麥的。這就是所謂牠的養料；我們要糧食，那麼，牠就要燕麥。這正是牠的養料呵。』

馬匹也好像因爲羅士特來夫而顯着不高興的態度。不但阿青和議員，連阿花也不快活。雖然牠的一份，燕麥一向總比別的兩匹少，而且綏里方放進槽去的時候，一定說這一句話：『喫罷，你這廢料！』不過這總歸是燕麥，並非平常的乾草；牠便愉快的嚼起來，還時時把牠的長頸子伸到兩位鄰居的槽裏去，估量一下牠們得到的是怎樣的養料。當綏里方不在馬房裏的時候，牠就更加這麼幹。但這回却都不外乎乾草——這是不行的！牠們都不滿足了。

然而，這不滿足，却在牠們的悒鬱中，被突然的而且意外的事件打斷了，當六匹馬拉的車子向牠們馳來，坐在車裏的女人們的喊聲和車夫的叫罵聲已經到了耳邊的時候，這邊的一切連着馬夫這才心魂歸舍。『喂，你這流氓，該死的，我大聲的告訴了你：向右讓開，老昏蛋！你喝昏了，還是怎的？』綏里方知道自己不對了；但俄國人是不喜歡在別人面前認錯的，他就也威風凜凜的叫道『你怎麼瞎七瞎八的衝過來？！你把你眼珠當在酒店裏了罷？』同時他使勁的收緊韁繩，想使車子退後，從糾結中脫開。但是，阿呀，他的努力沒有用；馬匹由牠們的馬具叉住了。阿花很覺得新奇似的嗅着在牠身邊的新朋友。這時坐在車裏的女客是愛容滿面，看着一切的糾紛。一個已經有了年紀，別一個是十六七歲的姑娘，金色頭髮，光滑的貼在她小巧的臉上。她那漂亮的臉盤圓得像一個嫩鷄蛋，閃着雪白，透明的光，也正像嫩鷄蛋，在剛從窠裏取出，管家女的黑黑的手，拿着映了太陽，查看一下的時光。她那嬌嫩的菲薄的耳朶，當被逼人的溫熱照得潮紅時，也在微微的顫動。還有從那張着不動的嘴唇，閃在眼裏的淚珠上的受驚的表情，也無不非常漂亮，至於使我們的主角失神的看了幾分鐘之久，毫不留心車子，馬匹和馬夫的糾葛了。

「退後！老昏蛋！」那邊的馬夫向綏里方叫喊道。他勒一勒韁繩，那邊的同行也這麼辦，馬匹倒退了幾步，但立刻仍舊囘上來，那些皮條又從新纏繞起來了。在這樣的情境裏，那新相知却給了我們的阿花一個很深的印象，至於使牠不再想從那因爲意外的運命，陷了進去的輪道中走出。牠把嘴臉擱在新朋友的頸子上，還似乎在耳朶邊悄悄的說些什麼事：確是些可怕的無聊事。因爲那對手總在搖耳朶。當這大混亂中，從幸而住得並不很遠的村子裏，有農民們跑來幫忙了。一場這樣的把戲，對於農民，實在是一種天惠，恰如他們的日報或聚會之對於德國人一樣，車子周圍卽刻聚集了許多腦袋的堆，只有老婆子和喫奶孩子還剩在家裏。人們卸下皮帶來，阿花在鼻子上挨了很重的幾下，因爲要使牠退走：一句話，馬兒們是拆散，拉開了。但那剛到的馬匹，不知道是不願意和新朋友分離，還是倔強呢，——任憑馬夫儘量的抽，也總像生了根似的站着。農人們的同情和興味，大到不可限量了。大家爭着擠上來，給些聰明的意見。『去安特留式加，把右邊的馬拉一下。米卡衣叔騎在中間的一匹上，上去呀，米卡衣叔！』那又長又瘦的米卡衣叔，是一個紅鬍鬚的漢子，便爬在中間的馬上了。他就像鄉下教堂的鐘樓，或者要更確切，就是一個沒井水的瓶子。馬夫鞭着馬，然而沒有效，米卡衣叔也做不出什麼大事情。『慢來！慢來！』農人們喊着，『你還是騎到邊馬上去，米卡衣叔；米念衣叔騎在中間的馬上罷！』米念衣叔是一個廣肩闊背的農夫，一部漆黑的絡腮鬍子，那肚子，就像足夠給一切市場上受凍的人們來煑甘甜的蜜茶的大茶炊，他高高興興的騎在中間馬上了，使牠爲了這重負，幾乎要彎到地面。『現在行了，』農人們喊道。『打！打呀，給牠一鞭；喂，給這黃馬！——爲什麼要小蜻蜓似的張了腿不聽話的。』但一看出做不到，打也無用，米卡衣叔和米念衣叔就都騎在中間這一匹馬上，使特安留式加爬到邊馬上去了。馬夫到底也耐不下去了，便雙雙趕走，米卡衣叔和米念衣叔，都滾他的蛋。這正好，因爲馬匹好像一息不停的，跑了一站似的正在出大汗。他先給牠們喘過氣來，牠們也就自己拉着車走了。當鬧着這事變的時候，乞乞科夫却浸在對于不相識的年青小姐的考察中。他有好幾回，想和她去扳談，然而總是做不出。這之間，那小姐就走掉了，漂亮的頭帶着標緻的臉相，和那苗條的姿態，都消失了，像一個幻景；乞乞科夫又看見了村路，他的馬車和讀者早已熟識的三匹馬，還有綏里方這一流人，以及四面的空無一物的田野。凡在人間，在粗笨的，冷酷的，窮苦的，不乾淨的，發黴的下等人們裏——也如在乾淨的，規矩的，單調的上流人們裏一樣——無論在那里，我們總會遇到一回向來從未見過的現象，至少也總有一回會燃起向來無與相比的感情。這在我們，就是一道燦爛的光，穿過了用苦惱和不遇所織成的我們的一生的黑暗，恰如黃金作飾，駿馬如畫，玻窗發閃的輝煌的箱車，在突然間，而且在不意中，馳過了向來只見有看熟的鄉下車子經過的寒村一樣：農人們就還是張開嘴巴，詫異的站着，不敢戴上帽，雖然那體面的箱車早已遠得不見了。這年青的金髮小姐在我們的故事裏，也就是這樣的在突然間而且在不意中出現，又復這樣的不見了的。倘使這時並非乞乞科夫，却是一個二十來歲的青年——一個驃騎兵，或是一個大學生，或是一個剛剛上了他那人生之路的平常的凡夫俗子——那麽，我的上帝，他會怎樣的激昂奮發，他會怎樣的魂飛神往呵！他將要久久的癡立在那地方，眼睛望着遠處，忘記了道路和旅行的目的，忘記了因爲他的遲延而來的一切訶斥和責難，是的，他並且忘記了自己，職務，世界以及在世界上的一切東西了！

然而我們的主角是已經到了中年，且有一種冷靜，鎮定，切實的性格的。他也曾沈思了一番，還想到過許多事，但他的思想却是更加着實的東西：他的思想決不如此胡塗，倒是很清楚，很有根據。『一個出色的姑娘！』他說，其時就打開他的鼻煙壺，嗅了一下。『但在她那里，最好的是什麽呢……她那最好的是，她好像剛剛從學堂或者女塾畢業，還沒有特別的女形女勢，這相貌，只使全體顯得難看。她現在還是一個孩子，什麽都樸實，單純，想到了就說，高興了就笑。要使她成爲什麽還都可以，她能成爲一個佳人，却也一樣的會變一個廢物——會變的，如果請嬸子或是媽媽來教育。只要一年，就滿是女形女勢，連她自己的父親也會覺得她是別一個人了。她會成一個驕傲的裝腔的人，只在外面的學來的規矩上彷徨，佩服，心思都化在她和什麽人，講什麽事以及講多少話，她怎樣瞟她的情人這些事情上；于是駭怕得很，連一句多餘的話也不敢說，終于就該做什麽也簡直不明白了，一生就像是一個大謊在那里逛蕩着。呸，媽的！』到這里他沈默了一會，這才接下去道：『我願意知道，她是什麽人呢？她的父親是做什麽的？是有名望的地主，還不過是一位正人君子，只從辦公上積了一點小錢的呢？——如果那娃兒帶着二十萬盧布來——那可就並非不好的——決非不好的貨色。一個規矩人就可以和她享福了。』這二十萬盧布對他發着很動人的光芒，使他心裏怪起自己來，爲什麼不在叉車的時候，向馬夫問一聲她們的名姓呢。但這時梭巴開維支的村莊已經分明可見，他的思想就被趕走，轉到他自己的事情上去了。

這莊子，在他看起來是很大的，兩面圍着白樺和黑松的樹林，像是一對翅膀，這一隻顯得比那一隻暗一點；中間站着一所木房子，紅色的屋頂，暗灰色的——實在是粗糙的牆壁——恰如我們造給屯田兵和德國移民的房屋一樣。一看就知道，關於建築的設計，建築家是很和主人的趣味鬬爭了一下的。建築家是內行，喜歡兩面相稱，主人卻第一要便利，所以一面的牆壁上，一切通氣的窗戶都堵塞了，只有一個該在昏暗的堆房上那樣的小小的圓窗竇。還有一個破風，雖然建築家怎樣費力，也總不能弄到屋子的中央去；主人一定要把一枝柱子豎在旁邊，於是原是四枝的柱子，便見得只有三枝了。前園是用很堅實，粗得出奇的木柵圍起來的。到處都顯得這家的主人，首先是要牢固和耐久。馬房，堆房，廚房，也都用粗壯的木材造成，大約一定可以很經久。農奴的小屋，也造得非常堅牢，沒有一處用着雕刻裝飾的雕牆，以及別樣的兒戲——所有一切，爲主的只有一個堅實。就是井幹，也用厚實的槲樹做成，這種材料，普通是只用於造水磨和船隻的。一句話——凡有乞乞科夫所看見的，無不堅固，而且屹然的站在地面上，排排節節，還似乎有着深沈的不可動搖的布置。當馬車停在階沿前面時，乞乞科夫看見了兩張臉，幾乎同時的從窗子裏望出來：一張是女的，狹長到像一條王瓜，裹着頭帕，一張是圓圓的男人臉，很大，像那穆爾大比亞的南瓜，就是俄國却叫作『壺盧』，用牠來做巴羅拉加，那二絃的輕快的樂器——這在不怕羞，愛玩笑的農家少年們，是榮耀和慰藉，那些修飾齊整的青年，就由此向着那聚到周圍，來聽妙音的粉頭酥胸的姑娘們，使眼色，發歡聲的。那兩張臉在窗口一瞥之後，就又消失了。一個灰色背心上帶着藍色高領子的家丁，便出到階沿上，迎乞乞科夫進了大門，主人已經在那里等着他，一看見客人，只簡短的道了一聲『請』，就引他到裏面去了。

當乞乞科夫橫眼一瞥梭巴開維支的時候，他這回覺得他好像一匹中等大小的熊。而且彷彿為了完全相像，連他身上的便服也是熊皮色，袖子和褲子都很長，腳上穿着氈靴，所以他的腳步很莽撞，常要踏着別人的腳。他的臉色是通紅的，像一個五戈貝克銅錢。誰都知道，這樣的臉，在世界上是很多的，對于這特殊的工作，造化不必多費心機，也用不着精細的工具，如磋子，鋸子之類，只要簡單的劈幾斧就成。一下——瞧這里罷，鼻子有了——兩下

——嘴唇已在適當之處了；再用大錐子在眼睛的地方鑽兩個洞，這傢伙就完全成功。也無須再把他鑢平磨光，就說道『他活着哩，』送到世上去。梭巴開維支也正是這樣的一個結實的，隨手做成的形相：他的姿勢，直比曲少，不過間或轉一下他的頭，爲了這不動，他就當然不很來看和他談天的對手，却只看着爐角或房門了。當和他一同經過食堂的時候，乞乞科夫再瞥了他一眼，就又心裏想：『一隻熊，實在完全是一隻熊。』而且這是運命的怎樣奇特的玩笑呵：他的名字又正叫作米哈爾·綏米諾維支。●乞乞科夫是知道梭巴開維支的老脾氣，常要踏在別人的脚上的，便走得很小心，總讓他走在自己的前面。但那主人似乎也明白他那壞脾氣，所以不住的問道：『恐怕我對您有了疏忽之處了罷？』然而乞乞科夫稱謝，並且很謙虛的聲明，直到現在，他還沒有覺得有什麼疏忽之處。

他們進得客廳，梭巴開維支指着一把靠椅，又說了一聲『請。』乞乞科夫坐下了，但又向掛在壁上的圖畫看了一眼。全是等身大的鋼版像，眞正的英勇脚色，卽希臘的將軍們，如密阿理，凱那黎，毛羅可爾達多等，末一個穿着軍服，紅褲子，鼻梁上戴眼鏡。這些英雄們，都是

●恰如我們的叫猴子作『阿三』一樣，俄國呼熊爲『米沙』，這就是米哈爾的愛稱。——譯者。

非常壯大的腰身，非常濃厚的鬍子，多看一會，就會令人嚇得身上發生雞皮皺。奇怪的是，在這希臘羣雄之間，也來了巴格拉穹[1]公，一個瘦小的人，拿一張小旗兒，脚下是一兩尊砲，還嵌在非常之狹的框子裏。其次又是希臘的女英雄：羅培里娜，單是一條腿，就比現在掛滿在這客廳裏的無論那一位闊少的全身還要粗。這家的主人自己是一個非常健康而且茁壯的人，所以好像也願意把眞正健康而且茁壯的人物掛在他那家裏的牆壁上。羅培里娜的旁邊，緊靠窗戶，還掛着一個鳥籠，有一匹灰色白斑的畫眉，在向外窺視，也很像梭巴開維支。主客兩位，彼此都默默的坐着不到兩分鐘，房門開處，這家的主婦是一位高大的太太，頭戴綴着自家染色的帶子的頭巾，走進來了，她脚步穩重，頭筆直，好像一株椰子樹。

『這是我的菲杜略・伊凡諾夫娜。』梭巴開維支說。

乞乞科夫就在菲杜略・伊凡諾夫娜的手上接吻，那手是幾乎好像她塞到他嘴裏來的；一般由這機會，他知道了她的手是用王瓜水洗的。

『心肝，我可以紹介保甫爾・伊凡諾維支給你麼？』梭巴開維支接着說。『我們是在

[1] Bagration (1766－1812)，是參加拿破崙戰爭的俄國著名的將軍。——譯者。

知事和郵政局長那里認識的。」

菲杜路·伊凡諾夫娜請乞乞科夫就坐，她一樣的說了一聲『請，』把頭一動，彷彿扮着女王的女戲子似的。於是她也坐在沙發上，蒙着她毛織的頭巾，眼睛和眉毛，從此一動也不動了。

乞乞科夫又向上邊一瞥，就又看見了粗腰身大鬍子的凱那黎羅培里娜以及裝着畫眉的鳥籠子。

大約有五分鐘，大家都守着嚴肅的沈默，來打破的只有畫眉去喫幾粒麵包屑，用嘴啄着鳥籠的木板底子的聲音。乞乞科夫又在屋子裏看了一轉：這里的東西也無不做得笨重，堅牢，什麼都出格的和這家的主人非常相像。客廳角上有一張胖大的寫字桌，四條特別穩重的腿——眞是一頭熊。凡有桌子，椅子，靠椅——全都帶着一種沈重而又不安的性質，每種東西，每把椅子，彷彿都要說：『我也是一個梭巴開維支』或者『我也像梭巴開維支。』

『我們在審判廳長伊凡·格里戈利也維支那里，談起了您呢，』乞乞科夫看見在場的人誰也沒有開口模樣，終于說。『那是上一個禮拜四了。我在那里過了很愉快的一晚上。』

『是的！那一回我沒有到審判廳長那里去，』梭巴開維支道。

『是一位很體面的人物！不是嗎？』

『您說誰呀？』梭巴開維支說，看着暖爐角。

『說審判廳長！』

『在您，恐怕是曾覺得這樣的：他其實是共濟會員，可又是世上無雙的驢子。』

乞乞科夫一聽到這過分的評論，頗有點倉惶失措了，但他卽刻又有了把握，于是馬上接下去道：『自然，人總是各有他的弱點的；但可對呢？那知事，却是一位很出色的人罷？』

『怎麼？那知事——一位出色的人？』

『是的！我說得不對嗎？』

『是強盜，像他的找不出第二個。』

『怎麼？——知事是一個強盜？』乞乞科夫說，怎麼知事會入了強盜夥，他簡直不能懂。

『我老實說，這可實在是沒有想到的，』他接着道。『但請您許我提幾句：他的行爲，却全不是這一類；倒可以說，他有很溫和的性格。』作爲證據，他還拉出知事親手繡成的錢袋來，並且竭力讚揚了他那可親的臉相。

『然而這可就是強盜臉呀！』梭巴開維支說。『您給他一把刀拿在手裏，送他到街上去，——他就殺掉您，毫無情面，——只爲一文小錢！他和那副知事，——是眞眞正正的——戈格和瑪戈格。❶」

「唔，他和他們大約有些不對的，」乞乞科夫想。『我還是和他談談警察局長罷，那人，我看起來是他的朋友。』——『但是，照我看來，』他說道，『老實說，我覺得警察局長是最愜人意了。多麼直爽坦白的性格；他很有點質樸，誠實。」

「是一個騙子！」梭巴開維支很冷靜的說。『他有本領，會先來騙了您，賣了您，又立刻和您一同喫中飯。我知道他們：他們眞正的騙賊。全市鎭就是這模樣；這一個騙賊騎住了別一個，追捕着他們的還有第三個，全都是猶大，卑鄙的奸細。還有點什麼用處的只有一個推事——不過到底也還是一隻猪。」

在這些雖然略短，却是好意的傳記的評論之後，乞乞科夫覺得其餘的官員們的敍述，也不大記得起來了，而且他悟到，梭巴開維支是不喜歡說人們一點好處的。

「你看怎麼樣，心肝，我們去坐起來？」梭巴開維支夫人對她的男人說。

❶ Goga i Magoga，都是背叛天國的人。——譯者。

『請，』梭巴開維支說着就走向菜桌那里去；照着古來的好習慣，主客各先喝過一杯燒酒，並且喫起來，這是廣大的俄羅斯全國裏，無論城鄉，在中飯之前，總是豫備的先是各種醃漬和開胃食品的小喫，——然後大家都到食堂去。主婦走在最前面，好像一匹浮水的天鵝。小小的桌子上，擺着四個人的刀叉。那第四位上，立刻有一個人坐下去了，要說這人，是頗不容易的，她究竟是什麼呢：是太太還是姑娘，是親戚，是管家婦，還不過是住在這家裏的女人呢——她大約三十歲，沒有頭巾，用一條花布圍巾披在肩膀上。在這世界上，是有這樣的創造物的，她並非獨立的存在，倒僅僅是別個上面的一個斑，一個點。她總是坐在同一的地方，頭總是保着同一的姿勢；人們拿她當家私什物看，也想不到她在一生中，會張開嘴來說句話；倘要相信她會笑，倒是得到使女屋子或是堆房裏去觀察的。

『今天的菜湯很出色，我的寶貝，』梭巴開維支喝着湯，一面說，一面又拿過一大塊包肚來，這有名的食品，普通是和菜湯同喫，用蕎麥粥，腦子，蹄子肉，灌在羊胃裏做成的。『這樣的包肚，』他又轉向着乞乞科夫，接續說，『您走遍全市也找不出；在那里，鬼知道賣給您的是什麼呢！』

『但在知事那里，倒也喫的很不壞，』乞乞科夫道。

「是的，那麼，您可知道，那東西是怎麼做的呢？您一知道，可就不要喫了！」

「那東西是怎麼做的，我自然不能明白：但那豬排和魚，却出色的。」

「在您，恐怕是會覺得這樣的。我很知道他們在市場上買東西的事情。廚子這壞蛋，受了一個法國人的指教，就只買一隻老雄貓，剝掉皮，當作兎子用。」

「呸！你說的是多麼討厭的事情呀！」梭巴開維支的太太說。

「叫我有什麼法子呢，寶貝？他們那里，就是這麼幹的呀；他們慣是這麼幹，可不是我不好呀。所有末屑，我們的亞庫拉是就教抛到垃圾桶裏去的，他們却拿牠來做湯。總是做湯，統統做湯。」

「在食桌上，你總說些這樣的事！」梭巴開維支太太抗議道。

「這有什麼要緊呢，寶貝？」梭巴開維支說。「如果我自己也是這樣子呢，然而我爽爽快快的告訴你：這樣的髒東西，我可是不喫的。青蛙，卽使是糖煮的，我不喫，蠣黃也一樣；蠣黃看起來好像什麼，我明白得很。請您再用一塊燒羊肉，」他向着乞乞科夫，接續說。「這是羊後身加粥，不是斯文的紳士們喜歡喫的，用市場上躺了四天的羊肉做出來的肉餅子。那都是德國呀，法國呀的醫生先生們想出來的計策；因此我眞想統統絞死掉他們。節食法——

也是他們的發明。好法子——用餓肚子來治病。因爲他們自己是又乏又躁的體子，就以爲俄國人的肚子也只要這麼辦一下就成。那里，這統統是不對的——這是眞正的胡鬧，這統統是……』於是梭巴開維支氣忿地搖搖頭。『他們總在說什麼文明，但他們的文明却不過是一個……哼……！我幾乎要說出口來了，但這樣的話，喫飯時候是不該說的。我這里却完全不一樣。我這里呢，如果是燒猪或燒鵝，那就拿出一隻全猪或全鵝來。我寧可只有兩樣菜，不過要給我喫一個飽，直到心滿意足。』梭巴開維支就用着實行，鮮明地支持了他的言論。他拿半爿羊脊肋放在盤子裏，喫了下去，連骨頭也嚼一通，直到一點也不剩。

『哦哦，』乞乞科夫想，『他也知道什麼是上算的。』

『我這里却完全不一樣，』梭巴開維支用飯單擦着手，說：『我不是那什麼潑留希金；他有八百個魂靈，那過活和喫喝，却比我們的看牛人還要壞。』

『這潑留希金是什麼人呢？』乞乞科夫問。

『是一個賤種，』梭巴開維支說，『這樣的吝嗇鬼，人是想也想不到的。囚犯的生活，也還要比他好，他把他所有的傢伙都餓死了。』

『眞的？』乞乞科夫顯着同情的樣子，插嘴說。『這是眞的麼，像您說過，他那里餓死了

"我不是那什麼殘留希金……"

很多的農奴？」

「像蠅子一樣。」

「不，眞的麼像蠅子一樣？我可以問一下，他家離這里有多遠嗎？」

「大約五維爾斯他罷。」

「五維爾斯他！」乞乞科夫叫了出來，還覺得他的心有點跳了。「如果從這里的大門出去，他的莊子在右邊，還是在左邊呢？」

「去找這狗的道兒，您還是全不知道好！我通知您，您倒不如不要關心他罷，」梭巴開維支說，「如果有誰到不成體統的地方去，比去找他倒還情有可原哩。」

「不，我也並不是有什麼目的，在這里打聽的。我單是問問，因爲對於風土人情，我是有很大的興味的。」

羊後身之後，來了乾酪餅，每個都比盤子還要大，於是又來一隻小牛般大的火雞，塞滿着各種好東西：白米，雞蛋，肝，以及只有上帝知道的別的什麼，都夾着裝在肚子裏，好像一個核。中飯這算是收場了；但當站了起來時，乞乞科夫覺得自己加重了整整一普特。大家又走進客聽去，却已經有一盤果醬，擺在桌上了；——然而不是梨子，不是李子，也不是什麼莓子的——但主客兩面，誰也沒有去碰一碰。主婦走出去了，要再取幾樣果醬來。趁這機會，乞乞科夫就轉臉向了梭巴開維支，他却埋在一把靠椅裏，只是哼；他飽透了；嘴巴一開一閉的，吐出幾聲不清楚的聲音來，用手劃過十字，就又去掩住了嘴巴。但乞乞科夫轉向了他，說道：『有一點事情，我很願意和您談一談！』

『您不再用一點蜜餞麼？』主婦又拿了一個果碟來，說。『這是蘿蔔片，蜜煮的！』

『慢慢的！』梭巴開維支說。『現在進去能，保甫爾·伊凡諾維支和我，我們要脫了外套，休息一下子了！』

那主婦又立刻要叫人去拿墊子和枕頭，但梭巴開維支却道：『不必，我們已經坐在靠椅上，』於是他的太太就走掉了。

梭巴開維支略略伸長着頸子，準備來聽是怎樣的事情。

乞乞科夫遠得很遠，首先是通論俄國的廣大，他覺無法稱讚，恐怕古代的羅馬帝國，也未必有這麼大，外國人覺得詫異，是一點都不錯的……（梭巴開維支仍然伸着頸子，傾聽着。）而且看這光榮無比的國度裏的現行的法律，還有登在人口册上，即使他已經不在這世上生活了，但在下次的新的人口調查之前，却還當作活着一樣看待的農奴；這自然爲的是不給衙門去多擔任無聊的無益的調查，也就是省掉事務上的煩雜，因爲雖是沒有這麼辦，國家機關也已經足夠煩雜了……（梭巴開維支仍然伸着頸子，傾聽着。）但要知道，這方法好固然好，不過總不免使多蓄農奴的人，有了很重的負擔，因爲他們還得繳已經不在了的農奴的人頭稅，和活着的相同。但是他自己，乞乞科夫，對於他梭巴開維支是懷着萬分敬仰之意的，所以很願意來分任一點這沈重的義務。關於主要之點，乞乞科夫是說得非常留心的，而且也不說死掉的，却只說『不在的』農奴。

梭巴開維支仍然略略伸長了頸子，坐着，聽是聽的，但臉上竟毫不露出一點什麼的表情。幾乎令人疑心對着一個不活的，或是沒有魂靈的人，否則雖有魂靈，也不在身子裏，恰如那不死的可希奉㊀似的，遠在什麼地方的山陰谷後，還帶着一個厚殼，裏面卽使怎麼震動，外面也絕無影響了。

『那麼？』乞乞科夫問道，有些藏不住心裏的焦急，等着囘答。

『您要死掉了的魂靈麼？』梭巴開維支很平靜的說，絕無驚疑之色，好像說着蘿蔔白

㊀ Kosichai 是俄國傳說中的人物，充着『無常』的脚色的，也就是『死』。——譯者。

桊似的。

「對啦，」他又想把話說得含胡一點，便添上一句道：「那些已經不在的。」

「那是有的，有的是！怎麼會沒有呢？」梭巴開維支說。

「唔，是罷？您旣然有，那麼您一定是很願意脫手的罷？」

「可以！我是很願意賣給您的，」梭巴開維支說，還把頭一抬。他分明已經看穿這買主是要去賺一筆大錢的了。

「畜生！」乞乞科夫心裏想。「這傢伙倒要賣給我了，我還一句也沒有提呢！」於是提高聲音道：「那麼，可否問一下，您要賣多少呢？雖然……這樣的貨色……也很難定出價錢來。……」

「那麼，克己一點：每隻一百盧布罷，」梭巴開維支說。

「一百盧布！」乞乞科夫叫起來了，他張開了嘴巴，喫驚的看着梭巴開維支的臉；他已經摸不淸是自己聽錯了呢，還是梭巴開維支的舌頭向來不方便，原是想說別一句的，却說了這樣的一句了。

「哦，您以爲太貴麼，」梭巴開維支說，又立刻接下去道：「那麼，您出什麼價錢呢？」

「我的價錢？我看我們是有點纏錯的，或者彼此都還沒有懂，而且，忘記了說的是什麼貨色。乾乾脆脆。我說，八十戈貝克——這是最高價了。」

「天哪！這成什麼話！八十戈貝克？」

「可不是麼？我看是只能出到八十戈貝克的。」

「我不是在賣草鞋呀！」

「但您也得明白，這也並不是人。」

「哦，您以爲您能找到誰，會二十戈貝克一個，把註册的魂靈賣給您的嗎？」

「不然，請您原諒，您爲什麼還說「註册」呢？魂靈是早已死掉了的，剩着的不過是想像上的抓不住的一句話。但是，爲了省得多費口舌，我就給您一個半盧布，一文不添。」

「您可眞是不顧面子，竟會說出這樣的數目來！請您老老實實，還一個實價！」

「這不能，米哈爾·梭米諾維支；實在不能了！做不到的事，總歸做不到的，」乞乞科夫說，但因了策略，立刻又添了五十戈貝克。

「爲什麼您要這麼儉省的呢，」梭巴開維支說，「這可眞的不貴呵。您如果遇到了別人，他會很很的敲您一下，給您的並不是魂靈，倒是什麼廢物。您從我這里拿去的，却是眞正的挑選過的茁實的好脚色，都是手藝人和有力氣的種田人。您要知道，例如米錫耶夫罷，他是造車子的，專造帶彈鑽的車子，而且決不是只好用一個鐘頭的墨斯科生活。決不是的，凡是他做出來的，都結結實實；他做車子，還自己裝，自己漆哩。」

乞乞科夫提出抗議來，說這米錫耶夫可是早已不在這世界上了，然而梭巴開維支講開了興頭，總是瀑布似的滔滔不絕。

「還有那木匠斯台班・潑羅勃加呢？我拿我的腦袋來賭，您一定找不出更好的工人來。如果他去當禁衛軍，——是再好也沒有的！身長七尺一寸！」

乞乞科夫又想提出抗議，說這潑羅勃加是也不在這世界上的了；然而梭巴開維支講得出了神。他的雄辯彷彿潺潺的溪流一般奔下來，至于令人樂於傾聽。

「還有彌盧錫金，那泥水匠，會給您裝火爐，只要您願意裝在什麼地方，那一家都可以。或者瑪克辛・台略忒尼科夫，靴匠：錐子一鑽，一雙長靴就成功了；而且是怎樣的長靴呀！他並且滴酒不喝。還有耶來美・梭羅可潑聊辛哩！他一個，就比所有的人們有價値。他是在墨斯科做工的，單是人頭稅，每年就得付五百個盧布。這都是些脚色呀！和什麼潑留希金賣出來的廢物，是不同的。」

『但請您原諒，』給這好像不肯收梢的言語的洪水冲昏了的乞乞科夫，終于說。『您給我講他們的本領幹什麼呢？現在是什麼意思也沒有了。他們是死了的人呀！俗諺裏說的有，死人只好嚇鳥兒。』

『他們自然是死了的，』梭巴開維支說，好像他這才醒悟，明白了他們確是死人一樣，但卽刻說下去道：『但所謂活人，是些什麼東西呢？那是蒼蠅，不是人。』

『不過那至少是活的！您說的那些，却究竟單單是一個幻影。』

『阿，不然，決不是幻影；我告訴您，這樣的一個傢伙，像米錫耶夫的，您就很不容易找到第二個；這樣的一個工匠，是不到您這屋子裏來的。不然，決不是幻影。這傢伙肩膀上有力量，連馬也比不上。您在別處還見過這樣的一個幻影嗎，我倒願意知道知道。』說到末一句，他已經不再向着乞乞科夫，却向了掛在牆上的可羅可爾德羅尼和巴格拉穹的畫像了，這在彼此談論之際，是常有的，不知道爲了什麼緣故，一個忽然不再看着對手，就是批評他的議論的人，却轉向了偶然走來，也許他全不相識的第三者，雖然他明知道不會得到贊同的回答，或者意見，或者表示的。然而他把眼光注在他上面，好像招他來做判斷人模樣，於是這第三者就有點惶恐，他竟來回答這並未聽到的問題好，還是寧可守着禮節，先站一下，然後走掉的好呢，連自己也難以決定了。

「不成，兩盧布以上，我是不出的，」乞乞科夫說。

「好罷，因爲免得您說我討得太多，您可簡直還得太少，那就是了，就七十五個盧布一隻——但是要鈔票的——賣給您罷。看朋友面上，」

「這傢伙在耍什麼呀，」乞乞科夫想；「他在把我當驢子看待哩！」于是他說出來道：「這可眞眞奇特，看起來，幾乎好像我們是在這里玩把戲，演喜劇似的。我是說不出別的什麼來了，您顯得是一位聰明人，一切教養都有。在商量的是什麼物事呢？這不過是——噓，——————一個眞正的空虛！這有什麼價值，這有誰要?!」

「但是您在想買；那麼，您一定是要的了！」這時乞乞科夫只好咬咬嘴唇，找不出回答。他喃喃的講了一點家裏的情形，梭巴開維支却不過聲明道：

「我全不想知道您府上的情形；我不來參與家務——這是您個人的事，您要魂靈，我就來賣給您。在我這里不買，您是要後悔的。」

「兩盧布，」乞乞科夫說。

「唉唉，您竟是這樣的一個人！像俗諺裏說的，黃鶯兒總唱着這一曲。咬住了兩盧布，簡直再也放不掉了。您給一個克實價錢罷。』

『嚇，這該死的東西！』乞乞科夫想。『不要緊，我就再添上半個盧布罷，給這猪狗，使他可以好一些。』——『那就是了，我給您兩個半盧布！』

『很好，那麽，我也給您一個最後的價錢：五十盧布！這還是我喫虧，這樣出色的傢伙，您想便宜是弄不到手的！』

『這可眞是一個吝嗇鬼！』乞乞科夫想，於是不高興的說下去道：『那不行，您聽一下罷！您的模樣，好像眞在這里商量什麽緊要事似的！這東西，別人是會送給我的。我到處可以弄到，用不着化錢，因爲如果能夠脫手，誰都高興。只有眞正老牌的驢子，這才願意留着，還給他們去納稅的。』

『不過您可也知道，這樣的買賣——這是只有我們倆，並且爲了交情，這才說說的——是並不准許的呢？假如我，或者別的誰講了出去的話，這買客的信用就要埽地；誰也不肯再來和他訂約，他想要恢復他的地位，也就非常困難了。』

『瞧罷，瞧罷，他就在想這樣，這地痞！』乞乞科夫想，但他的主意並沒有亂，一面用了最大的冷靜，聲明道：『您料的全不錯；我到您這里來買這廢物，倒並不是拿去做什麽用，不過爲了一種興趣，由於我自己生成的脾氣的。如果兩盧布半您還覺得太少，那麽，我們不談罷。再見！』

『放他不得！他不大肯添了，』梭巴開維支想。『好罷，上帝保祐您，您每個給三十盧布，就統統歸您了。』

『不成，我看起來，您是並不想賣的；再見再見。』

『對不起，對不起，』梭巴開維支說着，不放開他的手，並且踏着他的脚；我們的主角忘記留心了，那報應，便是現在發一聲喊，一隻脚跳了起來。

『對不起的很。我看我對您有些疏忽了。您請坐呀，那邊，請請。』他領乞乞科夫到一把躺椅那里去，教他坐下了。他的舉動，有幾手竟是很老練的，恰如一匹已經和人們混熟，會翻幾個筋斗，倘對牠說：『米莎，學一下呀，娘兒們洗澡和小孩子偸胡桃是怎樣的？』牠也就會做幾種把戲的熊一樣。

『不行，眞的，我把時光白糟蹋了。我得走了，我忙哩！』

『請您再稍稍等一下。我就要和您講幾句您喜歡聽的話了。』梭巴開維支于是挨近他來，靠耳朶邊悄悄的說，好像在通知一種祕密。『四開，怎樣呢？』

『您是說二十五盧布嗎？不行，不行，不行！再四開也不行。一文不添的。』

梭巴開維支不回答，乞乞科夫也不開口。這靜默大約繼續了兩分鐘。巴格拉穹公用了最大的注意，從牆壁上的自己的位置上，凝視着這交易。

『那麼，您到底肯出多少呢？』梭巴開維支說。

『兩盧布半！』

『一到您這里，一個人的魂靈就同熟蘿蔔差不多了。至少，您出三盧布罷！』

『我看辦不到。』

『我賣掉罷？自己喫點虧！但這有什麼法子呢？我是有狗似的好性情的。我不會別的，只是總想給我的鄰舍一點小歡喜。我們還得立一個合同，事情那就妥當了。』

『自然！』

『您瞧，我們還得上市鎮去哩！』

於是交易成功了。決定明天就到市裏去，給這交易一個結束。

乞乞科夫要農奴們的名册。梭巴開維支是贊成的；他走到寫字桌前面，去寫出魂靈來，不但姓名，還歷舉着他們的特色。這時乞乞科夫沒有事情做，便考察着這家主人的大塊的後影。當看見闊到活像短小精悍的瓦忒加馬背的他的脊梁，很近乎一對路旁鐵柱的他的兩脚的時候，他就禁不住要叫起來道：

「敬愛的上帝的做起你來可是太浪費了，眞可以引了俗諺來說：裁得壞，縫得好。你生下來就是這樣的熊，還是草莽生活，田園事務，以及和農奴們的麻煩，使你變成現在似的殺人兇手的呢；並不是的，我相信，卽使你在彼得堡受了一簇新的時式的教育，剛剛放下，或者你一生都住在彼得堡，不到田野裏來過活，你也總還是一個這樣的人。所有的區別，不過你現在是嚼完半身羊脊肋和粥之後，再來一個盤子般大的乾酪餅，在那地方呢，却在中飯時候，喫些牛排加香菇。你現在穩穩當當的管理着你的農奴，對他們很和氣，自然也不使他們有病痛，挨窮苦。他們都是你的私產，倘用了別樣的辦法，倒是你自己受損的。但在都會裏，你所管理的却是你竭力欺壓的公務人員了，你知道他們並不是你的家奴，於是你就從金元搶到紙票。如果誰有一個鬼拳頭，你不能把牠攤成毛爪子。你也能挖開他一兩個指頭來的，但這鬼就更加壞。他先從什麼藝術或科學上去喝過一兩滴，于是飄到出衆的社會地位上來了，那麼，眞懂一點這藝術或科學的人就要倒運；後來他還要對你說哩：我要來給你們看看，我是什麼人。於是他忽然給你們一個大踏步走的聰明透頂的規則，消滅了許多耳聞目見。

唉唉，如果統統是這殺人兇手……」

「冊子寫好了，」梭巴開維支轉過頭來說。

「寫好了？那就請您給我罷！」他大略一看，驚奇了起來，這造得眞是很完備，很子細；不但那職務手藝年齡和家景，都寫得很周到，冊邊上還有備考，記着經歷，品行之類。總而言之，看看冊子，就是一種大快樂。

「那麽，請您付一點定錢，」梭巴開維支說。

「爲什麽要定錢？到市裏，就全部付給您了。」

「哪，您要知道，這是老例，」梭巴開維支反駁道。

「這怎麽好呢？偏偏我沒有帶錢。但這里，請您收這十盧布！」

「唉唉，什麽，十個，您至少先付五十！」

乞乞科夫樣樣的推諉，說他身邊並沒有這許多錢；但梭巴開維支堅決的申說，以爲他其實是有的，終於使他只好從衣袋裏掏出一張鈔票來，說道：「哪，可以！這里再給您十五盧布。一總是二十五盧布。請您寫一張收條。」

「爲什麽要收條？」

「您知道，這就穩當些！好事多磨！會有種種變化的。」

「好的，那麽您拿錢來呀！」

「怎的？錢在我手裏呢。您先寫好收條，立刻都是您的了。」

「唔，請您原諒，這可叫我怎麽能寫呢？我總得先看一看錢。」

乞乞科夫交出鈔票去，梭巴開維支連忙接住。他走到桌子前面，左手的兩個指頭按住鈔票，用別一隻手在紙條上寫了他收到賣出魂靈的帝國銀行鈔票二十五盧布正。寫好收條之後，他又把鈔票檢查了一番。

「這一張舊一點，」當他拿一張鈔票向陽光照着的時候，自己喃喃的說，「也破一點，用爛了。但看朋友交情上，這就不必計較能。」

「一個吝嗇鬼！我敢說，」乞乞科夫想。「而且是畜生！」

「您不要女性的魂靈嗎？」

「謝謝您，我不要。」

「價錢便宜。看和您的朋友交情上，一隻只要一盧布。」

「不，我沒有想要女性的意思。」

『當然，如果這樣，那就怎麼說也沒有用。嗜好是沒法爭執的：諺語裏也說，有的愛和尚，有的愛尼姑。』

『我還要拜託您一件事，這囘的事情，只好我們兩個人知道，』當告別之際，乞乞科夫說。

『那還用說嗎！兩個好朋友相信得過，彼此所做的事，自然只該以他們自己為限，一個第三者是全不必管的。再見！我謝謝您的光降，還請您此後也不要忘記我！如果有工夫，您再來罷，再喫一囘中飯，我們還談談閒天。也許還會有什麼事，要大家商量商量的。』

『謝謝你，不來了，我的好傢伙！』乞乞科夫坐上車，心裏想。『一個死魂靈騙了我兩個半盧布，這該死的惡霸！』

乞乞科夫很氣忿梭巴開維支的態度。他總要算是自己的熟人了。在知事和警察局長那里，他們早經會過面，但他却像完全陌生人一樣的來對付他，還用那樣的廢物弄他的錢去。當車子拉出大門口時，他再囘顧了一下：梭巴開維支却還站在階沿上，像在偵察客人走向那一方面去似的。

『他還站着，這流氓！』乞乞科夫在嘴裏喃喃的說；他就吩咐綏里方，向着農村那面轉彎，使地主府上再也不能望見這車子。他的主意，是在去找潑留希金的，據梭巴開維支說，那里的人，是死得像蒼蠅一樣。然而他不願意梭巴開維支知道這件事。車子一到村口，他就把最先遇到的農夫叫到自己這邊來。這人剛在路上拾了一棵很粗的木材，抗在肩上，像不會疲倦的螞蟻似的，想拖到自己的小屋子裏去。

「喂！長鬍子！從這里到潑留希金家去，是怎麼走的，還得不要走過主人家的住宅。」

這問題，對於他好像有點難。

「哪，你不知道嗎？」

「是的，老爺，我不知道。」

「唉，你！你可是這傢伙頭髮倒已經花白了！連給他的人們挨餓的吝嗇鬼潑留希金都不知道。」

「哦，原來，那打補釘的！」那農人叫了起來。在這『打補釘的』的形容詞之下，他還接着一個很惬當的名詞，但我們從略，因為在較上流的人們的話裏，這是用得很少的。然而這表現的非常精確，却並不難于推察，因為車子已經走了一大段路，坐客也早已看不見那農夫了，乞乞科夫還是笑個不住。俄羅斯國民的表現法，是有一種很強的力量的。對誰一想出一句這樣的話，就立刻一傳十，十傳百；他無論在辦事，在退休，到彼得堡，到世界的盡頭，總得背在身上走。即使造許多口實，用任何方法，想擡高自己的諢名，化許多錢，請那塞飽了的祕書從古代的公侯世家裏找了出來，也完全無濟于事。你的諢名却無須你幫忙，就會放開了烏鴉喉嚨，清清楚楚的報告了這鳥兒是出於那一族的。一句愜當的說出的言語，和黑字印在白紙上相同，用斧頭也劈不掉。凡從並不夾雜德國人，芬蘭人，以及別的民族，只住着純粹，活潑，勇敢的俄羅斯人的俄國的最深的深處所發生的言語，都精確得出奇，他並不長久的找尋着適宜的字句，像母雞抱蛋，却只要一下子，就如一張長期的旅行護照一樣，通行全世界了。在這里，你再也用不着加上什麼去，說你的鼻子怎麼樣，嘴唇怎麼樣，只一筆，就鈎勒了你，從頭頂一直到腳跟。

恰如虔誠的神聖的俄國，散滿着數不清的帶着尖頂，圓頂，十字架的修道院和教堂一樣，在地母的面上，也碰撞，擁擠，閃爍，洶湧着無數羣的國民，種族和民族。而這些民族，又各保有其相當的力量，得着創造的精力，有着分明的特徵以及別樣的天惠，由此顯出牠固有的特色來，在一句表現事物的話裏，就反映着他那特有性格的一部份。我們在不列顛人的話裏，聽到切實的認識和深邃的世故；法蘭西人的話，是輕飄飄地飛揚，豪華地發閃，短命地迸散的；德意志人則聰明而狡猾地造出了他那不易捉摸的乾燥的謎語；但沒有一種言語，能這麼遠揚，這麼大膽地從心的最深的深處流出，這麼從最內面的生活沸騰，赤熱，躍動，像精確的原來的俄羅斯那樣的。

第六章

在很久，很久的時候以前，在我的兒時，在我的不可再得的消逝了的兒時，如果經過陌生的處所，無論是小村，是貧瘠的村鎮，是城邑，是很大的市街，總一樣的使我很高興。孩子的好奇的眼光，在這里會發見出許多有趣的東西來！所有建築，凡是帶着顯豁的特色的，都使孩子留心，在精神上給以深刻的印象。高出於居民的木造樓房堆裏的，名建築家所造的裝着許多飾窗的一所石疊房屋或公署，高出於雪白的新的教堂之上的，一個圓整的，包着白馬口鐵的圓屋頂，一個小菜場，一個在市上逛蕩的鄉下闊少——都逃不出非常注意的兒童的嗅覺——，我把鼻子伸到我的幕車外面去，新奇的看着那剪裁法爲我從未見過的外衣，看着開口的木箱裝些硫黃華，釘子，肥皂和葡萄乾，在小菜鋪門口的滿盛着乾了的墨斯科點心的瓶盒間遠遠的發閃；或者凝視着一個走過的，由一種稀奇的宿命，送他到這鄉下的寂寞中來的步兵官長，或是凝視着坐在競賽馬車裏趕上了我的一個身穿長袍子的商人——並且使我想得很遠，一直到他們的可憐的生活。一個小市上的官員從身旁走過，我就夢想，推究了起來：他究竟到那里去呢？他去赴他兄弟家裏的夜會，還不過是回家，在自家門口閒坐半點鐘，到了昏暗，才和夫人，母親，小姨，以及所有家眷去喫那遲了的晚膳呢？喫過湯之後，戴着珠圈的娃兒或是身穿寬大的家常背心的孩子，拿了傳世已久的燭臺來，點上油脂燭火的時候，他們會談些什麼呢？臨近什麼地方的地主的村莊時，我就新奇的看着狹長的木造的鐘樓，或者陳舊的木造的教堂。一望見地主家的紅色的屋頂和白色的烟囱在樹木的密葉間閃爍，那麼，我只焦急的等着牠從園林的遮蔽中出現，在我眼前顯露了全不荒涼或全然無趣的面貌的一瞬息了。於是我又加以推測，這地主是怎樣的人，胖的還是瘦的，有兒子還是半打的女兒，全家就和她們那響亮的處女的笑聲，她們那處女的遊戲和玩樂過活，一羣快活的處女，有着永住的美麗和青春；她們是否黑眼珠，而主人自己，又是否會玩笑，或者正像寫在他簿子上和曆本上的九月之末一樣，僅是陰鬱的，偏執的看人，而且，唉唉！除了青年聽得很是無聊的秫麥或小麥之外，再也不談別事的呢？

現在我却淡然的經過陌生的村莊，漠然的看着牠困窮的外貌，我的冷掉了的眼光裏不再有所眷戀，也沒有東西使我歡樂，像先前的過去的時光，使我的臉有一動彈，一微笑，使我的嘴迸出不竭的言論了，牠現在在我面前瞥然而過，而冷淡的沈默，却封鎖了我的嘴唇。唉唉，我的兒時，唉唉，我的蓬勃的朝氣！

當乞乞科夫正在沈思，暗笑着農夫們贈給潑留希金的出色的諢名的時候，他竟全未想到，那車子已經駛進一個有着許多道路和房屋的，又大又長的村子中央了。但鋪着樹幹的木路給他很有力的一震，立刻使他醒悟過來，和這一比，市上的鋪道就成了眞的兒戲。這里的樹幹，是能一高一低，好像鋼琴的鍵盤的，旅客倘不小心，隨時可在後頭部得一個疙瘩，前額上來一塊靑斑，或者簡直由自己的牙齒咬了舌尖，也不是我們這人間世的最大快意事。農奴小屋都顯着衰朽的景象。木材是蟲蛀，而且舊到灰色的。許多屋頂好像一面篩。有些是除了椽子之外，看不見屋蓋，其間有幾枝橫檔，彷彿骨架上的肋骨一樣。顯然是屋子的主人經了精確的思索，自己把屋頂板和天花板都抽去了，因爲如果下雨，小屋的屋頂也不濟，如果天氣好，那就一滴也不會漏下來的，况且和老婆睡在炕牀上，也毫無道理，可睡的地方另外多得很：酒店裏，街路上——一言以蔽之，惟汝心之所如。到處沒有窗玻璃。間或用布片或破衣塞着窗洞。簷下的帶着欄干的小曬臺，不知道爲什麽緣故，俄國的許多農家是常有的，却都已傾斜，陳舊了，連油漆也剝落得乾乾淨淨。小屋後面，看見好些地方躺着麥束堆的長排，分明長久沒有動：那顏色，就像一塊陳年的燒得不好的磚頭，堆上生出各種的野草，旁邊盤着蔓草根。麥是大約屬于地主的；由車子的變換方向，在麥束堆和爛屋頂後面，看見兩個鄉下教堂的尖塔，忽左忽右的指着晴空中。這兩塔彼此很接近，一個木造，別一個是石造的，刷黃的牆壁，顯着大塊的斑痕和開口的裂縫。時時望見了地主的住宅，到得小屋串子已經完結，換了圍着又低又破的籬垣，好像蔬圃或是菜園的處所，這才分明的站在眼前了。這長到無窮的城堡，看去好像一個跌倒的老弱的殘兵。有些是一層樓，也有兩層的。在沒有周到的保護牠的年紀的昏沈的屋頂上，見有兩個恰恰相對的望臺，都已經歪斜，褪色，曾經刷過的顏色，早已無蹤無影了。屋子的牆上，處處露出落了石灰的格子來。這分明是久經了暴雨，旋風，壞天氣和秋老虎的侵襲。窗戶只有兩個是開的；其餘的都關着罩窗，或者竟釘上了木板。但連這兩個開着的窗也還有一點瞎，一個窗上貼着三角形的藍色紙。

住宅後面，有一個廣大而古老的園，由宅後穿過村子，通到野地裏，雖然也荒涼，蕪穢了，但獨獨有些生氣，在這廣大的村莊和牠那如畫的野趣裏，顯着美妙的風姿。在大自由中，樹木的交錯的枝梢，繁盛地伸展開來的好像顫動的葉子織成的不整的穹門和碧綠的雲，停在清朗的蔚藍的天下。一株極大的白樺，被暴風或霹靂折去了樹頂，那粗壯的白色的幹子，從這萬綠叢中挺然而出在空中圓得恰如修長美麗的大理石柱一般。但並無柱頭，却是很斜的斷疤在雪白的底子上看去像是一頂帽或者一匹黑色的禽鳥。綠閃閃的蛇麻的叢蔓，要從接骨木山薇，榛樹的緊密的擁抱中鑽出，延上樹幹去，終于繞住了一株半裂的白樺。到得一半，牠又掛下來了，想抓着別株的樹梢，或者將長長的卷鬚懸在空中，那小鉤捲成圓圈，在軟風中搖動。受着明朗的陽光的碧林，有幾處彼此分離開來，顯出黑沈沈的深洞，彷彿一個打着呵欠的怕人的虎口；這是全藏在黑蔭中的，在這昏暗的深處依稀可見的東西，人只能猜出是：一條狹窄的小路，一些倒壞了的欄干，一個快要倒掉的亭子，一株爛空的柳樹幹，緊靠柳樹背後，露着銀灰色的樹叢，縱橫交錯的散亂在荒蕪中的枯枝和枯葉，還有一株幼小的楓樹，把牠那碧綠的紛披的葉子伸得遠遠的，不知道取的是什麼路，一枝上竟有一道日光，化爲透明的金光燦爛的星，在濃密的昏黑中煌然發閃。園的盡頭，有幾株比別的樹木長得更高的白楊樹，抖動着的樹頂上架着幾個很大的烏鴉窠。白楊之中，一株有折斷的枝條，却還沒有全斷，帶了枯葉凄涼的掛着。總而言之，一切都很美，但這美，單由造化或人力是都不能成就的，大抵只在造化在人類的往往並非故意，也無旨趣的創作上，再用牠的鑿子加以最後的琢磨，使笨重的東西蘇生過來，給牠一些輕妙和靈動，洗淨那粗淺的整齊和相稱，更除去惡劣的缺點和錯誤，將赤條條的主旨赫然顯在目前，對于生在精練的潔白和苦痛的嚴寒之中的一切，灌入神奇的温暖去的時候，這才能夠達成。

車子又轉了幾個彎，他終於停在房屋前面了，現在看起來這房屋就更顯得寒傖。牆壁和門上，滿生着青苔。前園裏造着樣樣的屋子：堆房，倉屋，下房等，彼此擠得很緊——而且無不分明的帶着陳舊倒敗的情形；左右各有一道門，通到別的園子裏。所有一切，都在證明這里先前是曾有很大的家業的，但現在却統統見得落寞凄涼了。能給這悲哀景象一點快活的東西，什麼也沒有：沒有開放的門戶，沒有往來的人，沒有活潑的家景！只有園門却開着，因爲有一個人拉了一輛蓋着席子的重載的大車，要進前園去；好像意在使這荒蕪寂滅的地方有一點活氣：別的時候，却連這門也鎖得緊緊的，鐵門上就掛着一把堅強的大鎖。在一間屋子前面，乞乞科夫立刻發見了一個人樣子，正在和車夫吵嘴。許多工夫，他還決不定這人的是男是女來。看看穿着的衣服，簡直不能了然，也很像一件女人的家常衫子；頭上戴一頂帽子，却正如村婦所常戴的。『確是一個女人！』他想，然而立刻接下去道：『不，並不是的！』——『自然是一個女人！』他熟視了一番之後，終于說。那邊也一樣的十分留心的在觀察。

好像這來人是一種世界奇蹟似的，因爲不但看他，連對綏里方和馬匹也在從頭到尾的注視。從掛在她帶上的一串鑰匙和過份的給與農人的痛罵，乞乞科夫便斷定了她該是一個女管家。

「請問，媽媽，」他一面跨下車子來，一面說，「主人在做什麼呀？」

「沒有在家！」那女管家不等他說完話，就說，但又立刻接着道：「您找他什麼事？」

「有一件買賣上的事情。」

「那麼，請您到裏面去，」女管家說，一面去開門，向他轉過那沾滿麪粉的背脊來，還給他看了衫子上的一個大窟窿。

他走進寬闊的昏暗的門，就向他吹來了一股好像從地窖中來的冷氣。由這門走到一間昏暗的屋子，只從門下面的關縫裏透出一點很少的光亮。他開開房門，這才總算看見了明亮的陽光。但四面的凌亂，却使他大喫一嚇。好像全家正在洗地板，因此把所有的家具都搬到這屋子裏來了。桌子上面，竟擱着破了的椅子，旁邊是一口停擺的鐘，蜘蛛已經在這里結了網。也有靠着牆壁的架子，擺着舊銀器和種種中國的磁瓶。寫字桌原是嵌鑲羅鈿的，但羅鈿處處脫落了，只剩下塡着乾膠的空洞，亂放着各樣斑剝陸離的什物：一堆寫過字的紙片，上面壓一個卵形把手的已經發綠的大理石的鎮紙，一本紅邊的猪皮書面的舊書，一個不過胡桃大小的擠過汁的乾檸檬，一段椅子的破靠手，一個裝些紅色液體，內浮三個蒼蠅，上蓋一張信紙的酒杯，一小塊封信蠟，一片不知道從那里拾來的破布，兩枝鵝毛筆，沾過墨水，却已經乾透了，好像生着癆病，一把發黃的牙刷，大約還在法國人攻入墨斯科㊀之前，牠的主人曾經刷過牙齒的，諸如此類。

牆壁上是貼近的，亂到毫無意思的掛着許多畫：一條狹長的鋼版畫，是什麼地方的戰爭，在這里看見很大的戰鼓，頭戴三角帽的吶喊的兵丁和淹死的馬匹。這版畫裝在馬霍戈尼樹做的框子裏，框條上嵌有青銅的細線，四角飾着青銅的薔薇，只是玻璃沒有。旁邊掛一幅很大的發黑的油畫，占去了半牆壁，上面畫些花卉，水果，一個切碎的西瓜，野猪的口鼻，和倒掛的野鴨頭。天花板中央掛一個燭臺，套着麻布袋，灰塵蒙得很厚，至於彷彿是蠶繭。屋子的一角上，躺着一堆舊東西：這都是粗貨，不配放在桌上的。但究竟是些什麼東西呢——却很不容易辨別；因爲那上面積着極厚的塵埃，只要誰出手去一碰，就會很像戴上一隻手套。

㊀ 一八一二年。——譯者。

從這垃圾堆中極分明的顯露出來的惟一的物件，是一個破掉的木鏟，一塊舊的鞋後跟。如果沒有桌上的一頂破舊的睡帽在那里作證，是誰也不相信這房子裏住着活人的。當我們的主角還在潛心研究這奇特的屋中陳設的時候，邊門一開，那女管家，那他在前園裏遇見過的，就走了進來了。但這囘他覺得，將這人看作女管家，倒還是看作男管家合適：因爲一個女管家，至少是大抵不刮鬍子的，然而這漢子刮鬍子，而且眞也稀奇得很，他的下巴和臉的下半部，就像人們往往在馬房裏刷馬的鐵絲刷。乞乞科夫的臉上顯出要問的表情來；他焦急的等着這男管家來說什麼話。但那人也在等候着乞乞科夫的開口。到底，苦于這兩面的窘急的乞乞科夫，就決計發問了：

「哪，主人在做什麼呀？他在家麼？」

「主人在這里！」男管家囘答說。

「那麼，在那里呢？」乞乞科夫囘問道。

「您是瞎的嗎？先生怎的？」男管家說。「先生！我就是這家的主人！」

這時我們的主角就不自覺的倒退了一點，向着這人凝視。自有生以來，他遇見過各色各樣的人，自然，敬愛的讀者，連我們沒有見過的也在內。但一向並未會到過一個這樣的人物。從他的臉上，看不出一點特色來。和普通的瘦削的老頭子，是不大有什麼兩樣的；不過下巴凸出些，並且常常掩着手帕，免得被唾沫所沾溼。那小小的眼睛還沒有呆滯，在濃眉底下轉來轉去，恰如兩匹小鼠子，把牠的尖嘴鑽出暗洞來，立起耳朵，動着鬍鬚，看看是否藏着貓兒或者頑皮孩子，猜疑的嗅着空氣。那衣服可更加有意思。要知道他的睡衣究竟是什麼底子，只好白費力；袖子和領頭都非常齷齪，發着光，好像做長靴的郁赫皮；背後並非拖着兩片的衣裾，倒是有四片，上面還露着一些棉花團。頸子上也圍着一種莫名其妙的東西，是舊襪子，是腰帶，還是繃帶呢，不能斷定。但決不是圍巾。一句話，如果在那里的教堂前面，乞乞科夫遇見了這麼模樣的他，他一定會布施他兩戈貝克；因爲，爲我們的主角的名譽起見，應該提一提，他有一個富於同情的心，遇見窮人，是沒有一回能不給兩戈貝克的。但對他站着的人，却不是乞丐，而是上流的地主，而且這地主還蓄有一千以上的魂靈，要尋出第二個在他的倉庫裏有這麼多的麥子，麥粉和農產物，在堆房，燥屋和棧房裏也充塞着呢絨和麻布，生熟羊皮，乾魚以及各種菜蔬和果子的人來就不大容易。只要看一眼他那堆着沒有動用的各種木材和一切家具的院子就是——人就會以爲自己是進了墨斯科的木器市場裏，那些勤儉的丈母和姑母之流，由家裏的廚娘帶領着，在買她的東西之處的。他這里，照眼的是雕刻的，車光的，拼成的，編出的木器的山桶子，盆子，柏油桶，有嘴和無嘴的提桶，浴盆，匣子，女人們用牠來理亞麻和別的東西的梳麻板，細柳枝編成的小箱子，白樺皮拼成的小匣子，還有無論貧富，俄國人都要使用的別的什物許許多。人也許想，潑留希金要這無數的各種東西做什麼用呢？就是田地再大兩倍，時候再過幾代，也是使用不完的。然而他却實在還沒有夠，每天每天，他很不滿足的在自己的莊子的路上走，看着橋下，跳板下，凡有在路上看見的：一塊舊鞋底，一片破衣裳，一個鐵釘，一角碎瓦——他都拾了去，抛在那乞乞科夫在屋角上所看見的堆子裏。『我們的漁翁又在那里撈魚了，』一看見他在四下裏尋東西，農人們常常說。而且的確，經他走過之後，道路就用不着打掃；一個過路的兵官落掉了他的一個馬刺——剛剛覺到，這却已經躺在那堆子裏面了；一個女人一疏忽，把水桶忘記在井邊——他也飛快的提了這水桶去。如果有農人當場捉住了他，他就不說什麼，和氣的放下那偷得的物件；然而一躺在堆子裏，可就什麼都完結了：他起誓，呼上帝作證，說這東西原是他怎樣怎樣，如何如何買得，或者簡直還是他的祖父傳授下來的。就是在自己的家裏，他也拾起地上的一切東西來：一小段封信蠟，一張紙片，一枝鵝毛筆，都放在寫字桌或者窗臺上。

然而他也曾經有過是一個勤儉的一家之主的時候的！他也曾爲體面的夫，體面的父，他的鄰人來訪問他，到他這里午餐，學習些聰明的節省和持家的方法。那時的生活還都很活潑，很整齊：水磨和碌碡快活的轉動着，呢絨廠，旋盤廠，機織廠，都在不倦地作工；主人的鋒利的眼睛看到廣大的領地的角角落落，操勞得像一個勤快的蜘蛛，從這一角到那一角，都結上家政的網。在他的臉上，自然也一向沒有顯過劇烈的熱意和感情，但他的眼閃着明白的決斷，他的話說出經驗和智識，客人們都願意來聽他；和藹而能談的主婦，在她的相識的人們中也有好名望；兩個可愛的女兒常來招呼那賓客，都是金色髮，鮮活如初開的薔薇。兒子是活潑的，壯健的少年，跳出來迎接客人，不大問對手願不願，就和客人接吻。全家裏的窗戶是統統開着的。中層樓上住着一個家庭教師，法國人，臉總刮得極光，又是放鎗的好手：他每天總打一兩隻雉雞或是野鴨來幫午膳，但間或只有麻雀蛋，這時他就叫煎一個蛋餅自己喫，因為除他之外，合家是誰也不喫的。這樓上，還住着一個強壯的村婦，是兩位女兒的教師。主人自己，也總是同桌來喫飯，身穿一件黑色的燕尾服，舊是確有些舊的，但很乾淨，整齊；肘彎並沒有破，也還並沒有補。然而這好主婦亡故了，鑰匙的一部分和瑣屑的煩慮，從此落在他身上。潑留希金就像一切鰥夫一樣，急躁，吝嗇，猜疑了起來。他不放心他的大女兒亞歷山特拉·斯台班諾夫娜了，但他並不錯，因為她不久就和一個不知什麼騎兵聯隊裏的騎兵二等大尉跑掉她知道父親有一種奇怪的成見，以爲軍官都是賭客和揮霍者，所以不喜歡的，便趕緊在一個鄉下教堂裏和他結了婚。那父親只送給他們詛咒，却並沒有想去尋覓，追回。家裏就更加空虛，破落了。家主的吝嗇，也日見其分明；在他頭上發亮的最初的白髮，更幫助着吝嗇的增加，因爲白髮正是貪婪的忠實同伴。法國的家庭教師被辭退了，因爲兒子到了該去服務的時候；那位女士也被驅逐了，因爲亞歷山特拉・斯台班諾夫娜的逃走，她也非全不相干。那兒子，父親是要他切切實實的學做文官——這是父親告訴了他的——送到省會裏去的，他却進了聯隊，還寄一封信給父親——這是做了兵官之後了——來討錢給他做衣服；但他由此得到的物事，自然不過是所謂碰了一鼻子灰。終于是，連和潑留希金住在一起的小女兒也死掉了，只有這老頭子孤另另的剩在這世界上，算是他的一切財產的保護者，看守者，以及惟一的所有者。孤獨的生活，又給貪婪新添了許多油，大家知道，吝嗇是眞的狼貪，越喫就越不夠。人類的情感，在他這里原也沒有深根的，於是更日見其淺薄，微弱，而且還要天天從這廢墟似的身上再碎落一小塊。有些時候，他根據着自己對於軍官的偏見，覺得他的兒子將要輸光了財產；潑留希金便送給他一些清清楚楚的父親的詛咒，想從此不再相關，而且連他的死活也毫不注意了。每年總要關上或者釘起一個窗戶來，直到終於只剩了兩個，而其中之一，讀者也已經知道，還要貼上了紙張；每年總從他眼睛裏失去一大片重要的家計，他那狹窄的眼光，便越是只向着那些在他房裏，從地板上拾了起來的紙片和鵝毛筆；對於跑來想從他的農產物裏買些什麼的買主，他更難商量，更加固執了；他們來和他磋商，論價，到底也只好放手，明白了他乃是一個鬼，不是人；他的乾草和穀子腐爛了，糧堆和草堆都變成眞正的肥堆，只差還沒有人在這上面種白菜；地窖裏的麪粉硬得像石頭一樣，只好用斧頭去劈下來；麻布，呢絨，以及手織的布匹，如果要牠不化成飛灰，便千萬不要去碰一下。潑留希金已經不大明白自己有些什麼了；他所記得的，只有架子上有一樣好東西，——瓶子裏裝着甜酒，他曾做一個記號在上面，給誰也不能偸喝牠，——以及一段封信蠟，或一枝鵝毛筆的所在。但徵收却還照先前一樣，農奴須納照舊的地租，女人須繳舊額的胡桃，女織匠還是要照機數織出一定的布匹，來付給她的主人。這些便都收進倉庫去，在那裏面霉爛，變灰，而且連他自己也竟變成人的灰堆了。亞歷山特拉·斯台班諾夫娜帶着她的小兒子，回來看了他兩回，希望從他這里弄點什麼去；她和騎兵二等大尉的放浪生活，分明也並沒有結婚前所豫想那樣的快活。潑留希金寬恕了她，還至于取了一個躺在桌上的鈕子，送給小外孫做玩具，然而不肯給一點錢。別一回是亞歷山特拉·斯台班諾夫娜和兩個兒子同來的，還帶給他一個奶油麪包做茶點，幷一件嶄新的睡衣，因爲父親穿着這樣的睡衣，看起來不但難受，倒簡直是羞慚。潑留希金很愛撫那兩個外孫兒，給分坐在自己的左右兩腿上，低昂起來，使他們好像在騎馬；奶油麪包和睡衣，他感激的收下了，對于女兒，却沒有一點回送的物事，亞歷山特拉·斯台班諾夫娜就只好這麼空空的回家。

現在站在乞乞科夫面前的，就是這樣的人！但還應該補正，這一種樣式，在愛擴張和發展，更勝於退守和集中的俄國，是不常遇見的，更可詫異的情景，倒是隨時隨地可以遇見一個地主，靠着特出的門第來享樂他的生活，爲了闊綽的大排場，將他的財產化到一文不剩，由此顯出俄國式。一個還未多見世面的旅客，一看到這樣的府邸，是就要站住，並且問着自己的：如此華貴的王侯，怎麼會跑到這渺小卑微的農民中間來呢：像宮殿一樣，屹立着他的白石的房屋，和無數的烟通，望臺和占風，爲一大羣側屋以及造給賓客的住房所圍繞。這里還缺什麼呢！有演劇，有跳舞，有假面會，輝煌的花園，整夜妖艶的陳在斑爛的燈光下，響亮的音樂充滿了空間，半省的人們，都盛裝着在樹下愉快的散步，在這硬造的光彩裏，誰也沒有留意，沒有覺得粗野嚇人的不調和，這時候，有一條小枝，映着人造的光，做戲似的突然從樹叢中伸出；那失了葉的光澤的臂膊，愈高愈嚴正，愈昏暗，愈可怕，高舉在夜的天空中，蕭瑟的樹梢，深深的避進永久的黑暗裏，像在抱怨那照着牠根上的光輝。

潑留希金默默的站着，已經好幾分鐘了；乞乞科夫也不想先開口，看了他的主人和奇特的周圍的情景，他失去豫定的把握了。他想對他這樣說：因為他聽到過潑留希金的道德和特出的品格，所以前來表示敬意，是自己的義務；然而又以為這未免太離奇。他又偷偷的一瞥屋子裏的東西，覺得『道德』和『特出的品格』這兩個字，是可以用『節儉』和『整頓』來代換的；於是照這意思，改好了他的話：因為聽到過潑留希金治家的節儉和非凡的管理，所以他覺得有趨前奉訪，將他的敬仰的表示，陳在足下的義務。自然，先前已經說過，也還有別樣更好的理由的，但他不想說，這很不漂亮。

潑留希金低聲的說了些話，僅僅動着嘴唇，——因為他已經沒有牙齒了——；他究竟說了些什麼呢，聽不分明，但他的話裏大約是這樣的意思：『你還是帶了你的敬仰到魔鬼那里去罷！』然而我們這里，是有對客的義務和道德的，就是吝嗇鬼也不能隨便跨過這規則，于是他接着說得清楚一點道，『請請，您請坐呀！』

『我的沒有招待客人，已經很長久了，』他說，『老實說起來，這是沒有什麼好處的。人們學着最沒用，最沒意思的時髦，彼此拜訪，——家裏的事情倒什麼也不管……況且馬匹還總得喂草呀！我早已喫過中飯了，家裏的廚房又小又髒，烟囪也壞着：我簡直不敢在竈裏生火，怕惹出火災來，』

『竟是這樣的麼？』乞乞科夫想。『幸而我在梭巴開維支那里喫過一點乾酪餅和一口羊腿來了！』

『您只要想一想就是，這多麼不容易！如果我要家裏有一把乾草的話！』潑留希金接下去道。『眞的，從那里來呢？我只有一點點田地，農奴又懶，不喜歡做工，總只記掛着小酒店……人是應該小心些，不要到得他的老年，却還去討飯的！』

『但人家告訴我，』到這里，乞乞科夫謙和的回口道，『您有着上千的魂靈哩！』

『誰告訴您的？您該在這傢伙的臉上唾一口的，他造這樣的謠言，先生！那一定是一個促狹鬼，在和您開玩笑呀。人們總是說：一千個魂靈，但如果算一算，剩下的就不多，這三年來，爲了那該死的熱病，我的農奴整批整批的死掉了。』

『眞的？眞有這麼多嗎？』乞乞科夫同情的大聲說。

『唔，是的，很多！』

『我可以問，那有多少嗎？』

『要有八十個！』

『的確？』

『我不說謊，先生！』

『我還可以問一下嗎？這數目，可是上一次人口調查之後的總數呢？』

『要是這樣，就還算好的了！』潑留希金說。『照您說的一算，可還要多：至少要有一百二十個魂靈！』

『眞的？竟有一百二十個？』乞乞科夫叫了起來，因爲喫驚，張開了嘴巴。

『要說謊，我的年紀可是太大了，先生：我已經上了六十哩！』潑留希金說，好像他因爲乞乞科夫的近乎高興的叫喊，覺得不快活。乞乞科夫也悟到了用一副這樣的冷淡和無情來對別人的苦惱，實在是不大漂亮的，就趕緊長歎一聲，並且表示了他的悼惜。

『可惜您的悼惜，對我並沒有用處！我不能把這藏進錢袋裏去呀！』潑留希金說。『您瞧，近地住着一個大尉，鬼知道他是怎麼掉進這里來的。因爲是我的一個親戚，就時常來伯伯長，伯伯短的，在我的手上接吻；如果他一表示他的同情，就發出一種實在是吼聲，叫人要塞住耳朵才好。這人有一張通紅的臉，頂喜歡燒酒瓶。他的錢大約都在軍營裏化光，或者給

「一個什麼坤伶從衣袋裏撈完了，他爲什麼這樣的會表同情呢；恐怕就爲了這緣故罷！」

乞乞科夫竭力向他聲明自己的同情和那大尉的，完全不是同類，再轉到他並非只用言語，還要用實行來表示；於是毫不遲延，直截的表明了他的用意，說自己情願來盡這重大的義務，負擔一切死於這樣不幸的災難的農奴的人頭稅。這提議，顯然是出於潑留希金的意料之外了。他瞪着眼睛看定了對手，許多工夫沒有動。到底却道：『您恐怕是在軍營裏的罷？』

『不是，』乞乞科夫狡猾的躱閃着，回答說，『我其實不過是做文職的。』

『做文職的！』潑留希金複述了一句，於是咬着唇嘴，彷彿他的嘴裏含着食物一樣。

『唔，這又爲什麼呢？這不是單使您自己喫虧嗎？』

『只要您樂意，我就來喫這虧。』

『唉唉，先生唉唉，您這我的恩人！』潑留希金喊了起來，因爲高興，就不再覺得有一塊鼻烟，像濃咖啡的底脚一樣，從他鼻孔裏湧出，實在不能入畫，而且他睡衣的豁開的下半截，將襯褲給人看見，也不是有味的景象了。『您對一個苦老頭子做着好事哩！唉唉，你這我的上帝，你這我的救主！』潑留希金再也說不出別的話來了。然而不過一瞬間，那高興，恰如在呆板的臉上突然出現一樣，也突然的消失，並不剩一絲痕迹，他的臉又變成照舊的懊喪模樣了。他是在用手巾拭臉的，就揑作一團，來擦上嘴唇。

『您眞的要——請您不要見怪——說明一下，每年來付這稅嗎？收錢的該是我，還是皇家呢？』

『您看這怎樣？我們要做得簡便：我們彼此立一個買賣合同，像他們還是活着的似的，您把他們賣給了我。』

『是的，一個買賣合同……』潑留希金說着，有些遲疑，又咬起嘴唇來了。『您說，一個買賣合同——這就又要化錢了！法院裏的官兒是很不要臉的！先前只要半盧布的銅錢加上一袋麵粉就夠，現在却得滿滿的一車壓碎麥子，還要紅鈔票●做添頭。他們現在就是這樣的要錢。我眞不懂，爲什麼竟沒有人發表出來的。至少，也得給他們一點道德的教訓。用一句良言，到底是誰都會被收服的。無論怎麼說，決沒有人反對道德的教訓的呀！』

『哪，哪，你就是反對的哩，』乞乞科夫想；但他立刻大聲的接着說，因爲對于他的尊敬，

●十盧布的鈔票。——譯者。

連買賣合同的費用也全歸自己負擔。

潑留希金一聽到他的客人連買賣合同的費用也想自己付，就斷定他是一個十足的獃子，不過裝•作文官模樣，其實是在什麼軍營裏做事，和坤伶們鬼混的。但無論如何，他總掩不住自己的高興，將各種祝福出格的送給這客人，對于他自己和他的孩子，雖然並沒有問過他孩子的有無。於是他走到窗口，用手指敲着玻璃，叫道：『喂！潑羅式加！』立刻聽到好像有人拚命的跑進大門來，四處響動了一陣，就有長靴的橐橐聲。終于是房門一開，潑羅式加走進來了，是一個十二三歲的孩子，他穿着幾乎每步都要脫出的很大的雨靴。究竟潑羅式加為什麼要穿這麼大的長靴呢，讀者是就會明白的。潑留希金給他所有的僕役穿的，就只有一雙長靴，總是放在前廳裏。有誰受主人的屋子裏叫喚，就得先在全個前園裏跳舞一番，到得大門，穿上長靴，以這體裁走進屋子去。一走出屋子，又須在大門口脫下他的長靴，跕起腳後跟走回原路去。假使有人在秋天，尤其是在早晨，如果初霜已降，從窗子裏向外一望，他就能欣賞這美景，看潑留希金家的僕役演着怎樣出色的跳舞的。

『您看這嘴臉，先生，』潑留希金指着潑羅式加，向乞乞科夫說。『這傢伙笨得像一段木頭。但是您只要放下一點什麼罷，他已經撈去了。喂，你來幹什麼的，你這驢子？唔，有什麼事！』這時他停了一停，潑羅式加也一聲不響。『燒茶炊呀！聽見嗎？鑰匙在這里！送給瑪孚拉去，再對她說，叫她到食物庫裏去。那里的架子上還有一個復活節的餅乾，是亞歷山特拉・斯台班諾夫娜送給我的；就拿這來喝茶……等着，你要到那里去了，昏蛋？這胡塗蟲！你脚跟上有鬼的麼。先要聽我的話！那餅乾的上面是不大新鮮了的。她得用小刀稍微刮一下；但那末屑不要給我拋掉！得留給鷄喫的。也不許你同到食物庫裏去，要不，就給你喫樺樹棍，知道嗎，那味道！你現在就有好胃口呢。我們就好好的多添些。給我到食物庫裏去試試看！我在窗口看着你的鬼花樣。這些東西是不能相信的，』當潑羅式加拖着他的七里靴，已經從門口不見了的時候，他轉過來對着乞乞科夫，接着說。於是向他射了一道猜疑的眼光。這樣的未曾聽到過的豪爽和大度，使他覺得難恃和可疑了，他自己想：『鬼知道呢，恐怕像所有的游手一樣，也不過是一個吹牛皮的！先撒一通謊，好談些閒天和喝幾杯茶，之後呢，是走他的路！』一半爲了小心，一半要探一探這客人，他就說，趕快寫好買賣合同，倒不壞，因爲人是一種極不穩當，非常脆弱的東西，今朝不知明朝事。

乞乞科夫聲明，契約是照他的希望，立刻可以寫的，只還要一張所有農奴的名單。

這使潑留希金放了心。他好像決定了一個計畫，而且眞的掏出鑰匙串子來，走近櫃子

"您看這嘴臉，先生!"

去，開開了牠，在瓶子和碟子之間找尋了好久，終于叫了起來道：『現在找不到了；我還有一瓶很好的果子酒在這里的；如果那一夥沒有喝掉的話！那些東西實在是強盜哦，在這里了！』乞乞科夫看見他兩手捧着一個小瓶，滿是灰塵，好像穿了一件小衫。『這還是我的亡妻做的呢，』潑留希金接着說，『那女管家，那壞東西，就把牠放在這里，再也不管，總不肯塞起來，那壞貨！上帝知道，多少蛆蟲和蒼蠅和別的灰塵都掉進去了，但我已經統統撈出，現在可又很乾淨了，我想敬您一杯子。』

然而乞乞科夫却熱烈的拒絕了這心願，並且聲明，他早已喫過，喝過了。

『早已喫過，喝過了！』潑留希金說。『自然，自然，上流社會的人，是一看就知道的：他不餓，總是喫得飽飽的，但是閒蕩流氓呢，你喂他多少就多少……例如那大尉罷：一到我這里來，立刻說：「阿伯，您沒有什麼喫的嗎？」我那里還像他的伯父呀，他倒是我的祖父哩。在自己的家裏他也實在沒有東西喫，所以只好逛來蕩去！您要一張所有那些懶蟲的名單嗎？自然，那不錯！這很容易，我早寫在另外的一張紙上了，原想待到這回的人口調查的時候，就把他們取消的。』潑留希金戴起眼鏡來，開手去翻攪他的那些紙。他解開許多紙包的繩，又把牠們拋來拋去，弄得灰塵飛進客人的鼻孔中，使他要打嚏。他終于抽出一張兩面寫着字的紙片來。滿是農奴的姓名，密得好像蒼蠅矢。那上面各式各樣都有，其中有派拉摩諾夫和批美諾夫，有班台來摩諾夫，而且簡直還有一個格力戈黎綽號叫作『老是走不到。』一共大約有一百二十八。乞乞科夫一看見這總數，微笑了。他把紙片藏在衣袋裏，還對潑留希金說，他應該到市上去，把這件買賣辦妥。

「到市上去？我怎麼能……？我不能不管我的房子呀！我的當差的都是賊骨頭，壞傢伙；有一天，竟偷得我連掛掛我的外套的釘子也沒有了。」

「您在那里總該有一個熟人罷？」

「誰是呢？我的熟人都已經死掉，或者早不和我來往了。唉唉，有的，先生！怎麼會沒有！我自然有一個的！」他突然叫了起來。「那審判聽長，他是我的好朋友！他先前常常來看我的；我怎麼會不認識他呢！他是我的年青時候的朋友。我們常常一同去爬籬垣的！沒有熟人？我告訴您，這就是熟人！……我可以寫信給他嗎？」

「那當然。」

「是很要好的熟人，是老同窗呀！」

呆板的臉上，忽然閃過一種好像温暖的光，一種人情的稀薄的發露，或者至少是一點影子，使那死相有了活氣，恰如墜水的人在忽然間，而且在不意中竟在水面上出現，使聚在岸上的人們都高興的歡呼起來；然而懷着欣幸的姊妹和兄弟們投下施救的繩，焦急的等着他一隻肩膀，或是一隻痙攣得無力了的臂膀再露到水上來，却不過一個泡影——那浮出，已經是最末的一次了，周圍全都沈默，平靜的水面，這時就顯得更加可怕和空虛。潑留希金的臉也就是這樣的，感情的微光在這上面一閃之後，幾乎越發冰冷，庸俗，而且沒有表情了。

『桌上原有一張白紙的呀，』他說，『可是我不知道，這弄到那里去了：那些不要好的底下人！』——他望過桌子的上面和下面，到處亂翻了一通，終于喊起來道：『瑪孚拉，喂！瑪孚拉！』在他的叫喚聲中，一個女人出現了，手裏拿一個碟子，儼然坐在那裏面的，就是讀者已經熟識的那餅乾。這時候，他們倆就開始了這樣的對話：

『你把紙弄到那里去了，你這女賊？』

『天在頭上，老爺，我沒有看見什麼紙呀，除了您蓋着酒盃的那一片。』

『看你的眼睛就知道，你撈了去了。』

『我撈牠做什麼呢？我不知道拿牠來做什麼用。我不會看書，也不會寫字！』

「胡說白道，你搬到教堂的道人那里去了，他是會劃幾筆的，你就給了他了。」

「如果他要紙，什麼時候都會自己去買的。他就從沒有見過您的紙！」

「等着就是，看到末日裁判的時候，魔鬼用了他們的鐵枷來着着實實的懲治你。你要知道你會喫怎樣的苦頭！」

「我怕什麼呢，如果我沒有拿過那張紙。您可以責備我別樣的做女人的錯處，但我會偷東西，却還沒有人說過哩。」

「哼，看魔鬼來怎樣的懲治你罷！他們說，就因爲你騙了你的主人，還用了他們的燒得通紅的鉗，把你夾住！」

「那麼我就囘答說：我是沒有罪的，上帝知道，我是沒有罪的……但這紙就在桌子上呀。您總是鬧些無用的嘮嘮叨叨！」

潑留希金果然看見紙片就在桌子上，就停了一下，咬着自己的嘴唇，于是說道：「唔，爲什麼你就這麼嚷嚷的？這樣的一個執拗貨。人說你一句，你就立刻囘一打。去罷，給我拿個火來，我可以封信。且慢！你大約還要帶了油脂燭來的；油脂很容易化，走掉了，那就白費！你倒不如給我拿些點火的松香火柴來罷，」

瑪孚拉出去了，潑留希金却坐在靠椅上，拿起筆來，把那紙片還在手指之間翻來覆去的轉了好一會；他在研究，是否還可以從這里裁下一點來；然而終于知道做不到了；他這才把筆浸到墨水瓶裏去，那裏面裝着一種起了白花的液體，浮着許多蒼蠅；于是寫了起來；他把字母連得很密，極像曲譜的音符，還得制住那在紙上隨便揮灑開去的筆勢。他小心的一行一行寫下去，一面後悔着每行之間，總還是剩出一點空白來。

一個人能夠墮落到這樣的無聊，猥瑣，卑微裏去的嗎？他會變化得這麼利害的嗎？這還是眞實的模樣嗎？——是的！——這全是並非不眞實的。人們確可以變成這一切！向一個現在熱烈如火的青年，倘給他看一看他自己的老年的小照，恐怕他會喫驚得往後跳的。唉唉，要小心謹愼地管好你們的生活的路，如果已經從你們那柔和嬌嫩的青年，跨到嚴正固定的成人時代去——唉唉，要小心謹愼地管好各種人類的感動，牠會不知不覺的在中途消亡，失掉你們再找不到牠！可怕而殘酷的是在遠地裏嚇人的老年，牠什麼也不歸還，什麼也不交付。墳墓倒是比牠還慈悲的；墓碑上也許寫着文字道：『有人葬此。』但在老人的冰冷的，沒有表情的臉上，却看不出一點文字記號來。

『您沒有一個朋友，』潑留希金折着信紙，一面說，『用得着逃掉的農奴的嗎？』

『您也有逃掉的？』乞乞科夫連忙問，像從夢中醒來一樣。

『那自然，我有。我的女壻巳經去找尋過了，他說連他們的蹤影也看不見；不過他是一個兵，只會響響馬刺的，如果要他在法律的事情上出力那就……』

『但是究竟有多少呢？』

『該有七十個罷，至少。』

『眞的？』

『上帝知道沒有一年會不逃走一兩個的。現在的人都喫不飽了；整天不做事，只想喫東西，我可是連自己也沒得喫……眞的，我情願把他們幾乎白送。不是嗎，您告訴您的朋友去：只要找回一打來，他就會弄到一筆出息的。一個出色的魂靈要値到五百盧布。』

『連氣息也給朋友嗅到不得！』乞乞科夫想，並且說明，可惜他並沒有這樣的朋友，況且單是辦理這件事就得化許多錢；請教法律，倒不如保保自己，因爲那是連自己的衣服也會送掉半截的。然而如果潑留希金眞覺得境遇很爲難，那麼他，乞乞科夫，他爲了同情心，可以付他一點小款子……但是這，巳經說過，眞是有限得很，不値得說的。

『但您想給多少呢？』潑留希金問。他簡直變了猶太人，兩隻手像白楊樹葉似的發抖了。

「每一個我給二十五戈貝克。」

「您現付嗎？」

「是的，您可以馬上收到錢。」

「聽哪，先生，我有多麼窮苦您是知道的，您還是給我四十戈貝克罷。」

「最可佩服的先生，不但四十戈貝克，我還肯給您五百盧布哩！非常情願，因爲我看見一位最可敬，最高尙的人，却爲了他的正直，正在喫苦呀。」

「是的，可不是嗎！上帝知道的！」潑留希金垂了頭，使勁的搖起來，說。「就是因爲正直呵。」

「您瞧，您的品格，我立刻就明白了。我爲什麼不給五百盧布一個呢？不過我也是並不富裕的；再加五戈貝克倒不要緊，那就是每個魂靈買到三十戈貝克了。」

「您再添上兩戈貝克罷，先生，」

「那就是了，可以的，再添兩戈貝克！魂靈有多少呢，您不是說七十個嗎？」

「不，一總七十八個。」

『七十八，七十八乘三十戈貝克，那就得……』這時我們的主角想了一秒鐘，並沒有更長久便說道：『那就得二十四盧布九十六戈貝克！』對於算學他是很能幹的。於是使潑留希金寫一張收條，付給他款子，他用兩隻手抓住，極擔心的搬到寫字桌前去，彷彿手裏捧着一種液體，每一瞬間都在怕牠流出一樣。到得站在桌子的前面，也還要子子細細的看一通鈔票，然後仍然很小心的放在一個抽屜裏，大約錢是埋在這地方的了，一直到村子裏的兩個牧師，凱普長老和波黎凱普長老，來埋葬了他自己給他的女兒和女壻一個難以言語形容的高興——也許還有大尉，那要和他扳親戚的。潑留希金藏好了錢之後，就坐在靠椅上，好像再也找不出什麼新的談話資料來了。

『怎麼，您要走了嗎？』當他看見乞乞科夫微微一動，想從衣袋裏去取手巾的時候，就說。這一問使乞乞科夫悟到久在這里實在沒有意思了。『對啦，這是時候了！』他說着，就去取帽子。

『您不喝茶？』

『不，多謝您！還是別的時候再喝罷。』

『哦，爲什麼呢？我已經叫生茶炊去了！但老實說，我是也不喜歡茶的：這是一種很貴的物事，而且糖價錢也儘在漲起來。潑羅式加！我們不要茶炊了。把那餅乾交給瑪孚拉去！聽見嗎？她得放回原地方；不不，還是放在這里罷，我自己曾送去的。再見，先生；上帝保佑您！那封信請您交給審判廳長罷，是不是？他該會看的！他是我的一個老朋友。哦哦，從小就在一起玩的朋友呀。」

於是這奇特的形相，這打皺的老人領他到了前園，乞乞科夫一走，潑留希金卽刻叫把園門鎖上了。接着是走到所有堆房和食物庫去，查考那些看守夫是否都在他們的崗位上，他們是站在屋角，用木勺敲着空桶，以代馬口鐵鼓的；他也到廚房裏去瞥了一眼，看看可曾給僕役們備妥了合式的可口的食物，然而這不過是一句話，其實倒是自己喝了粥和白菜湯。其次是他終于把大家訓一通他們的做壞事，駡一頓他們的偸東西，然後回到自己的屋子裏。待到他只有自己一個時，却忽然起了一種心思，要對于客人報答一下他那無比的義俠了：『我要當作禮物，把錶去送給他，』他想——『還是一隻漂亮的銀錶，並不是黃銅或白銅做的，自然破了一點，但他可以去修；他還是一個年青人，倘要引新娘子看得上眼，是得有一隻錶的。但是，且慢！』他再想過一會之後，接下去道，『還不如寫在遺囑裏罷，等我死後，他才得到錶，那麽，他到後來也還記得我了。』

然而我們的主角却卽使沒有錢，也還是極頂愉快滿足的心情。這樣的出乎意外的收穫，才是眞正的上天之賜，這實在是毫無抗議之處的：不但是幾十個死魂靈，還加上幾打逃走的，一共竟有二百枚！當他臨近潑留希金的村莊時；自然已經有一種豫感，覺得這地方可以賺一點東西，但這樣的好買賣，他却沒有計算到。一路上他都出奇的快活，吹口笛，唱歌，還把拳頭靠着嘴巴，吹了起來，像是吹喇叭。後來他竟出聲的唱着曲子了，很特別，很希奇，連綏里方也詫異的側着耳朶聽，搖搖頭，說道：『瞧罷，我的老爺多麼會唱呵！』

當他們駛近市街的時候，天已經全黑了。光和暗完全交錯起來，連一切物事也好像融成一片。畫有條紋的市門，顯着很不定，很不分明的顏色；市上的警兵，彷彿那鬍子生得比眉毛還要高，他的鼻子却簡直不大見有了。車輪的響聲，車身的震動，報告着已經又到了鋪石的街路上。街燈還沒有點，只從幾處人家的窗戶裏，閃出一些光，在街角和橫街裏鬧着照例的場面；人們聽着密談和私語，這是小市的晚間常常要有的，這地方，有許多兵丁，車夫，工人和特別的人物，是閨秀的一種，肩披紅圍巾，沒有襪，在十字街頭穿來穿去，像蝙蝠一般。然而乞乞科夫並不留心她們，一樣的也不留心那拿着手杖，大概是從市外散步回來的瘦長的官吏。時時有些叫喊衝到他的耳朶裏，好像是女人的聲音：『胡說，你喝醉了；我不許你這麼隨便！』或者是『又想吵架，你這野人同到警察裏去罷，那我就教你知道』。一言以蔽之，這些話的功效就像對于一個從戲院回來，頭裏印着西班牙的街道，昏黃的月夜，挾琴的美人的富于幻想的二十左右的青年，給洗一個蒸汽浴。極神奇的，極古怪的幻想是縱橫交織的在他的腦子裏回旋的。他覺得會飛上七重天，也會馬上到詩人希勒爾●那里去做客——現在這晦氣的話像霹靂一樣突然落在他的身邊，他覺得自己又回到地上來了，唔，而且竟還在一家小酒店附近的『乾草市場』上，于是蒼老荒涼的忙日月，就從新把他吞去了。

篷車再猛烈的一震，像進地洞似的，終于鑽進了大門。乞乞科夫由彼得爾希加來迎接，他一隻手揑住了衣裾——因爲他是不喜歡衣裾分散開來的——用別一隻手幫他的主人下了車子。伙計也跑出來了，拿着一枝燭，抹布搭在肩膀上，對于他主人的回來，彼得爾希加是否很高興呢，這可很難說，但當他向着綏里方大有意義似䀹着眼睛的時候，在他那平時非常嚴正的臉上，却好像開朗了一點也似的。

『您可是眞也旅行得長久了，』伙計在前面給他照着扶梯，說。

● Friedrich Schiller (1759—1805) 德國有名的詩人和戲曲家。——譯者。

『是呀，』乞乞科夫說着，走上扶梯去。『你們怎麼樣呢？』

『託福！』伙計鞠一個躬，囘答道。『昨天來了一位兵官。他住在十六號。』

『中尉嗎？』

『我不知道。他是從略山來的，有匹栗殼色馬。』

『很好，很好！但願你以後也很好！』乞乞科夫說着，跨進屋裏去。當他走過前房的時候，就聳着鼻子，向彼得爾希加道：『窗戶是你也可以開牠一開的。』

『我是開了的，』彼得爾希加囘答說；但是他說謊。他的主人也知道這是一句謊話。然而他不想反駁了。在長塗旅行之後，他所有的骨節都很疲乏。他喫了一點很輕淡的晚膳，不過一片乳猪，就趕緊脫了衣服，鑽進被窩裏，立刻睡得很熟，很熟了，這是一種神奇的睡眠，只有不想到痔瘡，不想到跳蚤，也不想到精神與奮的幸運兒才知道。

第七章

旅人的幸福，是在和那些寒冷，泥濘，塵埃，渴睡的站長，鈴鐺聲，修馬車，吵架，馬夫，鐵匠，以及這一類的伴當，經過了遠路的，無聊的旅行之後，却終于望見了總在閃着明燈的摯愛的屋頂——他眼前已經浮出那有着熟識的房子的可愛的老家來，已經聽到出迎的家眷的歡呼，孩子們的高興和吵鬧，之後是幽婉的言談，時時被熱烈的愛撫所間斷，這就令人振起精神將一切過去的辛苦從記憶中一掃而光了。幸福的是有着這樣一個老家的一家之主；但苦痛的是鰥夫！作家的幸福，是在慌忙避開那無聊的，惹厭的，以可怕的弱點驚人的實在的人物，却去創出具有高潔之德的性格來，從變化無窮的情狀的大旋風中只選取一點例外，他的七絃琴的神妙的聲調，也決不變更一回，也不從自己的高處下降，到他那不幸的，無力的弟兄們這里來，也不觸及塵世，却只鑽在高超的形象的出世的合唱裏。他的出色的運道，是加倍的値得羨慕的，他沈浸于這些之間，如在家眷的摯愛的圈子中；而各到各處，也遠遠的響徧了他的名望。他用檀香的煙雲來蒙蔽人們的眼目，用妖媚的文字來馴伏他們的精神，隱瞞了人生的眞實，却只將美麗的人物給他們看。大家都拍着手追隨他的踪跡，歡呼着圍住他的戎車。人們稱他爲偉大的世界的詩人，翺翔于世間一切別的天才們之上的太空中，恰如大鷲的凌駕一切高飛的禽鳥一樣。他的姓名已足震動靑年的熱烈的心，同情的淚在各人的眼睛裏發閃……在力量上，沒有人能夠和他比並——他是一個神明！但和這相反，敢將隨時可見，却被漠視的一切：絡住人生的無謂的可怕的汙泥，以及佈滿在艱難的，而且常是荒涼的世路上的嚴冷滅裂的平凡性格的深處，全都顯現出來，用了不倦的彫刀，加以有力的刻劃，使牠分明地，凸出地放在人們的眼前的作者，那運道可是完全兩樣了！他得不到民衆的高聲的喝采，沒有感謝在眼淚中閃出，沒有被他的文字所感動的精魂的飛揚；沒有熱情的十六歲的姑娘滿懷着英雄的惆悵來迎接他；他不會從自己的箜篌上驅出甜美的聲音來令人沈醉；他還逃不脫當時的審判，那僞善的麻木的判決，是將涵養在他自己溫暖的胸中的創作稱爲猥瑣，庸俗，和空虛，置之于侮辱人性的作者們的劣等之列，說他所寫的主角正是他自己的性格，從他那里搶去了心和精魂和才能的神火；因爲當時的審判，是不知道照見星光的玻璃和可以看清微生物的蠕動的玻璃，同是值得驚奇的，因爲當時的審判，是不知道高尚的歡喜的笑，等於高尚的抒情底的感動，和市場小丑的搔癢，是有天淵之別的。當時的審判並不知道這些，對於被侮蔑的詩人，一切就都變了罵詈和譴責：他不同意，不回答，不附和，像一個無家的游子，孤另另的站在空街上。他的事業是艱難的，他覺得他的孤獨是苦楚的。

憑着神祕的運命之力，我還要和我的主角攜着手，長久的向前走，在全世界，由分明的笑，和誰也不知道的不分明的淚，來歷覽一切壯大活動的人生。至於崇高的靈感的別一道噴泉，恰如暴風雨一般，從閃鑠的，神聖的恐怖中抬起奮迅的頭來，使大家失色的傾聽着別的敍述的莊嚴的雷聲，却還在較遠的時候……

向前走向前走！去掉你的陰鬱的臉相，去掉你的刻在額上的憤激的皺紋。使我們和一切你的無聲的喧嚷和鈴鐺聲，再浸在人生裏：我們來看看乞乞科夫在做什麼罷。

乞乞科夫是剛剛醒來的，他欠伸了一下，覺得睡的很舒暢。他再靜靜的仰臥了兩三分鐘，就使他的指頭作響，一想到自己快要有了將近四百個魂靈，他的臉便也開朗起來了。他於是跳下眠牀來，不照鏡子，也不向自己的臉去看一眼，他原是很愛自己的臉的，尤其是下巴，因爲他每有機會，總對着他的朋友們稱揚，特別是在剃臉的時候。『瞧一下罷，』他常常說，『我有多麼出色的圓下巴呀。』于是就用手去摸一摸。但今天，對于下巴，對于臉孔，却連一眼也不看了，倒趕緊穿起繡花的摩洛哥皮長靴來。這在妥爾昴克❶市賣的很多，因爲合于我們俄國的嗜好，是一筆大生意。其次是他只穿一件短短的蘇格蘭樣小衫，頗爲老練的用脚後跟點着地板，勇敢的跳了兩跳。這之後就立刻去做事：他走到箱子前面，恰如廉潔的地方法官在下了判決之後，要去用膳似的，做了一個滿足的手勢，于是彎向箱子上面去，取出一小包紙片來。他想要毫不拖延，把這事情辦妥。於是決計親自來寫註册的呈文，以省付給代書的費用。公文的格式，他是很熟悉的；首先就用筆勢飛動的大字，寫好一千八百多少年；隨後再用小字寫下：地主某某，以及別樣必要的種種。兩個鐘頭，一切就都功行圓滿了。當他接着拿起名單來，一看那些確是活着過，操勞過，耕作過，喝過酒，拉過車，騙過他的主人，或者也許是簡單的老實人的農奴們的名字的時候，就起了一種奇特的不舒服的感覺。每條彷彿都有牠特殊的性格，農奴們都在自己發揮着一種固有的特徵。屬于科羅嚼契加的農

❶ Torshok，那時有名的，以買賣米麥和皮革製品爲主的市場。——譯者。

奴，是誰都帶着一個什麼諢名的。潑留希金的名單，却顯出文體之簡潔；往往只寫着本名和父稱的第一個字母，底下是點兩點。梭巴開維支的目錄，則以他的出格的詳細和完備，令人驚奇；連極細微的特性，也無不很注意的加以記載：對于其中之一，寫的是：『優秀的木匠，』別一個是：『他懂事，不喝酒。』而且連各人的父母以及品行如何，也寫得詳詳細細。只在菲陀妥夫名下，註有備考道：『父親不明，母親是我的一個使女名凱必妥里娜，但品行方正，不偸盜。』所有一切細目，都給全體以新鮮之氣，令人覺得這些農奴們，彷彿昨天還是活着似的。

乞乞科夫再細心的熟讀了一回那名字。一種奇特的感動抓住了他了，他歎息一聲，低低的自言自語道：『我的上帝，這里緊擠着多少人呀！你們在一生中，做了些什麼事呢，可愛的傢伙？你們過的是怎樣的生活呢？』于是他的眼睛，不知不覺的看在一個名字上面了。那就是曾經屬於女地主科羅曙契加的，已經說過的彼得・薩惠略夫・內烏伐柴衣－科盧以多。他就禁不住又喊了一聲：『我的上帝，這可眞長得佔滿一整行哩！你先前是怎樣的人呀？是你的手藝的好手，還是個平常的農夫，而且是怎麼送命的呢？在酒店裏，或者是在大路上，給發昏的車子碾死的，你這廢物？──斯台班・潑羅勃加，木匠，馴良，寡慾。──哦你在這里，我的斯台班·潑羅勃加，好個大英雄，天生的禁衛軍哩！你一定是皮帶上插着斧頭，肩膀上掛着長靴，走遍了許多遠路，只喫一戈貝克麪包，兩戈貝克乾魚，但在你的袋子裏，却總帶着百來個盧布，或者簡直整千的縫在你的麻布褲子裏，或是藏在長統靴子裏的罷。你死在什麼地方的呢？你不過爲着賺錢，爬上教堂的圓天井去，還是一直爬到十字架，在蔭架上一失脚，就掉了下來，有一個那里的米哈衣伯伯，只好自己搔搔頭皮，同情的嘮叨道：「唉唉，凡涅，你這是怎麼的呀？」於是親自用繩子縛了你的身子，悄悄的拖你回家的呢。——瑪克辛·台略忒尼科夫，靴匠。靴匠嗎？？唔「靴匠似的喝得爛醉，」諺語裏有着的。我知道你，我知道你，我的好乖乖；如果你願意，我就來講你一生的歷史給你聽。你是在一個德國人那里學手藝的，他供你食宿，用皮條罰你的偷懶，還不准出街，省得你去鬧事。你是一個眞正的古怪脾氣人，却不是鞋匠，那德國人和他的太太或則同業談起你的時候，實在也難以大聲的喊出你的好處來。到得學習期滿，你就心裏想：「現在我要買一所自己的小房子了，但我不高興像德國人那樣，一文一文的來積，我要一下子就成一個有錢人！」于是你將許多貢款付給了主人，自己開了一個店，收下一大批豫約，做起生意來了。你只化了三分之一的價錢，不知道從那里買了半爛的皮來，每逢賣掉一雙長靴，却總要賺兩倍，然而你的靴子不到兩禮拜就開裂了，這回賺來的是對於你的手段的惡罵。你的店因此沒有生意了，你就開始來喝酒，在街上游來蕩去，並且說道：「這世界壞透了！我們俄國人只好餓肚子：害事的第一就是德國人呵！」——唔，這是什麼人呢：伊利沙貝士斯·服羅佩以？❶又見鬼：這是一個女人呀！她怎麼跑進這里來的呢？梭巴開維支這流氓，是他偷偷的混在裏面的！』乞乞科夫一點也不錯：這確是一個女人。她怎麼入了這一夥的呢，只有上帝知道；但她的名字却實在寫得又聰明又巧妙，能夠令人粗粗一看，覺得也確是一個男子，她的本名，是用男性式結束的：伊利沙貝士斯，却不是伊利沙貝多然而乞乞科夫不管這一點，只在名簿上把牠劃掉了。——『還有你，「老是走不到」的格力戈黎，你究竟是怎樣的一個人呢？你是車夫，永是離開了你的老家，你的鄉土，用一輛三匹馬拉的席篷車子，戴了商人們在市集裏跑來跑去的嗎？是你自己的朋友爲了一個胖胖的紅面龐的兵太太，在路上要了你的性命，還是你的皮手套和你的三匹雖然小，却很強悍的馬所拉的車子，中了攔路強盜的意，還是躺在你炕牀上，想來想去，忽然無緣無故的跑到酒店去，就在那里的路上，人不知鬼不覺的掉在冰洞❷裏的呢？唉

❶ Vorobei，『麻雀』之意。——譯者。

唉，你這我的俄羅斯人呵！你是不喜歡壽終正寢的！——還有你們，我的乖乖，』他向那寫着潑留希金的逃走的農奴的名單看了一眼，接着說：『你們大約都還活着的，然而又有什麽意思呢？你們就像死掉了的一樣。你們的飛快的腿，現在把你們運到那里去了呵！你們在潑留希金家裏就眞的過得這樣壞，還是到樹林裏彷徨，向旅人劫掠，也不過開開玩笑的呢？你們也許坐在監牢裏，還是找到了別的主人，現在正給他在種地呢？耶里米·凱略庚，尼啓多·服羅吉多，㊉安敦·服羅吉多，其子，只要看你們的名字，人就知道你們是飛跑的好手了；坡坡夫，僕役……一定是一個學者，知道讀書，寫字的他無須手裏拿短刀，就會撈到一大批物事。試試看沒有護照，你又落在警察局長的手裏了。你勇敢的對面站立着「你的主人是誰呀？」那局長訊問說，還看着適宜的機會在他的話裏插下一句厲害的咒駡：——「是地主某人，」你大膽的回答道。「你怎麽跑到這里來的？」局長問。「我繳過贖身錢，得了釋放的了，」你答得很順口。「你的護照在那里呢？」「在我的主人家，市民批美諸夫那里。」

㊈ 在河面鑿開冰，以便汲水或洗濯東西的洞穴。——譯者。

㊉ 『服羅吉多，』據 Otto Buek 譯，是『飛脚』的意思。——譯者。

批美諾夫被傳來了。「你是批美諾夫嗎?」「是的。」「是他給了你護照的嗎?」「不,他沒有給我護照。」「你說謊嗎?」局長說,于是又來一句厲害的話。「是的!」你絕不羞愧的回答道:「我沒有把護照放在他那里,因為我回家太晚了,我是交給了打鐘人安替卜·潑羅訶羅夫,託他收管着的。」——「那麼,傳打鐘人來!他把護照交給了你嗎?」「不,我沒有收到他的護照。」「你為什麼又來說謊的?」局長從新問,而且再來一句厲害的話兒,以見其確鑿。「你的護照到底在那里呢?」「我相信我是確有護照的,」你切實的回答道,「大約我把牠掉在路上的什麼地方了。」——「但是你為什麼偷了士兵的外套和神甫的錢箱的呢?」局長道,于是又添上一句挺硬的話兒,以見其確鑿。「並沒有,」你說,連睫毛也不動一下,「我還沒有偷過東西。」「但是人怎麼會從你那里搜出外套來的呢?」「我不知道,大約是別人把牠放在我這里的!」——「阿,你這賤胎,你這畜生!」局長搖着頭說,把兩手插在腰上。「加上脚鐐,帶他到牢監裏去。」——「就是啦,我遵命!」你回答道。于是你從袋子裏摸出鼻烟壺來,很和氣的請那正在給你上鐐的兩個傷兵去嗅,還問他們退伍有多麼久了,在什麼戰爭上成了殘廢的呢。之後是你游進牢監,靜靜的坐在那裏面,直到法庭來開審你的案件。終於下了判决,把你從札來伏·科克夏斯克監獄解到什麼監獄去了。那邊的法庭，却又遠遠的送你到威舍貢斯克或是別的什麼地方去；你每從這一個監獄游歷到別一個監獄，一看你的新住宅總是說：「哼，還是威舍貢斯克監獄好，那邊地方大，夠玩一下拋骨兒，❶而且伙伴也多呀。」——亞伐空・菲羅夫麼？哪，我的好人，還有你呢？你在什麼地方逛蕩？也許因爲你愛自由生活，活在伏爾迦的什麼處所，做着拉縴的伕子罷？……』到這里，乞乞科夫住了口，有些沈思起來了。他到底在想什麼呢？他想着亞伐空・菲羅夫的運命，還是恰如一切俄國人一樣，無論他什麼年紀，什麼身分和品級，只要一想到自由的無拘無束的人生之樂，就自然而然，幾乎是無須說明的那種沈思呢？『但現在菲羅夫究竟在那里呀？他一定快活的夾在商人一夥裏，高興的嚷嚷的在碼頭上到處閒逛。整一隊的拉縴夫，帽子上飾着花朵和絲緞，正和頸掛珠圈，髮帶花條的他們的瘦長的女人和情人作着別，大聲的在吵鬧；輪舞迴旋着，清歌嘹亮着，快把整個碼頭鬧翻，搬運夫們却在喧嚷，吵鬧，勇猛的叫喊中，用鈎子起了九普特重的包裹，裝在脊梁上，把豌豆和小麥倒進空船裏面去，還連袋滾下

❶這是一種遊戲，先排小骨成列，再從一定的地方，把一塊小骨拋過去，將列中的小骨打倒，打倒得最多者勝。——譯者。

了燕麥和壓碎麥；遠處是閃鑠着袋子和包裹積疊起來的大堆，好像一座砲彈的金字塔塞滿着空地，這穀麥庫巍然高聳，一直要到帆船和船舶裝載起來，那走不完的艦隊，和春冰一同順流而去。船夫們呵，你們的工作是很多的，像先前的團結，熱心，協力一樣，你們至今也還在這麼做，汗流被面的拉着船縴，唱着恰如俄羅斯本國一般無窮盡的歌！』

『我的上帝！已經十二點鐘了！』乞乞科夫一看錶，忽然喊了起來。『我這許多工夫，儘在躭延些什麼呀？我還有些正經事要做，却先在說傻話，還在做傻夢！我眞是一個傻子！實在的！』他說着這話，就用一件歐羅巴樣的換了他那蘇格蘭樣的衣服，把褲子的帶鈕收緊一點，使他的豐滿的肚子不至於十分凸出，灑了阿兌可倫，㊀將溫暖的帽子拿在手裏，挾着文件，到民事法廳結束買賣合同去了。他的怱促，並非因為怕得太遲——這一點是用不着躭心的，廳長是他的好朋友，可以由他的願意，把辦公時間延長或者縮短，恰如荷馬㊁的老宙

㊀ Eau de Cologne，一種香水。——譯者。

㊁ Homeros，世界上最大的敍事詩人，約二千八百餘年前生於希臘，著有"Iliad"與"Odyssey"二大史詩，今存。——譯者。

斯㊂一樣，倘要停止他所愛惜的英雄們的鬬爭，或者給與一種方法，將他們救出，就使白天延長，或者一早成爲黑夜；然而乞乞科夫是自有其急切的希望的事情要趕緊結束，越快越好；在還未辦妥之間，他總覺得不穩當，不舒服：因爲他究竟不能完全忘記這在買賣的並不是眞正的魂靈，所以這樣的一副擔子，還是從速卸下的好。他懷着這樣的思想，披着熊皮裏子的赭色呢的溫暖的外套，剛要走出大街去，却就在橫街的轉角和一個也是肩披熊皮裏子的外套，頭戴連着耳遮的皮帽的紳士衝撞了。紳士發出一聲歡呼來——那是瑪尼羅夫。兩個人就互相擁抱，在這地方大約這樣的過了五分鐘。於是互相接吻，很有勁，很熱烈，至於後來門牙都痛了一整天。因爲歡喜，瑪尼羅夫的臉上就只剩了鼻子和嘴脣，他的眼睛是簡直不見了。他用兩隻手揑住了乞乞科夫的手，約有十五分鐘之久，一直到乞乞科夫的手熱得很。他用了最優美，最親熱的態度，述說了自己怎樣爲了擁抱保甫爾·伊凡諾維支，所以飛到這里來，並且用一種恭維話收尾，這一種話，平常是大概請年青女郎一同跳舞才說的。當瑪尼羅夫從他那皮外套裏，取出一捲粉紅帶子束着的紙來的時候，乞乞科夫可眞不知

㊂ Zeus 希臘神話上最高的大神，亦見於荷馬的史詩中。——譯者。

道應該怎樣道謝了，他只不過張着嘴巴。

『道是什麽？』

『這是農奴們。』

『哦！』——他連忙打開紙捲，很快的看了一遍，那筆迹的美麗和匀淨，眞使他喫了驚了。『這可寫得眞好！』他說。『簡直無須謄清了。而且還畫着邊線！畫了這出色的邊線的是誰呢？』

『您？』

『我的內人！』

『阿呀，我的上帝！這眞叫我抱歉得很，我竟累您們費了這麽多的力！』

『爲了保甫爾・伊凡諾維支，我們效點力是不算什麽的！』

乞乞科夫感謝的一鞠躬。當瑪尼羅夫聽到他要到民事法廳去辦妥買賣合同的時候，就自己聲明，可以做領導。兩個朋友就手挽着手，一同走下去。遇見每一個小高處，每一個土岡或者每一個高低，瑪尼羅夫總用手攙着乞乞科夫，幾乎要擎起來，並且愉快地微笑着說，他是不肯使保甫爾・伊凡諾維支喫苦的乞乞科夫頗爲惶窘，不知道自己應該怎樣感謝，因爲他覺得他實在也並不輕。他們倆這樣的互相提攜着，一直到那法院所在的廣場上——是一所三層樓的大屋子，白得像一塊石灰，這大概是象徵着在這里辦公的人員們的純潔的。廣場上的另外的房屋，以大小而論，都卑陋得不能和石造的官廳相比。這是一間守衛室，前面站着一個拿鎗的兵，兩三處待僱馬車的停留場，臨了是處處還有些上面照例劃着木炭或粉筆的書畫的長板壁。除此以外，在這冷靜的，或者如我們俄國人的說法，是好看的廣場上，再也看不到什麼東西了。從二樓或三樓的窗裏，露出幾個台彌斯❶法師的廉潔的頭來，但卽刻又縮了回去，一定是長官走進這屋子裏來了罷。兩位朋友同上樓梯去，不是走，却是急急忙忙的跑，因爲乞乞科夫不願意瑪尼羅夫用手來扶他，便放快了脚步，但這一面因爲不願意乞乞科夫疲乏，便也跑上前去了，于是到得走上昏暗的長廊時，兩個人就都弄得上氣接不着下氣。長廊和大廳的乾淨，他們都沒有特別詫異，那時是還不很管這些的，齷齪了，就聽牠齷齪，決不裝出很適意，很好看的外觀來。台彌斯完全以她的本相見客，穿着

❶ Themis，希臘神話裏的法律之神。——譯者。

常服和睡衣。我們的主角們所走過的辦公室，我們原也應該記載一下的，但在凡是衙門之前，作者却懷着一種大大的敬畏。即使有了機會，在最煊赫的時期去見識和歷覽那很華貴的景況，就是上蠟的地板和新漆的桌椅，他也是恭謹的順下眼睛，急忙走過，所以那地方的一切如何出色，如何繁華之類，也還是不會覺得的。我們的主角們，是看見了一大批紙張，空白的和寫滿的，俯在桌上的腦袋，寬闊的頸子，小地方做的燕尾服和常禮服，或者只是一件普通的淡灰色的小衫，這和別的衣服一對照，就顯得非常惹眼，那人却側着頭，幾乎躺在紙上，用了很流走的筆致，在寫一件報告；這大約是關於一宗田產的案件，那平和的所有者，是什麼地方的地主，他為此涉了一世訟，也在他的產業的安靜的享用裏，生育了兒孫，但現在却要失掉，或者是他的什麼地方要被抄沒了。有時也聽到一點很短的句子，那是用沙聲說出來的：『菲陀舍·菲陀舍維支，請您遞給我三六八號的文件！』『您怎麼總撈了公家的墨水瓶塞子去！』他是在政府裏的呀！』間或有一種尊嚴的聲音，分明是長官所發命令式的叱咤道：『喂，再去抄過，要不然，我就把你脫掉靴子，關你六整天沒有東西喫！』

筆尖刮紙的聲音，非常之響，那喧鬧，好像幾輛裝着枯枝的車子，走過一個樹林，在道路上，又積着四阿耳申㊀之高的枯葉一樣。

乞乞科夫和瑪尼羅夫走向坐着兩個年青官員的第一頂桌子去，探問他們道：『請教！您可以告訴我，這里的契據課是在那里麽？』

『您什麽事呀？』兩個官都轉過身來，一齊的說。

『我要遞一個請求書。』

『您買了什麽了？』

『我先要知道的，是契據課在那里？這里呢，還是別地方？』

『請您先告訴我們您買了什麽東西，什麽價錢，那麽我們就告訴您應該到那里去。這樣可是不行的！』

乞乞科夫立刻覺到，這兩個也如一切年青的官員們一樣，不過是好奇，也想藉此把自己和自己的地位弄得緊要一點，顯豁一點。

『請您聽一下，我的可敬的先生們，』他說，『我知道得很清楚，凡有關於買賣契約的一切事務，是統歸一個科裏管理的，我在請求您的就是教給我這地方，我應該往那里走；如

⊕ Archin，阿耳申約中國二尺餘。——譯者。

果您不知道這地方在那里，那麽，我們還是去問別人罷！』這時那兩個官就一句話也沒有答，有一個只用一個指頭指着一間房子，裏面坐着一位正在編排文件的老人。乞乞科夫和瑪尼羅夫便從桌子之間，一直走過去。那老人一心不亂的在辦公。

『我要請教，』乞乞科夫行一個禮，說，『這里是契據課麽？』

那老人抬起眼來，慢呑呑的說道：『不，這里不是契據課。』

『那麽，在那里呢？』

『這是契約課管的。』

『但是契約課在那里呢？』

『伊凡・安敦諾維支這里。』

『但伊凡・安敦諾維支在那里呢？』

那老人用指頭向別的一個屋角上一指，於是乞乞科夫和瑪尼羅夫便到伊凡・安敦諾維支那里去了。伊凡・安敦諾維支本已用一隻眼睛，從旁在瞥着他們了的，但又立刻向着他的紙張，拚命的寫起來了。

『我想請教，這里可是契據課呢？』乞乞科夫行着禮，一面說。

伊凡·安敦諾維支似乎沒有聽到，因爲他只在拚命的辦公，並不回答。人立刻可以看出，他已是中年了，不再像那些年青的話匣子和輕骨頭。大約伊凡·安敦諾維支是已經上了四十歲的；有一頭濃密的黑髮，那臉面的中間部，凸得很高，有集中于鼻子之概；一句話，這樣的相貌，我們這里是普通叫作『壺瓶臉』的。

『我想請教，契據課在那里呢？』乞乞科夫再說一遍。

『這里，』伊凡·安敦諾維支說，這時他把高鼻子略略一抬，但卽刻又寫下去了。

『我來辦理的是這樣的事情：爲了移住的目的，我從這省的幾個地主買了一些農奴；合同已經帶來了，只要註一註册。』

『出主同來了嗎？』

『有幾個在這里了，別的幾個我有委託信。』

『您也帶了請求書來了？』

『是的，帶在這里！我想……我非常之忙……這事情今天就可以辦了嗎？』

『哼！今天！不，今天是不行的，』伊凡·安敦諾維支說。『也還得調查一下，看看可有已經抵押出去的。』

『不過伊凡・格力戈利也維支，這里的廳長，是我的一個好朋友；他該肯把這事情趕辦一下的罷。』

『但這里可也不只伊凡・格力戈利也維支在辦事，還有別的人們呀，』伊凡・安敦諾維支不大高興的說。

這時乞乞科夫明白其中的底細了，於是說道：『別人大概也肯照應的。我自己就在辦公，知道這程序。』

『您還是找伊凡・格力戈利也維支去，』伊凡・安敦諾維支說，和氣了一點，『他會派定誰辦的。和我們沒有關係。』

乞乞科夫從衣袋裏掏出一張鈔票來，放在伊凡・安敦諾維支的面前。那人却毫不在意，立刻用一本書遮上了。乞乞科夫還想通知他，但伊凡・安敦諾維支又把頭一搖，告訴他不必如此。

『他領你們到辦公室去！』伊凡・安敦諾維支說，還點點頭。于是在場的一位大法師，他爲了拚命的爲女神台彌斯效勞，弄到兩袖的肘彎都開了裂，從洞裏吐出後面的裏子來，但也得了十四等官的品級，就必恭必敬的走到我們的兩位朋友跟前，像先前斐爾吉留斯的領導但丁㊀似的，引他們往辦公室去了，這里擺着一些寬闊的靠椅，在其中的一把上，在法鑑㊁和兩本厚書之前，巍然的坐着廳長，好像太陽神。一到這里，新斐爾吉留斯便敬畏得連他的脚也重到跨不開了。于是他向後轉，把破得像一片席子上粘着雞毛的背後示給了兩位朋友。當他們走進屋裏時，才看見廳長並不是獨自一個人，旁邊還坐着梭巴開維支，完全被法鑑所遮掩。客人的到來，使在場的人發了幾聲歡呼，廳長的椅子格格的響着，被推到一邊去。梭巴開維支也起來了，拖着他的長袖子，整個淸淸楚楚站在那里。廳長來和乞乞科夫擁抱，辦公室裏又起了一通朋友的接吻聲。他們彼此問過好，由此知道了兩個人都腰痛，算是因爲生平大抵安坐不動而得的。廳長好像已經從梭巴開維支聽到了置產的事情，因爲他很誠懇的向乞乞科夫道賀，這使我們的主角有一點窘急，尤其是現在，那兩位出主，梭

㊀ 但丁（Dante Alighieri）作『神曲』，自記游歷地獄，淨罪，天堂三界，引導他的是羅馬的大詩人斐爾吉留斯（Virgilius, 70—19 B. C.）。——譯者。

㊁ 帝制時代俄國的官廳裏，一定擺設着的東西，是一個三角的尖錐體，每面都貼有彼得一世的諭旨。——譯者。

巴開維支和瑪尼羅夫，他原是分頭祕密說定的，現在却面對面的站着了。但他還是謝了廳長，於是向着梭巴開維支道：

『您好嗎？』

『謝謝上帝，我不能說壞，』梭巴開維支說，而且實在，他也眞的沒有說壞的理由，比起這生得奇特的地主來，倒是一塊鐵先會受寒，咳嗽的。

『是的，您的健康，可眞是出色，』廳長說。『您那故去的令尊，也和您一樣結實的。』

『是的，他還獨自去打熊哩！』梭巴開維支回答道。

『我想，如果您獨自和一隻熊交手，您也足夠摔倒牠的，』廳長說。

『那里，我可不成，』梭巴開維支答道。『我那先父可比我還要強，』于是他歎息着接下去道：『那里，現在可是沒有這樣的人了。您就拿我的生活來做例子罷。這是什麼生活，不過如此，哼哼……』

『爲什麼您的生活沒有意思呢？』廳長問。

『沒有，實在不能說是有意思，』梭巴開維支說，搖着頭。『您自己想想就是，伊凡・格力戈利也維支，我已經五十歲了，沒有遭過一回喉痛，沒有生過一個瘡……這可不會有好結果的！這總有一囘要算賬的……』說到這里，梭巴開維支就非常憂鬱了。
『這傢伙……』乞乞科夫和廳長幾乎同時想。『那里是不說壞呀！』
『我還帶了一封給您的信來呢，』乞乞科夫從袋子裏取出潑留希金的信來，一面說。
『誰給的？』廳長問道。他接過信去，開了封，驚奇的叫了起來道：『潑留希金的！他也還生存在這世界上嗎？這也是一種生活呀！先前是一個多麼聰明，多麼富裕的人呵！但現在……』
『是一匹猪狗了！』梭巴開維支說。『是這樣的一個惡棍，使他那所有的人們都餓肚子！』
『可以，很願意！』廳長看過信札之後，大聲說。『我很高興給他代理的這宗交易，您希望怎麼結束呢？現在就辦，還是等一下？』
『就辦！』乞乞科夫說。『我正想拜託您，費神在今天就辦一辦。因爲我明天就要走了，買賣合同和請求書都帶來在這里！』
『好得很，但您明天要走，我們可不能這麼早就放你的。註册是馬上就辦，您却還得在這里和我們過幾天。我就發命令，』他說着，開開了通到辦公室的門。那裏面滿是官員，像一羣蜜蜂的圍着蜂房一樣，如果可以把文件比作蜂房的話『伊凡・安敦諾維支在這里嗎？』

『有！有在這里！』屋子中間，有一個聲音囘答道。

『來一下！』

讀者已經熟識的壺瓶臉伊凡・安敦諾維支，在官廳裏出現了，行一個恭敬的禮。

『伊凡・安敦諾維支，請您拿了這些契約去，並且……』。

『伊凡・格力戈利也維支，』梭巴開維支插嘴道。『請您不要忘記，我們還得要見證呢，至少每一面有兩個。請您馬上去邀檢事來罷，他沒有什麼事，一定坐在家裏的：代理的梭羅士哈，㈠什麼事情都替他辦掉了；像梭羅士哈那樣的大強盜，在這世界上是不會再有的！衞生監督也不大辦事，大約總在家裏的，如果他不去找熟人打牌的話；哦哦，還有住在近地的一大批人們在這里呢：德魯哈且夫斯基，培古希金——都是用他們的幽閒，使可愛的大地受不住的人物！』

『不錯！一點不錯！』廳長說着，立刻派一個事務員去邀請他們去了。

㈠ Solotucha＝瘰癧病。——譯者。

『我還要拜託您一件事，』乞乞科夫說，『請您再邀一個女地主的代理人來，我和他也成了一點小交易的——那是住持法師希理耳神甫的兒子；他就在您們這里做事。』

『可以可以，我馬上派人去叫他！』廳長說。『這算是一切都辦好了，我只還要拜託您一件事，請您不要給官們什麼。我的朋友是用不着破費的。』於是他又向伊凡·安敦諾維支下了一道看來好像實在不大稱心的命令。這合同，彷彿對于廳長給了一種很好的印象似的，尤其是當他看見買價將近十萬盧布的時候。他凝視着乞乞科夫的眼睛，有幾分鐘之久，終于說道：『您看，保甫爾·伊凡諾維支。您可眞的收了一大批了！』

『哦哦，是的！』乞乞科夫回答說。

『這是好事情呀。眞的！這是好事情！』

『對啦，現在我自己想，我也不能做什麼更好的事了。無論如何，人生的目的，並不是什麼自由思想家所追尋的荒誕的年青時候的空想，倘不脚踏實地，是決不定終局的方法的。』他趁這機會，不但用幾句責備的句子，攻擊了靑年們和他們的自由主義，並且也是法律上的話。然而，很該留心的是他的話裏總還含着一點不妥之處，彷彿他又就要接着說出來道：『哼，什麼？乖乖，你說謊，而且不輕哩！』眞的，他竟不敢向梭巴開維支和瑪尼羅夫看一

"您可眞的收了一大批了。"——"哦哦，是的！"乞乞科夫同答說。

眼，因爲怕在他們的臉上，遇見一種不舒服的表情。但他的憂愁並沒有用，梭巴開維支的臉上毫無變化，瑪尼羅夫却完全被這名言所感動，賞識得只在顛頭簸腦，並且那精神的貫注，恰如一個知音者遇到歌女壓倒了絃索，發出她那賽過鶯歌的妙音的時候一樣了。

『您怎麼不告訴伊凡·格力戈利也維支的呢，您究竟買了些什麼？』梭巴開維支指點道。『還有您呢，伊凡·格力戈利也維支？您竟全沒有問，他買的是些什麼嗎？您要知道，那是多麼出色的傢伙呵！錢算什麼！我連做車子的米錫耶夫也賣給他了。』

『眞的？沒有罷？』廳長攔着說。『我知道這米錫耶夫；這人在他的一門，是一個好手；他給我修過一回車子的。但請您原諒一下……這是怎麼的呢？……您不是對我說過的嗎，他死了……』

『誰？米錫耶夫死了？』梭巴開維支一點也不惶窘，回問道。『您說的是他的兄弟，那確是死了；這一個却是好好的，像水裏的魚一樣；比先前還要好。不久以前，還給我做了一輛這樣的馬車，您就是到墨斯科去也買不出。這人是可以稱爲皇家御匠的。』

『不錯，米錫耶夫是一個好手，』廳長接着說，『但我很奇怪，您竟肯這麼輕易的把他放掉。』

『是呀，如果單單一個米錫耶夫呢！還有斯台班•潑羅勃加，那個木匠，燒磚頭的彌盧錫金，靴匠瑪克辛•台略忒尼科夫——他們都去了，我把他們一起賣掉了。』但當廳長問他這些都是家務上有用的工人，爲什麼竟肯放走的時候，梭巴開維支却做了一個毫不在意的手勢，回答道：『我不知道，不過我起了胡塗想頭就是！我自己想：唉，什麼，我賣掉他們罷，那就胡里胡塗的眞的把他們賣掉了！』于是他垂下頭去，好像現在倒後悔起來模樣，還接着說道：『年紀大了，頭髮白了，還是不聰明！』

『但請您允許我問一聲，保甫爾•伊凡諾維支，』廳長問。『您買了不帶田地的農奴，究竟是做什麼的呢？莫非目的是在使他們移住麼？』

『自然是移住！』

『哦，那自然又作別論了。但移到那里去呀？』

『移到……到赫爾生省去。』

『阿，那是很出色的地方！』廳長說，又稱讚了一番那地方的草之好和長。

『您的田地夠用嗎？』

『很夠——給農奴移住的這一點，是綽綽有餘的。』

「那地方也有一條河嗎，還不過一個池子？」

「有一條河。另外也還有一個池子。」說到這里，乞乞科夫不覺看了梭巴開維支一眼，那人雖然照舊的毫無動靜，但乞乞科夫却覺得彷彿在他的臉上，看出了這樣的句子來：

「你撒謊，我的寶貝！我就不很相信眞的有池子，有河和一切田地哩。」

在他們繼續着談天之間，見證人漸漸的出現了：首先是檢事，就是讀者已經認識，總在睞着左眼的那一位，衞生局監督還有德魯哈且夫斯基先生，培古希金先生以及別的，即梭巴開維支之所謂用他們的幽閒，使大地受不住的人物。其中的好些位是連乞乞科夫也還是全不相識的；缺少的證人，就請一兩個官員充了數。不但住持法師希理耳神甫的兒子，連住持法師自己也被邀到了。每個見證人，都連自己的一切品級和勳等，在文件上簽了名，這一個用圓體字，那一個用斜體字，第三個用的是所謂翻筋斗字，或者灑出俄國字母裏從未見過的文字來。那令人佩服的伊凡・安敦諾維支又敏捷又切實的辦妥了一切契約登記了，日子塡上了，册裏存根了，而且又送到該去的地方去了，此外只要付半成的註册費，以及官報上的揭示費就夠，乞乞科夫只化了很少的錢。哦，廳長就下命令，註册費只要他付給一半，那別的一半，却算在別個請求人的身上了。這是怎麼辦的呢，老天爺知道。

『那麽，』到諸事全都恭喜停當了之後，廳長說『這事情，我們就只差一個潤一潤了。』

『非常願意，』乞乞科夫說。『時候請您定。如果在這樣愉快的聚會裏，我這邊不肯開一兩瓶香檳，那可是一宗罪過哩。』

『不，您弄錯了：香檳我們自己辦，』廳長說；『這是我們的義務和責任。您是我們的客人，要我們招待的。您知道嗎，我的紳士諸君？我們姑且跑到警察局長那里去罷，他是一個眞正的魔術師；如果他到魚市場或者酒鋪子裏去走一轉，只要眼睛一䀹，就會變出一桌出色的午餐來，可以用這來賀喜。趁這機會，我們還可以打一回牌。』

一個這樣有道理的提議，是沒有人能反對的。單是提出魚市場這一句話，就使見證人們的嘴裏流滿了唾沫；大家立刻抓起了有邊帽和無邊帽，公事就這樣的收場。當人們走過辦公室時，伊凡・安敦諾維夫支──就是那壺瓶臉──向乞乞科夫謙虛的鞠一個躬，說道：『您買了十萬盧布的農奴，我效了力，却只有一張白鈔票。』

『是的，但那是怎樣的農奴呀，』乞乞科夫低聲的回答道，『全是些不行的，沒用的人

● 二十五盧布的鈔票。──譯者。

兒，還値不到那價錢的一半哩。』伊凡·安敎諾維支就明白了他是一個性格堅定的人，從他那里，自己是再也撈不到什麼的了。

『潑留希金賣給您魂靈，是什麼一個價錢呀？』梭巴開維支在他的別一隻耳朵邊悄悄的說。

『但是您爲什麼把服羅佩以混了進去的？』乞乞科夫回答道。

『那個服羅佩以？』梭巴開維支問。

『就是那個女人，伊利沙貝多呀。您還把語尾改了「士斯」了。』

『我可不知道這服羅佩以，』梭巴開維支說着，混進別的客人裏去了。

大家排成大隊，進了警察局長的家裏。這警察局長可眞是一位魔術師；他剛聽到該做的事情，就已經叫了警務員來，是一位穿磁漆長靴的精幹的脚色，好像在他耳朵邊不過悄悄的說了兩句話；于是又簡單的問他道：『你懂了嗎？』而當客人們還在摸牌的時候，別一間屋裏的桌子上，可早擺出頂出色的東西來了：鱘魚，蝶鮫，燻鮭魚，新的醃魚子，陳的醃魚子，青魚，鱠魚，各種乾酪，燻的舌頭——這都是從魚市場搬來的食單。此外還添了自家廚房裏做出來的幾樣魚肉包子，餡是九普特重的鱘魚的軟骨和頰肉做的，摩菇包子，油炸包子，鬆脆糕餅之類。講老實話，警察局長可確是這市鎮的父母和恩人。他在市民之間，就和在他自己的家族之間一樣，他很會替店鋪或布行來安排，也像在自己的倉庫裏一樣。要而言之，如大家所常說，他是總在他的地位上，盡着下文似的職務的。是他爲了他的官而設，還是他的官爲了他而設的呢，這可實在很難決定。他極善於做官，所以他的收入雖然比前任幾乎要多一倍，却仍被全市鎮所愛戴。先是商人們尤其特別的珍重他，因爲他毫不驕傲；而且也實在的，他給他們的孩子行洗禮，自己去做教父，雖然也很擠些他們的血，但連這也做得非常之聰明：或者親熱的拍拍肩膀，向他們微微一笑，或者邀他們去喝茶，招他們去打牌，于是問起生意怎樣，萬事如何，如果知道誰的孩子生着病，他就會立刻給與忠告，開出適當的藥味來；一言以蔽之，他實在是一個好脚色。就是坐着馬車到各處巡視秩序的時候，也總在找人講話：『喂，米哈伊支，我們總該玩一下我們的小玩意罷？』——『自然，亞歷舍・伊凡諾維支，』那人回答着，脫了帽，『我們自然得玩一下的！』『聽哪，伊理亞・派拉摩諾維支，什麼時候到我這里來，看看我的快馬罷；牠跑的比你那匹還要快之後就駕在賽跑馬車上，我們來看一下究竟怎樣！』那酷愛賽馬的商人便萬分滿足的微笑起來，摸着鬍子，說道：『好的，我們來看一下，亞歷舍・伊凡諾維支！』這時連店員們也都除下了帽子，愉快的凝視着，似乎想要說：『亞歷舍·伊凡諾維支眞是一個出色的人！』一言以蔽之，他很隨俗，商人們對他倒有很佩服的意思，說道：『亞歷舍·伊凡諾維支確也拿得多一點，但他的話却也靠得住的。』

警察局長看得午餐已經齊備，便向他的客人們提議，還是用膳之後，再來打牌，于是大家就都走進食堂去，從這處所，是早有一股可愛的香味，一直透進鄰室來的。這種香味，久已很愉快的引得我們的客人的鼻孔發癢，梭巴開維支也已經從門口望過筵席，把旁邊一點的躺在一張大盤子裏的鱘魚看在眼裏的了。客人們喝過黑綠的阿列布色的燒酒，這種顏色，是只能在俄國用牠彫刻圖章的透明的西伯利亞的石頭上才會看見的，于是用叉子武裝起來，從各方面走向食桌去。這時候，眞如諺語所說，誰都現出眞的性格和嗜好來了，這個喫魚子，那個拿鮭魚，第三個弄乾酪。對於這些小東西，梭巴開維支却一眼也不看，一徑就跑向鄰近的鱘魚那里去，在別人都在喫，喝，談天之間，只消短短的一刻鐘，就喫得乾乾淨淨，待到警察局長記起了這魚，說道：『您嘗嘗這天然產物罷，看怎樣，我的紳士諸君！』一面帶領大家，手裏都揑着叉子，一同走近鱘魚去的時候，却看見這天然產物只還剩下一個尾巴了；但梭巴開維支却顯得和這件事全不相干，走向旁邊的一個盤子去，用叉戳着一尾很小的乾魚。喫完了鱘魚之後，梭巴開維支就埋在一把靠椅裏，什麼也不再喫喝，不過還在睞着眼睛了。看模樣，警察局長是不喜歡省酒的。第一回的乾杯，恐怕讀者自己也猜得到，是爲了赫爾生省的新地主的健康。第二回，是爲了他那農奴們的平安和他的幸福的移住。於是再爲他未來的體面漂亮的夫人的健康痛飲，我們的主角就露出快活的微笑來。於是大家都擁到他面前來，勸他在這市裏，至少也得再留兩禮拜。『不行的，保甫爾·伊凡諾維支！剛跨進門，立刻又走，這就是停也不停！不行的，在我們這里再過幾時罷！您在這里，我們還要給您做媒哩。伊凡·格力戈利也維支，我們來給他找一個太太，可好？』

『好的，好的，找一個太太！』廳長附和着說。『就是您用兩手兩脚來反抗，您也得結親。我的好人，沒法辦！跟着做，跟着走！您也無須多話，我們是不喜歡開玩笑的！』

『怎麼，我爲什麼要用兩手兩脚來反抗呢？結親並不是這麼一回事，立刻就……首先得有一個新娘子。』

『有的是新娘子呀！怎麼會沒有呢？您要怎麼的，就有怎麼的。』

『那麼，如果這樣子……』

『好極，他停下了！』大家都叫喊起來。『萬歲，呼爾啦！保甫爾·伊凡諾維支，呼爾啦！』

于是手裏拿着杯子，跑過來要和乞乞科夫碰杯。乞乞科夫對大家都一一的碰過。

『再來一回！』熱昏了的人們說，就只好再碰了一回；而且他們還要碰第三回，于是就又碰了第三回。在這暫時之間，大家都非常高興。廳長在快活的時候，是一個極其可愛的人，屢次抱着乞乞科夫，感動之餘，吃吃的說道：『我的親愛的心肝，我的親愛的媽媽子！』眞的，他還響着指頭，繞了乞乞科夫跳舞起來了，一面唱着有名的民歌道：『你這狗入的呀！你這可瑪令斯克的種地的呀！』香檳之後，又喝匈牙利葡萄酒，使景況更加活潑，集會更加愉快了起來。打牌是忘記得一乾二淨了：大家嚷叫着，爭辯着，談論着一切可談和不可談的事情——政治，甚而至於軍事問題，都發表着自由的意見，倘在平常時候，是卽使他自己的孩子，也要因此喫一頓痛打的。一大批非常煩難的問題，都在這時機得了解決。乞乞科夫却還不到這麼高興，他覺得自己已經眞是赫爾生省的地主，在講各種經濟上的革新和改良，三圃制度的耕種法，兩個精神的幸福與和合，還對梭巴開維支朗誦了一封維特寫給夏綠蒂●的押韻的信，但對手却不過睒眼睛，因爲他埋在靠椅裏，喫了鱘魚之後，實在想要睡覺了。乞

● 出於歌德（Goethe）所做的『少年維特之煩惱』。——譯者。

乞科夫也立刻悟到自己不免過了分，就託找一輛車，到底是借了檢事的馬車，囘到自己的家去。那車夫，從中塗就可以看出他是一個老練的能手，因爲他只用一隻手拉着韁繩，別一隻却反過來緊緊的抓住了沈思着搖來幌去的乞乞科夫。他坐着檢事的馬車，這樣的囘到旅館來，還講了許多工夫種種的獃話：講黃頭髮，紅面龐，右頰有一個酒窩的新娘，講赫爾生省的田產，講資本金以及這一類的許多事。綏里方也奉到各種關于管理田產的命令：例如他應該把新的移住的農奴全體召集，一個一個的來點名。綏里方默默的聽了好久，終于走出屋子去了，只先向彼得爾希加說了一聲『喂，給老爺去脫掉衣服！』彼得爾希加首先是去替乞乞科夫脫長靴，幾乎連他的人也要從眠牀上拉下。到底脫掉了，主人就像平常一樣，自己脫衣服，再在牀上翻滾了幾分鐘，翻得眠牀都格格的發響，于是乎眞的算是赫爾生省的地主而睡去了。其時彼得爾希加便把褲子和發閃的越橘色的燕尾服搬到前房來，掛在木製的鈎子上，用毛刷和衣拍拚命的刷呀拍，弄得一條廊下都好像塵頭滾滾。他剛要取下衣服來的時候，却望見綏里方從街堂走出，那是剛由馬房裏囘來的。他們的眼睛相會了，也就彷彿出于本能似的，彼此立刻懂得：老爺睡着了，爲什麼不到那個酒館子裏去跑一趟呢？彼得爾希加趕緊又把燕尾服和褲子搬進屋裏去，走下扶梯來，關于旅行的目的，一字不提，兩個人只談着平常的閒天，走到外面去了。他們的散步，是不必許多時光的，無非穿過街道，向着一所正和旅館對面的房屋，走進低矮的，燻得烏黑的玻璃門，到了地窖一般的酒館裏，在這里，早有一大羣各色各樣的人在等候他們了：刮過鬍子和不刮的，穿着皮袍和沒穿的，只穿一件短衫的，也間有穿了外套的。彼得爾希加和綏里方在這里怎樣消遣他們的時光的呢，——只有敬愛的上帝知道；夠了，一個鐘頭之後，他們就臂膊挽着臂膊，默默的走了出來，好像彼此都非常小心，而且大家注意着每一條街的轉角。之後是還是臂膊挽着臂膊，也不肯暫時分離一下，足有一刻鐘之久，這才走完扶梯，好容易到得樓上。彼得爾希加對着他的矮牀，站了一會，靜靜的想着，像在想他怎麼才可以睡得最好，于是橫着躺下了，兩脚都碰在地板上。綏里方也爬到這牀上去，他的頭就枕了彼得爾希加的肚皮；他已經全然忘記，這並非他自己的臥處，而他的鋪位，是在什麼地方的下房裏，或是馬房裏的馬匹旁邊的了。兩人立刻睡去了，起了極有力，極壯大的打鼾，那主人却由鼻子裏發出一種輕軟的聲息，和他們的相和鳴。這之後，全旅館也都寂靜了，所有居人，都入了酣睡；只在一個小窗裏，還閃爍着微弱的燈光；這地方就住着那從略山到來的中尉，好像對於長靴，是有很大的嗜好的，因爲已經定做了四雙，現在又在試穿第五雙了。他屢次走到牀前去，想脫下長靴來睡覺，然而還是決不定：長靴做得眞好，他總是翹起了一隻脚，極愜意的看着非常等樣的靴後跟。

第八章

乞乞科夫的農奴購買，已經成爲市鎮上談話的對象了。人們爭辯，交談，還研究那爲了移住的目的，來購買農奴，到底是否有利。其中的許多討論，是以確切和客觀出色的：『自然有益，』一個說，『南省的地土，又好又肥，那是不消說得；但沒有水，可教乞乞科夫的農奴怎麼辦呢？那地方是沒有河的呀。』——『那倒還不要緊，就是沒有河，也還不算什麼的，斯台班·特密忒里維支；不過移民是一件很沒把握的事情。誰都知道，農奴是怎麼的：他搬到新地方去種地——那地方可是什麼也沒有——沒有房屋，也沒有莊園——我對你們說，他是要跑掉的，準得像二二如四一樣，繫好他的靴子，他走了，到找着他，您得費許多日子！』——『不不，請您原諒，亞歷舍·伊凡諾維支，我可全不是您那樣的見解。如果您說，農奴們是要從乞乞科夫那里逃走的。一個眞的俄羅斯人，是什麼事情都做得來，什麼氣候都住得慣的。

您只要給他一雙温暖的手套，那麽，您要送他到那里去，就到那里去，就是一直到康木卡太也不要緊。他會跑一下，取點暖，揑起斧頭，造一間新屋子的。』——『然而親愛的伊凡·格力戈利也維支，你可把一件事情完全忘掉了：你竟全沒想到，乞乞科夫買了去的是怎樣的農奴。你全忘了一個地主，是决不肯這麽輕易的放走一個好傢伙的，如果不是酒鬼，醉漢，以及撒野，偸懶的東西，你拿我的腦袋去。』——『是了，這我也同意，沒有人肯賣掉一個好傢伙，乞乞科夫的人們大槪多半是酒鬼，那自然是對的，但還應該想一想歷來的道德：剛才也許確是一條懶蟲，然而如果把他一遷移，就能突然變成一個誠實的奴僕。這在世界上，在歷史上，也不是初見的例子了。』——『不——不然，』國立工廠的監督說。『您要相信我，這是决不然的，因爲對于乞乞科夫的農奴，現有兩個大敵在那里。第一敵——是和小俄羅斯的各省相近，那地方，誰都知道，賣酒是自由的。我敢對你們斷定，只要兩禮拜，他們便浸在酒裏，成爲游惰漢和偸懶的了。第二敵——是放浪生活的習慣和嗜好，這是他們從移住學來的。乞乞科夫必須看定，管住，他應該把他們管得嚴，每一件小事情，都要罰得重，什麽也不託別人做，都是自己來，必要的時候，就給鞭子，打嘴巴。』——『爲什麽乞乞科夫要親自己去給鞭子呢？他可以用一個監督的。』——『好，您找得到很合適的監督嗎？那簡直都是騙子和流氓！』——『這是因爲主人自己不內行，他們這才成爲騙子的。』——『對啦，』許多人插嘴說。——『如果地主自己懂一點田產上的事務，明白他的人們——那麽，他總能找到好監督。』然而國立工廠的監督抗議了，以爲五千盧布以下，是找不到好監督的。審判廳長却指摘說，只用三千盧布也就能夠找一個，于是監督質問道：『您豫備從那里去找他呢？您能夠從您的鼻子裏挖出他來嗎？』審判廳長的回答是：『鼻子裏當然挖不出來的，那不成。不過這里，就在這區裏，却是有一個，就是彼得·彼得洛維支·薩木倚羅夫，如果乞乞科夫要他來監督他的農奴，却正是合式的人物！』許多人試把自己置身在乞乞科夫的地位上和這一大羣農奴移住到陌生地方去，就覺得憂愁，眞是一件大難事；大家尤其害怕的是像乞乞科夫的農奴那樣不穩當的材料，還會造起反來。這時警察局長注意說，造反倒是不足慮的；要阻止牠，謝上帝幸而正有一個權力：就是審判廳長。審判廳長也全不必親自出馬，只要送了帽子去，這帽子，就足夠使農奴們復歸于理性，回心轉意，靜靜的回到家裏去了。對于乞乞科夫的農奴們所懷抱的造反性，許多人也發表了意見和重要的提議。那想頭可實在非常兩樣。有主張過度的軍營似的嚴厲和出格的苛酷的，但也有別的，表示着所謂溫和。警察局長便加以注意，乞乞科夫現在是看見當面有着神聖的義務的；他可以作爲自己的農奴們的父親，而且，照他愛用的口氣說，則是在他們之間，廣施慈善的教化。趁這機會，他還把現代教育的蘭凱斯太法㊀大大的稱讚了一通。

市鎮裏在這樣的談論，商量，有些人還因爲個人的趣向，把他們的意見傳給了乞乞科夫，供給他妥善的忠告，也有願作護衛，把農奴穩穩當當的送到目的地去的。對于忠告，乞乞科夫很謙恭的致了謝，聲明他當隨時施用，然而謝絕了護衛，說這完全是多餘的事情；由他購買下來的農奴全是特別馴良的性格。他們自願一同遷移，心裏非常高興。造反，是無論如何不會有的。

凡有這些議論和談天，都給乞乞科夫招致了他正在切望的極好的結果。傳說散佈開來了，說他是一個百萬財產的富翁，不會多，可也不會少。在第一章上我們已經見過，對于乞乞科夫，本市的居民是卽使沒有這回的事，原也很是喜歡了他的。況且老實說：他們眞的都是好人，彼此和善的往來，親密的生活，他們的談話上，也都打着極其誠實和溫和的印記的：

㊀英國人Lancaster（1778-1838）所提倡，以學生間彼此互習爲重的教育法，在十九世紀初的俄國，看作教育界的一種革命，因此而起的議論，非常之多。——譯者。

『敬愛的明友，伊理亞・伊理支』『聽哪，安諦派多・薩哈略維支，我的好人！』『你撒謊，媽媽子，伊凡・格力戈利也維支！』向着叫作伊凡・安特來也維支的郵政局長，人往往說：『司潑列辛・齊・德意支，❶伊凡・安特來也維支？』

總而言之，那地方是過得很像家族一樣的。許多人很有教養：審判廳長還暗記着當時還算十分時髦的修可夫斯基❷的『路特米拉，』很有些讀得非常巧妙，例如那詩句：『森林入睡，山谷就眠』就是，最出色的是從他嘴裏讀出『眠』字來，令人覺得好像眞的看見山谷睡了覺；為要更加神似起見，到這時候，他還連自己也閉上了眼睛。郵政局長較傾向于哲學，整夜很用功的讀着雍格❸的『夜』和厄凱支好然❹的『神奇啓秘，』還做了很長

---

❶ Sprechen Sie deutsch，德國話，意云『您會說德國話嗎？』因為發音和郵政局長的名字相像，所以用作玩笑。——譯者。

❷ Shukovski (1783-1852)俄國的浪漫派詩人。——譯者。

❸ Young (1826-1884) 德國的感傷派詩人。——譯者。

❹ Eckartshausen (1752-1803)，德國的作家。——譯者。

的摘錄；摘的是些什麼呢，當然沒有人能夠分明決定。除此之外，他還是一個大滑稽家，他有華麗的言語，據他自己說，也喜歡把他的話『裝飾』起來。而且他實在是用了一大批繁文把他的話裝飾起來的，例如：『親愛的先生，那是這樣的，您可知道，您可明白，您可以想像出來的，大概，所謂』以及別的許許多，他都大有心得；另外他又很適當的用一種意味深長的睞眼，來裝飾他的話，或者簡直閉上一隻眼睛，給人從他那諷刺的比喻裏，覺出很凶的表現來。別的紳士們也大抵是很有教養，非常開通的人物：這一個看凱蘭辛，(一)那一個看『墨斯科新報，』(二)第三個索性什麼也不看。有一個，是大家叫作『睡帽』的，如果要他去做事，首先總得使勁的在他脅肋上衝一下，別一個却簡直完全是懶骨頭，一生都躺在熊皮上，想要推他起來罷，什麼力氣都白費，于是他也就總不起來了。看他們的外觀，自然都是漂亮，體面，慇懃，足以感人的人物——生肺病的，其中一個也沒有。他們是全屬于這一種人種裏面的，在只有四隻眼睛的溫柔的互相愛撫的時候，往往用這樣的話來稱女人：我的胖兒，我的親

(一) Karamsin (1766-1826) 俄國有名的歷史家，也是傷感派的作家。——譯者。

(二) 當時的政府的御用報紙。——譯者。

愛的大肚子，我的羔子，我的壺盧兒，我的叭兒之類。然而大抵是良善的種族，可愛的，大度的人物，一個人如果做過他們的客或者同桌打過一夜牌，就很快的和他們親密起來，十之九變成他們之一了。——在擅長妙法的乞乞科夫，就更加如此，因爲他確是知道着令人喜愛的祕密的。他們熱愛着他，至于使他決不定怎樣離開這里的方法，他總只聽見：『唉唉，只要再一禮拜，請您在我們這里再停一個禮拜罷，保甫爾・伊凡諾維支』——一言以蔽之，如諺語所說，他成爲掌珠了。然而出格的強有力出格的顯著，唔，非常之驚人，非常之奇特的，却是乞乞科夫對于閨秀們的印象。要說明一點這等事，我們是應該講講閨秀們本身，以及她們的社會之類，應該用活潑的輝煌的彩色，畫出所謂她們的精神的特色來的：然而這在作者，却很難。一方面，是他在高官顯宦的太太之前，懷着無限量的尊崇和敬畏的，而別方面……是的，別方面呢……就不過是難得很。却說N市的閨秀們……不，這不能，實在的，我怕。——在N市的閨秀們，什麼是最值得注意的呢……不，奇怪得很，筆不肯動，牠好像是一塊鉛塊了。那麼，也好：只好把描寫她們的性格的事，讓給在他的調色版上，比我更有鮮明燦爛的彩色的精粹的別人去；我們却單說一兩句她們的外觀，大體的表面就夠。N市的閨秀們是原有闊綽之稱的，這一點，所有的婦女們可眞足取爲模範。關于什麼正當的舉動，什麼美善的調子，禮節，以及態度上的最微妙最幽婉的訓戒，尤其是關于研究時式，連細微末節也不漏之處，她們實在比彼得堡和墨斯科的閨秀們要進幾步。她們穿着富于趣味的衣飾，坐着漂亮的馬車，在大街上經過：還依時式帶一個家丁，身綴金色絲縧，在踏臺上飄來飄去。一張名片，如果那名字是寫在忒力夫二或是凱羅厄斯上面的，那就是神聖的物事。●有兩位大家閨秀，以前本是很要好的朋友也是堂姊妹，就爲了這樣的一張名片彼此完全鬧開——其中之一，沒有去回看別一個。她們的丈夫和親戚後來用盡心力想她們從新和睦，却枉然——世界上的無論什麼事，都該可以做成了，只有這一件可不成：因爲一面怠于回訪，變成讐敵的兩位閨秀從新和睦。于是這兩位，用這市裏的紳士淑女們的口氣來說，就儘在『互加白眼』裏了。關于這問題，有誰得了勝，就也會有許多非常動人的場面，那男人們往往爲了他們的保護職務，演出極壯大極勇俠的表現來。他們之間，決鬭自然是沒有的，因爲大家都是文官；然而他們却彼此竭力來抉發別人的缺點，誰都知道，無論如何，這是比決鬭厲害得遠的。N市的閨秀們的風氣，非常嚴緊，以高尚的憤怒，來對付一切過失和誘惑，如

● Treff- Zwei oder Karo-Asz 都是紙牌上的花樣，大約名字寫在那上面，就算是吉利的。——譯者。

果給她們知道一種弱點，就判决得極嚴。如果她們一夥裏，自己有了什麽所謂這個那個的事呢，却玩得非常之祕密，誰也覺不出究竟有了什麽事。體面總不會損。就是那男人，即使自己覺得了，或者聽到了這個那個的事，也早有把握，會引了諺語，簡而得要的回答道：『我所不知，我就不管。』這里還該敍述的是N市的閨秀們也如她們那彼得堡的同行一樣，在言語和表白上，總是十分留心而且努力于正當的語調的。沒有人聽到過她們說：『我醒鼻涕！』『我出汗，』『我吐口水，』她們却換上了這樣的話：『我淸了一下鼻子』或則『我用了我的手巾』無論如何，也總不能說：『這盃子或盤子臭，』不能的，連覺得有些這意思的影子的話也不能說，要挑選一句這樣的表現來替代牠：『這盃子不成樣子呵，』或者別的這一類話。因爲要使俄國話更加高尙，就把所有言語的幾乎一半，都從會話裏逐出了，人就只好常常到法國話裏去找逃路。這就成了完全兩樣的事情，用起法國話來，則即使比上面所述的還要厲害的詞句，也全不算什麽事。關于N市的閨秀們，就表面上說起來，大略如此。自然，倘使再看得深一點，那就又有完全不同的東西出現的，然而深察婦人的心，危險得很。我還是只以表面爲度，再往前去罷。這以前，閨秀們是不大提起乞乞科夫的，雖然對于他那愉快的，體面的交際態度，也自然十分覺得。然而自從他的百萬富翁的風傳，散布了以來，注意可也移到他另外的性質上去了。這並不是我們的閨秀們利己，或是貪財。罪惡只在百萬富翁那一句話——不是百萬富翁本身，只是那句話因爲這句話的發音中，除暗示着錢袋之外，也還含有一點東西，對于壞人，對于好人，對于非壞非好人，都給以強有力的印象；一言以蔽之，就是沒有一個人不受牠的影響的。百萬富翁有一種便當之處，他能夠特別觀察那並非出于打算和謀劃的非利己的卑屈，純粹的卑屈：許多人知道得很清楚，他們不會從他這里有所得，也全不是向他有所求，然而偏要跑到他面前去，欣然微笑，摘下帽子，或者邀有百萬富翁在場的午餐會，便去設法運動也來招待他自己。說這一種對于卑屈的傾向，也染上了閨秀們，那是不可以的。然而在許多客廳裏，却確在開始議論起來，說乞乞科夫固不是美男子的標本，但總不失爲一個體面人，假使他再胖上一點點，可就沒有這麼好看了。當這時候，對于瘦長男子，還來了幾句近于侮辱的話：那不過是剔牙杖，不是人。閨秀們的打扮，也留心到各種的裝飾了。匹頭市場非常熱鬧，擠也擠不開。簡直是賽會。許多馬車穿梭似的在跑。有幾匹布，是從市集販來，因爲價錢貴，至今不能賣掉的，這回却變成緊銷，飛一般的脫手，使商人們也看得莫名其妙。當彌撒之際，看見閨秀們中有一位在衣服下面曳着拖裙，那裙圈胖得很大，至于把整個教堂佔領，在場的警察便只好命令人民讓出地方，都退到大門口去，以免損害太太的衣服。連乞乞科夫，終于也不得不被對他的異常的注意引起一點驚異了。大好天氣的一天，他回到家裏來看見寫字桌上有一封信。發信的是那里，送來的是誰，全都無從明白，侍者說，送信人不許他說出發信人是誰來。信的開頭非常直截爽快，就是這樣的句子：『不行，我非寫信給你不可了！』以下說的是靈魂之間，實有神祕的交感，因爲要使這眞理格外顯得有力，就用上許多點和橫線，快要占到半行。再下去接續着幾句金言，那確鑿，眞給人很深的意義，我們幾乎負有引在這里的義務的：『什麼是人生？——是流寓憂愁的山谷，什麼是世界？——是無所感覺的人堆。』發信人于是說到爲了去世已經二十五年的弱母，她眼淚滴溼了花箋；並且勸乞乞科夫從此離開拘束精神，閉塞呼吸的都會，跟她到荒野去；一到信的末尾，竟湧出確實的絕望來，用這幾行做了結束：

兩匹斑鳩兒
載君到墳頭，
彼輩鳴且歌
示君吾深憂。

末一行其實不很順當，然而不要緊：信是完全合於當時的精神的。下面不署名，沒有本名和姓，自然也沒有月日和年份。只在附啓裏寫着乞乞科夫自己的心，會猜出發信的人來，而明天知事家裏的跳舞會，這古怪脚色是也要到會的。

一切都很有意思。匿名裏面含有很多的刺戟和誘惑，很多，至于引起了好奇心，使乞乞科夫再拿這信來看了兩三遍。終于叫了起來道：『這可是很有意思，如果查出了究竟誰是發信的人！』總而言之，事情確是分明的起了轉變了，他把一個鐘頭以上的工夫，化在奇特的揣摩推測裏，於是做一個放開不問的姿勢，低下頭去，喃喃自語道：『但這信有點非常之故意做作！』以後是不說也知道，很小心的疊好信紙，放在提箱裏，和一張戲園廣告以及在那地方已經躺了七年，沒有動過的一張婚禮請帖，做了鄰居了。這時可眞的送進一張知事家裏的跳舞會的請帖來。在省會裏，這是有點很普通的：什麼地方有知事，就也得有跳舞會，要不然，闊人們是很容易欠缺相當的愛戴和尊敬的。

他立刻放下一切，不再看作一回事，抽出身子，專門去做跳舞會的準備去了；因爲這件事實在有許多挑逗和刺戟。卽使創造世界，恐怕也用不着化在裝飾上的那麼多的心力和工夫。單是對着鏡子，檢閱和修鍊自己的臉，就要一點鐘。他使自己的臉上顯出一大串各種不同的表現：照見忽而正經和威嚴，忽而含着微笑的恭敬，忽而又是不含那種微笑的恭敬；於是對鏡鞠幾個躬，一面吐着含含胡胡的，頗像法國話的聲音，雖然乞乞科夫也並不懂得法國話。之後他又裝了一通極其討人歡喜的驚愕，揚眉毛，牽嘴唇，連舌頭也活動了一兩次；你敬愛的上帝呵，如果人獨自在那里，又覺得自己是一個美丈夫，並且確信沒有人在鑰匙洞裏張望的時候，有什麼還會做不出來呢。臨末他還輕輕的自己摸一摸下巴，說道：『唉，唉，你這好傢伙！』，于是動手穿起衣服來。他始終覺得很高與：一面套褲帶，打領結，一面卻在裝着胡亂的行禮，優雅的鞠躬，並且跳了一下，雖然他從來沒有學過跳舞。但這一跳，可出了無傷大雅的結果：櫃子發抖，刷子從桌上掉了下來了。

他在會上的出現，引起了非常特別的情形。所有在場的人，都連忙來迎接他，一個還揑紙牌在手裏，別一個是正在談天，到了緊要之處，剛說出『您想，地方法官就回答道……』地方法官究竟怎麼回答呢，他卻不再講下去，直奔我們的主角去和他打招呼了：『保甫爾·伊凡諾維支！』『阿，我的天，保甫爾·伊凡諾維支！』『親愛的保甫爾·伊凡諾維支！』『可敬的保甫爾·伊凡諾維支！』『保甫爾·伊凡諾維支，心肝！』『您來啦嗎，保甫爾·

伊凡諾維支！』『他來了哩，我們的保甫爾·伊凡諾維支』『您給我擁抱一下罷，保甫爾·伊凡諾維支！』『這里來，給我誠心的接吻一下，我的寶貴的保甫爾·伊凡諾維支！』乞乞科夫覺得他幾乎同時被許多人所擁抱了。他還沒有從審判廳長的擁抱裏脫出，警察局長就已經把他圍在他的臂膊裏，警察局長又交給衛生監督，監督交給燒酒專賣局長，燒酒專賣局長交給建築技師……那知事，這時正和一對閨秀們站在一起，一隻手拿一張糖果的包紙，別一隻手抱一匹波羅革那的小狗，一看見乞乞科夫，就把兩樣——包紙和小狗——都抛在地板上，至于使小狗大聲的嗥起來……總而言之，來客是散佈着快活和高興的。並未愉快得發光的臉，或者並未反映一點一般的高興的臉，竟一個也沒有。官們的臉，在他們的上司前來檢閱下屬的政績之際，就這樣的發光：這時最初的恐怖消散了，還覺得很得些上司的讚許，竟至于和氣的露出一點小小的玩笑來，那就是說幾句話，帶着愉快的微笑——於是圍着他的，跟着他的官們，就高興的加倍的笑起來了，連話也不大聽到，不大明白的官們，也一樣的高興的笑起來了，是的，連遠遠的一直站在門口，一生從來沒有笑過，只給百姓看他拳頭的警察——也遵照了反射和模擬的永久不變的定律，在他臉上現出微笑來，不過那微笑，却很有些像他嗅了一種強烈的鼻煙，現在剛剛要打嚏。我們的主角和大家招呼，又給各人回答自己覺得非常的純熟：他向右邊彎腰，又向左邊彎腰，雖然因爲習慣，不免略有一點歪，然而不礙事，還是傾倒了所有在場的人物。閨秀們立刻像絢爛的花環似的來圍住他，把他罩在各種香氣的雲霧裏：這一個發着玫瑰味，那一個帶來紫羅蘭和春天的氣息，第三個是湧出強烈的木犀草的芳香。乞乞科夫只是昂起鼻子，吸進香氣去。她們的裝飾上，也展布着無窮的趣味；所有羽紗，緞子和綢紬的顏色，全是最時式的輕淡和褪光的，那細微的差別，單是說說名目也就不容易——這地方的文化和趣味，是已經達到這樣的高超和精細了。飄帶，結子和花束，以如畫的紛亂，在衣服上飛動，雖然這紛亂，是由許多不紛亂的頭腦，費過不少的時光。頭上的輕裝只擱在耳朵上，彷彿想要說：『且住！我要飛去了！只可惜不能帶了我的美人一同去！』她們都穿着很緊窄的衫子，看起來就顯出挺拔和合適的丰姿。（我應該趁這機會聲明，N市的閨秀們是都見得有點兒胖胖的，但她們知道很巧妙的收束起來，於是成了很適宜的姿態，人也不覺得她們的肥大了。）一切都經過深思熟慮：頸子和肩膀露出得剛剛合適，不太少，可也不太多；誰都照了自己的感覺和確信，顯示着她的東西來要一個男人的命；其餘的部分，就用了很大的鑒識和意趣，遮蓋起來：或者用一種飄帶做成的，比叫作『接吻』的點心還要輕飄飄的圍巾，淡煙似的繞在頸子上，或者在背後的衣服下面襯一條我們鄉下大抵稱爲『衞道』的細麻所做的小小的花紗。這花紗是前前後後，遮到决不使男子再會送命的程度的，然而這正是害事之處的嫌疑，却也就在這里。長手套並不緊接着袖口，顯出肘彎以上的臂膊的動人的一段來，有許多還豐滿得令人羨慕；有一些人，因爲拉得太高，竟把羔皮手套撕破了——總而言之，好像一切東西，都想要說：『不不，這不是鄉下，這是巴黎！』不過有時也突然現出一頂誰也一向沒有見過的包帽，或者跳出一枝孔雀毛，或者反對時髦的別的什麼和一種只顧自己的趣味的表示來。然而沒有這些是不行的——這就是省會的特徵總要露一點這樣的破綻。乞乞科夫站在閨秀們的面前，心裏想：『但究竟誰是發信人呢？』他試在一刹時中，伸出他的鼻子去；却碰着了肘彎，翻領，袖口，飄帶，香噴噴的小衫和衣服的一大陣。粗野的迦落巴特❶發狂似的在他眼前奔了過去：郵政局長夫人，地方審判廳長，插藍毛毛的太太，插白毛毛的太太，喬具亞的公爵咭卜卡咭哩仝夫，彼得堡來的一個官，墨斯科來的一個官，法國人咕咕，沛爾勗諾夫斯基先生和沛來本陀夫斯基先生——都忽然當面在地球上出現，在那里奔騰奮迅了。

---

❶ Galoppade，調子極急的跳舞。——譯者。

『我們這里是——全省都在活動了哩！』乞乞科夫後退着，一面自己說。但當閨秀們散開的時候，他却又重行察看，看他可能從顏面和眼睛的表示上，辨出寄信的人來；然而，顏面和眼睛都不告訴他，寄信人是那一個。各到各處，每張臉上都漂泛着一點依稀的可疑，無限的微妙，——唉，多麼微妙……！『不成，』乞乞科夫心裏說：『女人……就是這樣的物事』——這時他做了一個示意的手勢——『那簡直是無話可說的！如果誰想把她們臉上閃過的一切這曲折和層疊再來敍述一下，或者模擬一下罷……也簡直辦不到！單是她們的眼睛就是一個無邊無際的國土，倘有人錯走了進去，那就完了！鈎也鈎不囘，風也刮不出。誰試來描寫一下她們的眼神罷：這溫潤，綿輭，蜜甜的眼神……誰知道這樣的眼神有多少種呢：剛的和柔的，朦朦朧朧的，或者如幾個人所說的「酣暢的」眼神，而且還有並不酣，然而更加危險的——那就是簡直抓住人心，好像用箭穿通了靈魂的一種。不成，找不出話來形容的，這是人類社會的「尋開心的」一半，再沒有別的了！』

唉唉，不對！我不料我們的主角竟滑出一句街坊上的話來。但叫我怎麽辦呢？這是在俄國的作家的運命！不過倘有一句街坊話混進這書裏來，可不是作者之罪，倒是讀者，尤其是上流的讀者之罪：從他們那里，先就聽不到合式的俄國話，他們用德國話，法國話，英國話和你應酬，多到令人情願退避，連說話的樣子也拚命的學來頭，存本色：說法國話要用鼻音，或者發吼，說英國話呢，像一隻鳥兒還不算到家，再得裝出一副眞像鳥兒的臉相，而且還要嗤笑那不會學這模樣的人。他們所惟一竭力避忌的，是一切俄國話——至多，也不過在鄉下造一座俄國式的別墅。這樣的是上流的讀者，以及一切自以爲上流的讀者！然而別一面却又有那麼的嚴厲，那麼的要求！他們簡直要最規矩，純粹高尙的文體來做文章——一句話，是要俄國話自己圓熟完備，從雲端裏掉了下來，正落在他們的舌頭上，只要一張口，教跑出外面去就好了。人類社會的女性的一半，自然是很難猜測的；但我得聲明，我覺得可敬的讀者先生，却往往更其難於猜測。

這之間，乞乞科夫越加惶惑，不知道怎麼從所有在場的閨秀裏，認出發信人來了。他再來一種試驗，用了研究的眼光，去觀察她們中的每一個，覺得那些多情的女性的眼睛裏，都閃爍着一點東西，是使可憐的凡骨的心中，收得希望和甘甜的痛楚，這使他終于喊起來道：「不行，還是枉然的，我看不出！」但這對于他始終如一的大高興，却並無絲毫影響。還是用他那快活的，無拘無束的態度，和一兩位閨秀談幾句趣話，開着又快又小的脚步，忽而走向這個，忽而走向那個，輕飄飄的繞着女人，轉來轉去，好像穿高底靴的老花花公子，即俄國一般叫作『耗子公馬』的一樣如果他要迅速穩當的穿過一羣人，就鞠一個躬，同時把脚兒伸出一點去，就是所謂螺旋勢子或是花花公子畫花押。閨秀們都很愉快而且滿足，不但是從他這里發見了一大堆可取和有趣的特色了，還在他臉孔的表情上，看出了一點凡有女人們一定非常喜歡的，尊威的，勇敢的，威武的東西來。眞的，爲了他，人幾乎要吵架了：許多人立刻覺到，乞乞科夫是大抵站在門口近旁的，大家就都要來坐靠近門口的椅子，有一位閨秀比別一位占了先，這時就幾乎現出不舒服的局面，有許多自己也想去坐的人，對于這無恥和胡鬧，都氣憤得很。

乞乞科夫和閨秀們施展着活潑的談天，其實倒是她們向他來施展着活潑的談天，給了他許多非常微妙和優秀的比喻的話頭，全都得加以想像和猜測，弄得他滿頭流汗，至于忘記了去盡禮節的義務：就是向這家的主婦問安。直到聽見已經對他站了兩三分鐘的知事太太的聲音，這才記得起來了。知事太太親密的搖着頭，用了柔和的，又有些狡猾的音調，向他說話道：『阿，您來啦，保甫爾・伊凡諾維支！……』我在這里，不能把知事太太的話完全再現，我只知道她說了幾句非常友愛和親熱的句子，就是我們的最高雅的作家們常常寫在小說和故事裏的，名媛和俠士所說的那一類，他們是特別偏愛描寫我們客廳裏的生活，而且趁這機會，顯出他們是精微的情景的大知識家來的。她說的大約是：「人已經這麼利害的占領了您的心，裏面竟沒有一塊小地方，沒有一點小角落，剩給您這麼忍心忘却了的別人了嗎？」我們的主角立刻轉向知事太太去，而且已經想好了回答，那回答，比起我們從斯風斯基，林斯基，理定，格來明所寫的時行小說裏，以及從別的出場人物之類的軍人們那里所聽到的來，自然只會好，不會壞，但當他在無意中一抬眼的時候，却忽然遭了打擊似的停止了。

知事太太站在他面前，然而並不止她自己：她還挽着一個十六七歲的年青的姑娘，鮮明的金色髮，精緻整齊的相貌，尖銳的下巴和卵圓的臉盤，實在可以給美術家去做畫聖母的模範：在無論什麼東西山和樹林，平野，臉，嘴唇和脚，都喜歡廣大的俄國，是很不容易找出來的——當他走出羅士特來夫家的時候，當他的車子，因爲車夫發昏或是馬匹的碰巧的衝突，和她的馬具纏繞起來的時候，當米卡衣叔和米念衣叔想來解開這糾紛的結子的時候，他在路上遇見的就是這金色髮。乞乞科夫非常狼狽了，至于嘴裏再也說不出有條理的句子來，只吃吃的講了一句癡呆的含胡話，無論是斯風斯基或林斯基，理定或格來明，都決不肯使他滑出口來的。

「您還沒認識我的女兒罷?」知事太太說。『她是剛從女塾裏畢業出來的。』

他回答說，他曾經出乎意外地和她有過相見的光榮：以後還想添上幾句去，然而完全失敗了。知事太太又說了一兩句話，就和她的女兒走向大廳的那一頭，去招呼另外的客人，乞乞科夫却還生根一般的站着。他在這地方還站了很久的工夫，恰如一個高高興興的到街上去散步的人，周圍景象，無不瀏覽，却突然立住了，因爲他想了起來，自己還忘記了什麼；恐怕再沒有比這樣的人，更加不中用的了：只一擊就從他臉上失去了無憂無愁的樣子。他竭力的回想自己究竟忘記了什麼呢：手巾麼?手巾就塞在衣袋裏！他的錢?錢可是也在的！好像什麼也沒有缺，然而總有一個莫名其妙的妖魔，在耳朵邊悄悄的告訴他忘記了什麼。他只是胡胡塗塗的看着潮湧的人羣，尾追的馬車，兵們的鎗和帽，店家的招牌之類，心裏却並不明白。乞乞科夫也就是這模樣，和周圍的事情全不相關了。這之間，從女人的發香的口唇裏，向他飛過許多柔膩的質問和暗示來。『我們這些可憐的地上居民可以斗膽的問您，您在沈思着什麼嗎?』——『您的思想所寄託的幸福的曠野，是在什麼地方呢?』——『引您進這快活的瞑想之谷的那人的名字，我們可以知道嗎?』然而他不再看重這些問題了，閨秀們的親愛的言語，恰如說給了風的一樣，是的，他竟這樣的疏忽，至于放閨秀們靜靜的站着，自己却跑到大廳的那一邊，去探知事太太和她女兒的踪跡去了。但閨秀們却並不肯這麼輕易的就放手——各人都暗自下了堅固的决心，要用盡對于我們的心非常危險的藥味，要用盡她們的極頂强烈的撩人之力。我在這里應該夾敍一下，有幾個閨秀——我說，有幾個，决不是全體——是被一個小小的弱點所累的：如果她覺得自己有一點動人之處，無論前額也好，嘴也好，手也好，就以爲這種特色，別人也應該立刻佩服，大家異口同聲的喊道：『瞧呀，瞧呀，她有多麼出色的希臘式的鼻子呀！』或者是『多麼整齊的動人的前額呵！』如果有很美的肩膀呢，她首先就相信一切青年男子，都要給這肩膀所迷，她一走過，就無條件的叫起來道：『阿呀，她有多麼出色的肩膀呀！』而對于臉孔，頭髮，眼睛和前額，却看也不看，即使看，也不過當作不關緊要的東西。閨秀們中的有幾個，是在這樣的想的。但這一晚上，却誰都立下誓願，在跳舞之際，要竭力表現得動人，還把自己的最大美豔的特色，顯得非常明白。郵政局長夫人在應着音響，跳着華勒支舞之間，把她俊俏的頭，非常疲乏的側了起來。令人覺得眞的到了上界。一個非常可愛的閨秀，到會的目的，是完全不在跳舞的，用她自己的話來說，是在右脚的大趾上，有了雞眼睛模樣，豌豆兒大小的不舒服或是不便當，所以她只得穿了絨鞋，——但竟也坐不住了，就穿着她的絨鞋跳了幾回華勒支，爲的是不過使郵政局長夫人不要太自鳴得意。

然而這些一切，對于乞乞科夫並無豫期的效驗；他幾乎不看閨秀們的脚步和身段，只是跕起脚尖，從大家的頭上張望着可愛的金頭髮的所在；忽而又彎低一點，由肩膀和臂膊之間去找尋她；他到底找到她了，他看見她和母親坐在一起，頭上儼然的搖動着插在一種東方式包帽上的羽毛。他好像就要向這堡壘衝鋒了。春色惱殺了他，還是有誰在背後推他呢？總之，他就不管一切阻礙，決然的衝過去：燒酒專賣局長被他在肋下一推，好容易纔能用一條腿站住，總算幸而還沒有因此撞倒一排人；郵政局長也向後一跳，喫驚的看定他，帶着一點微妙的嘲笑；但乞乞科夫却一看也不看，他只爲那帶着長手套的遠地裏的金頭髮生着眼睛，滿心全是飛過場上，直到那邊的希望了。這時在別一角落上，已經有四對跳着瑪茲爾加：靴後跟敲着地板，一個陸軍裏的大尉，用了肉體和精神，兩手和兩脚，顯出他們夢裏也沒有做過的奇想的姿勢來。乞乞科夫幾乎踏着了跳舞者的脚，一直跑向知事太太和她的女兒所坐的地方去。然而，待到和她們一接近，他却非常膽怯，也不再開勇往直前的小步，竟簡直有些窘急，在一切舉動上，都顯出倉皇失措來了。

在我們的主角那里，眞的發生了一點所謂戀愛嗎，不能斷定；像他那樣的人，或者是並不很胖，却也並不太瘦的人，竟會有戀愛的本領嗎，也可疑得很；然而這里却演出了一點連他自己也講不明白的奇特的情景：據他後來自己說，他覺得彷彿全個跳舞會以及喧囂和雜沓，在一刹時中，都退到很遠的遠方，提琴和喇叭，好像在山背後作響，一切全如被煙霧所籠罩，似乎草率地塗在一幅畫布上面的平原。而在這朦朧地，草率地塗在畫布上面的平原裏，却獨獨鋒利而分明的顯着動人的年青的金頭髮的優美的丰姿：她那出色的卵形的臉盤，她那苗條的充實的體態，這是只在剛出女塾的女孩兒身上，才得看見的，還有她那近乎質樸的潔白的衣服，輕鬆的裹着嬌柔的肢節，到處顯出堂皇的精粹的曲線來。她好像一件象牙彫成的奇特美麗的小玩意；在朦朧昏暗的羣集裏，惟獨她燦然的見得雪白和分明。

這世界上，也會有這等事；乞乞科夫在他的一生中，雖然不過很短的一瞬息，但也成了一下子詩人了；不過詩人的名目，也還過份一點。至少，在這瞬間，他覺得自己像是一個少年人，或者一個時髦的驃騎兵了。那美人兒旁邊恰有一把椅子是空的，他連忙坐下去。談話開首有些不中肯，不久也就滔滔不絕，他而且得意了起來，然而……我應該在這里聲明我的很大的惋惜，凡是身負重要的職務，上了年紀，有了品位的人，和閨秀們談天，是有一點不大順口的；說得很流暢的只有中尉，大尉以上的高級軍官就全不行。他們在說什麼呢，只有上帝知道：可總不是怎麼高明的物事，但年青的姑娘們却笑得抖着肩膀；一個樞密顧問官倒也會對你們講些極頂神妙的東西：說俄羅斯是一個強國，或者說句應酬話，自然並非沒有精神的，不過全都很帶着鈔書的味道，倘若他說一點笑話，自己先就笑個不停，比聽着的閨秀們還利害。我在這地方加了這樣的聲明，爲的是要使讀者明白，爲什麼在我們的主角談話中間，我們的金頭髮竟打起呵欠來了。但我們的主角好像全沒有覺得，仍舊不住的搬出他在各處已經用過許多回的所有出色的物事來，例如：在渹畢爾斯克省的棱夫倫・伊凡諾維支・培斯貝七尼那里，這時住着他的女兒亞兌拉大・棱夫倫諾夫娜和她那三個堂姊妹：馬理亞・喀夫理羅夫娜，亞歷山特拉・喀夫理羅夫娜和亞兌拉大・喀夫理羅夫娜；還有，在略山省的菲陀爾・菲陀羅維支・貝來克羅耶夫那里；在噴沙省的弗羅勒・華西理也維支・坡背陀諾斯尼和他的兄弟彼得・華西理也維支那里，這時住着他們的堂姊妹加德里娜・密哈羅夫娜和兩個姪孫女：羅若・菲陀羅夫娜和愛密理亞・菲陀羅夫娜；最後是在伐忒卡省的彼得・華爾梭諾夫也維支那里，住着他的兒媳的姊妹貝拉該耶・雅戈羅夫娜和姪女蘇非亞・羅斯諦斯拉夫娜和兩個異父姊妹蘇非亞・亞歷山特羅夫娜和瑪克拉士拉・亞歷山特羅夫娜。

乞乞科夫的態度惹起了一切閨秀們的不平。其中的一個故意在他旁邊經過，要他悟出這一點來，並且用她展開的裙裾，稍稍鹵莽地掃着金頭髮，一面又整理着在她肩頭飄動的圍巾，那巾角就正拂在這年青閨秀的臉孔上；也在這時候，別一位閨秀便在乞乞科夫的背後，和從她那里洋溢出來的紫羅蘭香一起，嘴裏飛出了一句頗爲惡毒的辛辣的言辭。然而無論他實在沒有聽見，或者不過裝作不聽見，他的舉動在這地方却眞的有些不合，因爲閨秀們的意見是總該給點尊重的。他也後悔自己的過失，但可惜是在後來，已經到了太晚的時候了。

許多臉上都畫出了應有的憤怒。縱使乞乞科夫的名聲在交際場裏有這麼大，縱使誰都確信他擁有百萬的家財，縱使他臉上帶着威嚴的，英勇的神氣，——但有一件事，是閨秀們決不饒恕男人的無論怎樣，無論是誰，他一定完結。女人和男人比較起來，性格上原也較爲沒有力，但到有些時候，她却不但堅強不屈勝于男人，還勝于世界上的一切。乞乞科夫在無意中顯了出來的藐視，使那因爲椅子事件，幾乎破裂的閨秀們復歸于平和與一致了。在她們隨便說說的不關緊要的言語中，就會突然發見惡毒尖利的嘲諷。完成了這不幸的，是又有一個少年人，做了一兩節關于跳舞者的譏刺詩，在外省的跳舞會裏，沒有這事是幾乎

乞乞科夫的態度惹起了一切閨秀們的不平。

不收場的。這詩又立刻說是乞乞科夫之作了。憤怒越來越大，閨秀們聚集在大廳的各處角落上，彼此切切私語，還給他幾句非常不好的指斥；可憐的金頭髮也被奚落得半文不値，宣告了她的死刑。

這之間，却有一個極頂惱人的襲擊，等候着我們的主角；當他的年青的對手打着呵欠，他向她講述古代各種的故事，說到希臘哲學家提阿改納斯的時候，羅士特來夫却突然上臺，就從客廳的一間後房裏走出來了。他從休息室裏來，還是從那打着大牌的綠色小屋裏跳出來的呢，他的出現，是由于自願，還是被人趕出來的呢，總之，他高興地，非常快活地走進客廳裏來了，還挽着檢事，他確是已經被拖了好久了的，因爲這可憐的檢事皺着眉頭，看來看去，大約是在設法來擺脫他那親密的旅行的嚮導。而且他的境遇，實在也很難忍受的。羅士特來夫拖過兩杯紅茶——自然加了蔗酒的——來，一飲而盡；于是又是講大話。乞乞科夫一在遠處望見他，就決計犧牲了目前的佳遇，趕緊飛速的走開，因爲這會面，是決不會有好事情的。但不幸的是身邊竟忽然現出知事來，自說找到了保甫爾·伊凡諾維支，非常高興，並且將他堅留，請他判斷和兩位閨秀之間的小小的辯論；因爲關于婦女的愛之是否永久，大家的意見還不能相同；但這時候，羅士特來夫却已經看見，一徑向他跑來了：

『阿唷！赫爾生的地主！赫爾生的地主！』他叫喊着跑近來，一面哈哈大笑，笑得他那紅如春日薔薇的鮮活的面龐，只是抖個不住。『怎麼樣？你買了許多死人了嗎？您要知道，大人！』于是轉向知事那邊，放開喉嚨，喊道：『他在做死魂靈的買賣哩！眞的，聽罷，乞乞科夫！聽哪，我是看交情才對你說的，在這里的我們，都是你的好朋友，大人也在這里，我要絞死你，眞的，我要絞死你！』

乞乞科夫一點辦法也沒有了，

『您不相信我罷，大人！』羅士特來夫接着說。『他對我說的是：「聽哪，把您的死掉的魂靈賣給我罷，」我幾乎要笑死了。待到我上了市鎭，人們却告訴我說他因爲要移住，買了三百萬盧布的魂靈，了不得的移住呀！他到我這里就來買過死人的。聽哪，乞乞科夫：你是一隻猪，天在頭上，你是一隻猪！大人也在這里，對不對，檢事先生？』

然而檢事和乞乞科夫都非常失措，簡直找不出答話來；羅士特來夫却有些快活起來了，不管別人，儘說着他的話：『哦哦，我的乖乖……如果你不告訴我爲什麼要買死魂靈，我是不放開你的。聽哪，乞乞科夫，你應該羞；你一定自己也明白，你沒有比我再好的好朋友了。瞧罷，大人也在這里……對不對，檢事先生？您不相信罷，大人，我們彼此有怎樣的交情，實在的，如果您問我——我站在這里，如果您問我：「羅士特來夫，從實招來，你的親爺和乞乞科夫兩個裏，你愛誰呀！」那我就回答說：乞乞科夫！天在頭上！……心肝，來呀，讓我和你接一個吻，親一個嘴。您也許可我和他接一個吻罷，大人。請你不要推却，乞乞科夫，讓我在你那雪白的面龐上，親一個嘴兒罷！』然而羅士特來夫和他的親嘴來得很不像樣，幾乎是直奔過去的。大家都從他身邊退開，也不再去聽他了。不過他那買死魂靈的話，却是放開喉嚨，喊了出來的，又帶着響亮的笑聲，所以連停在大廳的較遠之處的客人們，也無不加以注意。這報告來得太兀突，使大家的臉上帶着一半疑惑，一半胡塗的表情，一聲不響的獃立起來。乞乞科夫並且看見許多閨秀們都在使着眼色，惡意的可憎的微笑着，在有幾個的臉上，還看出一點非常古怪的東西和另有意思的東西來，于是更加狼狽了。羅士特來夫是一個說謊大家，那是誰都知道的，從他那里聽些胡說八道，也是誰都不以為意的；然而塵世的凡人——唉唉，怎麼這凡人竟會這樣的呢，可實在很難解：一有極其昏妄，極其無聊的新聞，只要是新聞，他就無條件的散布到別一個凡人那里去，雖然也說：『又起了多麼大的謠言了呵！』那別一個凡人就尖起耳朵，聽得很高興，後來固然也說道：『然而這是一個大謊，完全不必相信的！』于是連忙出外，去找第三個凡人，告訴他這故事之後，又因了義憤，同聲叫喊道：『多麼下賤的謊話呀!』而消息就這樣的傳遍了全市鎮,所有在此的凡人們,多日談論着這件事,一直到大家弄得厭倦,這才說,這故事是沒有談論的價值的。

這無聊之至的偶然的事故,使我們的主角很是心神不定了。一個獃子的很胡塗,很荒謬的話,也往往會使一個聰明人手足無措。他忽然覺得很不舒服,而且苦惱了,好像穿着擦得光亮的長靴,踏在齷齪的,發臭的水窪裏;總而言之,這不漂亮,很不漂亮!他要竭力的不想牠,忘掉牠,疏散牠。他還坐下去打牌,然而什麼都不順手,像一個彎曲的輪子:他錯抓了兩回別人的牌,有一回還至于忘記了並不該他打,却擎起手,打出自己的牌去了。這保甫爾·伊凡諾維支是一個好手,並且還可以稱爲精細的賭客,怎麼會犯這樣的錯誤,而且連他自說是希望所寄,有如上帝的畢克王也打掉了的呢,審判廳長簡直想不出緣故來。郵政局長,審判廳長,還有警察局長,自然也照例的和我們的主角打趣,說他一定在戀愛,而且他們知道,保甫爾·伊凡諾維支是懷着一顆發火的心的。誰使他的心受傷的呢,他們也很明白。然而這並不能給他慰安,雖然他也竭力的裝出笑容,用玩笑來回答他們的玩笑。晚餐也沒有使他快活起來,縱使席上非常適意,而且羅士特來夫也因爲連閨秀們也說他胡鬧,早已被人趕走了。當跳着珂蒂倫㊂時,他竟忽然坐在地板上去抓跳舞者的衣裾,照閨秀們的口氣說,這實在是大失體統的。晚餐喫得很愉快，在閃耀着三臂燭臺，花朶，瓶子和裝滿點心的碟子之間的一切臉孔，都爲了虛榮的歡喜和滿足在發光。軍官們，閨秀們和穿燕尾服的紳士們，誰都獻着出格的慇懃。有一個大佐竟用出鞘的刀尖，把湯碟子挑到他的閨秀的前面。有了年紀的紳士們，連乞乞科夫也在內，則在熱心的討論，一面嚼着硬煮食品的魚或肉，儘量的撒上胡椒末，一面吐出確切的言語來；人們所爭論的，正是乞乞科夫向來很有趣味的對象，但這一晚上，他却像一個從遠道歸來，疲乏困頓的人，腦子並不聽他的指揮，他也沒有參加的興致。他竟等不及晚餐散席，大反了往常的習慣，一早就回到家裏去了。

在讀者已經很熟悉的門口擺着櫃子，角落上窺探着蟑螂的屋子裏，他的精神和思想，也如他所坐的臬兀不安的靠椅一樣，不大平靜。他的心很沈悶。一種沈重的空虛在苦惱他：『鬼捉了玩出這跳舞會的那些東西去！』他憤憤的叫道。『他們爲什麼要這樣的高興？全省滿是壞收成，物價騰貴和饑荒，他們却玩跳舞會！有什麼好處：一大批娘兒們的舊貨。奇怪的是她身上穿着一千盧布以上的東西。歸根結蒂，還是農奴們拿他的租錢來付，結果也終

❶ Kotillon 大抵是兩人一班，四班同起的跳舞，曾經風靡全俄，尤其是外省的。——譯者。

于還是我們的。誰都知道，男人們爲什麼要這麼歛錢，納賄的呢：就是爲了給他的女人買很貴的圍巾，衣服，以及別的鬼知道叫作什麼！這爲的是什麼呀？爲的不過是使放蕩的娘兒們可以說，郵政局長太太有一身好衣服哩，——因此就拋掉一千盧布。于是嚷道：跳舞會，跳舞會，多麼愉快呀！媽的這樣的跳舞會，我看和俄羅斯精神是一點也不合的，這完全是一種非俄羅斯制度。呸，還有哩：像精赤條條的拔光了毛的魔鬼似的，忽然跳出一個上了年紀的黑燕尾服的漢子來，把腿搖來搖去。別一個又和另一個弄在一起，和他談着正經事，一面却又在地板上左左右右，玩出古怪花樣來……這都不過是猴子學樣；猴子學樣罷了。因爲法國人是到了四十歲，還像十五六歲的孩子一樣的，所以我們也得這麼的來一下！哼，眞的，我覺得每一個跳舞會之後，就總要弄出一件什麼壞事情，連想也想不得！腦袋的空虛，就恰如和一個場面上的名人談了天，他說的全是浮面，講的都靠書本；聽起來原也很漂亮，有味的，然而聽着的人的腦袋，還是先前似的一無所得；其實倒不如和一個簡單的商人去談天，他只知道自己的本行，然而知道得透澈，切實，比起所有這些小擺設來，更要有價値。究竟從這樣的跳舞會裏能弄出什麼來呢？不知道可有一個作家，想照式照樣，寫出一切情形來的沒有？卽使做了書，那跳舞會本身，却還是荒謬胡塗之至的。不知道這究竟有什麼影響：道德的，還是不道德的呢？究竟怎樣，鬼才知道。人就只要吐一口唾沫，拋掉書〔一〕對于跳舞會，乞乞科夫大概說得這麼不合意；但我相信，他的不滿，是另外還有一個原因的。招他憎恨的，其實全不是跳舞會，倒是那情狀，當大衆之前，忽然來了一道莫明其妙的光，于是他就扮演了很奇特，很曖昧的脚色了。自然，如果他用了明白人的眼睛來看這事故，他是會覺得一切都是小事情，一句獃話也毫無關係的，尤其是在要事已經幸而辦妥了的現在。但是——人却有一點希奇：使他很惱怒的正是失掉了這人的寄託，雖然對于這寄託，他自己並不看重，評的極苛，還爲了他們的尙浮華和愛裝飾，下過很鋒利的攻擊。待到經過充足的歷練，知道他自己也該負一點罪，那就更加惱怒了。縱使他毫不氣忿自己，而且當然還是不錯的。可惜我們誰都有這一個小小的弱點，就是總要愛護自己，却去找一個鄰近的東西來洩自己的惱怒，或者用人，或者恰巧碰到的下屬，或者自己的女人，或者簡直是一把椅子，我們就把牠摔到門口或者鬼知道的什麼地方去，碰下牠一條腿，或是一個靠手來，給看看我們紳士之流的惱怒。

乞乞科夫也立刻找到一個鄰近，應該將自己的惱怒全都歸他負擔的來了。這親愛的鄰近就是羅士特來夫，不消說，他就上上下下，四面八方的拚命的痛罵了一通，恰如偸兒的對于村長，車夫的對于旅客，對于遠行的大尉，看情形也對于將軍的一樣，在許多古典的咒罵上，另外再加上一大批新鮮的，由他自己的發明精神而來的東西。羅士特來夫的整部家譜被拉出來了，他家族裏的許多列祖列宗，都遭了利害的玩弄。

但當乞乞科夫爲陰鬱的思想所苦惱，一睡不睡的坐在他那堅硬的靠椅裏，痛責着羅士特來夫和他的全家的時候，當燭光漸漸低微，燭心焦了一大段，脂燭隨時怕會熄滅的時候，當窗外的漆黑的暗夜，已由熹微的晨光，轉成莽蒼蒼的曙色的時候，當遠處已有一二雞鳴，在睡着的市鎭的街道上，悄悄的走着一個只知道一條（可惜只是一條）不可拘束的俄羅斯人民所走的道路的，穿着簡單的呢外套的莫辨地位和出身的不幸人的時候——在市鎭的那一頭，使我們主角的苦惱的地位更加爲難的戲劇，却已經在開幕了。這時候，在遠處的大街和小巷裏，軋軋的走着一件非常奇特的東西，一下子很難叫出名目，既不像客車，也不像篷車，可又不像半篷車，倒彷彿一個胖面頰，大肚子的西瓜，擱在一對輪子上。這西瓜的面頰，就是車門，還剩有黃顏色的痕迹，但是很不容易關，因爲門和鎖都不行了，只用幾條繩勉強的縛住。西瓜裏面，塞滿着紗枕頭，有像煙袋的，有圓的，也有和普通枕頭一樣的，還有袋子，裝着穀物，白麵包，小麥麵包，揑粉的鹹餅乾。上面還露着一隻塡王瓜的雞和王瓜餡的包子。馬夫臺上站着一個人，家丁模樣，身穿雜色的手織麻布的背心。他不刮臉，頭髮是已經花白起來了。這是常見的人物，在我們那里的鄉下，普通都叫作『小子』的，這鐵輪皮和鏽螺釘的喧鬧，驚醒了街的那一頭的巡丁，抓起鉞斧，在睡眼惺忪中放聲大叫道：誰呀？待到他覺得並沒有人，不過是猛烈的車輪聲在遠處作響，便伸手在領子上捉住一個小動物，走近街燈去，就在那地方親手用指甲執行了死刑。于是又放下鉞斧，遵照着他的武士品級的規矩，仍舊熟睡了。馬匹的前蹄時時打着失，因爲沒有釘着馬掌，而且也分明因爲牠們還沒有熟悉這幽靜的市鎭的街道。這輛車又轉過幾個彎，從一條街彎進別一條去，終于通過聖尼古拉區教堂旁邊的昏暗的小巷，停在住持太太的門口了。從車子裏爬出一個姑娘來，頭戴包帕，身穿背心，捏起兩個拳頭，像男人似的使勁的搥門。（那雜色麻布背心的小子，是因爲他睡得像死屍一樣，後來被拉着脚，從他的位置上拖開了。）狗兒嗥了起來。接着也開了門，好容易總算吞進了這不像樣的車輛。車子拉到堆着柴木，搭着許多雞棚和別的堆房的狹小的前園裏；才從車子裏又走出一位太太來；這就是女地主十等官夫人科羅皤契加。我們的主角一走，這位老太太就非常着急，怕自己遭了他的誆騙，在三夜不能睡覺之後，終于決了心，雖然馬匹還未釘好馬掌，也一定親赴市鎭，去探聽一下死魂靈是什麼時價，而且她還麼便宜的賣掉了，是否歸結是上了一個大當。她的到來，會發生什麼結果呢，讀者從兩位闔秀們的談天裏，立刻可以知道了。這談天……但這談天，還不如記在下一章裏罷。

第九章

有一天早晨，還在N市的訪客時間之前，從一家藍柱子，黃樓房的大門裏，飄出一位穿着豪華的花條衣服的閨秀來了，前面是一個家丁，身穿綴有許多領子的外套，頭戴圍着金色錦緞的亮晃晃的圓帽。那閨秀急急忙忙的跳下了階沿，立刻坐進那停在門口的馬車裏。家丁就趕緊關好車門，跳上踏臺，向車夫喝了一聲『走。』這位閨秀，是剛剛知道了一件新聞，正要去告訴別人，急得打熬不住。她時時向窗外探望，看到路不過走了一半，就非常之懊惱。她覺得所有房屋，都比平時長了一些，那小窗門的白石造成的救濟所，也簡直顯得無窮無盡，終于使她不禁叫了起來道：『這該死的屋子，就總是不會完結的！』車夫也已經受了兩回的命令，要他趕快：『再快些，再快些，安特留式加你今天眞是趕的慢得要命！』到底是到了目的地了。車子停在一家深灰色的木造平房的前面，窗上是白色的雕花，外罩高高的木格子；一道狹窄的板牆圍住了全家，裏面是幾株細瘦的樹木，蒙着道路上的塵埃，因此就見得雪白。窗裏面有一兩個花瓶，一隻鸚鵡，用嘴咬着幹子，在向籠外窺探，還有兩隻叭兒狗，正在曬太陽。在這屋子裏，就住着剛才到來的那位閨秀的好朋友。對于這兩位閨秀，作者該怎樣地稱呼，又不受人們的照例的斥責，却委實是一件大難事。找一個隨便什麼姓罷——危險得很。縱使他選用了怎樣的姓——但在我們這偌大的國度裏的那里的角落上，總一定會有姓着這姓的人，他就要眞的生氣，把作者看成死對頭，說他曾經爲了探訪，暗暗的來旅行，他究竟是何等樣人，他穿着怎樣的皮外套散步，他和什麼亞格拉菲娜・伊凡諾夫娜太太有往來，以及他愛喫的東西是什麼；如果說出他的官位和頭銜來——那你就更加危險了。上帝保佑保佑！現在的時候，在我們這里，對于官階和出身，都很神經過敏了，一看見印在書上，就立刻當作人身攻擊：現在就成了這樣的風氣。你只要一說在什麼市鎭上，有一個傻傢伙——那就是人身攻擊，一轉眼間，便會跳出一位一表非凡的紳士來，向人叫喊道：『我也是一個人，可是我也是傻的嗎？』總而言之，他總立刻以爲說着他自己。爲豫防一切這種不愉快的未然之患起見，我們就用N市全部幾乎都在這麼稱呼她的名目，來叫這招待來客的閨秀罷，那就是通體漂亮的太太。她的得到這名目，是正當的，因爲她只要能夠顯得極漂亮極可愛，就什麼東西都不可惜，雖然從她那可愛裏，自然也時時露出一點女性的狡猾和聰明，在她的許多愉快的言語中，有時也藏着極可怕的芒刺！對于用了什麼方法，想擠進上流來的人物，先不要用話去傷她的心。但這一切，是穿着一套外省所特有的細心大度的形式的衣裳的。她的一舉一動，都很有意思，喜歡抒情詩，而且也懂得，還把頭做夢似的歪在肩膀上，一言以蔽之，誰都覺得她確是一位通體漂亮的太太。至于剛才來訪的那一位閨秀，性格就沒有那麼複雜和能幹了，所以我們就只叫她也還漂亮的太太罷。她的到來，驚醒了在窗臺上曬太陽的叭兒狗：簡直埋在自己的毛裏面了的獅毛的阿兒來和四條腿特別細長的雄狗坡忒浦兒麗。兩匹都捲起尾巴，活潑的嗥着衝到前廳裏，那剛到的閨秀正在這里脫掉她的外套，顯出最新式樣，摩登顏色的衣服和一條繞着頸子的長蛇。❶一種濃重的素馨花香，散滿了一屋子。通體漂亮的太太一知道也還漂亮的太太的來到，就也跑進前廳裏來了。兩位女朋友握手，接吻，叫喊，恰如兩個剛在女塾畢業的年青女孩兒，當她們的母親還沒有告訴她這一個的父親，比別一個的父親窮，也不是那麼的大官之前，重行遇見了

❶ Boa，指女人用的做成蛇形的皮圍巾。——譯者。

的一樣。她們的接吻就有這麼響，至于使兩匹叭兒狗又嗥起來，因此遭了手帕的很重的一下，——那兩位閨秀當然是走進淡藍的客廳裏，其中有一張沙發，一頂卵圓形的桌子，以及幾張窗幔，邊上繡着藤蘿；獅毛的阿兌來和長脚的胖大坡武浦兒麗，也就哼着跟她們跑進屋子裏。『這里來，這里來，到這角落上來呀！』主婦說，一面請客人坐在沙發的一角上。『這才是了，這才對了！您還有一個靠枕在這里呢！』和這句話同時，又在她背後塞進一個繡得很好的墊子去；繡的是一向繡在十字布上的照例的騎士；他的鼻子很像一道樓梯，嘴唇是方的。『我多麼高興呵，一知道您……我聽到有誰來了，就自己想，誰會來的這麼早呢？派拉沙說恐怕是副知事的太太罷，我還告訴她嘽：這蠢才又要來使我討厭了嗎？我已經想回覆了……』

那一位閨秀正要說起事情，攤出她的新聞來，然而一聲喊，這是恰在這時候，從通體漂亮的太太那里發出來的，就把談話完全改變了。

『多麼出色的，鮮明的細布料子呵！』通體漂亮的太太嚷道，她一面注意的檢查着也還漂亮的太太的衣服。

『是呀，很鮮明，靈動的料子！但是普拉斯科夫耶·菲陀羅夫娜說，如果那斜方格子再小些，點子不是肉桂色的，倒是亮藍色的，就見得更加出色了。我給我的妹子賣去了一件料子；可眞好！我簡直說不上來！您想想就是，全是頂細頂細的條紋，在亮藍的底子上，細到不過才可以看得出，條紋之間可都是圈兒和點兒，圈兒和點兒……一句話，眞好！幾乎不妨說，在這世界上是還沒有什麼更好看的。』

『您知道，親愛的，這可顯得太花色了。』

『阿呀，不的！並不花色！』

『唉唉，眞是！太花色的利害！』

我應該在這里聲明，這位通體漂亮的太太，是有些近乎唯物論者的，很傾于否認和懷疑，把這人生的很多事物都否定了。

但這時也還漂亮的太太却解說着這並不算太花色，而且大聲的說道：『阿呀，眞的，幸而人們沒有再用折疊衣邊的了！』

『爲什麼不用的？』

『現在不用那個，改了花邊了！』

『阿唷，花邊可不好看！』

「那里，人們都只用花邊了，什麼也趕不上花邊，披肩用花邊，袖口用花邊，頭上用花邊，下面用花邊，一句話，到處花邊。」

「這可不行，蘇菲耶·伊凡諾夫娜，花邊是不好看的！」

「但是，安娜·格力戈利也夫娜，好看呀，眞是出色的很，人們是這麼裁縫的：先疊兩疊，疊出一條闊縫來，上面……可是您等一等，我就要說給您聽了，您會聽得出驚，並且說：……眞的，您看奇不奇：衫子現在是長得多了，正面尖一點，前面的鯨鬚撐的很開，裙子的周圍是收緊的，像古時候的圓裙一樣，後面還塞上一點東西，就簡直 a la belle femme❶了。」

「不行，您知道，這撐的太開了！這可是我要說的！」通體漂亮的太太喊了起來，還昂着頭一搖，傲然的覺得自己很嚴正。

「一點不錯，這撐的太開了，我也要這麼說！」也還漂亮的太太回答道。

「那倒不，敬愛的，您愛怎麼着就怎麼着罷，我可不跟着辦！」

「我也不……如果知道什麼都不過是時行……什麼也都要完的！我向我的妹子討

❶法國話，可解作「成爲美婦人」的意思。——譯者。

了一個紙樣，只是開開玩笑的，您知道。家裏的眉蘭湼，可已經在做起來了。』

『什麼，您有紙樣嗎？』通體漂亮的太太又喊了起來，顯出她心裏分明很活動。

『自然。我的妹子送了來的！』

『心肝，您給我罷，謝謝您！』

『可惜，我已經答應了普拉斯科夫耶・伊凡諾夫娜的了。等她用過之後？』

『什麼普拉斯科夫耶・伊凡諾夫娜穿過之後，誰還要穿呀？如果您不給自己最親近的朋友，倒先去給了一個外人，我看您實在特別得很！』

『但她是我的叔婆呀！』

『阿唷，那是怎樣的叔婆？不過從您的男人那邊排起來，她才是您的親戚……不，蘇菲耶・伊凡諾夫娜，我不要聽這宗話——您安心要給我下不去，您已經討厭我，您想不再和我打交道了……』

可憐的蘇菲耶・伊凡諾夫娜竟弄得完全手足無措。她很知道，自己是在猛火裏面燒。這只爲了誇口！她想用針來刺自己的胡塗的舌頭。

『可是，我們的花花公子怎麼了呢？』這時通體漂亮的太太又接着說。

『阿呀，眞的，眞的呀。我和您坐了這麼一大片工夫。一個出色的故事！您知道麼，安娜・格力戈利也夫娜，我給您帶了怎樣的新聞來了？』這時她才透過氣來言語的奔流，從舌頭上湧出，好像鷹羣被疾風所驅，要趕快飛上前去的一樣。在這地位上說話，是她的極要好的女朋友也屬于人情之外的強硬和苛酷的了。

『您稱讚他，捧得他上天就是，隨您的便，』她非常活潑的說。『可是我告訴您——就是當他的面，我也要說的，他是一個沒有價值的人；‥沒有價值的，沒有價值‥的人！』

『對啦，但是您聽着罷，我有事情通知您！』

『人家都說他好看，可是一點也不好看，一點也不——他的鼻子——他就生着一個討厭的鼻子。』

『但是您讓我，您讓我告訴您，心肝，安娜・格力戈利也夫娜，您讓我來說呀。這眞是好一個故事，我告訴您，一個「Ss' konapell istoar」❶的故事，』那女朋友顯着完全絕望的神情，並且用了懇求的聲音說。——當這時候，寫出兩位閨秀用了許多外國字，並且在她

❶夾着俄國語法的錯誤的法國話，意思是『所謂歷史的事件。』——譯者。

們的會話裏夾進長長的法國話語去，大約也並非過份的然而作者對于爲了我們祖國的利益，愛護着法國話的事，雖然懷着非常的敬畏，對于我們的上等人爲了祖國之愛和牠的統一，整天用着這種話的美俗，雖然非常之尊敬，却總不能自勉，把一句外國話裏的句子，運進這純粹的俄羅斯詩篇裏面去，所以我們也還是用俄國話寫下去罷。

『怎樣的一個故事呢？』

『唉唉，我的親愛的安娜·格力戈利也夫娜，您可知道我現在是怎樣的一個心情呀！您想想看，今天，住持夫人，那住持的太太，那希理耳神甫的太太，到我這里來了；哪，您想是怎麼樣？我們這文弱的白面書生，您早知道的，那新來的客人，您看他怎麼樣？』

『怎的？他已經愛上了住持太太了嗎？』

『那里那里！安娜·格力戈利也夫娜！要是這樣，還不算很壞哩！不是的，您聽着就是，那住持太太對我怎麼說！「您想想看，」她說，「女地主科羅皤契加忽然闖到我這里來了，青得像一個死人，還對我說，哦，她對我說什麼，您簡直不會相信。您聽着就是，她對我說的是什麼！這簡直是小說呀！在半夜裏，全家都睡覺了，她忽然聽到一個怪聲音，這可怕是說也沒有法子說，使盡勁道的在敲門，她還聽到人聲音在叫喊：開門！開門！要不，我就搗毀了……」唔，您以爲怎麼樣？您看我們的花花公子竟怎麼樣？」

「哦，那麼，那科羅皤契加年青，漂亮嗎？」

「唉唉，那里！一個老傢伙！」

「這倒是一個出色的故事！那麼他是愛弄老的？哪，我們的太太們的脾氣也眞好，人可以說。一下子就着了迷了。」

「這倒並不是的，安娜·格力戈利也夫娜！和您所想像的，完全是另一回事。您想想看，他忽然站在她面前了，連牙齒也武裝着，就是一個力那勒陀·力那勒提尼，❶並且對她吆喝道：「把靈魂賣給我，那些死掉了的，」他說。科羅皤契加自然是回答得很有理：「我不能賣給您；他們是已經死掉的了。」——「不，」他喊道，「他們沒有死。知道他們死沒有死，這是我的事，」他說，「他們是沒有死的，沒有死的！」他叫喊着。「他們是沒有死的！」總而言之，他鬧了一個大亂子，全村都逃了，孩子哭喊起來，大家嚷叫着，誰也不明白誰，一句話，不得了，不得了，不得了！您簡直不能知道，安娜·格力戈利也夫娜，當我聽了這些一切的時候，我

❶ Rinaldo Rinaldini，有名的強盜故事中的主角。——譯者。

有多麼害怕。「親愛的太太，」我的瑪式加對我說。「您去照一照鏡子罷！您發了青了！」「唉唉，現在照什麼鏡，」我說，「我得趕快上安娜·格力戈利也夫娜那里去，去告訴她哩。」我立刻叫套車。我的車夫安特留式加問我要到什麼地方去，我却說不出一句話兒來，只是白癡似的看着他的臉。我相信他一定以爲我發了瘋了。唉唉安娜·格力戈利也夫娜，如果您能夠知道一點我怎麼興奮呵！」

『哼！眞是奇怪得很』通體漂亮的太太說。『死魂靈，究竟是什麼意思呢？我老實說，這故事我可是一點也不懂，簡直一點也不懂。我聽說死魂靈現在已經是第二回了。我的男人說，這是羅士特來夫撒謊！但一定還有什麼藏在裏面的！』

『不不，您就單替我設身處地的來想一想罷，安娜·格力戈利也夫娜，當我聽了的時候，我是怎樣的心情呵！「現在呢，」科羅皤契加說，「我全不知道應該怎麼着了！他硬逼我在什麼假契據上署名，」她說，「並且把一張十五盧布的鈔票抛在桌子上。我，」她說，「是一個不通世故的無依無靠的寡婦，這事情什麼也不明白。」就是這樣的一個故事呀！阿唷，如果您能夠知道一點我怎麼的興奮呵。』

『不不，您要說什麼，說您的就是這並不是爲了死魂靈呀！有一點完全別樣的東西藏在這裏面的。』

『老實說，我也早就這麼想的，』也還漂亮的太太說，有一點喫驚。她又立刻非常焦急，要知道究竟藏着什麼了，于是漫然的問道：『但從您看來，那裏面藏些什麼呢？』

『但是，您怎麼想呀？』

『我怎麼想？……老實說，我好像在猜謎。』

『但我要知道，您究竟是什麼意見呢？』

然而，也還漂亮的太太却什麼也想不出，所以就不開口。對于事物，她只會興奮，至于仔細的想像和綜合，却並不是她的事，因此她比別人更極需要細膩的朋友，給她忠告和幫忙。

『那就是了，我來告訴您，這死魂靈是有什麼意思的，』通體漂亮的太太說，她的女朋友就傾聽，而且還尖着耳朵；她的耳朵好像自己尖起來了。她抬起身，幾乎要離開了沙發，她雖然有點茁實的，但好像忽然瘦下，輕如羽毛，看來只要有一陣微風，便可以把她吹去似的了。

一樣情形的是俄國的貴公子，他是一個愛養狗，愛打獵，也愛游蕩的人，當他跑近森林時，從中正跳出一隻追得半死的兔子，于是策馬揚鞭，趕緊換上彈藥，接着就要開火。他的眼睛看穿了昏洸的空氣，決不再放鬆一點這可憐的小動物。縱使當面是雪花旋舞的廣野，用了成束的銀星，射着嘴巴和眼睛，鬍鬚，眉毛和値錢的獺皮帽，他也還是不住的只管追。

『死魂靈是……』通體漂亮的太太說。

『怎樣？什麼？』那女朋友很興奮的夾着追問道。

『死魂靈是……！』

『阿唷，您說呀，看上帝面上！』

『不過一種虛構，也無非是一個假託。其實是爲了這件事：他想誘拐知事的女兒。』

這結論實在很出意料之外，而且無論從那一點來看，也都覺得離奇。也還漂亮的太太一聽到，就化石似的坐在她的位置上；她失了色，靑得像一個死人，這回可眞的興奮了。『阿呀，我的上帝！』她叫起來，還把兩手一拍。『這是我夢也沒有做到的！』

『我還得說，您剛剛開口，我就已經知道，那爲的是什麼了，』通體漂亮的太太回答道。

『這一來，那麼，對于女塾的教育，人們會怎麼說呢？這可愛的天眞爛熳的！』

『好個天眞爛熳！我聽過她講話了！我就沒有這勇氣，敢說出這樣的話來。』

『您知道，安娜·格力戈利也夫娜，現在的風俗壞到這地步，可眞的教人傷心呀。』

「然而先生們還都迷着她哩。我可以說，我是看不出她一點好處來。……她做作得可怕，簡直做作得教人受不住。」

「唉唉，親愛的安娜·格力戈利也夫娜，她冷得像一座石像，臉上什麼表情也沒有。」

「不不，她多麼做作，多麼做作得可怕，我的上帝，多麼做作呵！她從誰學來的呢？不過我從來沒有見過一個女孩子，有這麼裝腔作勢的脾氣的。」

「親愛的，她是一個石像，蒼白的像死屍。」

「唉唉，請您不要這麼說罷，蘇菲耶·伊凡諾夫娜，她是搽臙脂的，紅到不要臉。」

「不的，您說什麼呀，安娜·格力戈利也夫娜；她白的像石灰一樣，簡直像石灰。」

「我的親愛的，我可是就坐在她旁邊的呢，她面龐上搽着臙脂，眞有一個指頭那麼厚，像牆上的石灰似的一片一片的掉下來。這是她的母親教她的。她的母親原就是一個精製過的騷貨，但女兒可是賽過母親了。」

「不不，請您原諒，不不，您只說您自己的，我可以打賭，只要她用着一點點，一星星，或者不過一絲一毫的紅顏色，我就什麼都輸出來，我的男人，我的孩子，所有我的田產和家財！」

「阿呀，您竟在說些什麼呀，蘇菲耶·伊凡諾夫娜，」通體漂亮的太太把兩手一拍，說。

『那里，您多麼奇特呵！眞的，我只好看看您，出驚了！』也還漂亮的太太也把兩手一拍，說。

兩位閨秀對于幾乎同時看見的，簡直不能一致，讀者是不必詫異的。在這世界上，實在有很多東西，帶着這種希奇的性質；··一位閨秀看作雪白，別一位閨秀却看作通紅，紅到像越橘一樣。

『那麼，·再給您一個證據罷，她是蒼白的，』也還漂亮的太太接着說。『我還記的非常清楚，好像就在今天一樣，我坐在瑪尼羅夫的旁邊，對他說道：「您看哪，她多麼蒼白呵！」眞的，倘要受她的迷，我們的先生們還得再胡塗一點呢。還有我們的花花公子先生……我的上帝，這時候，他多麼使我討厭呵！您是簡直想像不來的，他多麼使我討厭呵！』

『但有幾位太太，對于他可也並非毫無意思的。』

『您說我嗎，安娜·格力戈利也夫娜？這您可不能這麼說。沒有的事，沒有的事！』

『我可並不是說您，世界上也還有別的女人的呀！』

『沒有的事，沒有的事，安娜·格力戈利也夫娜。請您允許我通知一句，我是很明白我自己的；這和我不相干；但別的太太們，那些裝作難以親近的樣子的，却難說。』

『那里的話，對不起，請您給我說一句，我可一向沒有鬧過這樣的醜故事。別人會這樣也說不定，然而不是我，這是您應該許可我通知您的。』

『您為什麼這麼發惱呢？您之外，也還有別的太太們在那里的，她們爭先恐後的去佔靠門的椅子，為的是好坐得和他近一點。』

人也許想，也還漂亮的太太一說這些話，接着一定要有一陣大雷雨了；但奇怪的是兩位閨秀都突然不說話，豫期的風暴並沒有來。通體漂亮的太太恰巧記得了新衣服的紙樣還沒有在她的手中，也還漂亮的太太也知道還沒有從她最好的朋友聽過新發見的底細，因此這麼快的就又恢復了和平。況且這兩位閨秀們，不能說她天性上就有散佈不樂的慾望，性情原也並不壞，不過當彼此談天的時候，總是自然而然的，不知不覺的願意給對手輕輕的喫一刀；那兩人中的一人，間或因此得點小高興，而這女朋友，有時是會說很親暱的話語的：『這是你的！拿了喫去罷！』男性和女性，心裏的慾望就如此的各式各樣。

『我只還有一件事想不通，』也還漂亮的太太說，『那乞乞科夫，他不過是經過這里，怎麼能決定一件這樣駭人的舉動來呢。他總該有一個什麼幫手的。』

『您以為他是沒有的嗎？』

『您看怎麼樣，誰能夠幫他呀？』

『是囉，譬如——羅士特來夫！』

『您眞的相信——羅士特來夫？』

『怎麼不？他什麼都會做的。您莫非不知道，他還想賣掉他的親爺，或者說的正確一點，是拿來做賭本哩。』

『我的上帝，我從您這里得了多麼有趣的新聞呵！羅士特來夫也夾在這故事裏，我眞的想也想不到。』

『我可是馬上就想到了！』

『這眞教人覺得世界上無所不有！您說罷，當乞乞科夫初到我們這市鎭裏來的時候，誰料得到他會鬧這樣的大亂子的呢？唉唉，安娜·格力戈利也夫娜，如果您知道我怎樣的興奮呵！倘使我沒有您，沒有您的友情和您的好意……我眞要像站在深坑邊上一樣……我得向那里去呢？我的瑪式加凝視着我，覺得我白的像死人，對我說道：「親愛的太太，您白的像一個死人了！」我還告訴她說：「唉唉，瑪式加，我現在想的却完全是別的事情呢！」眞的，就是這樣！而且羅士特來夫也伏在那裏面！好一個出色的故事！』

也還漂亮的太太很焦急，要知道關于誘拐的詳情，就是日期，時間，以及別的種種，然而她渴望的太多了。通體漂亮的太太不過極簡單的聲明她一點都不知道。況且她是從來不撒謊的：一種大膽的推測——那是另外一件事，但這也只以那推測根據于甚深的內心的確信爲限；眞的一有這內心的確信，這閨秀可也就挺身而出，那麼，即使有最偉大的律師，且是著名的辯才和異論的征服者，去和她論爭一下試試：這時候，他這才明白內心的確信是怎樣的東西了。

這兩位閨秀們把先前僅是推測的事情，後來都成爲確信，那是毫不足怪的。我們這些人，簡潔的說，就是我們，我們稱之爲聰明的人們，那辦法就完全一樣，我們的學者的討論，就是最好的證據。一位學者，對于事物，首先是像眞的扒手一樣，非常小心，而且近乎膽怯的來開手的，他提出一個極謙和穩健的問題：『此國之得名，是否自地球上之某處而來？』或是『此種記載，能或傳于後世，將來否？』或是『吾等不應解此民衆爲如何如何之民衆乎？』于是他立刻引據了古代的作家，只要發見一點什麼暗示，或者只是他算作暗示的暗示，他就開起快步來了，勇氣也有了，隨便和古代的作家談起天來，向他們提出質問去，接着又自已來回答，把他那由謙虛穩健的推測開手的事，一下子完全忘記了；這時他已經好像一切

“我的上帝，我從您這里得了多麼有趣的新聞啊!”

都在目前，非常明白，以這樣的話，來結束他的觀察道：『而是乃如此。此此民衆應作如此解。此乃根據，應藉以判別此對象者也！』于是儼然的在講座上宣揚，給大家都聽得見——而新的眞理就到世界上去游行，以贏得新的附和者和讚歎者。

當我們的兩位閨秀用了許多銳利的感覺，把這麼錯雜糾纏的事件，順順當當的解釋清楚了的時候，那檢事，卻和他的永久不動的臉孔，濃密的眉毛和睞着的眼睛，走進客廳裏來了。兩位閨秀便馬上報告他一切的新聞，講述購買死魂靈，講述乞乞科夫誘拐知事小姐的目的，而且講的這麼長，一直弄到他莫名其妙。他迷惑似的永是站在老地方，睞着左眼睛，用一塊手帕揩掉鬍子上面的鼻煙，聽到的話卻還是一句也不懂。當這時機，閨秀們便放下他不管，跑了出去，各奔自己的前程，到市裏去發生騷擾去了。這計劃，不過半點多鐘就給她們做到。市鎭由最內部開始，什麼都顯了很野的激昂，一下子就沒有人還知道別的事。閨秀們是善于製造這種煙霧的，使所有的人，尤其是官員，都幾乎茫然自失。她們的地位，開初就像一個中學生，用紙片捲了鼻煙，就是我們這里叫作『驃騎兵』的，探進睡着的同窗的鼻孔裏面去。那睡着的人呼吸有些不通暢了，一面卻以打鼾的全力吸進鼻煙去，醒了，跳了起來，瞪着眼睛看來看去，像一個傻子，卻不明白他在什麼地方，出了什麼事；但接着又覺到了射在牆上的太陽的微光，躲在屋角裏的同窗的笑聲，穿窗而入的曙色，已經清醒的森林，數千鳥聲的和鳴，在朝陽下發閃，在蘆葦間曲折流行的小河，那明晃晃的波中，有無數稀溼的兒童在嬉游，叫人去洗澡——這時他才覺得，他鼻子裏原來藏着驃騎兵。我們的市鎮裏的居民和官員的景況，開初就完全是這樣的。誰都小羊似的獃站着，而且瞪着眼睛。死魂靈，知事的女兒和乞乞科夫；這一切都糾纏起來，在他們的腦袋裏希奇古怪的的起伏和旋轉；待到最先的迷惘收了場，他們這才來區別種種的事物，將這一個和那一個分開，要求着淸賬，但到他們覺得關于這事件簡直不能明白的時候，他們就發惱了。「這算是什麼比喻，哼，眞的，死魂靈是什麼昏話呢？這故事和死魂靈，有什麼邏輯關係呢？那麼，人怎麼會買死魂靈？那里會有這樣的驢子來做這等事？他用什麼獃錢來買死魂靈？他拿這死魂靈究竟有什麼用？況且知事的女兒和這事件又有什麼相干？如果他眞要誘拐她，爲什麼他就得要死魂靈？如果他要買死魂靈，又何必去誘拐知事的女兒？莫非他要把死魂靈來送知事的女兒嗎？市裏流傳着怎樣的一種胡說白道呵！多麼不像樣：人還來不及回頭看一看，這胡塗話就已經說給別人了……如果這事件還有一點什麼意義呢！……但別一面也許有什麼藏在那裏面，否則也不會生出這種流言來。總該有什麼緣故的。但死魂靈能是緣故的嗎？什麼混帳緣故也不是。這實在就像「一個木雕的馬掌，」「一雙煮軟的長靴」或是「一隻玻璃　義足」一樣！』總而言之，凡是說話，閒談，私語，以及全市裏所講述的，都不外乎死魂靈和知事的女兒，乞乞科夫和死魂靈，知事的女兒和乞乞科夫，一切東西，全都動彈起來了。好像一陣旋風，吹過了沈睡至今的市鎮。所有的懶人和隱士，向來是終年穿着睡衣，伏在火爐背後，忽而歸罪于靴匠，說把他的長靴做得太小了，忽而歸罪于成衣匠或者他的喝醉的車夫的，却也都從他們的巢穴裏爬了出來，連那些久巳和他的朋友斷絕關係，只還和兩位地主熊皮氏先生和負爐氏先生相往來的人們（兩個很出名的姓氏，是從躺『在熊皮上』和『背靠着爐後面』的話製成，在我們這里很愛說，恰如成語裏的『去訪打鼾氏先生和黑甜氏先生』一樣，那兩人是無論側臥，仰臥，以及什麼位置的臥法，都能死一般的熟睡，從鼻子裏發出大鼾，小鼾，以及一切附屬的聲音來的；）連那些請喫五百盧布的魚羹和三四尺長的鱘鰉魚還有只能想像的入口卽化的饅頭，也一向不能誘他離家的人們，也統統出現了；一言以蔽之，好像是這市鎭顯得人口增多，幅員加廣，到處是令人心滿意足的活潑的交際模樣。居然泛起一位希梭以・巴孚努且維支先生和一位麥唐納・凱爾洛維支先生來了，這是先前毫沒有聽到過的；忽然在客廳裏現出一個一臂受過彈傷的長條子，一個眞的巨人來了，這大塊頭，是一向沒有看見過的。街上是只見些有蓋的馬車，大洪水以前的板車，嘎嘎的叫的箱車，轟轟的響的四輪車——亂七八遭。在別的時候和別的景況之下，這流言恐怕絕不會被注意，但N市久已沒有了新聞。從最近的三個月以來，在都會裏幾乎等于沒有所謂談柄，而這在都市裏，是誰都知道，那重要不下于按時輸送糧食的。忽然間，這市鎮的居民分爲代表兩種完全不同的意見的，兩個完全相反的黨派了：男的和女的。男人們的意見胡塗之至；他們只着重于死魂靈。女黨則專管知事女兒的誘拐。這一黨裏——爲閨秀們的名譽起見，說在這里——用心，秩序和思慮，都好得差遠。這分明是因爲女人的定命，原在成爲賢妻，到處總在給好秩序操心的。在她們那里，一切就立刻獲得一種確鑿而生動的外觀，顯豁而切實的形狀，無不明明白白，透澈而且清楚，好像一幅完工的鉤勒分明的圖畫。現在這事情了然了，說是乞乞科夫原是早已愛上了那人的，說是她也到花園裏在月下去相會，說是倘使沒有乞乞科夫的前妻夾在這中間（怎麼知道他已經結過婚的呢，誰也說不出）知事也早把他的女兒給乞乞科夫做老婆了，因爲他有錢像猶太人一樣，說是那女人的心裏還懷着絕望的愛，便寫了一封很動人的信給知事，又說是乞乞科夫遭了她父母的堅決的拒絕，便決計來誘拐了。在許多人家裏，這故事却又說得有點不同：乞乞科夫並沒有老婆，但是一個精細切實的漢子，他要得那女兒，就先從母親入手，和她有了一點祕密的事，這才說要娶她的女兒，母親可是怕了起來，這是很容易犯罪，違背宗教的神聖的禁令的，便爲後悔所苛責，一下子拒絕了，那時乞乞科夫才決了心，要把女兒誘拐。也還有一大批說明和修正，那流言傳得愈廣，一直侵入市邊和小巷裏，這些說明和修正也發生得愈多。在我們俄國，社會的下層，是也極喜歡上等人家的故事的，所以便是那樣的小人家，也立刻來談這醜聞，雖然毫不知道乞乞科夫，却還是馬上造成新的流言和解釋。這故事不斷的加上興味去，逐日具備些新鮮的和一定的形態，終于成爲完全確切的事實，傳到知事太太自己的耳朶裏去了。知事太太是一家的母親，是全市的第一個名媛，爲了這故事，非常苦惱，況且她眞的想也想不到，于是就大大的，也極正當的憤激了起來。可憐的金頭髮，是挨了一場十六七歲的女孩兒很難忍受的極不愉快的面諭，質問，指示，譴責，訓戒和威嚇的洪流，向這可憐的娃兒直注下來，弄得她流淚，嗚咽，一句話也不懂；門丁是受了嚴厲的命令，無論怎樣，也決不許再放進乞乞科夫來。

閨秀們澈底的幹了一通，這位知事太太，完成了她們的使命之後，便去拉男黨，要他們站到自己這面來。她們說明，死魂靈的事情，不過是一種手段，因爲要避去嫌疑，容易誘拐閨女，所以特地造出來的。男人們裏的許多便轉了向，加進閨秀們的黨裏去，雖然蒙了他們同志的指摘和非難，稱之爲羅襪英雄和娘兒衫子——這兩個表號，誰都知道，對于男性是有着實在給他苦痛的意義的。

然而男人們縱使這麼的武裝起來，想頑強的來抵抗，他們這黨裏却總是缺少那些女黨所特出的秩序和紀律。他們全都不中用，不切實，不合式，不調和，不正當；腦袋裏滿是混雜和紛亂，思想上是纏夾和胡塗——一言以蔽之，就是把男人的倒楣的本性，粗魯，拙笨，遲鈍的本性，既不會齊家，又沒有確信，不虔誠，又懶惰，被永是懷疑和顧忌恐怖所攪壞的本性，很確切的暴露出來了。據男人們說，誘拐一個知事的女兒，驃騎兵比文人還要擅長，乞乞科夫未必來做這種事，不要相信女人，她們統統是胡說白道的，女人就像一隻有洞的袋子，裝進什麼去，也漏出什麼來：那麼應該着眼的要點，是死魂靈，雖然只有鬼知道那是怎麼一回事，但也確有什麼很不好，很討厭的東西藏在那裏面的。爲什麼男人們會覺得藏着什麼很不好，很討厭的東西的呢——我們不久就知道。這時恰恰放出一個新的總督到省裏來了——這分明就是使官員們陷于不安和激昂情狀的事件：于是永遠要有各種查考和叱責了，于是頭要洗得乾淨，擺得規矩了，于是上司照例辦給他的下屬的一切的羹湯，大家就總得喝盡了。——『上帝呀！』官員們想，『只要他一知道市鎮上傳播着這樣的流言，他就不會當作笑話，可眞的要發怒的呵。』衞生監督忽然完全發了靑，他把這解釋的很可怕了，怕『死魂靈』這句話也許暗示着近來生了時疫，却因爲辦理不得法，死在病院裏和別地方的許多人，怕乞乞科夫到底是從總督衙門裏派出來的一個官，先來這里暗暗的探訪一下的。他把自己的憂慮告訴了審判廳長。審判廳長說不會有這等事，但自己也立刻發了靑，因爲起了這思想：然而，如果乞乞科夫所買的魂靈確是死的呢？他不但許可了買賣契約，還做了潑留希金的證人。萬一傳到總督的耳朵裏去了呢，那可怎麼辦？他把自己的憂慮去通知別幾個，別幾個也都忽然發靑了：這憂愁刹時散佈開去，比黑死病傳染得還快。誰都在自己身上找出了並未犯過的罪案。『死魂靈』這句話顯着很廣泛的意義，至于令人疑心到牠也許指着新近埋掉兩個人的那兩件事了。那兩件案子都了結的還不怎麼久。第一件，是幾個梭耳維且各特的商人們闖出來的，他們在市鎮的定期市集上，做過生意之後，就和幾個從烏斯德希梭里斯克來的熟識的商人們來一桌小喫。俄國式的小喫，但用德國式的手段：屬水燒酒，檸檬香糖熱酒，藥酒，以及別的種種。這小喫，自然照例以勇敢的混戰收場。梭耳維且各德的先生們，把烏斯德希梭里斯克的先生們痛打了一頓，雖然這一面在脅肋上也挨着很利害的幾下，肚子上又受了傷，證明着陣亡的戰士的拳頭，有多麽非常之大。勝利者中的一個，就像我們的拳鬪家的照例的說法，張揚了起來，這就是說，鼻子給打扁了，只剩着一節指頭的那麽一點點。商人們都認了罪，並且聲明，他們也太開了小玩笑。不久，大家就都說，為了這命案，他們每人出了四張一百盧布的鈔票；此外就全都不了然。但據硏訊的結果，烏斯德希梭里斯克的商人們却都是被煤氣悶死的了。于是他們也就算是這樣的落了葬。別一件，出的還不久，那是這樣子的：蝨傲村的官家農奴連絡了皤羅夫村的，以及打手村的官家農奴，好像把一位憲兵，原是陪審官資格，叫作特羅巴希金的，從地上消滅了。這位憲兵，就是陪審官特羅巴希金，非常隨便，時常跑到他們的村裏去，那情形幾乎有疫病一般的可怕。但那原因，大約是在他有一點心腸軟，對于村裏的女人實在太熱心。這案子也沒有十分明白，雖然農夫們簡直說，這憲兵愛鬧的像一匹雄猫，他們逐了他不只一兩回，有一回還只好精赤條條的從一家小屋子裏趕出。為了他的心腸軟，憲兵是當然要受嚴罰的，但別一方面，如果蝨傲村和打手村的農奴眞的和謀害有關，其專橫却也不合道理，難以推諉。事情總是莫名其妙；人看見那憲兵倒在路上；他的制服或是他的長衫，像一堆破衣，相貌也幾乎分辨不清了。案件弄到衙門裏，終于移在刑事法庭，經私下的豫先商量之後，就發出這樣意思來：人們聚集，即成驚人之數，故農奴中之何人，應負殺害憲兵之罪，殊不可知，況在特羅巴希金一方面已係死人，縱使勝訴，亦屬無聊，但農奴們是還在活着的，所以從寬發落，當有大益，于是下了判決，陪審官特羅巴希金應自負其死亡之責，因爲他對于蝨傲村和打手村之農戶，加以法外之壓逼，而且是在夜間乘橇歸家之際，突然中風身故的。這案子好像已經了結得很圓穩；但官員們却又忽而覺得，這所謂死魂靈者，又即和這事件有關。正值這時候，可又來了一些事，即使沒有這些事，官員們已經夠在困苦的地位的了，然而知事又收到了兩封信。一封是通知，說據最近的密報，省中有人在造假鈔票，用的是各種不同的姓名。所以應該立即施行嚴厲的查緝。別一封是鄰省知事的關于漏網的強盜的通知，謂在貴省的紳士羣中，倘忽見有可疑之人，既無旅行護照，又無別種正當之證明書，則應請即將此人逮捕。兩封信惹起了全體的惶恐；所有先前的豫料和推測，忽然都毫無用處了。這裏面，關於乞乞科夫模樣的話，自然是一句也沒有的。但大家各自回想起來，却誰也不很明白乞乞科夫究竟是什麼人，他自己也不過很含混，很游移的發表過他的身世，他單是說，他生平經歷過大難，因爲他想給眞理服役，所以只得惹起目前的猜疑。然而這些話還是太朦朧太含混。而且他又說，他有許多要他性命的敵人，那就更得想一想了：莫非他正有生命的危險，莫非他正在被窮追，莫非他正要開手做什麼……那麼，他究竟是何等樣人呢？當他製造假鈔票的人，或者竟是一個強盜，那自然是不能的——他有一副那麼堂堂的相貌但首先是他實在是何等樣人呢？到這時候，官員諸公這才起了開初就該發生的疑問，就是在這詩篇的第一章裏，就該發生的疑問了。大家又決定到賣給他死魂靈的人們那里去研究幾件事，至少，是想知道那交易是怎樣的情形，死魂靈究竟該作怎樣的解釋，以及乞乞科夫是否在偶然間，或者滑了口走漏過一點他的計劃和目的，或者對他們講過他是什麼人。最先是到科羅皤契加那里去但所得並不多：他用十五盧布買了死魂靈，也還要買鳥毛，哦，他還和她約定，竭力來買她另外的一切。他也把脂肪供給國家，所以他的確是騙子；因為先已有人買了她的鳥毛，而且把脂肪供給過國家。他什麼利益都壟斷，住持太太就給騙去足足一百盧布了。此外也探不出什麼來；她說來說去，總只是這幾句，于是官員們卽刻明白，科羅皤契加簡直不過是一個癡獃的老虔婆。瑪尼羅夫聲明他敢擔保保甫爾·伊凡諾維支，猶如擔保自己一樣。只要他能有保甫爾·伊凡諾維支那樣出衆的人格百分之一，他就極情願放棄全部財產；一說到他，他大抵就細起了眼睛，還吐露了一點關于友情的思想。這思想，自然是儘夠證明他溫良的心術的；但對于這事件本身，他却並沒有說明白。梭巴開維支回答道：由他看來，乞乞科夫是一個體面的人，他梭巴開維支，只賣給了他最好的農奴，無論從那一點看，都是壯健活潑的人物；然而他自然不能擔保將來就不會出什麼事。倘使他們喫不起移住的辛苦，在路上死掉了，那就不是他的罪；這全在上帝的手中。世界上時疫和別的死症多得很，已經有過全村死盡的事實了。官員諸公又用了別一種方法來救自己的急，這實在不能說是高明的，然而也常常使用。他們曲曲折折使相識的奴僕，去打聽乞乞科夫的跟丁，看他們是否知道自己主人的過往經歷和生活關係中的一點什麼節目。然而打聽出來的也很少。從彼得爾希加，除了那一些住房的黴臭之外，他們毫無所得，綏里方也不過短短的說明道：『他先前是官，在稅關上辦事的。』這就是一切。這一流人，是有一種希奇古怪的脾氣的：如果直截的問他們什麼事，他們就什麼也說不出。他們不能在自己的腦袋裏把這事連結起來，或者只是簡單的說，他們不知道。但倘若問他們別的事，可就什麼都搬出來了，只要你願意，而且還講的很詳細，連你從來並不想聽的。官員們所做的一切的調查，只使他們明白了一件事：乞乞科夫到底是什麼人呢，他們實在不知道，但他一定總該是什麼人。他們終于決定，關于這對象，要有一致的意見，至少是弄出一個切實的判斷來，他們怎麼辦，他們取什麼標準，他們該怎樣調查，他是什麼人，是政治的不可放過，應該逮捕監禁的人，還倒是一個能把他們自己當作政治的不可放過的脚色，加以逮捕監禁的人呢。為了這目的，大家就彼此約定，都到警察局長的家裏去，讀者也早經熟識，那全市的父母和恩人的家裏去了。

第十章

大家都聚在讀者已經知道他是全市的父母和恩人的警察局長的家裏。在這地方，官員們這才得了一個機會，彼此看出他們的面頰，爲了不斷的愁苦和興奮，都這麼的瘦損了下來。實在，新總督的任命，還有極重要的公文，末後是可怕的愁苦——這些一切，都在他們的臉上留着分明的痕迹，連大家的燕尾服也寬大起來了。誰都顯得可憐和困頓。審判廳長，衞生監督，檢事，看去都瘦削而且發青，連一個叫作什麼綏蒙·伊凡諾維支的，誰也不知道他姓什麼，示指上戴一個金戒指，特別愛給太太們看的人，也居然瘦損了一點。自然，其中也有幾個大膽無敵的勇士，沒有恐怖，沒有缺點，不失其心的鎮定的，然而那數目少得很；可以算數的其實也只有一個，就是郵政局長。只有他總是平靜如常，毫無變化，當這樣的時候也仍然說：『明白你的，你總督大人·你還得換許多地方，我在我的郵局裏，却就要三十年了。』

對于這話，別的官員們往往這樣的回報他道：『你好運氣，先生！』『司潑列辛．齊．德意支，㊀伊凡．安特來伊支。』『你的差使是送信——你只要把送到的信收下來，發出去；你至多也只能把你的郵局早關一點鐘，于是向一個遲到的商人，爲了過時的收信，討一點東西，或者也許把一個不該寄送的小包，寄送了出去。在這樣的情形之下，自然是能唱高調的。但是你到我們的位置上來試試看，這地方是天天有妖魔變了人樣子出現，不斷的要你在手裏玩點把戲的。……你自己完全不想要他，却塞到你手裏來。你的晦氣並不怎麼大；你只有一個小兒子。我這里呢，上帝却實在很保佑着我的潑拉司科夫耶．菲陀羅夫娜，使她每年總送給我一個潑拉司科式加或是彼得魯式加。㊁如果這樣，你也就要唱別一種曲子了。』那些官員們這麼說。至于不斷的抗拒着妖魔，實際上是否辦得到呢，這判斷却不是作者的事了。在大家聚集起來的這我們的宗務會議上，分明有一種欠缺，就是民衆的嘴裏之所謂沒有毛病的常識。要而言之，對于代議的集會，我們好像是生得不大愜當的。凡有我們的會議，

㊀見第八章。——譯者。

㊁意即每年生一個女孩子或男孩子。——譯者。

從鄉下的農人團體直到一切學術的和非學術的委員會，只要沒有一個指揮者站在上面，就亂得一榻胡塗。怎麼會這樣的呢，很不容易說；好像我們的國民，是只在午膳或者小酌的集會上，例如德國式的大客廳和俱樂部的集會上，這才很有才能的。無論什麼時候，對于任何東西，都很高興，彷彿一帆風順似的，我們會忽然設起慈善會，救濟會，以及上帝知道是什麼的別樣的會來。目的是好的，但此後却一定什麼事也沒有。大約我們在開初，就是一早，已經覺得滿足，相信這些事是全都做過的了。假如我們舉一個要設立什麼會，以慈善爲目的，而且已經籌了許多款子的來做例子罷，爲表揚我們的善舉起見，我們就得擺設午膳，招待市裏所有的闊人，至少化去現款的一半。那一半呢，是給委員們租一所裝汽爐，帶門房的闊宅子，于是全部款子，就只剩下五個半盧布來，而對于這一點款子的分配，會裏的各委員也還不能一致，誰都要送給窮苦的伯母或嬸娘。但這一次聚集起來的會議，却完全是別一種：逼人的必要，召集了在場人的。所議的也和窮人或第三者不相干，商量的事情，都關于各位官員自己；這是一樣的威嚇各人的危局，所以如果大家同心協力，正也毫不足怪。然而話雖如此，這會議也還是得了一個昏庸之極的收場。意見的不同和爭論，是這樣的會議上在所不免的，姑且不管牠罷，但從各人的意見和議論中，却又表現了顯著的優柔寡斷：一個說，它戈科夫是製造假鈔票的，但又立刻接下去道：『然而也許並不是，』別一個又說，他許是總督府裏的屬員，接着却又來改正，說道：『不過，魔鬼才知道他是什麼人的臉上是不寫着他是什麼的呀。』說他是化裝的強盜，却誰也不以為然，大家都傾服他誠實鎮定的風姿，而在談吐上，也沒有會做這樣的兇手的樣子。許多工夫，總在深思熟慮的郵政局長，却忽然間——因為他發生了靈感，或是為了別樣的原因——完全出人意外的叫起來了：『你們知道嗎，我的先生們，他是什麼人呀？』他的這話，是用一種帶着震動的聲音說出來的，使所有在場的人們，也都異口同聲的叫起來道：『那麼，什麼人呢？』——『他不是別人，我的先生們，他，最可尊敬的先生，不會不是戈貝金●大尉！』大家立刻就問他：『那麼，這戈貝金又是什麼人呢？』郵政局長却詫異的回答道：『怎麼，你們不知道，戈貝金大尉是什麼人嗎？』

大家都告訴他說，他們一向沒有聽到過一點關于這戈貝金大尉的事。

『這戈貝金大尉，』郵政局長說，于是開開鼻烟壺，但只開了一點點，因為他怕近旁的人，竟會伸下指頭去，而那指頭，他以為是未必乾淨的——他倒總是常常說：「知道了的，知

● Kopeikin 即從戈貝克（Kopeika）化成，倘譯意，可云『銅子氏。』——譯者。

道了的，我的好人，您要把您的指頭伸到那里去鼻烟——這東西，可是要小心，要乾淨的呀，』——『這戈貝金大尉，』他重複說，於是嗅一點鼻烟，『唔——總之，如果我對你們講起他來——這是一個非常有意思的故事；對於一個作者，簡直就是一篇完整的詩。』

所有在場的人們都表示了希望要知道這故事，或者如郵政局長所說的這對於一個作者非常有意思的『詩，』於是他開始了下面那樣的講述：

戈貝金大尉的故事

『在一八一二年的出兵㈠之後，可敬的先生，』郵政局長說，雖然並不是只有一個先生，坐在房裏的倒一共有六個，『在一八一二年的出兵之後，和別的傷兵一起有一個大尉，名叫戈貝金的，也送到衛戍病院裏來了。是一個粗心浮氣的朋友，惡魔似的強橫，凡世界上所有的事他都做過，在過守衛本部，受過許多點鐘的禁錮。在克拉司努伊㈡附近，或是在利俾

㈠ 指俄法之戰。——譯者。

㈡ Krasnoje，俄國的市名。一八一二年，俄軍和法軍曾在這附近大戰。——譯者。

悉(二)之戰罷，那不關緊要，總之是他在戰場上失去了一隻臂膊和一條腿。您也知道，那時對于傷兵還沒有什麼設備：那廢兵的年金，您也想得到，說起來是一直到後來這才制定的。戈貝金大尉一看，他應該做事，可是您瞧，他只有一條臂膊，就是左邊的那一條。他就到他父親的家裏去，但那父親給他的回答是：「我也還是不能養活你；我，」您想想就是，「我自己就得十分辛苦，這才能夠維持。」于是我的戈貝金大尉決定，您明白，可敬的先生，于是戈貝金決定，上聖彼得堡去，到該管機關那里，看他們可能給他一點小小的補助，他呢，說起來，是所謂犧牲了他的一生，而且流過血的……他坐着一輛貨車或是公家的驛車，上首都去了，您瞧，可敬的先生，不消說，他喫盡辛苦，這才到了彼得堡。您自己想想看：現在是這人，就是戈貝金大尉，在彼得堡，就是在所謂世上無雙的地方了！他的周圍忽然光輝燦爛，所謂一片人生的廣野，童話樣的仙海拉宰台(三)的一種，您聽明白了沒有？您自己想想就是，他面前忽然的躺着這麼一條涅夫斯基大街，或者這麼一條豌豆街，或者，媽的，這麼一條列退那耶街，這里

(二) Leipzig，德國的市名，一八一三年，俄德聯軍曾在這附近和拿破崙軍大戰。——譯者。

(三) Sheherazade，『一千一夜』（或稱『天方夜談』）裏的市名：——譯者。

"在一八一二年的出兵之後，可敬的先生，"
——郵政局長說。

的空中聳着這麼的一座塔，那里又掛着幾道橋，您知道，一點架子和柱子也沒有，一句話，眞正的什米拉米斯。❶實在的，可敬的先生他先在街上走了一轉，爲的是要租一間房子；然而對於他，什麼都令人疑疑惑惑：所有這些窗幔，捲簾和所有鬼物事，您知道，就是地毯呀，眞正波斯的，可敬的先生……一句話，說起來，就是所謂用腳踏着錢。人走過街上，鼻子遠遠的就覺得千元鈔票發着氣味；您知道，我那戈貝金大尉的整個國立銀行裏，却只有五張藍鈔票和一兩枚銀角子……那麼，您很知道，這是買不成一塊田地的，也就是說，倘使再加上四萬去，却也許買得到；然而有四萬，人就先去租法國的王位了。好，他終於住在一個客店「力伐耳市」裏，每天一盧布，您知道，午餐兩樣，一碟菜湯加一片湯料肉……他看起來，他的錢是用不多久的。他就打聽，他應該往那里去。「你能到那里去呢，」人們對他說。「長官都不在市裏呀。您明白的，都在巴黎。軍隊還沒有回來。但這里有一個叫作臨時委員會的。您去試試看，」人們對他說，「在那里您也許會得點什麼結果的罷。」——「那麼，好，我就到委員會去，」戈貝金說。「我要去告訴他們了。事情是如此這般的。我呢，說起來，是流了我的血，而且

❶ Semiramis，見于童話中的古代阿希利亞的首都。——譯者。

犧牲了我的一生的。」于是他有一天的早晨，起來的早一點，用左手理一理鬍子，於是，您瞧，他到理髮店裏去了，這是因爲要顯得新開張的意思，穿好他的制服，用木脚一拐一拐的走到委員會的上司那里去。您只要自己想想就是！他問上司住在那里呢。人們告訴他說海邊上的那房子，就是他的。眞是一所茅棚，您懂嗎！玻璃窗，大鏡子，大理石，磁漆，您只要自己想想就是，可敬的先生！一句話，令人頭昏眼花。金屬的門上的把手，是精緻的好東西，好到人得先跑到店裏去買兩戈貝克肥皂，于是，就這麽說罷，來洗一兩點鐘手，這才敢於去揑牠。甬道前面呢，您瞧，站着一個手裏拿着大刀的門丁，一副伯爵相，麻布領子，乾乾淨淨的像一匹養得很好的布爾狗……我這戈貝金總算拖着他的木脚走進前廳去，坐在一個角落裏，只因爲恐怕那臂膊在亞美利加或是印度上，在渡金的磁瓶上，您很知道的，碰一下。您瞧，他自然應該等候許多工夫，因爲他到這里的時候，那上司呢，說起來，還剛剛起牀，當差的正給他搬進什麽一個銀的盆子去，您很知道，是洗臉用的。我的戈貝金一直等了四個鐘頭之久；當直的官員總算出來了，說道：「長官就來！」這時屋子裏早已充滿了肩章和肩綬，一句話，人們擁擠得好像盤子裏的豆子一樣。到底，可敬的先生，長官進來了。哪，您自然自己想得到的：是長官自己呵。唔，自然，他的相貌就正和他的品級和官銜相稱，這樣的一副樣子，您懂了沒有？全是京派的謙虛。他先問這個，然後再問那個：「您到這里貴幹呀？」——「那麼，您呢？」——「您有什麼見教呢？」——「您光降是爲了什麼事情呢？」臨末也輪到了我的戈貝金：「如此如此；這般這般，」他說，「我流了我的血，一條腿和一隻臂膊失掉了，說起來。我已經不能做事，請允許我問一聲，我可不可以得一點小小的補助，什麼一種安排算是教養之用的小獎金或者恩餉呢，您是很知道的。」長官看見這人裝着義足，右邊的袖子也空空的掛着。「就是了，」他說，「請您過幾天再來聽信罷！」我的戈貝金眞是高興非凡。「哪，」他想，「事情成功了，」他很得意，您想想就知道的；簡直在鋪道上直跳。他到巴勒庚酒店去喝燒酒，在「倫敦」（一）喫中飯，叫了一碟炸排骨加胡椒花苞，再是一碟嫩鷄帶各樣的作料，還有一瓶葡萄酒——一句話，這是一場闊綽的筵宴。說起來，他在鋪道上忽然看見來了一個英國女人。您知道，長長的，像天鵝一樣。我的戈貝金，狂喜到血都發沸了，就下死勁的要用他的木脚跟着她跑，下死勁，下死勁，下死勁；「唔，不行！」他想，「且莫忙，媽的什麼娘兒們；慢慢的來，等我有了恩餉。我實在太荒唐了。」就在這一天，請注意呀，他幾乎化掉了他的錢的一半。三四天

（一）那時在彼得堡的第一流的大飯店。——譯者。

之後，您瞧，他就又到委員會裏去見長官：「我來了，」他說：「爲的是等信，如此如此，這般，舊病和負傷的結果……說起來，我是流了我的血，您知道的。」說的都是官場話，那自然！

「是呀，是呀，」那長官說，「但我先得通知您，您的事情，沒有上司的决定，我可是沒法辦理的。您自己看就是，是怎麼一個時候。戰事是差不多，說起來，還沒有完結。請您再熬一會兒，等到大臣們回來罷。您可以相信，不會忘記您的。如果您沒法過活，就請您拿了這個去……這是已經盡了我所有的力量的……」哪，您知道，他給的自然並不多，不過用得省一點，也還可以將就到决定的日子。然而我的戈貝金不願意這樣子。他想，他是到明天就會有一兩千的：「這是你的，我的親愛的，喝一下高興高興罷！」他現在却只好等候，而且等到不知什麼時候爲止了。他的腦袋裏，您知道，是接二連三的出現着英國女人，肉湯和炸排骨。他就像一匹貓頭鷹或者一隻茸毛狗，給廚子潑了一身水，從長官那里跑出來——夾着尾巴，掛下了耳朵。在彼得堡的生活，他有些厭倦了，他也已經這樣那樣的嘗了一下。現在是：瞧着罷，你以後怎麼辦，一切好東西都沒有路道，您瞧。況且他還是一個活潑的年青人，胃口好，說起來，眞像狠肚子。他怎麼不常常走過什麼一個飯店前面，現在您自己想想看，廚子是外國人，一個法蘭西人，您知道，那麼一副坦白的臉，總是只穿着很精緻的荷蘭小衫，還有一塊圍身，說起來，雪似的白這傢伙現在站在他的竈跟前，在給你們做什麼 Finserb 或是炸排骨加香菌，一句話，是很好的大菜，使我們的大廚饞的恨不得自己去喫一通。或者他走過米留丁的店門口：笑嘻嘻的迎着他的是一條燻鮭魚或者一籃子櫻桃——每件五盧布，或者一大堆西瓜，簡直是一輛公共汽車，您知道，都在窗子裏向外面找尋着衣袋裏有些多餘的百來塊錢的獃子；您想想罷，一句話，步步都是誘惑，眞教人所謂嘴裏流涎，然而對於他呢：請等一等。現在請您設身處地的來想一想：一面呢，您瞧燻魚和西瓜，別一面呢，是這麼的一種苦小菜，那名目就叫作：「明天再來。」「哼，什麼，」他想，「不管他們要怎麼樣，我到委員會去，和所有的長官鬧一場罷，我告訴他們，不行，多謝，這是不成的！」眞的，他是強橫的，不要面子的人——他一出擱樓，膽子就越大——於是他到委員會去了：「唔，您要怎樣呢？」人問他，「您還要什麼呢，您可是已經得了回信的了。」——「我告訴您，」他說，「我可是不能這麼苦熬苦省。我得有我的炸排骨和一瓶法國的紅酒喫中飯，還去看一回戲，高興一下子，您知道，」他說。——「那可不成，這是只好請您原諒我們的了，」這時長官就說：……「要這樣子，您是應該忍耐的。您已經得了一點，可以敷衍到得到上頭的決定，而且您也可以相信您總會獲得報酬，因爲在我們這里，在俄國，如果有一個人，給他的祖國，說起來，是所謂盡了義務，對這樣的人，置之不理，是還未有過先例的。但是，如果您現在就要隨意的喫炸排骨，上戲園，您知道，那可只好請您原諒。只好請您自己去想法。只好請您自己辦。」然而您只要自己想一想就是，我的戈貝金屹然不動。這些話，像豌豆從牆上一樣，都從他那里滾下去了。他大叫一聲，給全體起了一個大亂子。他給所有的科長和祕書一陣眞正的彈雨：……「好，你們這麼說，那麼說就是，」他說「好，你們可眞不知道你們的義務和責任的，你們這些違法者！」一句話，他責罵他們了一通。別的衙門裏的一個將軍，也幾乎遭殃。連這人也拉上了。您懂了沒有？總之，他鬧的亂七八遭。這麼一個搗亂傢伙，怎麼辦才好呢？長官看起來，除了用所謂嚴厲的辦法來下場，也再沒有別的路。「好罷，」他說，「如果您對於給您的東西還不滿足，又不願意在京裏靜候您的事情的決定，那麼，我把您送回原籍去就是。叫野戰獵兵來，送他回家去罷！」然而那野戰獵兵，您很知道，却已經站着，等在門外面了：這麼一個高大的傢伙，您知道，簡直好像天造他來跑腿的一樣。一句話，是一個很好的拔牙鉗。于是我們這上帝的忠僕就被裝在馬車裏，由野戰獵兵帶走了。「唔，」戈貝金想，「我至少也省了盤纏錢。這一點，我倒要謝謝大人老爺們的。」他這麼的走着，可敬的先生，和那野戰獵兵，當他這樣的坐在野戰獵兵的旁邊的時候，說起來，他在所謂對自己說：「好，」他說，「你告訴我，我只好自己辦，自己想法子好，可以，」他說，「我就來想法子罷！」他怎樣的被送到他一定的地方，就是他到底弄到那里去了呢，什麼也不知道。所以關于戈貝金大尉的消息，就沈在忘却的河流裏面了，您知道，詩人之所謂萊多河。❶但這地方您瞧，我的先生們，在這地方，可以說，却打着我們的奇聞的結子的。戈貝金究竟那里去了呢，誰也不知道；然而您自己想想罷，不到兩個月，略山的林子裏就現出一羣強盜來，而這羣強盜的頭領，您瞧，却並非別的……』

『可是對不起，伊凡·安特來也維支，』警察局長忽然打斷他的話，『你自己說過，戈貝金大尉是失了一條腿和一隻臂膊的，但乞乞科夫……』

於是郵政局長失聲大叫起來，下死劲的在前額上搥了一下，還在一切聽衆之前，自稱爲笨牛。他全不明白爲什麼當這故事的開始，竟沒有立刻想到這事情，而且承認了俗諺之所謂『俄羅斯人事後才聰明，』也實在是眞話。但他又馬上在搜索遁辭，想要洗刷了，他于是說，那些英國人，看報章就可以知道，機器是很完全的，有一個竟還發明了裝着這麼一種機關的木脚，只要在祕密的發條上一碰，那脚便會把人運到不知道什麼地方去，再也尋不

❶ Letha，希臘神話中的河名，由人間通到地府。——譯者。

着了。

然而，大家雖然不相信乞乞科夫就是戈貝金大尉，也發見了郵政局長已經離題太遠。但他們那一面却也不肯示弱，被郵政局長的玄妙的推測所刺戟，越迷越遠了。在他們一流的許多優秀的臆想中，有一種尤其值得注意：這想的很奇特，以爲乞乞科夫恐怕就是拿破崙化了裝藏在他們的市裏的；英國人久已嫉妬着俄國的力量和廣大，早經常常表現于漫畫上，畫的是一個俄國人和一個英國人談話：英國人站着，用麻繩牽着一隻狗，這隻狗可就是拿破崙的意思：『小心些，』那英國人說，『如果給我一點什麽不合意，我就叫這狗來咬你。』誰知道呢，現在他們也許已經把這狗從聖海倫那㊀放出，裝作乞乞科夫模樣，到俄國各處來徘徊了，他其實却決不是乞乞科夫。

對於這臆測，官員們自然並不信仰，但他們想來想去，各人都靜靜的研究着這事情，却覺得乞乞科夫的側臉，顯然和拿破崙的似乎有些相像。警察局長曾經參加一八一二年的戰事，見過拿破崙本人，也承認他的確並不比乞乞科夫高大，臉盤也不見得更瘦，可是別一

㊀ St. Helena，拿破崙敗後謫居的地方。——譯者。

而，又並不見得更肥。許多讀者，也許以爲這一切是非常不確的——哦，作者也極願意跟着說，這故事非常不確；但沒奈何的是確曾鬧過我們在這里所說的事情，而這市鎮並非荒僻之處，乃是鄰近兩大首都的地方，却也尤爲奇特。這事卽起于對法國人的光榮的戰勝之後，是大家還應該記得的。當這時候，所有我們的地主，官僚，商人，掌櫃，以及一切有教育的和無教育的人物，在最初的八年間，是都成了俗化的政治家的了。『墨斯科新報』和『祖國之子』被搶奪着看，至於到得末一個讀者的手裏，已經變成一團糟，不大看得出。沒有這些問題了：您買這批燕麥是什麽價錢呀，先生？——昨天的下雪，您以爲怎樣呢？——只聽到問的是：哪報上怎麽說？——拿破崙沒又跑掉嗎？——而商人們尤其害怕，因爲他們很相信一個三年前就下了監獄的前知者的豫言。這新的豫言者，忽然之間——沒有人知道他是從那里來的——脚登草鞋，身披非常腥臭的光皮，在市上出現了，並且宣告說，拿破崙是反基督，現在繫着石頭的索子，困在七重牆和七個海後面，但他馬上就要粉碎他的索子，來征服全世界了。這豫言者就爲了他的豫言下了監獄，也爲了法律。但却完成了他的傳道，商人們因此很失掉一點理性。許久之後，卽使有着賺錢的交易的時候，商人們也還跑到客店裏去，在那里聚起來喝茶，談着反基督。許多商人們和高尙的貴族，也不自禁的想着這件事，而且在那時支配了一切人心的神祕情調的潮流之下，相信從構成拿破崙這字的每個字母上，會發見一種特別的大有道理的意義；有許多人竟還想從這里看出『默示錄』的數目字來了。●所以即使官員們研究着這一點，實在也毫不足怪的。然而，他們也就立刻省悟過來，覺得他們的幻想太發達了，事情却全不是這麼一回事。他們這麼想，那麼想，討論來，討論去，終於決定了去問一問羅士特來夫，倒也許並不壞。他是發表了死魂靈的故事的第一個人，而且據人們說，和乞乞科夫有很密切的關係，應該知道一點他的生活情形的；於是大家決定，先去聽一聽羅士特來夫怎麼說。

這些官大人，眞是古怪非常的人物，他們七顚八倒了：他們很知道羅士特來夫是一個撒謊家，說一句話，做一點事，都相信不得，但他們却到他那里去找自己的活路了！這里就知道人是怎樣的！他不相信上帝，却相信把他的鼻子一抓，他就一定會死掉；對於由內心的調

● 據約翰『默示錄』說，世界末日，基督便將再臨，而這之前，則必有反基督出現。這反基督，『默示錄』稱之為六六六，即『野獸的數目』。一八一二年拿破崙進攻俄國時，俄國人便把『拿破崙』這字改寫為含有數量意義的斯拉夫字，再拉到六六六去，說他就是反基督。——譯者。

和和崇高的智慧所貫注，朗如日光的詩人的創作，他毫不放在心中，却很喜歡一個無恥之徒的產物，向他胡說一些亂七八遭，破壞自然的物事。這時他就張開嘴巴，高聲大叫道：『瞧罷！這是純粹的心聲呀！』他一向輕蔑醫生，後來却會跑到一個用祝讚和唾沫給人治病的老婆子那里去，或者簡直自己用什麽東西煎起湯藥來，因爲他忽然起了胡塗思想，以爲這是可以治他毛病的了。官大人和他那困難的處境，大家自然是能夠原諒的。人常常說，一個淹在水裏的人會抓一條草梗，他已經來不及想，一條草梗至多也不過能站一匹蒼蠅，却禁不起重有四五普特的他；然而如人所常說的那樣，當這時候，他簡直想不到這一點，就去抓那草梗了。我們的大人們，也就是這樣子，終於向羅士特來夫身上去找活路。警察局長立刻寫了一封信，請他到自己家裏來喫夜飯，一個高長統靴，通紅面龐的警官就忽忽的登程，用手揑住了他的指揮刀，跑到羅士特來夫那里去送信。羅士特來夫正在辦一件極重要的事情，他已經四天不出屋子了，不見人，連中飯也從窗口遞進去——一句話，他瘦得很，臉上也幾乎發了靑。這事情必須極大的注意和小心：是從六十副花樣相同的紙牌裏，選出一副紙牌來。但那花樣必須極其分明，要像好朋友似的可以憑信。這樣的工作，至少要化兩禮拜工作。在這期間，坡爾非里就得用一種特別的刷子給小猛狗刷肚臍，還用肥皁一天洗三次。他的獨居受了攪擾，羅士特來夫很氣惱他先罵警官一聲鬼，但到明白了警察局長，當晚有一個小集會席上還有什麼一個新脚色的時候，他却立刻軟下來了；他趕緊鎖了門，很怱忙的穿好衣服，就到警察局長家裏去。羅士特來夫的陳述，證明和推測，却和官大人的恰恰相反，把他們那些極其大膽的猜想完全推翻了。他實在就是這樣的一個人，簡直沒有含胡，也沒有疑問；他們的推測愈游移，愈愼重，他的就愈堅固愈確實。他毫不吞吞吐吐，立刻來囘答一切的問題。他說，乞乞科夫買了一兩千盧布的死魂靈，而他，羅士特來夫自己，也賣給他的，因爲他毫不見有不該出賣的道理。對於他是否是一個偵探，到此嗅來嗅去的問題，羅士特來夫答道：他自然是一個偵探；大家同在學校裏的時候，他就得了奸細的諢名，所有同學，自己也在內，還因此痛打了他一頓，至於後來單在太陽穴上，就得擺上二百四十條水蛭去㊀——他原想只說四十條的，但二百條却自己滑出來了。——對於他是否製造假鈔票的問題，羅士特來夫答道：他自然製造。趁這機會，羅士特來夫還講了一個乞乞科夫的出人意外的幹練和敏捷的故事：他的家裏藏着二萬假鈔票，給人知道了，于是封閉了屋子，路上站一

㊀這是放在打撲傷上使牠吸血，藉以去瘀消腫的。——譯者。

個哨兵門口站兩個兵士；但乞乞科夫却在夜裏把所有鈔票掉換了一下，到第二天啓封的時候，都是眞的鈔票了。關于這問題：乞乞科夫是否眞有誘拐知事的女兒的目的，而他羅士特來夫，是否也眞在幫他的忙呢，那囘答是：他的確在幫他，如果他不在內，事情是要全盤失敗的。這時他却有些吞吞吐吐；他明知道這謊不得，而且很容易因此惹出痲煩來，但也禁不住自己的嘴。況且這也不是小事情，因爲他的幻想逼出了很有趣的詳細事，想要完全消掉，實在也是一件難事了：他還說出擬去結婚的教堂所在的村子來；那就是德盧赫瑪曲夫加村，牧師名叫齊陀爾長老，結婚費是二十五盧布，如果乞乞科夫不加以恐嚇，說要告發他給麵粉商人米哈羅和一個親戚結了婚，教士是不肯答應的；而他，羅士特來夫，還借給他們自己的馬車，準備着每一站就換馬。他已經講進很細微的節目去了，竟至于說出馬夫的名字來。這時有人提起了拿破崙，然而只落得自己沒趣，因爲羅士特來夫所說的全是胡說白道，不但和眞實全不相像，而且連聯接也聯接不起來的，於是使官員們到底只好站起身，歎着氣走散；獨有警察局長還注意的聽了他許多工夫，想得到一點什麼，然而他也終于裝一個沒有希望的姿勢，只說道：『呸，見鬼！』所有在場的人全都明白，再來費力實在也只等于試在公牛身上擠奶了。我們的官員的景況，于是比先前就更壞，決定了毫不能查出乞乞科夫是什麼人。這里又分明的顯出了人是怎樣的物事他處置別的人們的事情，是聰明，淸楚智慧的，但對於他自己却不行。只在你們陷于困難的境地時，他才有很切實，很周到的忠告！「多麼精明的脚色呀！」大家叫喊道，「多麼不屈的性格呀！」但只要使什麼不幸來找一下這「精明的脚色，」使他自己進一回困難的境地能——他的性格就立刻不會動！這不屈的人物毫無希望的站着，他變了可憐的乏人，柔弱的，啼哭的孩子，或者如羅士特來夫所愛說的說法，簡直變成一個孱頭東西了。

所有這些講說，風聞和推測，不知爲什麼緣故，竟給了可憐的檢事一個很大的印象。這印象很有力，至于使他囘到家裏，就沈思起來，而且就此沈思下去，在一個好天氣的日子，竟忽然間，也說不出爲什麼，躺倒，死掉了。得了中風，還是因爲什麼別的呢，總之他從椅子上跌下來，就長長的躺在地板上。一有這樣的事，大家便照例的嚇得失聲，兩手一拍，叫喊道：「阿呀上帝，阿呀上帝！」去邀醫生來，給他放血，而終于決定了檢事已經不過是一個沒有魂靈的死屍。這時候，大家這才來憐惜死者實在有過一個魂靈，雖然因爲他的謙虛，沒有使人覺得。然而死的出現，在這里的可怕，是雖在一個渺小的人物，也正如偉大的聞人的：他不久以前還是活着，動作，玩牌，竭力在種種文件上簽字，常常和他那濃眉毛和鬼䀹眼在官員們裏逗留，他現在躺在臺子上，左眼也不再睒了，惟獨一隻眉毛弔起了一點，使臉上顯出一種奇特的，疑問的表情浮在他嘴唇上面的，究竟是怎麼一個問題呢？莫非他要知道他爲什麼而生，或者爲什麼而死——這只有上帝知道罷了。

『然而這可是不會有的，這是簡直不近情理的！這怎麼能呢，官員們竟會這麼恐怖，這麼胡塗，離眞實到這麼遠，就是小孩子，也知道應該怎麼辦的呀！』許多讀者會這樣說，並且責備作者，說他做了荒唐無稽之談，或者稱那可憐的官員們爲傻子，因爲人是很愛用『傻子』這個字，每天總有二十來次，把這尊號抛在鄰近的人們的頭上的。人即使有十件聰明的性質，只要其中有一件胡塗，便要被稱爲傻子。讀者坐在幽靜的角落裏，從自己的高處，俯視着廣遠的下方，就很容易斷定人只知道近在鼻子跟前的物事。在世界史的編年錄裏，就有許多世紀，是簡直可以抹殺，並且定爲多餘的。世界上的錯誤也眞多，而且竟是現在連小孩子也許就知道免掉的錯誤。和天府的華貴相通的大道，分明就在目前，但人類的嚮往永久的眞理的努力，却選了多麼奇特的，蜿蜒的曲徑，多麼狹窄的，不毛的，難走的岔路呵。大道比一切路徑更廣闊，更堂皇，白晝爲日光所照臨，夜間有火燄的晃耀；常有天降聰明，指示着正路，而人類却從旁岔出，迷入陰慘的黑暗裏面去。但他們這時也嚇得倒退了，他們從新更加和正路離開，當作光明，而跑進幽隱荒涼的處所，眼前又籠罩了別一種昏暗的濃霧，並且跟着騙人的燐火，直到奔向深淵中，于是喫驚的問道：『橋梁在那里，出路在那里呢？』這些一切，使我們分明的知道了古往今來的人性。詫異那錯誤，嗤笑古人的胡塗，却沒有看出這編年錄乃是上天的火燄文字所書寫，每個字母都宣示着眞理，說所有書頁上的警告的指頭，就指着自己，指着我們現存的人性；然而現在的人性却在嗤笑着，驕傲着，他自己又在開始造出一批給後人一樣的傲然微笑的錯誤來。

所有事情，乞乞科夫都不知道；彷彿故意似的，他這時恰巧受了一點寒，引起了腮帮子腫和輕微的喉痛，這樣的毛病，許多我們的省會的氣候在居民之間是很適於蔓延的。要靠上帝保佑，他的生活並不就完，還有工夫愁他的子孫，他就決計躲在家裏三四日。在這時候，他用牛乳嗽口，裏面浸一個無花果，嗽過就喝掉，又把一個裝着加密列草和樟腦的小袋子，貼在面頰上。因爲散悶，他造起一個新買的農奴 詳細的表册，還看看從箱子裏找出來的一本講拉瓦梨爾公爵夫人的什麼書，又把提箱裏的小紙片，小物事，都檢查了一番，有許多還再讀了一遍，一直到連這些也覺得無聊之至。沒有一個這市的官員來問候他的健康，他簡直不明白是什麼道理，略略先前，是總有一輛車子停在他的門外的——忽而檢事的，忽而郵政局長的，忽而審判廳長的。他不斷的聳着肩膀，一面在屋子裏走來走去。終于覺得好一點了，一到更加恢復能去呼吸新鮮空氣的時候，他非常高興。他毫不遷延的就化裝，打開箱子，玻璃杯裏倒上一點溫水，取了肥皂和刷子去刮臉，日子眞也隔得長久了，因爲手一摸着他的下巴，向鏡子一照，他就叫起來道：『這簡直是樹林子呀！』而且實在的，卽使並非樹林子，也不失爲種子在下巴和面頰上密密的抽了芽。他刮過臉，趕緊穿衣服，眞的，他幾乎是從褲子裏跳出來的。到底穿好了；灑一點可倫香水，溫暖的裹好了外套，走到街上去還先屬一條圍巾小心的包住了面頰。他最初的出行——正如所有恢復了的病人一樣——眞有些像喜慶事。凡有他所看見的一切，都彷彿在向他欣然微笑，連街上的房屋和農奴，但他們的態度，其實是顯得很嚴緊的，其中的許多人，還已經打過他的兄弟一個耳刮子。他最初的訪問，總該是知事。他在路上，起了各式各樣的想頭：忽而想到年青的金頭髮了，眞的，他的空想實在有一點過度，他還自己笑起自己，自己戲弄起自己來了。他以這樣的心情，忽然在知事的門前出現。他已經跨進了門口，剛要脫下外套來，門丁却突然走了過來，用這樣的話嚇了他一跳：『我受過命令，不放您進去！』

『怎的？你說什麼？你不認得我嗎？看淸楚些！』乞乞科夫詫異着說。

『我是認得您的！我看見您也不只一兩回了，』那門丁道。『只有您一個我不能放進去；別人都行，只有您不！』

『唔，怎麼？爲什麼只有我不，爲什麼不？』

『是命令這麼說；他總有他的緣故的，』門丁道，還添上一聲『嗟，』就擺出放肆模樣，把他攔住，不再有先前巴結的給他脫外套時候那樣慇懃的微笑了。他好像自己在想着：『哼！如果大人先生們不準你進門，那麼你一定是個下等人！』

『奇怪！』乞乞科夫想，立刻去訪審判廳長去；但廳長一見他的面，就非常狼狽，至于吃吃的講不出兩句話，大家說了些無謂的攀談，弄得彼此都很窘。乞乞科夫走掉了，他在路上竭力的思索，要猜出廳長是什麼的意見，他的話裏含着怎樣的意義來，但是什麼也沒有做到。他於是再去訪別人：訪警察局長，訪副知事，訪郵政局長，然而並不招待他，或者給他一種非常奇特的招待，說些莫明其妙的話，令人很發煩，要以爲他們實在有點不淸醒。他又訪了一個人，還找着幾個熟識者，想知道這變化的緣故，却仍然不得手。他彷彿半睡似的在街上徘徊，決不定是他自己發憒呢還是官員們失了神，這一切都不過是一個夢呢還是比夢更無味的，荒謬胡塗的眞實。遲到晚上，已經黑下來了，他這才回到他高高興興的出了門的自己的旅館去，叫人備茶，來排遣煩悶和無聊。他沈思的推察着他這奇怪的景况，斟出一杯茶來的時候，突然間，房門開處，走進他萬料不到的羅士特來夫來了。

『俗諺裏說過的，爲朋友不怕路遠，』那人大聲說，除下了帽子。『我剛剛走過這里，看見你的窗子裏還亮。「他大約還沒有睡覺，」我想，「我得跑上去瞧一瞧。」阿唷！這可是好極了，你有茶，我很願意喝一杯：今天喫了各式各樣的東西，我的肚子裏在造反了！給我裝一筒煙罷。你的煙筒在那里？』

『我可是不吸煙的，』乞乞科夫不大理會的說。

『胡說，你是一個大癮頭的吸煙家，還當我不知道。喂！你的用人叫什麼呀？喂，瓦赫拉米，聽哪！』

『他不叫瓦赫拉米，他叫彼得爾希加。』

『怎麼？你先前不有一個瓦赫拉米嗎？』

『我這里可並沒有！』乞乞科夫說。

『不錯，眞的。那是台累平的，他有一個瓦赫拉米。你想，台累平有多麼好運道：他的嬸娘和自己的兒子吵架，因爲他和婢女結了婚，她就把全部財產都送給台累平了。這才有意思哩，如果我們這邊有這樣的一位孀娘，你知道，那才是好出息，對不對？告訴我，朋友，爲什麼你忽然這麼的躲了起來，大家簡直不再看見你了！我知道，你是在研究學術上的物事的，書也看的很多。（羅士特來夫從那里決定，我們的主角是在研究學術上的物事，而且書也看的很多的呢，我們只好聲明我們的抱歉，可惜不能洩漏，然而乞乞科夫却更不能。）聽哪，乞乞科夫！如果你單是看見……也就該有益于你那諷刺的精神了——（爲什麼乞乞科夫會有一種諷刺的精神呢——可惜也簡直不明白。）你想想看，好朋友，新近在商人列哈且夫那里，我們去打牌，呵，可是笑得可以。貝來本全夫就是和我同在那里的，總是說「如果乞乞科夫在這里，他就用得着這些了！」（乞乞科夫却一向沒有和貝來本全夫見過面。）哦，招認罷，乖乖，那一回你可實在玩的沒出息，你還記得嗎，我們下棋的時候？我確是贏了的……然而你簡直誆騙我！但是，媽的，我是不會惱的怎麼久的。新近在廳長那里……哦，不錯，我還得告訴你：市裏是誰都和你決裂了！他們相信，你造假鈔票……大家忽然都找着我——哪，我自然遮住你，好像一座山——我對他們說：我們是同學我認識你的父親；總而言之，我很很的騙了他們一下子！』

『我造假鈔票？』乞乞科夫叫喊着，從椅子上跳了起來。

『但是你爲什麼也使他們這樣的喫驚的？』羅士特來夫接着說。『他們實在是嚇得半瘋了：他們當你是偵探和強盜。——檢事就因爲受驚，死掉了……明天下葬。你預備去送嗎？老實說，他們是怕新總督，還怕因爲你再鬧出什麼故事來；關于總督，我自然是這樣的意見，如果他太驕傲，太擺架子，和貴族們是弄不好的。貴族們要親熱，對不對？自然也可以躱在自己的屋子裏，一個跳舞會也不開，然而這有什麼用？更沒有好處。但是，聽哪，乞乞科夫，你可是眞的在幹危險事情呀！』

『怎樣的危險事情？』乞乞科夫不安的囘問道。

『哪，誘拐知事的女兒。老實說，我是料到了的，天在頭上，我是料到了的！我在跳舞會上一看見你：「哪！」我就心裏想，「乞乞科夫在這里還有緣故哩……」但是你沒有眼睛；我從她那里簡直找不出一點好處來。另外有，畢苦梭夫的親戚，他的姊妹的女兒，那可是一個美人兒！這才可以說：就是一個出色！』

『你在說什麼廢話？誰要拐知事的女兒？你什麼意思？』乞乞科夫不懂似的凝視着他，說。

『不要玩花樣了，好朋友：好一個祕密大家！我明白的說出來罷，我就是爲了這事，跑到你這里來的，要給你出一點力。我可以幫你結婚，並且把我的車子和馬匹借給你去誘拐，不過有一個條件：你得借我三千盧布。我正在一個沒法的景況中就是要用。』

在羅士特來夫的這些胡說白道之間，乞乞科夫擦了好幾囘眼睛，查考他是否在做夢。假鈔票，知事的女兒的誘拐，原因該起于他的檢事的死亡，新總督的到任，這些一切，都使他喫驚不小。『唉，糟了，如果是這樣的情形，』他想，『我可遷延不得了，我應該趕緊走。』

他設法把羅士特來夫從速支使出去，立刻叫了綏里方來，命令他一到天亮就得準備妥當，因爲明早六點鐘就要從這市上出發。他又囑咐他檢查一遍，車子上是否添好了油，等等，等等。綏里方單是說：『知道了，保甫爾・伊凡諾維支！』却在門口站了一會，動也不動。主人又命令彼得爾希加立刻從臥牀底下，拖出那積滿了灰塵的箱子來，和那小子動手收拾他所有的物件；這並不費事，他只是什麼都隨手拋進箱子裏面去：襪子，小衫，乾淨的和齷齪的襯衣，靴楦，一個日歷之類。這些都收拾的很忽忙，因爲他要在這一夜裏全都整好，以免明天早上白費了時光。綏里方還在門口站了一兩分鐘，於是走掉了。以總算還在意料之中的謹愼和緩慢，把他那溼的長靴的印子留在踏壞了的梯級上，走下樓梯去。他在那里又站了不少的工夫，搔着後腦殼。這舉動，是什麼意思？牠所表示的究竟是什麼呢？是在懊惱和那里的一個也是身穿破皮袍，腰繫破皮帶的伙伴，明天同到什麼御酒館裏去的約定，因此不成功；還是在這新地方已經發生了交情，捨不得一到黃昏，紅小衫的青年們在宮女面前彈起巴羅拉加來，人們卸下白天的重擔和疲勞，低聲談天時候的門前的佇立，和慇懃的握手——還是不過因爲要離開那穿了皮袍，坐在那里的廚房裏的爐邊的暖熱之處，京裏才有的白菜湯和軟饅頭的同人，從新在雨雪之下，去受旅行的顛連和辛苦，所以覺得苦痛呢？這只有上帝知道——誰願意猜，猜就是。——俄國的人民一搔後腦殼，是表示着很多意思的。

第十一章

出現的却完全是乞乞科夫意料以外的事。首先是他醒得比想定的太晚了——這是第一件不高興——他一起來，就叫人下去問車子整好了沒有，馬匹駕好了沒有，一切旅行的事情，是否都已經準備停當，但惱人的是他竟明白了馬匹並沒有駕好，而且毫無一點什麼旅行的準備——這是第二件不高興。他氣憤起來了，要給我們的朋友綏里方着着實實的當面喫一拳，就焦灼的等着，不管他來說怎樣的謝罪的話。綏里方也立刻在門口出現了，這時他的主人，就得受用凡有急于旅行的人，總得由他的僕役聽一回的一番話。

『不過馬匹的馬掌先得釘一下呀，保甫爾·伊凡諾維支！』

『唉唉，你這賤胎！你這昏蛋，你！爲什麼你不早對我說的？你沒有工夫嗎？』

『唔，對，工夫自然是有的……不過輪子也不行了，保甫爾·伊凡諾維支……總得換一個新箍，路上是有這麼多的高低窟窿，不平得很……哦，還有，我又忘記了一點事車臺斷了，搖搖擺擺的，怕挨不到兩站路。』

『這惡棍！』乞乞科夫叫了起來，兩手一拍，奔向綏里方去，使他恐怕要遭主人的打，嚇得倒退了幾步。

『你要我的命嗎？你要謀害我嗎？是不是？你要像攔路強盜似的，在路上殺死我嗎？你這猪玀，你這海怪！三個禮拜，我們在這里一動也不動！只要他來說一聲，這不中用的傢伙！他却什麼都挨到這最末的時光！現在，已經要上車，動身了，他竟對人來玩這一下！什麼……？你早就知道的罷？還是沒有知道？怎麼樣？說出來唔？』

『自然！』綏里方回答說，低了頭。

『那麼，你為什麼不說的？為什麼？』對於這問題，沒有回答。綏里方還是低了頭，站在那里，好像在對自己說：『你看見這事情鬧成怎樣了嗎？我原是早就知道的，不過沒有說！』

『那就立刻跑到鐵匠那里去，叫了他來。要兩個鐘頭之內全都弄好，懂了沒有？至遲兩個鐘頭！如果弄不好，那麼——那麼，我就把你綑成一個結子！』我們的主角非常憤怒了。

綏里方已經要走了，去奉行他的主人的命令；但他又想了一想，站下來說道：『您知道，老爺，那匹花馬，到底也只好賣掉，眞的，保甫爾·伊凡諾維支，那眞是一條惡棍……天在頭上，那麼的一匹壞馬，是只會妨礙趲路的！」

「哦？我就跑到市場去賣掉牠來罷，好不好？」

「天在頭上，保甫爾·伊凡諾維支。牠不過看起來有勁道；其實是靠不住的，這樣的馬，簡直再沒有……」

「驢子！如果我要賣掉，我會賣掉的。這東西還在這里說個不完！聽着：如果你不給我立刻叫一兩個鐵匠來，如果不給我把一切都在兩個鐘頭之內辦好，我就給你兜鼻一拳，打得你昏頭昏腦！跑，快去跑！」綏里方走出屋子去了。

乞乞科夫的心情非常之惡劣，恨恨地把長刀拋在地板上，這是他總是隨身帶着，用牠恐嚇人們，並且保護威嚴的。他和鐵匠們爭論了一刻多鐘，這才說定了價錢，因爲他們照例是狡猾的賊胚，一看出乞乞科夫在趕忙，就多討了六倍。他很氣惱，說他們是賊骨頭，是強盜，是攔路賊，他們也什麼都不怕；他只好詛咒，用末日裁判來嚇他們；然而這對於鐵匠幫也毫無影響，他們一口咬定，不但連一文也不肯讓，還不管兩個鐘頭的約定，化去整整五個半鐘頭，這才修好了馬車。這之間，乞乞科夫就只得消受着出色的時光，這是凡有出門人全都嘗過的，箱子理好了，屋子裏只剩下幾條繩子，幾個紙團，以及別樣的廢物，人是還沒有上車，然而也不能靜靜的停在屋子裏，終于走到窗口，去看看下面在街上經過，或是跑過的人們，談着他們的銀錢，抬起他們的獃眼，詫異的來看他，使不能動身的可憐的旅人，更加焦急。一切東西，凡是他所看見的：面前的小鋪子，住在對面的屋子裏，時時跑到掛着短簾的窗口來的老太婆的頭——無不使他討厭，然而他又不能決計從窗口離開。他一步不移，沒有思想，忘記了自己，忘記了周圍，只等着立刻到來的切實的目的。他麻木的看着在身邊活動的一切，結果是懊惱的捺殺了一匹在玻璃上叫着撞着，投到他指頭下面來的蒼蠅。然而世間的事，是總有一個結局的，這渴望着的時刻到底等到了。車臺已經修好，輪子嵌了新箍，馬匹也喝過水，鐵匠們再數了一回工錢，祝了乞乞科夫一路平安之後，走掉了。終于是馬也駕在車子前面了；還趕忙往車裏裝上兩個剛剛買來的熱的白麪包，坐到車臺上去的綏里方，也把一點什麼東西塞在衣袋裏，我們的主角就走出旅館，來上他的車，歡送的是永遠穿着呢布禮服的侍者，搖着他的帽子在作別，還有來看客人怎麼出發的，本館和外來的幾個僕役和車夫，以及出門時候總不會缺的一切附屬的事物；乞乞科夫坐進篷車裏面去，於是這久停在車房裏，連讀者也恐怕已經覺得無聊起來的鰥夫的車子，就往門外駛出去了。『謝謝上帝！』乞乞科夫想，並且畫了一個十字。綏里方鳴着鞭，彼得爾希加呢，先是站在踏臺上面的，不久就和他並排坐下了，我們的主角是在高加索毯子上坐安穩，把皮靠枕墊在背後，緊壓着兩個熱的白麵包，那車子就從新迸跳起來了，多謝鋪石路，可眞有出色的震動力。乞乞科夫懷着一種奇特的，莫名其妙的心情看着房屋，牆壁，籬垣和街道，都跟着車子的迸跳，顯得一起一落，在他眼前慢慢的移過去。上帝知道，在他一生中，可還能再見不能呢？到一條十字路口，車子只得停止了，是被一個沿着大街，蜿蜒而來的大出喪遮了道。乞乞科夫把頭伸出車子外面去，叫彼得爾希加問一問，這去下葬的是什麼人。于是知道了這人是檢事。乞乞科夫滿不舒服的連忙縮在一個角落裏，放下車子的皮簾，遮好了窗幔。當篷車停着的時候，綏里方和彼得爾希加都恭恭敬敬的脫了帽，留心注視着行列，尤其有味的是車子和其中的坐客，還好像在數着坐車的是多少人，步行的是多少人；他們的主人吩咐了他們不要和別人招呼，不要和熟識的僕役話別之後，也從皮幔的小窗洞裏在窺探着行列。一切官員都露了頂，恭送着靈柩。乞乞科夫怕他們會看見自己的篷車；然而他們竟毫沒有注意到。當送葬之際，他們是連平時常在爭論的實際問題也沒有提一句的。他們的思想都集中于自己；他們在想着新總督究竟是怎樣的一個人，他怎樣的辦這事，怎樣的對他們。步行的官員們之後，跟着一串車子裏面是閨秀們，露着黑色的衣帽。看那手和嘴唇的動作，就知道她們是在起勁的談天：大約也是議論新總督的到來，尤其是關於他要來開的跳舞會的準備，而且現在已在愁着自己的新的褶紐和髮飾了。馬車之後，又來了幾輛空車子，一輛接着一輛的，後來就什麼也沒有了，道路曠蕩，我們的主角就又可以往前走。他拉開皮幔，從心底裏歎出一口氣來，說道：『這是檢事！他做了一輩子人，現在可是死掉了！現在是報上怕要登載，說他在所有屬員和一切人們的大悲痛之下，長辭了人間，他是一位可敬的市民，希有的父親，丈夫的模範；他們怎不還要大寫一通呢：恐怕接下去就說那寡婦孤兒的血淚，一直送他到了墳頭；然而如果接近的看起事情來，一探他的底細，除了你的濃眉毛之外，你可是毫沒有什麼動人之處了。』于是他吩咐綏里方趕快走，並且對自己說道：『我們遇着了大出喪，可是好得很，人說路上看見棺材是有運氣的。』

這之間，車子已經通過了郊外的空虛荒僻的道路，立刻看見兩面只有顯示着街市盡頭的延長的木柵子了。現在是鋪石路也已走完，市門和市鎮都在旅人的背後——到了荒涼的公路上。車子就又沿着驛道飛跑，兩邊是早就熟識了的景象：路標；站長；井；車子；貨車；灰色的村莊和牠的茶炊；農婦和拿着一個燕麥袋，跑出客棧來的活潑的大鬍子的漢子；足登破草鞋，恐怕已經走了七百維爾斯他的巡行者；熱鬧的小鎮和牠那木造的店鋪，粉桶，草鞋，麵包和其餘的舊貨；斑駁的市門柱子；正在修繕的橋梁；兩邊的一望無際的平野；地主的旅行馬車；騎馬的兵丁，帶一個滿裝鎗彈的綠箱子，上面寫道：送第幾砲兵連！田地裏的綠的，黃的，或則新耕的黑色的長條；在平野中到處出沒，從遠地裏傳來的憂鬱的歌曲；淡烟裏的松梢；漂到的鐘聲；蠅羣似的烏鴉隊；以及無窮無盡的地平線……唉唉，俄國呀！我的俄國呀！我在看你，從我那堂皇的，美麗的遠處在看你了。貧瘠，很散漫和不愉快是你的各省府，沒有一種造化的豪放的奇蹟，會蒙豪放的人工的超羣之作的光榮——令人驚心悅目的，沒有可見造在山石中間的許多窗牖的高殿的市鎮，沒有如畫的樹木和繞屋的藤蘿，珠璣四濺的不竭的瀑布；用不着回過頭去，去看那高入雲際的巖岫；不見葡萄枝，藤蔓和無數的野薔薇交織而成的幽暗的長夾道；也不見那些後面的聳在銀色天空中的永久燦爛的高峯。你只是坦白，荒涼，平板；就像小點子，或是細線條，把你的小市鎮站在平野裏；毫不醒一下我們的眼睛。然而是一種什麼不可捉摸的，非常神祕的力量，把我拉到你這里去的呢？爲什麼你那憂鬱的，不息的，無遠弗屆，無海弗傳的歌聲，在我們的耳朵裏響個不住的呢？有怎麼一種奇異的魔力藏在這歌裏面？其中有什麼在叫喚，有什麼在嗚咽，竟這麼奇特的抓住了人心？是什麼聲音，竟這麼柔和我們的魂靈，深入心中，給以甜美的擁抱的呢？唉唉，俄國呀！說出來罷，你要我怎樣？我們之間有着怎樣的不可捉摸的聯繫？你爲什麼這樣的凝視我，爲什麼懷着你所有的一切一切，把你的眼睛這麼滿是期望的向着我的呢？……我還是疑惑的，不動的站着，含雨的陰雲已經蓋在我的頭上，而且把在你的無邊的廣漠中所發生的思想沈默了。這不可測度的開展和廣漠是什麼意思？莫非因爲你自己是無窮的，就得在這里，在你的懷抱裏，也生出無窮的思想嗎？空間曠遠，可以施展，可以邁步，這里不該生出英雄來嗎？用了牠一切的可怕，深深的震動了我的心出的雄偉的空間，嚇人的籠罩着我；一種超乎自然的力量，開了我的眼……唉唉，怎麼的一種晃耀的，希奇的，未知的廣遠呵！我的俄國！……

『停住，停住，你這驢子！』乞乞科夫向綏里方叫喊道。

『我馬上用這刀砍掉你！』一個飛馳的急差吆喝着，他鬍子長有三尺多。『你不看見嗎，這是官車？媽的！』於是那三駕馬車，就像幻影似的在雷和烟雲中消失了。

然而這兩個字裏可藏着多麼希罕的，神奇的蠱惑：公路！而且又多麼的出色呢，這公路！一個晴天，秋葉，空氣是涼爽的……你緊緊的裹在自己的雨衣裏，帽子拉到耳朶邊，舒服的縮在你的車角上！到得後來，寒氣就從肢節上走掉，湧出溫暖來了。馬在跑着……有些磕睡了起來。眼瞼合上了。朦朧中還聽得一點『雪不白呀……』的歌兒，馬的鼻息和輪子的響動，終于是把你的鄰人擠在車角裏高聲的打了鼾。然而你現在醒來了，已經走過了五站；月亮升在空中；你經過一個陌生的市鎮，有舊式圓屋頂和昏沈的尖塔的教堂，有陰暗的木造的和雪白的石造的房屋；處處有一大條閃爍的月光白痲布頭巾似的罩在牆壁和街道上，漆黑的陰影斜躺在這上面，照亮了的木屋頂像閃閃的金屬一般的在發着光；一個人也沒有：都睡了覺。只有一個孤獨的燈，還點在這里或是那里的小窗裏：是居民在修自己的長靴，或則麵包師正在爐邊做事罷？——你不高興什麼呢？唉唉，怎樣的夜……天上的力！在這上面的是怎樣的夜呀！唉唉，空氣，唉唉，天空，在你那莫測的深處，在我們的上頭，不可捉摸的明朗地，響亮地展開着的又高又遠的天空！……夜的涼爽的呼息，吹着你的眼睛，唱着使你入于甜美的酣睡；于是你懵騰了，全不自覺，而且打鼾了——然而被你擠在車角上的可憐的鄰人，却因為你這太重的負擔，忿忿的一搖。你又從新醒了轉來，你的面前就又是田地和平原；只見無際的野地，此外什麼也沒有。路標一個個的跑過去；天亮了；在蒼白的寒冷的地平線上，露出微弱的金色的光芒，朝風冷冰冰的，有力的吹着耳朵。你要裹好着外套！多麼出色的寒冷呵！又來招你的睡眠可多麼希奇！一震又震醒了你。太陽已經升在天頂了。『小心，小心！』——你的旁邊有人在喊着，車子馳下了峻坂來。下面等着一隻渡船；一個很大的淸池，在太陽下，銅鍋似的在發閃；一個村莊，坡上是如畫的小屋旁邊閃爍着村教堂的十字架，好像一顆星；蜂鳴似的響着農夫們的起勁的閒談，還有肚子裏的熬不下去的飢餓……我的上帝，這是很遠很遠的旅行的道路，可是多麽美麗啊！每當陷沒和沈溺，我總是立刻縋住你，你也總是拉我上來，寬仁的抓着我的臂膊！而且由這樣子，又產生了多少滿是神異的詩情的雄偉的思想和夢境，多少幸福的印象充實了魂靈！……

這時候，我們的朋友乞乞科夫的夢想也不再這樣的全是散文一類了。我們且來看一看他起了怎樣的感情罷！首先是他簡直毫無所感，單是不住的回過頭去看，因爲要斷定那市鎭是否的確已經在他的背後；但待到早已望不見，也沒有了打鐵店，沒有了磨粉作，以及凡在市旁邊常常遇着的一切，連石造教堂的白色塔尖也隱在地平線後的時候，他却把全盤注意都向着路上了；他向兩邊看，把N市忘得乾乾淨淨，好像他在很久，很久之前，還是早先的孩子時代，曾在那里住過似的。終于也遇到了使他覺得無聊的路，他就略閉了眼睛，把頭靠在皮枕上。作者應該聲明，到底找着了來說幾句關于他那主角的話的機會，這是他覺得很高興的，因爲直到現在，實在總是——讀者自己也很知道——忽而破羅士特來夫，忽而被什麼一個跳舞會，忽而被閨秀們或者街談巷議，或者是許多別的小事情所妨礙，這些小事情，要寫進書裏去，這才顯得牠小，但還在世界上飛揚之際，是當作極其重大，極其要緊的事件的。現在我們却要放下一切，專來做這工作了。

我很懷疑，我這詩篇裏的主角，是否中了讀者的意。在閨秀們中，他完全沒有被中意，是已經可以斷定的——因爲閨秀們都願意她們的主角是一位無不完全的模範，只要有一點極小的體質上或是精神上的缺點，那就從此完結了。作者更深一層的進映了他的魂靈，當作鏡子來照清他的形像——這人在她們的眼睛裏也還是毫無價值。乞乞科夫的肥胖和中年，就已經該是他的非常喫虧之處，這肥胖，是沒有人原諒的，許多閨秀們會輕蔑的轉過臉去，並且說道：『呸，多麼討厭！』唉唉，眞是的！這些一切，作者都很明白，但話雖如此——他却還不能選一個正人君子來做主角。……然而……在這故事裏，可也許會聽到未曾彈過的絃索，看見俄羅斯精神的無限的豐饒，一個男子，有神明一般的特長和德性，向我們走來，或者一個出色的俄國女兒，具有女性的一切之美，滿是高尚的努力，甘作偉大的犧牲，在全世界上找不出第二個！別個種族裏的一切有德的男男女女，便在他們面前褪色，消失，恰如死文學的遇見了活言語一樣！俄羅斯精神的一切強有力的活動，就要朗然分明……而且要明白了別國民不過觸着浮面的，斯拉夫性情却抓得多麽深，揑得多麽緊……然而，爲什麽我應該來敍述另外還有什麽事呢？已經到了男子的成年，鍛鍊過內面生活的嚴厲的苦功和孤獨生活的淸淨的克己的詩人，倒像孩子似的忘其所以，是不相稱的。各個事物，都自有牠的地位和時候！然而也仍不還有德之士爲主角。我們還可以說一說他爲什麽不選的原因。這是因爲已經到了給可憐的有德傢伙休息的時候；因爲『有德之士』這句話已經成了大家的口頭禪；因爲人們已經將有德之士當作竹馬，而且沒有一個作家不騎着他馳驅，還用鞭子以及天知道另外的東西鞭策他前進；因爲人們已經把有德之士驅使得要死，快要連道德的影子也不剩，他身上只還留下幾條肋骨和一點皮，因爲人們簡直已經並不尊重有德之士了。不，究竟也到了把壞人駕在車子前面的時候了！那麽，我們就把他來駕在我們的車子前面罷！

我們的主角的出身，是不大淸楚的。他的兩親是貴族，世襲的，還不過是本身的貴族呢——却只有敬愛的上帝明白。而且他和父母也不相像：至少，當他生下來的時候，有一個在場的親戚，是生得很小俏的太太，我們鄉下稱爲野鴨的，就抱着孩子，叫了起來道：『阿呀，我的天哪！這可和我豫料的一點不對呀！我想他是該像外祖母的，那就很好，不料他竟一點也不這樣，倒如俗語裏說的：不像爺，不像娘，倒像一個過路少年郎。』一開頭，人生就偏執地，懊惱地，彷彿通過了一個遮着雪的昏暗的窗門似的來凝視他了；他的兒童時代，就沒有一個朋友，也沒有一個伙伴！一間小房子，一個小窗子，無論冬，夏，總是不開放；他的父親是一個病人，身穿羊皮裏子的長外褂，赤脚套着編織的拖鞋，他在屋子裏踱來踱去，歎着氣，把唾沫吐在屋角的沙盂裏，孩子就得永遠坐在椅子上，揑着筆，指頭和嘴唇沾滿了墨水，當面學着不能規避的字：『汝毋妄言，應敬尊長，抱道在躬！』拖鞋的永久的拖曳和蹣跚，熟識的永久的森嚴的言語：『你又發昏了嗎？』如果孩子厭倦了練習的單調，在字母上加一個小鉤子或者小花紋，就得接受這一句；于是，是久已熟識，然而也總是苦痛的感覺，跟着這句話，就從背後伸過長指頭的爪甲來，把耳輪擰得非常之疼痛。這是他最初的做孩子的景象，只剩下一點模胡的記憶了的。然而人生都變化得很突然和飛快：一個好天氣的日子，春日的最初的光線剛剛温暖了地面，小河才開始着潺湲，那父親就攜着他的兒子的手，上了一輛四輪車，拉的是在我們馬業們中叫做『喜鵲』的小花馬；一個矮小的駝背的車夫趕着車，他是乞乞科夫的父親所有的惟一的一家農奴的家長。這旅行幾乎有一日半之久，在路上過了一夜，渡過一條小河，喫着冷饅頭和烤羊肉，到第三天的早晨，這才到了市鎮上。意外的輝煌和街道的壯麗，都給孩子一個很深的印象，使他詫異到大張了嘴巴。後來『喜鵲』和車子都陷在泥窪裏了，這地方是一條又狹又峭，滿是泥濘的街道的進口，那馬四脚滿是泥汙，下死勁的掙了許多工夫，靠着駝背車夫和主人自己的策勵，這才終于把車子和坐客從泥濘中拉出，到了一個小小的前園；這是站在小岡子上面的舊的小房屋前面有兩株正在開花的蘋果樹，樹後是一片簡陋的小園，只有一兩株野薔薇，接骨木，和一直造在裏面的小木屋，蓋着木板，有一個半瞎的小窗。這里住着乞乞科夫的親戚，是一位老得打皺的老婆婆，然而每天早晨還到市場去，後來就在茶炊上烘乾她的襪子。她敲敲孩子的面頰，喜歡他長得這麼胖，養得這麼好。在這里，他就得從此住下，去進市立學校了。那父親在老婆婆家裏過了一夜。第二天就又上了路，回到家裏去。當他的兒子和他作別的時候，他並沒有滴下眼淚來；他給了半盧布的銅元，做做另用，更其重要的倒是幾句智慧的教訓：『你聽哪，保甫盧沙，要學正經，不要胡塗，也不要胡鬧，不過最要緊的是要博得你的上頭和教師的歡心。只要和你的上頭弄好，那麼，即使你生來沒有才能，學問不大長進，也都不打緊，你會賽過你所有的同學的。不要多交朋友，他們不會給你多大好處的；如果要交，那就揀一揀，要揀有錢有勢的來做朋友，好幫幫你的忙，這才有用處。不要亂化錢，濫請客，倒要使別人請你喫，替你化；但頂要緊的是省錢，積錢，世界上的什麼東西都可以不要，這却不能不要的。朋友和伙伴會欺騙你，你一倒運，首先拋棄你的是他們，但錢是永不會拋棄你的，卽使遭了艱難或危險！只要有錢，你想怎樣就怎樣，什麼都辦得到，什麼都做得成。』給了這智慧的教訓之後，那父親就受了他的兒子的告別，和『喜鵲』一同回去了。那兒子就從此不再看見他，然而他的言語和教訓，却深刻的印進了魂靈。

到第二天，保甫盧沙就上學校去了。對於規定的科學，他並不見得有特別的才能；優秀之處倒在肯用功和愛整潔；然而他立刻又迸出另外一種才能來：很切實的智力。他立刻明白了辦法，和朋友交際，就遵照着父親的教訓，那就是使他們請自己喫，給自己化，他自己却一點也不破費，而且有時還得到贈品，後來看着機會，仍舊賣給原先的贈送者。事事儉省，是他孩子時候就學好了的。從父親得來的半盧布，他不但一文也沒有化，在這一年裏倒還增加了數目，這是因爲他顯出一種偉大的創業精神來：用白蠟做成雲雀，畫得斑爛悅目，非常之貴的賣掉了。後來有一時期，他又試辦着別樣的投機事業，用的是這樣的方法：他到市場上去買了食物來，進得學校，就坐在最富足，最有錢的人的旁邊；一看出一個同學無精打采了——這就是覺得　餓的徵候——他就裝作並非故意模樣，在椅子下面給他看見一個薑餅或者麵餅的一角。待到引得人嘴饞，他于是取得一個價錢，並無一定，以饞的大小為標準。兩個月之久他又在房裏不斷的訓練着一匹關在小木籠裏的鼠子；到底練得那鼠子聽着命令，用後脚直立，躺倒，站起了，他就一樣的賣掉得了大價錢。用這樣的法子，積到大約五個盧布的時候，便縫在一個小袋裏，再重新來積錢。和學校的上頭的關係，他可更要聰明些。誰也不及他，他能在椅子上坐得鼠子一般靜。我們在這里應該聲明一下，教師是最喜歡安靜的人，而對於機靈的孩子却是受不住的；他覺得他們常常在笑他。一個學生，如果先被認作狡猾，愛鬧的了，那麼，他只要在椅子上略略一動，無意的把眉頭一皺，教師就要對他發怒。他毫不寬假的窘迫他，責罰他。『我要教好你的驕傲和反抗！』他叫喊着說。『我看得你清清楚楚，比你自己還清楚！跪下！你要知道肚子餓是什麼味道了！』于是這孩子就應該擦破膝蓋，挨餓一天，連自己也不明白為什麼。『本領，資質，才能——這都是胡說白道！』教師常常說。『我頂着重的是品行。一個彬彬有禮的學生，就是連字母也不認識，一切學科我還是給他很好的分數；但一給我看出回嘴和笑人的壞脾氣——就給一個零分，卽使他有一個梭倫㊀藏在衣袋裏！』所以他也很忿忿的憎惡克理羅夫，㊁因為這人在他的寓言裏說過：『喝酒毫不要緊，但要明白事情！』他又時常十分滿足的，臉上和眼裏全都光輝燦爛的，講

述他先前教過的學校，竟有這麼安靜，連一個蠅子在屋裏飛過，也可以聽出來，整整一個年
學生在授課時間中敢發一聲咳嗽，醒一下鼻子的，連一回也沒有，直到搖鈴爲止，誰也辨不
出教室裏有沒有人。乞乞科夫立刻捉着了教師的精神和意思，懂得這好品行是什麼了。在
授課時間中，無論別人怎麼來擰他，來抓他，他連一動眼，一皺眉的事，也一回也沒有；鈴聲一
響，乞乞科夫可就沒命的奔到門口去，爲的是爭先把帽子遞給那教師——那教師戴的是
一頂普通的農家帽；於是首先跑出了教室，設法和他在路上遇到好幾回，每一回又恭恭敬
敬的除下了帽子。他的辦法得了很出色的效驗。自從他入校以來，成績一直都很好，畢業是
優等的文憑和全學科最好的分數，另外還有一本書，印着金字道：『敦品勵學之賞。』當他
離開學校的時候，已經是一個有着必須常常修剃的下巴的一表非凡的青年了。這時就死
掉了他的父親。他留給自己的兒子的是四件破舊的粗呢小衫，兩件羊皮裏子的舊長褂，以
及全不足道的一點錢。那父親分明是只會說節儉的好教訓，自己却儲蓄得很有限的。乞乞

❶ Solon (640—559 B.C.)，希臘七賢之一，也是有名的雅典的立法者。——譯者。

❷ Ivan Krilov (1768—1844)，有名的俄國的寓言作家。——譯者。

科夫立刻把古老的小屋子和連帶的瘠地一起賣了一千個盧布，把住着的一家農奴送到市裏去，自己就在那里住下，給國家去服務了。這時候，那最着重安靜和好品行的可憐的教師，不知道爲了他沒本領，還是一種別的過失呢，却失了業；因爲氣憤，他就喝起酒來；但又立刻沒有了錢；生病，無法可想，連一口麪包也得不到，他只好長久餓在一間冰冷的偏僻的擱樓裏。那些先前爲了頑皮和乖巧，他總是斥爲頑梗和驕傲的學生們，一知道他的景況，便趕緊來募集一點錢，有幾個還因此賣掉了自己的缺少不得的物件；只有保甫盧沙·乞乞科夫却推託了，說他一無所有，單捐了一枚小氣的五戈貝克的銀錢，同學們向他說了一句：哼，你這吝嗇鬼！便拋在地上了。可憐的教師一知道他先前的學生的這舉動，就用兩手掩了臉；像一個孱弱的孩子，眼淚滔滔不絕湧出他昏濁的眼睛來，『在臨死的牀上，上帝還送我這眼淚！』他用微弱的聲音說；到得知道了乞乞科夫怎樣對他的時候，他就苦痛的歎息，接着道：『唉唉，保甫盧沙，保甫盧沙！人是多麼會變化呵！他曾是怎樣的一個馴良的好孩子呀！他毫不粗野，軟得像絲絹一樣。他騙了我了，唉唉，他眞的騙了我了！……』

但也不能說我們的主角的天性，竟有這樣的冷酷和頑固，感情竟有這樣的麻木，至于不知道憐憫和同情。這兩種感情，他是都很覺得的，而且還準備了幫助，只因爲他不能動用那決計不再動用的款子，所以也不能捐很多的錢；總而言之，父親的『要省錢，積錢』的忠告，是已經落在肥地上了。不過他也並非爲錢而愛錢；吝嗇還不全是支配他的發條。不是的，這並非指使他的原動力；他所企慕的是無不舒服的安樂富足的生活，車馬，整頓的家計，美味的飯菜——這才是占領了他，驅策着他的東西。所以他要刻苦了自己和別人，一文一文的省錢，積錢，直到嘗飽了這一切闊綽的時候。倘有一個有錢人坐了華美的輕車，駕着馬具輝煌的高頭大馬，從他旁邊經過，他就生根似的站下來，于是好像從大夢裏醒來一樣，說道：『而且他是一個普通的助理，却燙着蜷頭髮！』凡有顯示着豪富和安樂的，都給他一個很深的印象，連他自己也不很明白是怎麽一囘事。出了學校以後，他一刻也沒有安靜過：希望很强，要趕快找一種職業，給國家去服務。然而，雖有優等的文憑，却不過就了財政廳裏的一個不相干的位置；沒有奥援，是弄不到很遠的窠兒的！終于他又找着了一點小事情，薪水每年三四十盧布。但他決計獻身於這職務，把所有障礙都打退，克服。他眞的顯出未曾前聞的克己和忍耐來了，用最要的事情來節制了自己的需要。從早晨一早起到很遲的晚上止，總是毫不疲倦的坐在桌子前面，傾注精神和肉體的全力，寫呀寫呀，都化在他的文件上，不很囘家，睡在辦公室的桌子上，有時就和當差的和管門的一同喫中飯，而且知道頂要緊的是乾淨的，高尚的外觀，衣服像樣，臉上有一種令人愉快的表情，還要從舉動上，顯出他是一位眞正的上等人。這里應該說，財政廳的官員，是尤以他們的質朴和討厭見長的。所有臉孔，都像烤得不好的白麪包；一邊的面頰是鼓起的，下巴是歪的，上唇腫得像一個水泡，而且還要開着裂；總而言之，他們都很不漂亮。他們都用一種很凶的言語，聲音很粗，好像要打人；在巴克呼斯大仙㊀那里，他們獻了很多的犧牲，在證明斯拉夫民族裏，也還剩着不少邪教的殘滓；他們還時常有點醉醺醺的來辦公，使辦公室實在不愉快，至少也只好稱這里的空氣爲酒香。在這樣的官員裏，乞乞科夫當然是惹眼的了，一切事情，他幾乎和他們完全相反；他的相貌是動人的，他的聲音是愉快的，而且什麽酒類都不喝。然而他的前途還是很暗淡。他得了一位很老的科長來做上司，是石頭似的沒感覺和不搖動的好模範；總是不可親近，臉上從來沒有顯過一點笑影，對人從來沒有給過一句親熱的招呼，或者問一問安好。在家裏或在街上，誰也沒有見過他和老樣子有些不同；他從不表示一點興趣或者似乎對於別人的命運的同情；沒有見過他喝醉和醉得呵呵大笑；沒有鬧過強盜在酩酊時候似的豪興；

㊀ Bacchus，希臘神話上的酒神。——譯者。

——而且連一點影子也找不出。他是出於善惡之外的，然而在這絕無強烈的感情和情熱中，却藏着一點可怕。他那大理石臉孔上，找不出什麼不勻稱的特徵，但也記不起相像的人臉，線條都湊合得很草率。不過一看許多痘痕和麻點，却是屬於那魔鬼在夜裏來撒了豆的臉孔一類的。和這樣的人物去親近，想討他的歡喜，人總以爲決非一切人力所能及的罷；然而乞乞科夫竟去嘗試了。他先從各種瑣細的小事情上去迎合他；他悉心研究，科長用的鵝毛筆是怎樣削法的，於是照樣的削好幾枝，放在他容易看見的處所；把他桌子上的塵沙和烟灰吹掉，擦去；給墨水瓶換上一塊新布片；記住了他的帽子掛在那里——那世界上最討人厭的帽子，每當散直之前，就取來放在他的旁邊；如果他的背脊在牆壁上摩白了，就替他去刷，而且很趕緊。然而這些都絲毫沒有效驗，彷彿簡直並無其事一樣。乞乞科夫終于打聽到他那上司的家族情形了：他知道他有一個成年的女兒，那臉孔也生得好像『在夜裏撒了豆。』於是他就準備從這一邊去攻城。他查出了每禮拜日她前去的是那一個教堂，每回都穿得很漂亮，很整齊，襯着出色的筆挺的硬胸衣，站在她對面，這事情有結果：嚴厲的科長軟下來了，邀他去喝茶！馬上見了大進步，乞乞科夫就搬到他的家裏去，于是又立刻弄得必不可缺；他買麵粉和白糖，像自己的未婚妻似的和那女兒來往，稱科長先生爲『爸爸，』在他的手上接吻。衙門裏大家相信，在二月底，大精進日之前，是要舉行婚禮的。嚴厲的科長就替他在自己的上司面前出力，不多久，乞乞科夫自己就當了科長，坐在一個剛剛空出的位置上了。這大約正是他親近老科長的主要目的，因為這一天，他就悄悄的把行李搬回家裏去，第二天已經住在別的屋子裏了。他中止了尊科長為『爸爸』和在他手上接吻，婚禮這件事是從此永遠拖下去，幾乎好像簡直並沒有提起過似的。然而他如果遇見科長，却仍舊慇懃的搶先和他握手，請他去喝茶，使這老頭子雖然很麻木，極冷淡，也每次搖着頭，喃喃自語道：『他騙我，這惡鬼！』

這是最大的難關，然而現在通過了。從此就很容易，一路更加順當的向前進。大家尊重他起來了。他具備了凡有想要打出這世界去的人們所必需的一切：愉快的態度，優美的舉動，以及辦事上的大膽的決斷。用了這手段，不久就補了一個一般之所謂『好缺』。大家應該知道，在這時候，是開始嚴禁了收賄的。但一切規條都嚇不倒他，他倒時常利用牠來收自己的利益，而且還顯出了每當嚴禁時候，却更加旺盛的眞正俄羅斯式的發明精神來。他的辦法是這樣的：倘有一個請願人出現，把手伸進衣袋裏，要摸出一張誰都極熟的在我們俄國稱為『訶凡斯基公爵紹介信』㊀的來——他就馬上顯出和氣的微笑，緊緊的按住了請願人的手，說道：『您以爲我是……不必，眞的！不必！這是我們的義務和責任，就是沒有報酬我們也應該辦的！這一點，您放心就是。一到明天早上，就什麼都妥當了！我可以問您住在那兒嗎？您全不必自己費神，一切都會替您送到府上去的！』喫驚的請願人很感動的回到家裏去，自己想道：『這才是一個人！唉唉，要多一點，這才好，這是眞的寶石呵！』然而請願人等候了一天，等候了兩天，却還是總不見有他的文件送到家裏去。到第三天也一樣。他再上官廳去一趟——簡直還沒有看過他的呈文。他再去找他寶石。『阿呀，對不起，對不起，』乞乞科夫優雅的說，一面握住了那位先生的兩隻手：『我們實在忙得要命，但是明天，明天您一定收到的！這眞連我自己也非常過意不去！』和這些話，還伴着蠱惑的態度。如果這時衣角做開了，他就連忙用手來整好，這樣的敷衍了對手。然而文件却仍舊沒有來，無論明天，後天，以至再後天。請願人於是要想一想了：『哼，恐怕一定有些別的緣故罷？』他去探問，得了這樣的回答：『書記得要一點！』——『當然，我怎麼可以不給他呢，他們照例有他們的二十五個戈貝克，可是五十個也可以的。』——『不，那可不行，您至少得給他一張白票子㊀』

㊀ 即鈔票，那上面有訶凡斯基（Choranski）的簽名。——譯者。

——『什麼？給書記一張白的？』請願人嚇得叫了起來。『是的，您爲什麼只是這麼的出驚呢？』人回答他說。『書記確是只有他們的二十五戈貝克的，其餘的要送到上頭去！』於是麻木的請願人就敲一下自己的頭，忿忿的詛咒新規則，詛咒禁收賄和官場的非常精煉的交際式。在先前，人們至少是知道辦法：給頭兒放一張紅的票子㊁在桌子上，事情就有了着落，現在却要犧牲一張白的了，還要化掉整整一禮拜工夫，這才明白其中究竟是怎麼一回事！……媽的這大人老爺們的廉潔和清高！請願人自然是完全不錯的：可是現在也不再有收賄：所有上司都是正經的，高尚的人物，只有書記和祕書還是惡棍和強盜。但不多久，乞乞科夫的前面展開一片活動的大場面來了：成立了一個建築很大的官家屋宇的委員會。在這委員會裏，乞乞科夫也入了選，而且是其中的一個最活動的分子。大家立刻來辦公。給這官家建築出力了六年之久，然而爲了氣候，或者因爲材料，這建築簡直不想往前走，總是跨不出地基以外去。但會裏的委員們，却在市邊的各處，造起一排京式的很好看的屋子來

㊀ 白色的鈔票是二十五盧布。——譯者。

㊁ 十盧布的鈔票。——譯者。

了；大約是那些地方的地面好一點。委員老爺們已經開始在享福，並且立了家庭的基礎。到現在，乞乞科夫這才在新的景況之下，脫離了他那嚴厲的禁制和克己的重擔的壓迫。到現在，他這才對於向來看得很重的大齋㊀規則，決計通融辦理，而且到現在，他才明白了對于人還不能自主的如火的青年時代力加抑制的那些享樂，他也並不是敵人。他竟闊綽起來了，僱廚子，買漂亮的荷蘭小衫。他也買了外省無法買到的，特別是深灰和發光的淡紅顏色的衣料，也辦了一對高頭大馬，還自己來操縱他的車，揑好韁繩，使邊馬出色的馳騁；現在也已經染上用一塊海綿醮着水和可倫香水的混合物來拭身體的習慣了，已經爲了要使自己的皮膚輭滑，購買重價的肥皂了，已經……

但那老廢物的位置上，忽然換了新長官，是一個嚴厲的軍人，賄賂系統和一切所謂不正和不端的死敵。到第二天，他就使所有官員全都惶恐了起來，直到最末的一個；要求收支賬目，到處發見了漏洞，看起來什麼總數都不對，立刻注意到京式的體面屋子——而且接着就執行了調查。官員們被停職了；京式屋子被官家所沒收，變作各種慈善事業機關和新

㊀耶穌復活節之前的四十日間的節食。——譯者。

兵的學校了；所有官員們都受了嚴重的道德的訓斥，而尤其是我們的朋友乞乞科夫。他的臉雖然有愉快的表情，却忽然很招了上司的憎厭——究竟爲什麼呢——可只有上帝知道；這些事是往往並無緣故的——總之，他討厭乞乞科夫得要死。而且這鐵面無私的長官，發起怒來也可怕得很！然而他究竟不過是一個老兵，不明白文官們的一切精緻的曲折和乖巧，別的一些官就仗着相貌老實和辦事熟練的混騙，蒙恩得到登用了，於是這位將軍就馬上落在更大更壞的惡棍的手裏，而他却完全不知道；竟還在滿足，自以爲找着了好人，而且認眞的自負，他怎樣的善于從才能和本領上，來辨別和鑒定人。官員們立刻看透了他的性格和脾氣。他的下屬，就全是激烈的眞理瘋子，對于不正和不法，都毫不寬容的懲罰；無論那里，一遇到這等事，他們就窮追牠，恰如漁人的揑着魚叉，去追一條肥大的白鱘魚一樣，而且實在也有很大的結果，過不多久，每人就都有幾千盧布的財產了。這時候，先前的官員也囘來了很不少，又蒙寬恩，仍見收錄；只有乞乞科夫獨沒有再囘衙門的運氣；雖有將軍的祕書長因爲一封訶凡斯基公爵的紹介信的督促，很替他出力，替他設法，這人，是最善於控御將軍的鼻子的——然而他什麼也辦不成。將軍原是一個被牽着鼻子跑來跑去的人（他自己當然並不覺得的）但倘若他的腦袋裏起了一種想頭，那就牢得像一枚鐵釘，決非人力所能拔出這聰明的祕書長辨得到的一切，是消滅先前的齷齪的履歷，然而也只好打動他的長官，是訴之于他的同情，並且用濃烈的色彩，向他畫出乞乞科夫的悲慘的運命，和他那不幸的，然而其實是幸而完全沒有的家族罷了。

「怎麼的！」乞乞科夫說。「我釣着的了，拉上來的了，可是這東西又斷掉了——這沒有話好說。就是號淘大哭，也不能使這不幸變好的。還不如做事情去！」於是他決計從新開始他的行徑，用忍耐武裝起來，甘心抑制他先前那樣的闊綽。他決計搬到一個別的市上去，在那裏博得名聲。然而一切都不十分順手。在很短的時光中，他改換了兩三回他的職業，因爲那些事情，全是齷齪而且討厭的。讀者應該知道，在閒雅和潔淨上，乞乞科夫是這世界上不可多得的人。開初雖然也只得在不乾淨的社會裏活動，但他的魂靈卻總是純潔，無瑕的，所以他在衙門的公事房裏，桌子也喜歡磁漆，而且一切都見得高尚和精緻。他決不許自己的談吐中，有一句不雅的言語，別人的話裏倘有疏忽了他的品級和身分的句子，他也很不高興。我相信，這大約是讀者也很贊成的罷，如果知道了他每兩天換一次白襯衫；夏天的大熱時候，那就每天換兩次：些微的不愉快的氣味，他的靈敏的嗅覺機關是受不住的。所以每當彼得爾希加進來替他脫衣服，脫長靴，他總是用兩粒丁香塞在鼻孔裏；而且他那神經之嬌嫩，是往往賽過一位年青小姐的；所以要再混進誰都發着燒酒氣，全無禮貌的一夥裏面去，眞也苦痛得很。他雖然勉力自持，但在這樣的逆境和壞運道之下，竟也瘦了一點，而且顯出綠瑩瑩的臉色來了。當讀者最初遇見，和他相識的時候，他是正在開始發胖，成了圓圓的，合式的身樣了的；每一照鏡，他已經常常想到塵世的快樂：一位漂亮的夫人，一間住滿的孩子房，于是他臉上就和這思想一同露出微笑；但現在如果偶向鏡子一瞥，就不禁叫喊起來道：『神聖的聖母，我是多麽醜了呵！』他從此長久不高興去照鏡子了。然而我們的主角擔受着一切，堅忍地，勇敢地擔受着——于是他到底在稅關上得了一個位置。我們應該在這里說明，這樣的地位，本來久已是他的祕密希望的對象。他看見過稅務官員弄到怎樣的好看到出奇的外國貨，把怎樣的出色的麻紗和磁器去送他的姊妹，教母和嬸娘。他屢次歎息着叫喊道：『但願我也去得成！國界不遠，四近都是有教育的人，還能穿多麽精緻的荷蘭小衫呀！』我們還應該附白一下，他也還想着使皮膚潔白柔軟，使面頰鮮活發光的一種特別的法蘭西肥皂；這是什麽商標呢，上帝知道，總之，他推測起來，是只在國界上才有的。所以，他雖然久已神往於稅關，但從建築委員會辦事所發生出來的目前的利益，却把他暫時按下，他說得很不錯，當建築委員會還總是手裏的麻雀時，稅關也不過是屋頂上的鴿子罷了。現在他却已經決定，無論如何要進稅關去——而且也眞的進去了。他用了眞正的火一般熱心去辦事。好像命裏也註定他來做稅務官吏似的。三四個禮拜後，他已經把稅關事務練習得這樣的熟悉，從頭到底什麼都明白了：他全不用稱，也不用量；因為他只要一看發票，立刻知道包裹裏有幾丈四頭；只消用手把袋子一提，就說得出有多少重量；至於檢查，那是他呢，恰如他自己的同事所說一樣，簡直是『一條好獵狗似的嗅覺：』這也實在很奇怪，他會耐心的去睹查每個紐扣，而且都做得絕頂的冷靜，又是出奇的文雅的。就是那被檢查的不幸的對手氣得發昏，失了一切自制的力量，恨不得在他愉快的臉上，重重的給一個耳刮子的時候，他也仍然神色自若，總是一樣的說得很和氣：『您肯賞光，勞您的駕，站起一下子來罷！』或是：『您肯屈駕，太太，到間壁的屋子裏去一下麼？那里有一位我們公務人員的夫人，想和您談幾句天呢，』或者『請您許可，我在您那外套的裏子上，用小刀拆開一點點罷。』和這話同時，他就非常冷靜的從這地方拉出頭巾圍巾以及別的東西來，簡直好像在翻自己的箱子一樣。連上司也說，這是一個精怪，不是人。他到處搜出些東西來：車輪間，車轅中，馬耳朶裏，以及上帝知道什麼另外的處所，這些處所，沒有一個詩人會想到去搜尋，只有稅務官員這才想得出來的。那可憐的旅客通過了國境之後，很久還不能定下心神來，揩掉從一切毛孔中湧出的大汗，畫一個十字，喃喃的說道：『阿唷，阿唷！』他的境遇好像一個逃出密室來的中學生，教師叫他進去聽幾句小教訓，却竟是完全出於意外的挨了一頓痛打。對於他，私販子一時毫沒有法子想：他是所有波蘭一帶的猶太人幫的災星和惡煞。他的正直和廉潔是無比的，而且也是出乎自然以上的。他從那些因爲省掉無謂的登記，就不再充公的沒收的貨品和截留的東西上，決不沾一點光。辦事有一種這樣的毫不自私自利的熱心，當然要惹起大家的驚異，終于也傳到長官的耳朶裏去了。他昇了一級，並且趕緊向長官上了一個條陳，說怎樣才可以捕獲全部偸運者，加以法辦。在這條陳上，還請給他以實行方法的委任。他立刻被任爲指揮長，得了施行一切調查搜檢的絕對的全權。他所要的就正是這一件。在這時候，私販們恰恰也成立了一個大團體，做得很有心計，也很有盤算：這無恥的勾當，準備要賺錢一百萬。乞乞科夫是早已知道了一點的，但當私販們派人來通關節時，却遭了拒絕，他很冷淡的說：時候還沒有到。一到掌握了一切關鍵之後，他便使人去通知這團體，告訴他們道：現在是時候了。他算得很正確。只在一年裏面，他就能夠賺得比二十年的熱心辦公還要多。他在先前是不願意和他們合作的，因爲他還不像一個棋中之帥，所以分起來也很有限。現在可是完全不同了，現在他可以對他們提出條件去了。因爲要事情十分穩當，他又去引別一個官吏加入自己這面來，這計畫成功了，那同事雖然頭髮已經雪白，竟不能拒絕他的誘惑。契約一結好，團體就進向了實行。他們的第一番活動，是見了冠冕堂皇的結果的。讀者一定已經聽到過關于西班牙羊的巧計的旅行這一個有名的時常講起的故事了的罷，那羊外面又蒙着一張皮，通過了國境，皮下面却藏着値到一百萬的孛拉彭德㊂的花邊。這事情就正出在乞乞科夫做着稅務官的時候。如果他自己不去參加這計畫，世界上是沒有一個猶太人辦得妥這類玩意的。羊通過了國境三四回之後，兩個官員就各各有了四十萬盧布的財產。哦，人們私議，是乞乞科夫怕要到五十萬的了，因爲他比別一個還要放肆點。只要沒有一匹該死的羊搗亂，上帝才知道這大財是會發到怎麼一個値得讚歎的總數呢。惡魔來攪擾這兩位官。公羊觸動了他們，他們無緣無故的彼此弄出事來了。正在快活的談天的時候，乞乞科夫也許多喝了一點酒罷，就稱那一個官爲教士的兒子，那人雖然確是教士的兒子，但不知怎的却非常的以爲受辱，就很激烈，很鋒利的回過來。他說道：『你胡說！我是五等官，不是教士的兒子。你倒恐怕是教士的兒子！』因爲要給對手一個刺，使他更加懊

㊂ Brabant是跨荷蘭和比利時兩國的平野地方，以出產極貴的花邊著名。——譯者。

惱；就再添上一句道：『哼，一定是的！』他雖然把加在自己頭上的壞話，囘敬了我們的乞乞科夫，雖然那『哼，一定是的！』的一轉，已經夠得利害，他却另外還向長官送了一個祕密的告發。聽人說，除此之外，他們倆原已爲了一個活潑茁壯的女人，正在爭風喫醋了的，那女人呢，用官們的表現法來說，那就是『切實』到像一個羅蔔哦，那人還僱了兩個很有力氣的傢伙，要夜裏在一條昏暗的小巷裏把我們的主角很命的打一通；然而到底也還是兩位老爺們發胡塗，該女人是已經被一位勗瑪哈略夫大尉弄了去的了。那實情究竟怎麼樣呢，可只有上帝知道。總之，和私販們的祕密關係是傳揚開來，顯露出來了。五等文官立刻翻筋斗，但他拉自己的同事也翻了一個筋斗。他們被傳到法庭上去，他們的全部財產都被查抄，就像在他們的負罪的頭上來了一個晴天霹靂。他們的精神好像被煙霧所籠罩，到得淸楚起來，這才憬然的明白了自己犯了什麼事，五等文官禁不起這運命的打擊，在什麼地方窮死了，但六等文官却沒有倒運，還是牢牢的站着。縱使前來搜查的官們的嗅覺有多麼細緻，他也能穩妥的藏下了財產的一部分；他用盡了一切凡有識得透，做得多的深通世故的人的策略和口實：這里用合式的態度，那里用動人的言語，而且用些決不令人難受的諂媚，博得官們的幫忙，有時還塞給他們一點點，總而言之，他知道把他的事情怎麼化小縱使無論如何逃不出刑事裁判，至少，也不像他的同事那樣沒面子的收場。自然：財產和一切出色的外國貨是不見了；這些東西都跑到別個賞鑑家的手裏去了。剩在這里的，是他從這大破綻裏救出來的，藏着應急的至多一萬盧布，還有兩打荷蘭小衫，一輛年青獨身者所坐的小馬車，以及兩個農奴馬夫綏里方和跟丁彼得爾希加，此外是因爲稅務官員的純粹的好心，留給他的五六肥塊皂，使他把他的臉好弄得長是乾淨和光鮮——這就是一切我們的主角現在又一下子陷在這樣的逆境裏了！忽然來毀壞了他的，是多麼一個嚇人的壞運道！他稱這爲：因眞理而受苦。人們也許想，在這些變動，歷練，運命的打擊和人生的惡趣之後，他會帶了他那最後的傷心的一萬塊，躲到外省的平安的角落裏，從此在那里鏽下去：身穿印花的睡衣，坐在小屋的窗口，看着農夫們在禮拜天怎樣的打架，或者也許爲了保養，到雞棚那邊去走一趟，查一下那一隻可以燒湯，那麼，他的生活就眞的很閒靜，而且爲他設想，也並非過得毫無意思的罷。然而全不是這麼一回事；對于我們的主角的不屈不撓的性格之堅強，人只好又說他不錯。經過了夠使一個人縱不滅亡，但遇事總不免沈靜和馴良下去的一切這些打擊之後，在他那里却仍沒有消掉那未曾前聞的熱情。他懊惱，他憤怒，嘮叨全世界，罵運命的不公平，恨人們的奸惡，然而他不能放掉再來一個新的嘗試。總而言之，他顯出一種英雄氣概來了，在這前面，那發源于遲鈍的血液循環的德國人的萎靡不振的忍耐，就縮得一無所有。乞乞科夫的血液，却是火一般在脈管裏流行的，倘要駕御一切要從這里奔迸出來，自由活動的欲望，必須有堅強的，明晰的意志。他這樣那樣的反省了許多時而且總反省出一些正當。爲什麼我竟這樣子？爲什麼現在不幸應該闖到我的頭上來？那麼，現在誰得了職業？人都在圖謀好處。我沒有陷害過什麼人，沒有搶掠過一個寡婦，沒有弄得誰去做乞丐，我不過取了一點餘剩，別人站在我的地位上，也要伸下手去的。我不趁這機會揩點油，別人也要來揩的。爲什麼別人可以稱心享福？爲什麼我却應該蛆蟲似的爛掉？我現在是什麼東西？我還有什麼用處？我現在怎麼和一個體面的一家之父見面呢？如果我一想到空活在這世界上，能不覺得良心的苛責嗎？而且將來我的孩子們會怎麼說呢？——『看我們的父親罷，』他們會說；『他是一隻猪，毫不留給我們一點財產。』

我們已經知道，乞乞科夫是很擔心着他的後代的。這是一件發癢似的事情。假使嘴脣上不常湧出這奇特的，渺茫的『我的孩子們會怎麼說呢？』的問題來，許多人就未必這麼深的去撈別人的袋子了。未來的一家之父却趕忙去撈一切手頭的東西，恰如一匹謹愼的雄猫，惴惴的斜睨着兩邊，看主人可在近地：只要看到一塊肥皁，一枝蠟燭，一片脂肪，爪下的一隻金絲雀，他就全都抓來，什麼也不放過。我們的主角在這麼的慨歎和訴苦，但他的頭却不斷的在用功。他固執的要想出一些什麼來；只還缺新建設的計畫。他又縮小了，他又開始辛苦的工作生活，他又無不省儉，他又下了高尙和純淨的天，掉在齷齪和困苦的存在裏了。在等候着好機會之間，總算得了法院代書人的職務，這職業者，在我們這里是還沒有爭得公民資格，非忍受各方面的打和推不可，被法院小官和他們的上司所輕蔑，判定了候在房外，并挨各種欺侮訶斥的苦惱的。然而艱難使我們的主角煉成一切的本領。在他所委託執行的許多公務中，也有這樣的一件事：是有幾百個農奴到救濟局裏來做抵押。那些農奴所屬的土地，已經成爲荒塲。可怕的家畜傳染病，奸惡經理人的舞弊，送掉頂好的農奴的時疫，壞收成，以及地主的不小的胡塗，都使這成爲不毛之地。主人往墨斯科造起時髦房子來，裝飾的最新式，最適意，但却把他的財產化得不剩一文錢，至于連喫也不容易。于是他只好把還剩在他手裏的惟一的田地，拿去做抵押了。向國家抵押的事，當時還不很明白，而且試辦未久，所以要決定這一步，總不免心懷一點疑懼。乞乞科夫以代書人的資格，先來準備下一切；他首先是博得所有在塲人的歡心（沒有這豫先的調度，誰都知道是連簡單的訊問也輪不到的——總得每人有一瓶瑪兌拉酒才好，）待到確實的籠絡住了所有官員之後，他才告訴他們說：這事件裏還有一點必須注意的情形：『農奴的一半是已經死掉了的，要防後來會有什麼申訴……』——『但他們是還寫在戶口調查册上的罷，不是嗎？』祕書官說。『自然，』乞乞科夫回答道。——『那麼，你還怕什麼呢？』祕書官道。『這一個死掉，別一個會生，並無失少呀，這麼樣就成。』誰都看見，這位祕書官是能夠用詩來說話的。但在我們的主角的頭裏，却閃出一個人所能想到的最天才的思想來了。『唉，我這老實人！』他對自己說。『我在找我的手套，牠却就塞在自己的腰帶上！趁新的人口調查還沒有造好之前，我去買了所有死掉了的人們來；一下子弄牠一千個，于是到救濟局裏去抵押；那麼，每個魂靈我就有二百盧布，目前足可以弄到二十萬盧布了！而且現在恰是最好的時機，時疫正在流行，靠上帝，送命的很不少！地主們輸光了他的錢，到處游蕩，把財產化得一點不剩，都想往彼得堡去做官：抛下田地，經理人又不很幫他們，收租也逐年的難起來；單是用不着再付人頭稅，就不知道他們多麼願意把死掉的魂靈讓給我呢，唔，恐怕我到底只要化一兩個戈貝克就什麼都拿來了。這自然是不容易的，要費許多力，人只好永遠在苦海裏漂泛，掉下去，又從此造出新的歷史來。然而人究竟爲什麼要他的聰明呢？所謂好事情，就是很不眞實，沒有人眞肯相信的事情。自然，不連田地，是不能買，也不能押的；但我用移住的目的去買，自然，移住

“唉，我這老實人!”

的目的；滔律支省和赫爾生省的荒地，現在幾乎可以不化錢的去領；那地方你就可以移民的，心裏想多少就多少！我簡直送他們到那地方去：到赫爾生省去，使他們住下！移民是要履行法律的程序，遵照設定的條文，經過裁決的。如果他們要證明書，可以，我不反對。為什麼不可以？我也能拿出一個地方審判廳長親筆署名的證明書來的。這田地，就叫作「乞乞科夫莊」或者用我的本名，稱為「保甫爾村」罷。』在我們的主角的頭裏，建設了這奇特的計畫；讀者對于這，是否十分感謝呢，我毫不知道，但作者却覺得應該不可以言語形容的感謝的；無論如何，假使乞乞科夫沒有發生這思想——這詩篇也不會看見世界的光了。

他依照俄國的習慣，劃過一個十字之後，要實行他的大計畫了。他要撒着謊，他是在找尋一塊可以住下的小地方，還用許多另外的口實，到我們國度裏的邊疆僻壤去察看，尤其是比別處蒙着更多的災害之處，就是：荒歉，死亡以及別的種種。一言以蔽之，是給他極好的機會，十分便宜的買到他所需要的農奴的地方。他決不隨便去找任何的地主，却從他的口味來挑選人，這就是，須是和他做成這一種交易，不會怎樣的棘手。他先設法去和他接近，賺得他的交情，使農奴可以白白的送他，自己無須破費。在我們這故事的進行中，出現的人物雖然總不合他的口味，但讀者却也不能嗔怪作者的：這是乞乞科夫的錯；因為這里他是局面的主人公他想往那里去，我們也只好跟着他如果有人加以責備，說我們的人物和性格都模胡，輕淡，那麽，我們這一面也只能總是反復的說，在一件事情的開初，是不能測度牠的全部情狀，以及經過的廣和深的。坐車到一個都會去，卽使是繁華的首都，也往往毫無趣味。先是什麼都顯得灰色，單調。無邊際的工廠和燻黑的作場乾燥無味的屹立着。稍遲就出現了六層樓房的屋角，體面的店鋪，掛着的招牌，街道的長行和鐘樓，圓柱，雕像，教堂，還有街上的喧囂和燦爛以及人的手和人的精神所創造的奇蹟。第一回的購買是怎樣的成交，讀者已經看見了；這事件怎樣地展開，怎樣的成功和失敗等候着我們的主角，他怎樣地打勝和克服更其艱難的障礙，還有是強大的形像怎樣地在我們前面開步，極其祕密的槓杆怎樣地使我們這泛濫很廣的故事運行，水平線怎樣地激盪起來，于是迸爲堂皇的抒情詩的洪流呢，我們到後來就看見。一位中年的紳士，一輛年青獨身者常坐的馬車，跟丁彼得爾希加，馬夫綏里方和駕車的三頭駿馬，從議員到卑劣的花馬，是我們已經紹介過了的，由這些編成的我們的旅團，要走的是一條遠路。于此就可見我們的主角的生涯。但也許大家還希望我用最後的一筆，描出性格來罷：從他的德行方面說起來，他是怎樣的人呢？他並不是具備一切道德，優長，以及無不完善的英雄——那是明明白白的。他究竟是怎樣的人？那就是一個惡棍了罷？爲什麼立刻就是一個惡棍？對于別人，我們又何必這麼嚴厲呢？我們這里，現在是已經沒有惡棍的了。有的是仁善的，堅定的，和氣的人，不過對于公然的侮辱，肯獻出他的臉相來迎接頰上的一擊的，却還是少得很。這一種類，我們只能找出兩三個，他們自然立刻高聲的談起道德來。最確切是稱他爲好掌櫃或是得利的天才。得利的慾望——是罪魁禍首，牠就是世間稱爲『不很乾淨』的一切關係和事務的原因。自然，這樣的性格，是有一點招人反感的，就是讀者，即使在自己的一生中，和這樣的人打交道，引他到自己的家裏來，和他消遣過許多愉快的時間，但一在什麼戲曲裏或者一篇詩歌裏遇見，却就疑忌的向他看。然而什麼性格都不畏憚，倒放出考察的眼光來把握他那最內部的欲望的彈鑛的人，是聰明，聰明，第三個聰明的；在人，什麼都變化得很迅速；一瞬息間，內部就有可怕的蟲蛆做了窠，不住的生長起來，把所有的生活力吸得乾乾淨淨。還有已經不只發現過一回的，是一個人系出高門，不但是劇烈的熱情生長得很强盛，倒往往因爲一種可憐的渺小的慾望，忘却了崇高的神聖的義務，向無聊的空虛裏，去找偉大和尊榮了。像海中沙的是人的熱情，彼此無一相像，開初是無不柔順，聽命於人的，高超的也如卑俗的一樣，但後來却成爲可怕的暴君。恭喜的是從中選取最美的熱情的人：他的無邊的幸福逐日逐時的生長起來，愈進愈深的他進了他的魂靈的無際的天國。然而也有並不由人挑選的熱情。這是和人一同出世的，却沒有能夠推開牠的力量。牠所驅使的是最高的計畫，有一點東西含在這裏面，在人的一生中決不暫時沈默，總在叫喚和招呼。使下界的大競走場至于完成，乃是牠的目的，無論牠以朦朧的姿態游行，或者以使全世界發大歡呼的輝煌的現像，在我們面前經過——完全一樣——牠的到來，是爲了給人以未知之善的。在驅使和催促我們的主角乞乞科夫的，大約也是發源於熱情的罷，這非出于他自己，是伏在他的冰冷的生涯中，將來要令人向上天的智慧曲膝，而且微如塵沙的。至于這形像，爲什麼不就在目下已經出世的這詩篇裏出現呢，却還是一個祕密。

但大家不滿足于我們的主角，並不是苦楚；更其苦楚和傷心的倒是這：我的魂靈裏生活着推不開的確信，是無論如何，讀者竟會滿足于這主角，滿足于就是這一個乞乞科夫的。如果作者不去洞察他的心，如果他不去攪起那瞞着人眼遮蓋起來的，活在他的魂靈的最底裏的一切，如果他不去揭破那誰也不肯對人明說的他的祕密的心思，却只寫得他像全市鎮裏，瑪尼羅夫以及所有別的人們——那樣子，——那麼大家就會非常滿足，誰都把他當作一個很有意思的人物的罷。不過他的姿態和形像，也就當然不會那麼活潑的在我們眼前出現因此也沒有什麼感動，事後還在振撼我們的魂靈，我們只要一放下書本，就又可以安詳的坐到那全俄之樂的我們的打牌桌子前面去了。是的，我的體面的讀者，你們是不喜歡看人的精赤條條的可憐相的：『看什麼呢？』你們說。『這些有什麼用呢？難道我們自己不知道世界上有很多的卑鄙和胡塗嗎？即使沒有這書，人也常常看見無法自慰的物事的。還是給我們看看驚心動魄的美麗的東西罷！來幫幫我們，還是使我們忘記自己罷！』——『為什麼你要來告訴我，說我的經濟不行的呀，弟兄？』一個地主對他的管家說。『沒有你，我也明白，好朋友；你就竟不會談談什麼別的了嗎？是不是？還是幫我忘記一切，不要想到牠的好——那麼，我就幸福了。』錢也一樣，是用牠來經營田地的，卻為了忘卻自己，用各種手段去化掉。連也許能夠忽然發見大富源的精神也睡了覺了；他的田地拍賣了，地主為了忘卻自己，只好去乞食，帶着一個原是出奇的下賤和庸俗，連自己看見也要大喫一嚇的魂靈。

對于作者，還有一種別樣的申斥；這是出于所謂愛國者的，他們幽閒的坐在自己的窠裏，做着隨隨便便的事情，在別人的糧食上，抽着好籤子，積起了一批財產；然而一有從他們看起來，以為是辱沒祖國的東西，即使不過是包含着苦口的眞實的什麼書一出版——他們也就像蜘蛛的發見一個蒼蠅兒在他們的網上了的一般，從各處的角角落落裏爬出來，揚起一種大聲的叫喊道『唔，把這樣的物事發表出來，公然敍述，這是好的嗎？寫在這里的，確是我們的事——但這麼辦，算得聰明嗎？況且外國人會怎麼說呢？聽別人說我們壞，覺得舒服嗎？』而且他們想：這于我們有沒有損呢？想：我們豈不是愛國者嗎？對於這樣的警告，尤其是關於外國人，我找不出適當的回答。有一件這樣的事：在俄國的什麼偏僻之處，曾經生活着兩個人。其一，是一個大家族的父親，叫作吉法·摩基維支；他是溫和，平靜的人，只愛舒適和幽閒的生活。他不大過問家務；他的生涯，倒是獻給思索的居多，他沈潛于『哲學的問題，』照他自己說。『拿走獸來做例子罷，』他時常說，一面在房裏走來走去。『走獸是完全精赤條條的生下來的。爲什麼竟是精赤條條？爲什麼不像飛禽似的再多一些毛？爲什麼牠，譬如說，不從蛋殼裏爬出來的？唉唉，眞的，奇怪得很……人研究自然越深，就知道得越少！』市民吉法·摩基維支這樣想。然而這還不是最關緊要的。別一位市民是摩基·吉法維支，他的親生的兒子。他是一個俄國一般之所謂英雄，當那父親正在研究走獸的產生的時候，他那二十來歲的廣肩闊背的身體，却以全力在傾注于發展和生長。無論什麼事他不能輕易的，照常的就完——總是折斷了誰的臂膊，或者給鼻子上腫起一大塊。在家裏或在鄰近，只要一望見他，一切——從家裏的使女起一直到狗——全都逃跑，連在他臥房裏的自己的眠牀，他也搗成了碎片。這樣的是摩基·吉法維支，除此之外，他却是一個善良的好心的人物。但這並不是重要的，重要的是在這里：『我告訴你，吉法·摩基維支老爺，』自家的和別人的使女和家丁都來對父親說，『你那摩基·吉法維支是怎樣的一位少爺呀？他給誰都安靜不來，太搗亂了！』——『對的，對的，他眞也有些胡鬧，』那父親總是這麼回答着，『但有什麼辦法呢？打他是已經不行的了，大家就都要說我嚴厲和苛刻，他却是一個愛面子的人；如果我在別人面前申斥他呢——他一定會小心的；但也忘不了當場丟臉——這就着實可憐。市裏一知道，他們是要立刻叫他畜生的。你們以爲我不會覺得苦痛的嗎？你們以爲我在研究哲學，再沒有別的工夫，就不是他的父親了嗎？那里的話，你們弄錯了。我是父親呀，是的，我是父親呀，媽的會不是。摩基·吉法維支——是深深的藏在我這里的心裏的。』吉法·摩基維支用拳頭使勁的搥着胸膛，非常憤激了：『即使他一世總是一匹畜生，至少，從我的嘴裏是總不會說出來的；我可不能自己來給他丟臉！』他這樣的發揮了父親的感情之後，就一任摩基·吉法維支仍舊做着他的英雄事業，自己却回到他心愛的對象去，其間忽然提出這樣的問題來了：『哼，如果象是生蛋的，那蛋殼應該不至于厚到沒有什麼砲彈打得碎罷？唉，唉，現在是到了發明一種新火器的時候了！』我們的兩位居民，就是這樣的在平安的地角裏過活，他們，在我們這詩篇的完結之處，突然好像從一個窗口來窺探了一下，爲的是對于熱烈的愛國者的申斥，給一個平穩的回答，他們愛國者，就大概是一向靜靜的研究着哲學，或者他們所熱愛的祖國的富的增加，不管做着壞事情，却只怕有人說出做着壞事情來的。然而愛國主義和上述的感情，也並不是這一切責備和申斥的原因，還有完全兩樣的東西藏在那裏面。我爲什麼該守祕密呢？除了作者，誰還有這義務，來宣告神聖的眞實呢？你們怕深刻的，探究的眼光射到你們的身上來。你們不敢自己用這眼光去看對象，你們喜歡瞎了眼睛，毫不思索，在一切之前溜過。你們也許在心裏嗤笑乞乞科夫；也許竟在稱讚作者，說『然而，許多事情，他實在也觀察得很精細！該是一個性情快活的人罷！』這話之後，你們就以加倍的驕傲，囘到自己的本來，臉上顯出一種很自負的微笑，接下去道：『人可是應該說，在俄國的一兩個地方，確有非常特別和可笑的人的，其中也還有實在精煉的惡棍！』不過你們裏面，可有誰懷着基督教的謙虛，不高聲，不明說，只在萬籟俱寂，魂靈孤獨的自言自語的一瞬息間，在內部的深處，提一個問題來道：『怎麼樣？我這里恐怕也含有一點乞乞科夫氣罷？』怎麼會一點也沒有。假如迎面走過了一個官，是中等品級的漢子

「——他就會立刻觸一觸他的鄰人，幾乎要笑了出來的樣子，告訴他道：『看呀，看呀，這是乞乞科夫，他走過去了！』他還會忘記了和自己的身分和年齡相當的禮儀，孩子似的跟住他，嘲笑他，愚弄他，並且在他後面叫喊道：『乞乞科夫！乞乞科夫！乞乞科夫！』

然而我們話講的太響，竟全沒有留心到我們的主角在講他一生的故事時睡得很熟，現在却已經醒來，而且要隱約的聽到有誰屢次的叫着他的姓氏了。他這人是很容易生氣，如果毫不客氣的在講他，他也是極不高興的。得罪了乞乞科夫沒有，讀者自然覺得並無關係；但作者却相反，無論如何，他總不能和他的主角鬧散的他還有許多路要和他攜手同行；還有兩大部詩，擺在自己的前面，而且這實在也不是小事情。

「喂，喂！你在鬧什麼了！」乞乞科夫向綏里方叫喊道。「你……？」

「什麼呀？」綏里方慢吞吞的問。

「什麼呀？你問！你問你這昏蛋！這是什麼走法？前去，上緊！」

實在的，綏里方坐在他的馬夫臺上，久已迷蒙着眼睛了。他不過在半醒半睡中間或用韁繩輕輕的敲着也在睡覺的馬的背脊。彼得爾希加也不知道在什麼地方落掉了帽子，反身向後，把頭擱在乞乞科夫的膝髁上，喫了主人的許多有力的敲擊。綏里方鼓起勇氣來，在花馬上使勁的抽上一兩鞭，馬就跑開了活潑的步子；于是他使鞭子在馬背脊上呼呼發響，用了尖細的聲音，唱歌似的叱咤道『不怕就是了！』馬匹奮迅起來，曳着輕車羽毛似的前進。綏里方單是揮着鞭子，叫道『嚇，嚇，嚇！』一面在他的馬夫臺上很有規律的顚來簸去車子就在散在公路上的山谷上飛馳。乞乞科夫靠在墊子上，略略欠起一點身子來，愉快的微笑着！因爲他是喜歡疾走的。那一個俄國人不喜歡疾走呢？他的魂靈，無時無地不神往於懵騰和顚倒，而且時常要高聲的叫出『管他媽的』來，他的魂靈會不喜歡疾走嗎？倘若其中含着一點很神妙，很感幸的的東西，他會不喜歡嗎？好像一種不知的偉力，把你載在牠的翼子上，你飛去了，周圍的一切也和你一同飛去了：路標，坐在車上的商人，兩旁的種着幽暗的松樹和樅樹，聽到斧聲和鴉鳴的樹林，很長的道路，都飛過去了——遠遠的去在不可知的遠地裏；而在這飛速的閃爍和動盪中，却含有一種恐怖可怕，一切飛逝的對象，都沒有看清模樣的工夫，只有我們頭上的天，淡淡的雲，上升的月亮，却好像不動的靜靜的站着。我的三駕馬車呵，唉唉，我的鳥兒三駕馬車呵！是誰發明了你的呢？你是只從大膽的，勇敢的國民裏，這才生得出來的——在不愛玩笑，却如無邊的平野一般，展布在半個地球之上的那個國度裏：試去數一數路標罷，可不要閃花了眼睛！眞的，你不是用鐵攀來鈎連起來的，乖巧的弄成的車子。却是迅速地，隨隨便便地，單單用了斧鑿，一個敏捷的耶羅斯拉夫的農人做你成功的。駕駛你的馬夫並不穿德國的長統靴，他蓬着鬍子，戴着手套，坐着，鬼知道是在什麼上；他一站起，揮動他的鞭子，唱起他的無窮盡的歌來——馬就旋風似的飛跑，車軸閃成一枚圓圓的平板。道路隆隆鳴動，行路人嚇得發喊，站下來彷彿生了根。——車子飛過去了，飛呀飛呀！……只看見在遠地裏好像一陣濃密的烟雲，後面旋轉着空氣。

你不是也在飛跑，俄國呵，好像大膽的，總是追不着的三駕馬車嗎？地面在你底下揚塵；橋在發吼。一切都留在你後面了，遠遠的留在你後面。被上帝的奇蹟所震悚似的，喫驚的旁觀者站了下來。這是出自雲間的閃電嗎？這令人恐怖的動作，是什麼意義？而且在這世所未見的馬裏，是蓄着怎樣的不可思議的力量的呢？唉唉，你們馬呵！你們神奇的馬呵！有旋風住在你們的鬃毛上面嗎？在每條血管裏，都顫動着一隻留神的耳朵嗎？你們傾聽了頭上的心愛的，熟識的歌，現在就一致的挺出你們這黃銅的胸脯的嗎？你們幾乎蹄不點地，把身子伸成一線，飛過空中，狂奔而去，簡直像是得了神助！……俄國呵？你奔到那里去，給一個回答罷！你一聲也不響。奇妙地響着鈴子的歌。好像被風所攪碎似的，空氣在咆哮，在凝結；超過了凡在地上生活和動彈的一切，湧過去了；所有別的國度和國民，都對你退避，閃在一旁，讓給你道路。

附錄

德國 沃多·培克 編

一　『死魂靈』第一部第二版序文　一八四八年

作者告讀者

無論你是怎樣的人，親愛的讀者，無論你居于怎樣的地位，任着怎樣的官職，不問你是有着品級和勳位，是一個普通身分的平常人，倘由上帝授以讀書識字的珍貴之賜，又因偶然的機緣，手裏玩着這本書，那麼，我請你幫助我。

在你面前的書，大約你也已經看過那第一版，是描寫着從俄國中間提了出來的人的。他在我們這俄羅斯的祖國旅行，遇見了許多種類，各樣身分，高貴的和普通的人物。他從中選擇主角，在顯示俄國人的惡德和缺失之點，比特長和美德還要多；而環繞他周圍的一切人，也選取其照見我們的缺點和弱點，好的人物和性格，是要到第二部裏這才提出的。這書裏面所敍述的，有許多不確之處，而在俄羅斯祖國所實現的事物，也並不如此，這是因爲我實在沒有能夠深通一切的緣故。盡一生之力，來研究我們的故鄉的現狀，就是百分之一也還是做不到的。加以還會有我自己的草率生疏和忽促，混入許多錯誤和妄斷，至使這書的每一頁上，無不應加若干的修改，所以我懇求你，親愛的讀者，請賜我以指正。你不可輕視這勞力。縱使你的教養和生活是怎樣的高超，並且覺得我的書是怎樣的輕微和不足道，加以訂正和指點，在你是怎樣的瑣細和無聊，我却還是懇求你請你做一下。但是還有你，親愛的讀者，就是平常的教養和普通的身分，也不要以爲一無所知，就不來教導我。每一個人，只要生在世間，見過世界，遇着過許多人，即一定會看出許多別人之所失察，懂得許多別人之所不知。所以我不願意放棄你的指導。只要你細心的看過一遍，對于我的書的什麼地方會沒有話要說，這是決不至于的。

假如罷，只要人們中有一個人，知識廣博，經驗豐富，熟悉我們描寫的人們的地位，記下他對于全書的指示來，而且閱讀之際，僅有手裏一枝筆和他放在面前的桌上一張紙，這是多麼的好呢。如果他每回讀完一兩頁之後，就一想他一生的經歷，他所遭遇的一切人，他所目覩的一切事，以及他所親見親聞的種種，看和描寫在我的書中的事件是否相像，或者簡直相反——而且如果他細細寫下他的記憶來，寄給我每張寫滿的紙，這樣的一直到讀完了全書，這又是多麼的好呢。他給了我怎樣的一個很大的實惠呢。文章的風格和詞藻是不必介意的：這里所處置的只在事情本身和牠的眞實，並不是爲了風格。如果加我指摘，給我譴責，或者要置之危險，使我毀傷，說我做了一件事情的誤謬的敍述，也都用不着顧忌，但願有用和改善，乃是我眞正的目的。對于這一切，我是統統眞心感謝的。

更好的事，是如果有一個地位很高的人，那各種關係——從生活以至教養——都和我的書中所描寫的地位相差甚遠，然而明白他自己所屬的地位的生活，而且這樣的人肯打定主意，一樣的把我的書從頭看起，使一切地位很高的人們在他精神的眼目之前一一經過，並且嚴密的注意，看各種地位不同的人們中是否有一點什麼相通的東西，看大抵出現于下等社會中者，是否也有時再見于上流社會；並且把想到的一切，就是把出於上流社會的各種事故，和擁護或排斥相關的這思想，寫得十分詳細，恰如他所觀察一樣，不忘記人物本身和他的脾氣，嗜好和習慣，也不放過他們周圍的無生物，從衣服起，下至器具以及他們所住的房屋的牆。我必須知道代表着國民的精華的這上流社會，在我明白了俄國的各方面的生活之前，至少，在具備了我的作品所必要的分量之前，我是不能把我那作品的末一部發表出去的。

這也不壞，如果有一個人，具備着豐富的幻想和才能，活潑的想像着一切人間的關係，並且到處從各種生活狀態上來觀察人，——一句話，就是如果有一個人，知道深入他所閱讀的作者的精神，或者引申和開拓他的思想——把見于我的書中的各人物，細心的追究下去，還肯告訴我在這種或那種景況中，他們應該怎樣的舉動，從開端來加推斷，在故事的進行中他該有怎樣的遭遇，由此能夠際會到怎樣一種新的情形，以及我還應該把什麼添在我的著作裏；凡此一切，到我的書印成一本新的，較好和較出色的本子，顯在讀者面前的時候，我都要鄭重的加以考慮的。

還有一件，是我眞心的懇求那肯以他的指點，使我欣悅的人：他寫起文字來，不要以爲寫的是給和自己有同等的教養，和自己有一樣的趣味和一樣的思想，許多事情是不必詳說也會瞭然的人去看的文字；倒要請他寫得好像是給教養全不能和自己相比，幾乎毫無知識的人去看似的。如果他不算寫給我，却當作寫給一個一生都過在那里的窮鄉僻壤的野人，那就更其好，對于這等人，倘要說明一點小事情，使他懂得，略有印象，是幾乎像對孩子一樣，用不着出于他的程度之上的言語的。如果誰都把這一點永是放在心中，如果誰準備寫給我關于我的書的指示，永是把這一點放在心中，則這指示之有意思和有價值，還在他自己之所意料以上他給我一個很大的實惠了。

如果我的讀者肯顧全和充滿我的眞心的希望，如果其中眞有一兩個人秉着非常的好意，要回答我的懇求，那麼可以用這方法把你的指示寄給我：把寫着我的地址姓名的封筒，套在另一個封筒裏，寄給下列的人們：聖彼得堡大學校長彼得・亞歷山特洛維支・普來德納夫大人收（地址是聖彼得堡大學）或者墨斯科大學教授斯台班・彼得洛維支・綏惠略夫先生收（地址是墨斯科大學，）看那一處和寄信人相近。

臨末，對于批評和議論我這書的記者和作家全體，還要聲明我的率直的感謝；雖有不少天然的過份和誇張，但給我的心和精神，却指示了很大的決斷和益處，所以我懇求他們，這回也不要放下他們的批評。我可以預先坦白的說，只要是給我啓發和教導，我全都很感激的接受的。

二　關于第一部的省察

市鎮的觀念——他們的現狀的極度的空虛。出于一切範圍之外的閒談和密告。這些一切，怎樣地從閒暇發生，演成最高度的笑柄，以及原是聰明的人，怎樣地終于弄到犯了很大的愚蠢。

閨秀們的會話的細目。怎樣地在一般的閒談裏，又夾進私心的閒談去，以及于是怎樣地不再寬恕別人。風聞和猜測怎樣地造成。這猜測怎樣地達到滑稽的極頂。大家怎樣地不知不覺的來參加這閒談，以及繡鞋英雄和娘兒奴才㊀怎樣地造就。

生活的虛脫，安逸和空虛，怎樣地由幽暗的，一言不發的死來替換。這可怕的事件怎樣地木然的進來而且過去。什麼也不動。死來恐嚇這完全不動的生活。對于讀者，却應該使生活的死一般的麻木，見得更其可怕。

生活的怕人的昏暗揭去了，其中藏着一種深的神祕。這豈不是有些很可怕嗎？這人立而跳的，搗亂的，閒暇的生活——豈不是一個現象，由可怕的偉大而來的嗎？……生活！……在跳舞裝，在燕尾服，在談閒天和交換名片的地方——沒有一個人相信死……。

㊀ 媚女人，或怕老婆漢子的意思。——譯者。

細目。閨秀們立刻因此爭吵起來，因爲這一個願意乞乞科夫是這樣，而別一個却同時希望他有些那樣——所以她們就只採取些合于自己的理想的風聞。

別的閨秀們登場。

通體漂亮的太太有一種偏于物慾的脾氣，而且愛說她有時怎樣地仗着自己的理性之助，來克服這脾氣，以及她怎樣地懂得和男人們保着若干的距離。但也眞的出過這事情，而且用着很單純的方法。沒有一個人近得她，那簡單的緣由，是因爲她在年靑時代已經和一個守夜人有過很相類似的事情，雖然她這麼漂亮，還有一切她的好性質。——『唉唉，我的親愛的，您知道，先把一個男人引一下，于是推開他，于是再去引一下，我覺得可很好玩呢。』在跳舞會裏她也這樣的來處置乞乞科夫。別人都以爲自己也應該這麼辦。有一位走得很規矩。有兩位閨秀是挽着臂膊，走來走去，竭力引長了聲音笑起來。于是她們忽然發見乞乞科夫不成樣子了。

通體漂亮的太太愛讀關于跳舞會的記載。維也納的集會的記事她也覺得很有味。此外是這位閨秀很留心于打扮，這就是說，她喜歡查考別的閨秀們，那打扮好，還是壞。

當她們坐在椅子上的時候，就觀察着進來的人們。『N簡直全不知道打扮，眞的，她不知道。那圍巾是和她一點也不相稱的。」——「知事的女兒穿的多麽出色呵」——「但是，親愛的，她可是穿的不像樣呀。」——如果眞的這樣子——

全市鎭亂七八遭的縱橫交錯着閒談和密告——這是他們一羣中的人生的安逸和空虛的本相。到處是胡說白道，大家只是竭力的和這聯成一氣。跳舞會的要點。第二部中的反對的本相着力在打破和撕裂的安逸。

怎樣地才能夠把全世界的安逸和閒暇的一切玩意拉下來，到市鎭的閒暇的一種，怎樣地才能夠把市鎭的閒暇提上去，到全世界的安逸和閒暇的本相。

這必須總括一切類似的特徵，也必須在故事裏有一個切實的繼續。

三　第九章結末的改定稿

他們想了一通，終于決定去問那和乞乞科夫交易，他買了這疑問的死魂靈去的出主。檢事所得的差使是訪梭巴開維支去，並且和他談談，審判廳長却自願到科羅皤契加那里去。我們也還是一同起身，跟着他們去看看，他們在那里究竟打聽了些什麽罷。

第……章

梭巴開維支和他的夫人住在一所離囂塵較遠的屋子裏。他選定了造得很堅固的房屋，用不着怕屋頂要從頭上落下來，可以舒適幸福的過活。這屋子的主人是一個商人，叫作科羅蒂爾庚，也是一位很茁實的漢子。梭巴開維支只同了他的女人來，孩子們却沒有帶在一起。他已經覺得無聊，快要回去了，只還等着這市裏的三個居民向他租來種蘿蔔的一塊地皮的租錢，以及他的女人向裁縫師定下，立刻可以做好的一件時式的綿衣服。他早已有些不耐煩，坐在靠椅裏，不斷的駡着別人的欺騙和胡鬧，一面那眼光却避開了他的夫人看着火爐角。正在這時候，檢事走進屋子裏來了。梭巴開維支說一聲『請，』略略一站，就又坐了下去。檢事走向菲杜略·伊凡諾夫娜，在她的手上接過吻，也立刻坐在一把椅子上。菲杜略·伊凡諾夫娜受了吻手之後，也在一把椅子上坐下了。三把椅子都油着綠釉，角上描着黃色的睡蓮，是外行人的亂塗亂畫。

『我這來，是爲了要和您談一件重要的事情，』檢事說。

『心肝，回你的房裏去罷！恐怕女裁縫正在等你呢。』

菲杜略走到自己的房裏去了。

檢事開始了這樣的話：「請您允許我問一問：你把怎樣的農奴賣給保甫爾・伊凡諾維支・乞乞科夫了？」

「您在說什麼呀：怎樣的農奴？」梭巴開維支說。「我們立過買賣契約的是些怎樣的人，都寫在那上面，一個是木匠……」

「但市裏却流傳着……」檢事有些惶窘了，說……「市裏却流傳着風聞呢……」

「市裏昏蛋太多，總會造出一些風聞來的，」梭巴開維支安靜的說。

「不的，不的，米哈爾・綏米諾維支，這是很特別的風聞，令人要胡塗起來的，說的是買賣的全不是農奴，也並非爲了移住，而且人們說，這乞乞科夫就是一個簡直是謎一樣的人物。于是起了極可疑的猜測，市裏只在說這一件事……」

「請您允許我問一問：你莫非是一個老婆子嗎？」梭巴開維支問道。

這問題使檢事狼狽之至。他是還沒有自問過，他是老婆子呢，還是什麼別的東西的。

「您提出這樣的問題，還要到我這里來，是在侮辱我呀，」梭巴開維支接着說。

檢事吃吃的認了幾句錯。

「您還是到那些坐在紡線機後面，夜裏講着鬼怪和魔女的嚇人故事的饒舌婆子那里去罷。如果您不想靠上帝幫助想出點好的來那您還不如和孩子們玩擲骨游戲去。您怎麽竟來攪擾一個正經人呢？莫非您當我是愛開玩笑的，還是什麽嗎？您竟不大留心您的職務，也不大想給祖國出力，給您的鄰人得益，愛護您的同僚呀。只要有什麽一匹驢子推您到什麽地方去，您總想是首先第一，立刻跑出來。留心些罷，您會一回一回的枉然墮落下去，什麽好紀念也不留一點，不像樣子的完結的。」

檢事大碰了一個釘子，竟毫不知道應該怎麽回答這道德的教訓了。他受着侮辱和輕蔑，離開了梭巴開維支。但主人還在背後叫喊道：「滾你的罷，你這狗！」

這時候進來了菲杜略。「檢事爲什麽馬上就走了呢？」她問。

「這東西起了後悔，跑掉了，」梭巴開維支說。「你在這里就又看見了一個例子，心肝。這樣的一個老少年！已經有白頭髮了，但我知道，他却還是總不給別人的太太們得一點安靜。這些人都是這一類：他們彼此統統是狗子。親愛的大地背着他們的安閒，還不夠受嗎，他們是應該統統塞在一隻袋子裏，拋到水裏面去的！全市鎭就是一個强盜窠。我們在這里已經沒有什麽好找。我們要回家去了。」

梭巴開維支太太還要抗議，說她的衣服還沒有做好，而且她還得買一兩個慶祝日所用的頭巾上的帶結，但梭巴開維支却開導道『這都是摩登貨，心肝，後來還有壞處的』他命令準備啓程；自己和一個巡官到市上的三個居民那里，收了種羅蔔的地租，又遶到女裁縫家，取回那未曾完工，還要再做的衣服，連針線都在內，以便回家後可以做好，于是立刻離開市鎮了。在路上他不住的反復着說，到這市鎮裏來，簡直是危險的事，因爲這里是這一個惡棍和騙子坐在別一個惡棍和騙子頭上的地方，而且也容易和他們一同陷在大泥塘裏的。別一面，檢事對於梭巴開維支爲他而設的款待，也狠狽得非常。他很迷惑，至于想不明白應該怎樣向審判廳長去報告他的訪問的結果。

然而關于事件的解釋，審判廳長所得的也不多。他先坐着自己的車子到得鎮上，由此跑進一條又狹又髒的小巷去，在一路上，車輪總是左左右右的高低不定。先是他的下巴和後腦殼很沈重的撞在自己的手杖上，並且衣服都濺滿了泥汙。車子嘖嘖的發着響搖擺着，在泥濘中進行，終於到了住持長老的處所，在這里先受着接連不斷的活潑的猪叫的歡迎。他叫停車，步行着經過各種堆房和小屋，到了大門口。在這里他先借一塊毛巾，揩了一回臉。科維皤契加全像對乞乞科夫一樣的來迎接他，臉上也顯着那一種陰鬱的表情。她頸子上圍着一條好像法蘭絨布似的東西，屋子裏飛鳴着無數隊的蒼蠅，桌子上擺着難以指名的食餌，分明是藥牠們的，然而牠們似乎也已經習慣了。科羅畱契加請他坐。

廳長先從自己和她的男人相識談起，於是突然轉到這問題：『請您告訴我，這是眞的嗎，新近有一個人拿着手鎗，夜裏跑到您這里來，威嚇着您，說是如果不肯把鬼知道什麼魂靈賣給他，他就要謀害您了？您可以告訴我們，他究竟是懷着什麼目的嗎？』

『當然，我怎麼不可以呢！請您站在我的位置上來想一想：二十五盧布的票子！我實在不明白，我是寡婦，什麼也不懂得；要騙我是很容易的，況且又是一件我一向不知道的事情，先生。大麻値什麼價錢，我知道，脂油我也賣過的，還有前……』

『不不，請您詳細的講一講。那是怎樣的呢。他眞的拿着一枝手鎗嗎？』

『沒有的，先生。靠上帝保佑，手鎗我可沒有見。可是我不過是一個寡婦——我實在不能知道，死魂靈該値多少錢。對不對，先生，請您照顧一下，告訴我罷，給我好知道一個眞實的價錢。』

『什麼一個價錢？什麼一個價錢嗎？太太？您說的是什麼的價錢呀？』

『死魂靈的價錢呀，先生！』

『她生得呆，還是發了瘋呢？』廳長想，一面注視着她的臉。

『二十五盧布？我實在不知道，也許要值到五十盧布呢，或者竟還要多。』

『請您把鈔票給我看一看，』廳長說，幷且向光去一照，查考這是否假造的。然而是一張完全平常的眞鈔票。

『但是您只要講這交易怎麼一個情形，他從您這里究竟買了什麼就是。我還不明白……我簡直一點也不懂……』

『他確是從我這里買了這去的，』科羅皤契加說，『然而您爲什麼總不肯告訴我，死魂靈要值多少，給我好知道他眞實的價錢呢。』

『請您原諒，您在說什麼呀？有誰聽到過賣死魂靈的嗎？』

『爲什麼您簡直不肯告訴我價錢呢？』

『那里的話，價錢！請您原諒，這怎麼能講到價錢呢？還是老實的告訴我罷，這事情是怎樣的。他用什麼威嚇了您嗎？他想來引誘您嗎？』

『沒有的事，先生，您講的是什麼！……現在我看起來，您也是一個人。』——於是她猜疑的看着他的眼。

『唉唉，那里的話！我是審判廳長呀，太太！』

『不不，先生，您要怎麼說，說就是，您一定也想……您也有這目的……來騙我的。不過這于您有什麼好處呢？您只會得到壞處的。我很願意賣給您絨毛；一到復活節，我就有出色的絨毛了。』

『太太！我對您說，我是審判廳長。我拿您的絨毛做什麼呢，您自己說罷！我什麼也不要買。』

『不過這倒是完全合於基督教的事情，先生，』科羅晞契加接着說。『今天我賣點什麼給您，明天您賣點什麼給我。您瞧，如果我們彼此你騙我，我騙你，那里還有正義呢？對于上帝，這是一件罪業呀！』

『不過我可並不是做買賣的，太太，我是審判廳長！』

『上帝知道，也許您眞的是審判廳長。我可是知不清。那又怎麼呢？我是一個孤苦零丁的寡婦！您爲什麼要問我這些呢？唔，先生，據我看來，您自己……也是……要買這東西的。』

『太太，我勸您去看一看醫生，』審判廳長氣惱的說。『您的這地方，好像實在很不清楚了。』——他一面用手指向自己的前額一指，一面接着說。和這話同時，他也就站起身來，走了出去了。

科羅鱕契加却站着沒有動，還像她一向的對付商人一樣，不過看得這些人現在竟這麼的不和氣，會發惱了，很覺得希奇，而且一個孤苦零丁的寡婦活在這世界上眞也不容易。

廳長在路上折斷了一個輪子，從上到下都濺滿了泥汙，總算艱難困苦的囘了家。如果不算他在下巴上給自己的手杖擣出來的一塊腫，那麼這些就是這沒興頭沒結果的旅行的成績。在自己的家的附近，他遇見了坐着馬車迎面而來的檢事檢事好像很不高興，垂着頭。

「哪，您從梭巴開維支打聽了些什麼呀？」

檢事低着頭，囘答道：「我一生中還沒有喫過這樣的虧……」

「這是怎的？」

「他踢了我一腳，」檢事顯着意氣消沈的樣子，說。

「怎麼樣呢？」

「他對我說，我是一個不中用的人，不配做我的職務；而且我還沒有檢舉過自己的同僚。別的檢事們每禮拜總寫出檢舉文來，我可是每一件公事上寫一個『閱』字，自然是在我有報告同僚的義務的時候。——我也沒有把一件事情故意壓起來。」

檢事全然挫折了，

『那麼，關于乞乞科夫他說了些什麼呢？』廳長問。

『他說了些什麼？他說我們都是老婆子，胡塗蟲。』

廳長沈思起來了。但這時來了第三輛車：是副知事。

『我的先生們，我通知你們大家應該小心了。人們說，我們這省裏恐怕眞的任命了一個總督。』

廳長和檢事都張開了嘴巴，審判廳長還自己想：『我們辦在那里的惡魔倒很感謝的羹湯，現在是快到自己來喝下去的時候了。如果他知道了這市裏是多麼亂七八糟！』

『打擊上面又是打擊！』完全失望的站在那里的檢事，心裏想。

『您可知道做總督的是誰，他是怎樣的一個人，怎樣的一種性格嗎？』

『這可是什麼也還沒知道，』副知事說。

這瞬間來了郵政局長，坐着馬車。

『我的先生們，新總督要到任了，我給你們賀喜。』

『我們已經知道，我們已經知道，不過還沒有明白底細，』副知事說。

『那里，已經明白了的，那是誰。』郵政局長回答道。『阿特諾梭羅夫斯基・水門汀斯基公爵。』

『那麼，人怎麼談論他呢?』

『他大概是一位很嚴厲的人物，』郵政局長說，『一位性格剛强的很是明亮的人。他先前是督辦過什麼一個公家的建築委員會的，您懂了沒有?有一回，出了一點小小的不規則。那麼，您以爲怎麼樣，可敬的先生，他把什麼都搗爛了，他把大家都弄得粉碎了，弄得他們簡直連什麼也不剩，您瞧。』

『但在這市鎭上，却用不着嚴厲的規則的。』

『哦，是啦，他是一位學問家，親愛的先生!一位很博大的人物!』郵政局長接着說。『曾經有過一回什麼……』

『然而我的先生們，』郵政局長道，『我們竟停了車子，在路上談天。我們還不如走……』

這時候，紳士們才又清醒了過來。街道上却已經聚集了許多看客，張着嘴巴，在看這四位先生坐在自己的車子裏，大家在談話。馬夫向馬匹吆喝一聲，於是四輛車子就接連着駛往審判廳長的家裏去了。

『鬼竟也在不湊巧的時候把這乞乞科夫送到我們這里來！』廳長在前廳裏脫着泥汙一直濺到上面的皮外套，一面想。

『我頭裏是什麼都胡裏胡塗，』檢事說着，也一樣的脫了皮外套。

『對于這事情，我可不明白了，』副知事說，一面脫着他的皮外套。

郵政局長却什麼話也不說，單是對于脫下他的外套來，覺得很滿足。

大家走進屋子去，立刻就搬出一餐小酌來了。外省的衙門裏，是决不能沒有小酌的，如果兩個省裏的官員聚在一起，那麼，小酌就自然會作爲第三個，前來加入了聯盟。

審判廳長走到桌子前，自已斟出一小杯苦味的艾酒，說道：『就是打死我，我也不知道這乞乞科夫是什麼人。』

『我更有限，』檢事說。『這樣糾紛錯雜的事件，是自從我任事以來，還沒有出現過的。我實在再沒有辦這事情的膽量了。』

『然而雖然如此，那人却有着怎麼一種世界人物的洗練呵！』郵政局長說，一面先斟一杯淡黑色的蔗酒，再加上一兩滴薔薇色的去，使兩樣混合起來。『他一定到過巴黎。我極相信，他是一個外交官之流。』

這時候，那警察局長，那全市的無不知道而且大受愛戴的恩人，商人社會的神像，闊綽的早餐夜膳以及別的筵宴的魔術師和安排者，走進屋子裏來了。

『我的先生們，』他叫了起來，『關於乞乞科夫，我一點也不能知道。他的紙片，我不能去翻檢；他也總不離開他的屋子，好像生病似的。我也打聽他的人，問了他的僕人彼得爾希加和馬夫綏里方。第一個有點喝得爛醉，還好像什麼時候都是這副模樣。』說到這話，警察局長便走向小食桌，用三種蔗酒做起混合酒來。『彼得爾希加說，他的主人和各種人們往來，我看他舉出來的，全是上等人，例如丕列克羅耶夫……他還說出一批地主來——都是六等官或者竟是五等官。綏里方講，大家都把他看作一個能幹的人，因為他辦事實在又穩當，又出色。他曾在稅關上辦公，還進過一個公家的建築委員會！是什麼委員會呢，他可是說不清。他有三匹馬：「一匹還是三年前買來的，花馬是用別一匹一樣毛色的馬換來的，第三匹也是買來的……」他說。他很切實的講，乞乞科夫確是名叫保甫爾·伊凡諾維支，是六等官』。

『一個上等人，而且還是六等官，』檢事想，『却決心來做這樣的事情！誘拐知事的女兒，起了胡塗思想，要買死魂靈，還在深夜裏，和睡着的地主老婆子去搗亂——這和驃騎兵官是相稱的，和六等官可不相稱！』

『如果他是六等官，他怎麼會決計來做這樣的犯罪的事情，假造鈔票呢？』自己也是六等官，愛吹笛子的副知事想，他的精神，是傾向藝術遠過于犯罪的。

『要說什麼，說就是，我的先生們，不過我們應該給這事情有一個結束！要來的，來就是！您們想一想罷，如果總督一到任，鬼才知道我們會出什麼事哩！』

『那麼，您以爲我們得怎麼辦呢？』

警察局長說道：『我想，我們先應該決計。』

『您說的是什麼意思呢：這決計？』廳長問。

『我們應該逮捕他，當作一個犯了嫌疑的人。』

『是的，但怕不行罷？如果倒把我們當作犯了嫌疑的人，逮捕起來呢？』

『什～～～麼？』

『哪，我想，他也許是派到這里來，有着祕密的全權的！死魂靈？哼！不但說他要買是一句假話，也是爲了查明那個死人的假話，那報告上寫了死得「原因不明」的。』

這番話使大家都沈默了。檢事尤其害怕。還有審判廳長，雖然是自己說出來的，却也在深思默想。兩個人……

『那麽，我的先生們，我們該怎麽辦呢？』那警察局長，卽全市的恩人，商家的寶貝說，一面灌下甜酒和苦酒的奇異混合酒去，還在嘴裏塞了一點食物。

侍役搬進一瓶瑪兌拉酒和幾個杯子來。

『我眞的不知道我們該怎麽開手了！』廳長說。

『我的先生們，』郵政局長喝乾一杯瑪兌拉，吞下一片荷蘭乾酪，加奶油的一塊鱘魚之後，於是說道，『我是這樣的意見，我們應該把這件事澈底的探索一下，我們應該把牠澈底的研究一下，共同 in corpore ●的商量一下，這就是說，我們總得大家聚集起來，像英國的議院那樣，您懂了罷，來測量對象，明白透澈牠一切細微曲折的詳情，您懂了沒有？』

『我們自然得在什麽地方聚集一下的，』警察局長說。

『好的，我們來集會罷，』廳長說，『共同決定一下，這乞乞科夫是什麽人。』

● 英語，也是『共同』或『合爲一體』之意。——譯者。

『好的，這才是聰明法子哩——我們應該決定一下，乞乞科夫是什麼人。』

『我們要問問各人自己的意見，於是決定一下，乞乞科夫是什麼人。』

一說這些話，大家就立刻覺到一種不再着急的心情，喝了一兩杯香檳酒。人們走散了，滿足得很，以爲會議就會給他們分明切實的證據，乞乞科夫究竟是什麼人。

四之A　戈貝金大尉的故事（第一次的草稿）

『在一八一二年的出兵之後，貴重的先生，』郵政局長說，雖然並不是只有一個先生，房裏在場的倒一共有六個，『在一八一二年的出兵之後，和別的傷兵一起，一個大尉，名叫戈貝金的，也送到衞戍病院裏來了。這是在克拉斯努伊附近，或是在利俾瑟之戰罷，那不關緊要，親愛的先生，總之是他在戰場上失去了一隻臂膊和一條腿。您也知道，那時對於傷兵還沒有什麼設備，那廢兵的年金——您也想得到——說起來是一直到後來這才制定的。我們的戈貝金大尉一看，他應該做事，可是您很知道，他只有一條臂膊，就是那左邊的一條。他就到他父親的家裏去，但那父親給他的回答是：「我也還不能養活你。」您想想就是！

「我自己就得十分辛苦，這才能夠維持。」您瞧罷，貴重的先生，於是我的戈貝金決定，上彼得堡去，到該管機關那里，看他們可能給他一點小小的補助：他呢，說起來，是所謂犧牲了他的一生，而且流過血的……他坐着一輛貨車或是公家的驛車，上首都去了，可敬的先生，他喫盡辛苦，這才到了彼得堡。您自己想想看：現在是這人，就是戈貝金大尉，在彼得堡，就是在所謂世上無雙的地方了！他的周圍一下子就光輝燦爛，所謂一片人生的廣野，童話樣的仙海宰拉台的一種，您聽明白了沒有？您自己想想就是，他面前忽然的躺着這麼一條涅夫斯基大街，或者這麼一條豌豆街，或者，媽的，這麼一條列退那耶街，這里的空中聳着這麼的一座塔，那里又掛着幾道橋，您知道，一點架子和柱子也沒有；一句話，眞正的什米拉米斯，可敬的先生，實在的！他先在街上走了一轉，爲的是要租一間房子；然而對於他，什麼都令人疑疑惑惑：所有這些窗幔，捲簾和所有鬼物事，您知道，就是地毯呀，眞正波斯的，可敬的先生……一句話，是大家都在用脚踏着錢。人走過街上，鼻子遠遠的就覺得，千元鈔票發着氣味；您知道，我那戈貝金大尉的整個國立銀行裏，却只有五張藍鈔票，這就是一切，您懂了沒有。于是他終于住在一個客店力伐耳市裏，每天一盧布；您知道：午餐兩樣，一碟菜湯加一片湯料肉。他看起來，他在這里是不能十分揮霍的。他就決定，明天到大臣那里去，可敬的先生。皇上那時候沒有在首都，因爲軍隊還沒有從戰地上回來，那是您自己也想得到的。于是他，有一天的早晨，起來的早一點，用左手理一理鬍子，于是您瞧，他到理髮店裏去了，這是因爲要顯得新開張的意思，穿好他的制服，用木脚一拐一拐的走到大臣那里去。現在您自己想想就是，他先去問一個警察，那里是大臣的住宅。「那邊，」那人回答着，並且指示了邸宅區海岸邊的一所房子，好一所精緻的茅棚呀，我可以對您說！大玻璃窗，大鏡子，大理石和到處的金屬，您只要自己想想就是，可敬的先生！這樣的門的把手，您知道，人得先跑到店裏去買兩戈貝克肥皂，于是就這麼說罷，來洗一兩點鐘手，這才敢于去捏牠！一句話，什麼都是紫檀和磁漆，要令人頭昏眼花，可敬的先生！甬道上呢，您知道，站着一個門丁，眞正的大元帥，這樣的一副伯爵相，手裏拿着刀，麻布領子，媽的！好像一匹養得很好的布爾狗。我的戈貝金總算拖着他的木脚走進前廳去，坐在一個角落裏，只因爲恐怕那臂膊在一個亞美利加或是印度上，在渡金的磁瓶上碰一下，您知道。您瞧，他自然應該等候許多工夫，因爲他到這里的時候，那大臣說起來還剛剛起牀，當差的正給他搬進什麼一個銀的盆子去，您很知道，是洗臉用的。我的戈貝金一直等了四個鐘頭之久，副官或是一個別的當直的官員總算出來了，說道：大臣就來，但在前廳裏人們已經擁擠得好像盤子裏的豆子一樣，純粹是四等官呀，大佐呀，這些大官，有幾處還有一個帶肩綬的白胖大好佬，您知道，一句話，就是簡直是所謂將校團。大臣到底也走進屋子裏來了，可敬的先生！您自己想得到的：他先問這個，然後再問那個：您到這里貴幹呀？那麼，您呢？您有什麼見教呢？臨末也輪到了我的戈貝金，他鼓起全身的勇氣，說道：「如此如此，這般這般，我流了我的血，一條腿和一隻臂膊失掉了，說起來，我已經不能做事，所以不揣冒昧，來求皇上的恩典的。」大臣看見這人裝着義足，右邊的袖子也空空的掛着。「就是了，」他說，「請您過幾天再來聽信罷。」哪，這麼着，可敬的先生，過不了四五天，我的戈貝金就已經又在大臣那里出現了。大臣立刻認識了他，您知道。「阿呀！」他說，「可惜這回除了請您等到皇上回來之外，我不能給您別樣的好消息。到那時候，對于傷兵和廢兵總該會給些什麼的，不過倘沒有陛下的聖旨，說起來，我什麼也不能替您設法。」于是他微微的一鞠躬，謁見就算完結了。您自己想得到的，當我的戈貝金從大臣那里出來的時候，眞的沒有了主意；說起來，他是沒有得到許可，可也沒有得到回絕。然而首都的生活，對于他自然一天一天的難起來，那是您很能明白的。于是他自己想「我要再去見一見大臣，對他說：請您隨便幫一下，大人，我立刻要什麼也沒得喫了；如果您不幫助我，說起來，我就只好餓死了。」然而他到得大臣那里時，却道是「那不行，大臣今天不見客，您明天再來罷。」到第二天——一樣的故事，那門丁連看也不大願意看他了。我的戈貝金只還有一枚五十戈貝克的銀元在衣袋裏。先前呢，他還可以買一碟菜湯加上一片湯料肉，現在他却至多只能在那里買這麼一點青魚或者一點醃王瓜和幾文錢的麵包——一句話，這可憐的傢伙可實在挨餓了，然而他却有狠一般的胃口。他常常走過什麼一個飯店前面，現在您自己想想看：那廚子，是一個鬼傢伙，一個外國人，您知道，總是只穿着很精緻的荷蘭小衫，站在他的竈跟前，在給你們預備什麼Finserb是或炸排骨加香菌，一句話，是很好的大菜，使我們的大尉饞的恨不得自己去喫一通。或者他走過米留丁的店門口：笑嘻嘻的迎着他的是一條燻鮭魚，或者一籃子櫻桃——每件五盧布，或者一大堆西瓜，簡直是一輛公共汽車，您知道，都在窗子裏，找尋着衣袋裏有些多餘的百來塊錢的獃子，您想想罷，一句話，步步都是誘惑，真教人所謂嘴裏流涎，然而對于他呢：請等到明天。現在請您設身處地的來想一想：一面呢，您瞧，燻魚和西瓜，別一面呢，是這麼的一種苦小菜：「明天再來。」這可憐的傢伙終于熬不下去了，决計無論如何再去謁見一下子。他站在甬道上等候着看可還有一個什麼請願人出現，他終于也跟着一個將軍，您知道，走進宅子去，用他的木脚拐進了前廳。大臣照平常的出來會客了：「您有什麼事呢？您有什麼見教呢？」——「哦，」他一看見戈貝金，就叫起來，「我可已經告訴過您了，您得等着，等到您的請求得到決定。」——「我請求您，大人，我什麼也沒得喫了，說起來……」——「那我有什麼辦法呢？我不能替您辦，只好請您自己辦，只好請您自己去想法。」——「但是，大人，這是您可以自己所謂判斷的，我沒有了一隻手和一條腿，怎能給自己想什麼辦法呢。」他還想添上去道：「用鼻子是我可什麼法子也沒有，這至多只能醒一下鼻涕，然而就是這也還得買一塊手巾。」但是那大臣，您瞧，親愛的先生，——也許是覺得戈貝金太麻煩了，或者他眞的要辦理國事——總之，那大臣是您自己能明白的，非常生氣了。「您出去！」他大聲說，「像您似的人這里還多得很，您出去，靜靜的去等着，到輪到你了的時候！」——然而我的戈貝金却回答道——飢餓逼得他太利害了，您知道——：「隨您的便，大人，在您給我相當的吩咐之前，我在這里是不動的。」這可是，親愛的先生，您自己可以知道，那大臣簡直氣得要命。而且實實在在，像一個什麼所謂戈貝金，敢對大臣來這麼說，到現在爲止，在世界史的記錄上確也還不曾有過前例的。您自己可以知道，怎樣的一位會惱怒的大臣，但說起來，這可是所謂國家的大員呀。「您這不成體統的人！」他叫喊說。「野戰獵兵在那里？叫野戰獵兵來，送他回家去罷！」然而那野戰獵兵，您很知道，却已經站着，等在門外面了：這麼一個高大的傢伙，您知道，簡直好像天造他來跑腿的一樣。一句話，是一個很好的拔牙鉗。于是我們這上帝的忠僕就被裝在馬車裏，由野戰獵兵帶走了。

「唔，」戈貝金想，「我至少也省了盤纏錢這一點，我倒要謝謝大人老爺們的！」他這麼的走着，可敬的先生和那野戰獵兵，當他這樣的坐在野戰獵兵的旁邊的時候，說起來，他在所謂對自己說：「好，」他說，「大臣告訴我，我只好自己辦自己想法子！好，可以，」他說，「我就來想法子罷！」他怎樣的被送到他一定的地方，就是他到底弄到那里去了呢，什麼也不知道。所以關于戈貝金大尉的消息，就沈在忘却的河流裏面了，您知道，詩人之所謂萊多河。但這地方，您瞧，我的先生們，在這地方，可以說，却打着我們的奇聞的結子的。戈貝金究竟那里去了呢，誰也不知道；然而您自己想想罷，不到兩個月，略山的林子裏就現出一羣強盜來，而這羣強盜的頭領，您瞧，却並非別的，正是戈貝金大尉。他招集了種種的逃兵，把他們組織了一個所謂強盜團。這時候是，您也明白，剛在戰爭之後，大家都還是過慣了沒拘束的生活，您知道——那時性命差不多只值一文錢；自由不羈，我對您說，大家什麼都不放在眼裏——總而言之，可敬的先生，他帶領着一枝軍隊了。沒有一個旅客能夠平安的通過，不過說起來，却單是對于國帑。如果有人過路，只爲了自己的事情——，哪，他們就單是問：「您去幹什麼的？」于是放他走。對國家的輸送：糧秣呀，金錢呀的辦法可是相反了——總之一句話只要是帶着所謂國家這一個名目的——那就對不起那麽，您自己就知道，他根本的搶着國帑的袋子。或者他一聽到納稅的期限已在眼前了——他就馬上到了這地方。他立刻叫了村長來，喊道「拿年貢和租稅來。」哪，您可以自己想到的，鄉下人一看「這麽的一個跛脚鬼，他的衣領是紅紅的，還發着金光，像一匹菲涅克斯❶的毛羽，媽的，要嘗耳刮子味道的，」「在這里，收去罷，老爺，但請您放我們平安。」他自然心裏想「這該是那里的一個地方法官，或者也許是說起來，還要利害的脚色。」然而那錢呢，可敬的先生，那當然是他收去了，全像自己的一樣，還給鄉下人一個收條，使他們可以在主人面前脫掉干係，表明他們的確付過錢，完清了租稅，徵收的却是這個人，就是戈貝金大尉哦，他竟還蓋上一個自己的印章哩，一句話，可敬的先生，他就是這一種樣子的搶劫。也派了許多回兵要去捉拿他，可是我的戈貝金怕什麽鳥。這些都是眞正的亡命之徒。您知道，這些聚在這里的……但到他看見這已經不是玩笑，所謂弄壞了好菜的時候，到底也眞的着了急；刻刻總在追捕，不過他自己却已經積起很一大批的錢的了，親愛的先生，哪於是他說起來有一天就跑到外國去了，到外國，

❶ Phönix 希臘神話中的怪鳥，每五百年自焚一次，轉成年青。——譯者。

可敬的先生，您很知道，那就是到合衆國。他從那邊寫了一封信給皇帝，您自己也想得到的罷，是一封措辭最精文體極整的信，您幾乎要出于意料之外的。所有古時候的柏拉圖呀，迪穆司台納斯呀——比起他來就簡直是孱頭或者奴僕：「你不要相信罷，陛下呵，」他寫着。「以爲我是這樣那樣的……」總而言之，他每段都用這話來開頭——眞出色！「只有必要是我的舉動的原因，」他說，「我說起來，是流了我的血，而且所謂不惜生命的，而現在呢，您只要想想就是再也沒法生活了。」「我請求你，釋放我的伙伴，不加責罰，」他說，「他們無罪，因爲是我把他們所謂加以誘引的，請垂仁慈，並且降旨，倘將來有戰事上的傷兵回來，」您自己想想就是，「所謂給他們設法……」一句話，這封信是極其精練整齊的，哪，您自己想想就是，皇上自然是被感動了。他的龍心起了憐憫，雖然他是罪人，而且說起來是所謂要處死刑的，哪，而且他看起來，一個好人也會成爲罪犯，這是應該算作不得已的犯罪，給以寬恕的——況且在不太平的時候，也不能什麼全都顧慮到——只有上帝人可以說，完全沒有缺點——一句話，親愛的先生，這一回是皇上開了所謂仁厚的聖意的前古未聞的例子了：他下諭旨，不再追捕犯人，接着又下嚴緊的諭旨，設起委員會來，專辦保護傷兵的事務，說起來，這就是……可敬的先生——就是廢兵年金的基礎的一個動機，由此成了現在的所謂傷兵善後，相像的設施，實在是連英國和此外一切的文明國度裏都沒有的，您自己想想就是。這樣的是戈貝金大尉，可敬的先生。但現在我相信這樣的事：他一定是在合衆國把所有的錢都化光了，就回到我們這里來，要再試一回所謂新計劃，雖然說起來他也許做不到。』

四之B　戈貝金大尉的故事（被審查官所抹掉的原稿）

『在一八一二年的出兵之後，可敬的先生，』郵政局長說，雖然並不是只有一‧個‧先生，坐在房裏的倒一共有六個。『在一八一二年的出兵之後，和別的傷兵一起，有一個大尉名叫戈貝金的，也送到衞戍病院裏來了。這是在克拉斯努伊附近，或是在利俾瑟之戰罷，那不關緊要，總之是他在戰場上失去了一隻臂膊和一條腿。您也知道，那時對于傷兵還沒有什麼設備：那廢兵的年金，您也想得到，說起來是一直到後來這才制定的。戈貝金大佐一看，他應該做事，可是您瞧，他只有一條臂膊，就是左邊的那一條。他就到他父親的家裏去，但那父親給他的回答是：「我也還是不能養活你，我；」──您想想就是，「我自己就得十分辛苦，這才能夠維持。」于是我的戈貝金大尉決定，您明白，可敬的先生，上彼得堡去，到該管機關那里，看他們可能給他一點小小的補助，如此如此，他呢，說起來，是所謂犧牲了他的一生，而且流過血的……他坐着一輛貨車或是公家的驛車，上首都去了，您膲，可敬的先生，不消說，他喫盡辛苦，這才到了彼得堡。您自已想想看：現在是這人，就是戈貝金大尉，在彼得堡，就是在所謂世上無雙的地方了！他的周圍忽然光輝燦爛，所謂一片人生的廣野，童話樣的仙海拉宰台的一種，您明白了罷，您自己想想就是，他面前忽然躺着這麼一條涅夫斯基大街，或者這麼一條豌豆街，或者，媽的，這麼一條列退那耶街，這里的空中，聳着這麼的一座塔，那里又掛着幾道橋，您知道，一點架子和柱子也沒有，一句話，眞正的什米拉米斯。實在的，可敬的先生！他先在街上走了一轉，爲的是要租一間房子；然而對於他，什麼都令人疑疑惑惑所有這些窗幔，捲帘和所有鬼物事，您知道，就是地毯呀，眞正波斯的，可敬的先生……一句話，是大家都在用腳踏着錢。人走過街上，鼻子遠遠的就覺得千元鈔票發着氣味；您知道，我那戈貝金大尉的整個國立銀行裏，却只有十張藍鈔票……夠了，他終于住在一個客店力伐昇市裏，每天一盧布。您知道，午餐兩樣，一碟菜湯，加一片湯料肉……他看起來，他的錢是用不多久的。他就打聽，他應該往那里去。人們對他說，有這樣的一個最高機關，說起來，是這樣的一個所謂委員會上頭這樣這樣的 en chef ● 的是將軍。皇上呢，您總該知道，那時候還沒有在首都，還有軍隊，您自己可以明白的，也還沒有從巴黎回來，一切都還在外國。于是我的戈貝金有一天的早晨起來的早一點，用左手理一理鬍子，于是你瞧，他到理髮店裏去了，這是因爲要顯得新開張的意思，穿好他的制服，用木脚一拐一拐的走到委員會的上司那里去。您只要自己想想就是他問上司住在里那呢。「那邊，」人回答着，並且指示了邸宅區海岸邊的一所房子。好一所精緻的茅棚呀，您明白的。窗上是幾尺長的玻璃，我可以告訴您，瓶子和別的一切東西，凡是在屋子裏面的，全顯在外面的人的眼前，令人覺得這些好東西彷彿都摸得到，牆壁是貴重的大理石，您知道，什麼都是金屬做的，這樣的一個門上的把手，您自己想想罷，人得先跑到店裏去買兩戈貝克肥皂，于就是這麼說罷，來洗一兩點鐘手，這才敢于去捏牠。而且什麼都用磁漆來漆過的，一句話，令人頭昏眼花。門丁恰如大元帥這樣的一副伯爵相，手拿一把金色的刀，麻布領子，媽的，好像一匹養得很好的布爾狗。我的戈貝金總算拖着他的木脚走進前廳去，坐在一個角落裏，只因爲恐怕那臂膊在亞美利加或是印度上，

● 法語，這里可譯作『做督辦。』——譯者。

在渡金的磁瓶上，您很知道的，碰一下。您瞧，他自然應該等候許多工夫，因爲他到這里的時候，那將軍呢，說起來還剛剛起牀，當差的正給他搬進什麼一個銀的盆子去，您很知道，是洗臉用的。我的戈貝金一直等了四個鐘頭之久；副官或是什麼當直的官員總算出來了，說道：「將軍就來！」但在客廳裏人們已經擁擠得好像盤子裏的豆子一樣。都是四等呀五等的高等官，並不是我們這樣的可憐的奴隸，倒統統是大員，有幾處還有一個帶肩綬的白胖大好佬，一句話，簡直是所謂將校團。屋子裏忽然起了一種不大能辨的動搖，彷彿是微妙的以太。您知道。處處聽得有人叫着嘘……嘘……，于是來了一種可怕的寂靜，國務大員走進屋子裏來了。哪，您自己想得到的，一位國務員，說起來，自然，他的相貌就正和他的品級和官位相稱，這樣的一副樣子，您懂了罷。所有人們，凡是在客廳裏的，當然立刻肅然的站了起來，戰戰兢兢的等候着他的運命的決定，說起來。大臣或者國務員就先問這個，然後再問那個。「您到這里貴幹呀？那麼，您呢？您有什麼見教呢？您光降是爲了什麼事情呢？」臨末也輪到了我的戈貝金，他鼓起全身的勇氣，說道：「如此如此，這般這般大人，我流了我的血，所謂一隻臂膊和一條腿失掉了。我已經不能做事，所以不揣冒昧，來求皇帝的恩典的。」大臣看見這人裝着義足，右邊的袖子也空空的掛着，您知道。「就是了，」他說，「請您過幾天再來聽信罷！」我的戈貝金眞是高興非凡：他已經做到了謁見，和國家的第一流勳貴談過天，您自己想想就是，還有那希望，就是他的運命，即所謂關于恩餉的問題到底也要解决了！他非常之得意，我可以對您說。他簡直在鋪道上直跳。于是他到巴勒庚酒店去，喝燒酒；在倫敦喫中飯，叫了一碟炸排骨加胡椒花苞，再是一碟嫩鷄帶各樣的作料，還有一瓶葡萄酒，夜裏上戲院——一句話，這是一場闊綽的筵宴，說起來。他在鋪道上忽然看見來了一個英國女人，您知道，長長的，像天鵝一樣。我的戈貝金，狂喜到血都發沸了，就下死勁的要用他的木脚跟着她跑，下死勁，下死勁，下死勁，「唔，不行！」他想，「且莫忙嫣的什麼娘兒們；慢慢的來，等我有了恩餉。我實在太荒唐了。」三四天之後，我的戈貝金又在大臣那里出現了。大臣走了進來。「如此如此，」戈貝金說，「我來了，爲的是問問您大人對于生病和負傷的運命，要怎樣的辦理……還有這一些，您自己想得到的，自然是公家的實信！」那國務大員，您想像一下罷，立刻認識他了。「哦，好的，」他說，「可惜這回除了請您等到皇上回來之外，我不能給您別樣的好消息；到那時候，對于傷兵和廢兵總該會給些什麼的，不過倘沒有陛下的聖旨，說起來，我什麼也不能替您設法。」于是他微微的一鞠躬，謁見就算完結了，您懂了罷。您自己想得到的，我的戈貝金可眞的沒有了主意。他已經打算過，以爲明天就會付給他錢的。「這是你的我的親愛的，喝一下高興高興罷！」他現在却只好等候，而且等到不知什麼時候爲止了，於是他就像一匹貓頭鷹或者一隻茸毛狗，給廚子潑了一身水，從長官那里跑出來——夾着尾巴，掛下了耳朵。「不成，」他想「我還要去一回，對大臣說，我立刻要什麼也沒得喫了，如果您不幫助我，說起來，我就只好餓死了。」總而言之，親愛的先生，他就再到邸宅區海岸邊去問大臣。「那不行，」就是，「大臣今天不見客，您明天再來罷。」到第二天——一樣的故事，那門丁連看也不大願意看他了。我的戈貝金只還有一張藍鈔票在衣袋裏，您知道。先前呢，他還可以買一碟菜湯，加上一片湯料肉，現在他却至多只能在那里買這麼一點青魚或者一點醃王瓜和幾文錢的麵包——一句話，這可憐的傢伙可實在挨餓了，然而他却有狼一般的胃口。他常常走過什麼一個飯店前面，現在您自己想想看，那廚子——是這麼的一個外國人，一個法蘭西人，您知道，那麼一副坦白的臉，總是只穿着很精緻的荷蘭小衫，還有一塊圍身，說起來，雪似的白，這傢伙現在站在他的竈跟前，在給你們做什麼Finserb或是炸排骨加香菌，一句話，是很好的大菜，使我們的大尉饞的恨不得自己去喫一通。或者他走過米留丁的店門口：笑嘻嘻的迎着他的是一條燻鮭魚，或者一籃子櫻桃——每件五盧布，或者一大堆西瓜，簡直是一輛公共汽車，您知道，都在窗子裏，向外面找尋着衣袋裏有些多餘的百來塊錢的獃子；您想想罷，一句話，步步是誘惑，眞教人所謂嘴裏流涎，然而對于他呢：請等到明天。現在請您設身處地的來想一想：一面呢，您瞧，燻魚和西瓜，別一面呢，是這麼的一種苦小菜，那名目就叫作「明天再來。」這可憐的傢伙終于熬不下去了，決計去所謂突擊一回堡壘，您懂得罷。他站在甬道上等候着，看可還有一個什麼請願人出現；不錯，他等到了，跟着一個將軍，用他的木脚拐進了前廳。國務大員照平常的出來會客了：「您有什麼見教呢？那麼，您呢？」「哦！」他一看見戈貝金，就叫起來，「我可已經告訴過您了，您得等着，等到您的請求到得決定。」——「我請求您，大人，我什麼也沒得喫了，說起來……」「那我有什麼辦法呢？我不能替您辦，只好請您自己辦，只好請您自己去想法，」——「但是，大人，這是您可以自己所謂判斷的，我沒有了一隻手和一條腿，怎能給自己想什麼辦法呢？」——「但您得明白，」大臣說，「我可不能拿我的東西來養你呀，我們還有許多傷兵，都可以有這一種要求的。您用忍耐武裝起來罷。我給您一個我的誓言：如果皇上回來，他就有恩典，不會把您置之不理的。」——「但是我等不下去了，大人，」戈貝金說，並且他實在已經所謂莽撞起來了。可是國務大員有些發了惱，您知道，而且在實際上周圍都站着將軍們，在等候一句回答或者一個命令；這里是在處理所謂國家大事，辦事要神速的——空費一點時光就有影響——，可是來了這麼一個會糾纏的惡魔，拉住人不放，您想想就是，——「對不起，我沒有工夫——我還有別的事情要做，比和您說話更其要緊的，」他說得很所謂體面是正到了他該跑掉的時候了，您懂得的罷。然而我的戈貝金回答道——飢餓逼得他太利害了，您應該知道。「隨您的便，大人，在您給我相當的吩咐之前，我在這里是不動的。」哪，您自己想想看，對一位國務大員只要用一句話，就會把人抛向空中，連魔鬼也無從找着的人，竟這樣的答話……如果有一個官比我們不過小一級，要是對我們這麼說話，就已經算是無禮了。然而現在您自己想想罷——這距離，這非常的距離！一個將軍en chif和什麼一個戈貝金！九十盧布和一個零。那將軍，您懂麼，只向他瞪了一眼——所謂簡直是礮擊：沒有一個會不手足無措，魂飛魄散的。然而我的戈貝金，您自己想想就是，却在那地方一動也不動，站着好像生了根。「唔？您在等什麼？」將軍說着，用兩隻手搭在他的肩膀上。但是，老實說，他對他是還算有些仁厚的，要是別人，會噴罵得他三天之後，所有的街道還是翻了面，而且帶着他打旋子，說起來，然而他不過說：「好罷，如果您覺得這里的生活太貴，又不能在京裏靜候您的運命的決定，那我用官費送您回家去就是了。叫野戰獵兵來，遞解他回家去罷！」然而那野戰獵兵，您很知道，却已經站着，等在門外面了：這麼一個高大的傢伙，您知道，簡直好像天造他來跑腿的一樣。一句話，是一個很好的拔牙鉗。于是我們這上帝的忠僕就被裝在馬車裏由野戰獵兵帶走了。「唔，」戈貝金想，「我至少也省了盤纏錢。這一點，我倒要謝謝大人老爺們的。」他這麼的走着，可敬的先生，和那野戰獵兵，當他這樣的坐在野戰獵兵的旁邊的時候，說起來，他在所謂對自己說：「好，」他說，「你告訴我，我只好自己辦，自己想法子，好，可以，」他說，「我就來想法子罷！」他怎樣的被送到他一定的地方就是他到底弄到那里去了呢，什麼也不知道。所以關于戈貝金大尉的消息，就沈在忘却的河流裏面了，您知道，詩人之所謂萊多河。但這地方，您瞧，我的先生們，在這地方，可以說，却打着我們的奇聞的結子的。戈貝金究竟那里去了呢，誰也不知道；然而您自己想想罷，不到兩個月，略山的林子裏就現出一羣強盜來，而這羣强盜的頭領，您瞧，却並非別的……」

一。

死魂靈第一部，在一八三五年後半年開手，一八四一年完成，出版于一八四二年五月二十一日（六月二日。）審查官的簽字并帶日期：一八四二年五月九日（五月二十一日。）被審查官所删的『戈貝金大尉的故事，』由作者在一八四二年五月五日至九日（十七至二十一日）的五日間改訂。

二。死魂靈第一部第二版序文在一八四六年七月末起草，九月完成。卽與這部詩篇的第二版一同發表。審查官的簽字所帶的日期是一八四六年八月二十五日（九月六日）。

三。關于死魂靈第一部的省察似是一八四六年作。

四。第九章結束的改定稿大約作于一八四三年。

五。戈貝金大尉的故事別稿A成于一八四一年八月，被審查官所抹掉的別稿B成于一八四一年十一月。這德文版所據的底本是諦豐拉服夫（N. S. Tichonravov）和顯洛克（V. I. Schenrock）編的俄文版。

譯文叢書
黃源主編

果戈理選集五

死靈魂

魯迅譯

實價三元二角

中華民國廿四年十一月初版

發行人
吳文林

發行所
文化生活出版社
上海山西路慈豐里

印刷所
文化生活印刷所